LA SEDUZIONE DI UN CONTE

LE FIGLIE DELL' ARISTOCRAZIA

LINDA RAE SANDE

Traduzione di
DANIELE GUIFFRÈ

Twisted Teacup
PUBLISHING

LA SEDUZIONE DI UN CONTE

© Linda Rae Sande

Questa è un'opera di fantasia. Gli eventi e i personaggi qui descritti sono immaginari e non intendono riferirsi a luoghi o persone viventi specifiche. Le opinioni espresse in questo manoscritto sono esclusivamente le opinioni dell'autore e non rappresentano le opinioni o i pensieri dell'editore. L'autore ha rappresentato e garantito la piena proprietà e o il diritto legale di pubblicare tutti i materiali in questo libro.

La seduzione di un conte

Tutti i diritti riservati.

Copyright © 2013 Linda Rae Sande

Traduzione di Daniele Gruiffrè

V2.4

Fotografia di copertina © RomanceNovelCovers.com

Copertina di Twisted Teacup Publishing

Tutti i diritti riservati - utilizzati con autorizzazione.

Questo e-book è concesso in licenza solo per il tuo divertimento personale. Questo e-book non può essere rivenduto o regalato ad altre persone. Se desideri condividere questo libro con un'altra persona, acquista una copia aggiuntiva per ciascun destinatario.

www.lindaraesande.com

ISBN: 978-1-946271-55-6

A Jaylene – grazie per essere una così grande sorella

SEMPRE DI LINDA RAE SANDE

CI SARANNO PIRATI

arzo 1815, vicino a Bampton, nell'Oxfordshire
Nathaniel Forster guardava il suo migliore
amico, Andrew Barnaby, con un sopracciglio arcuato. L'espressione
era familiare a chiunque conoscesse il padre di Nathan, Henry
Forster. Il sopracciglio dell'uomo faceva un arco simile ogni volta
che era perplesso da qualcosa, come un problema che doveva
essere risolto. Al momento, Nathan stava prendendo in considerazione l'affermazione di Andrew secondo cui avevano bisogno di
qualcosa da usare come bottino se la loro incursione nel giocare ai
pirati doveva essere il meno credibile.

«Un tesoro?» chiese al suo migliore amico. «Vuoi dire, come
l'oro?»

Andrew annuì con entusiasmo, facendo scivolare la sua benda
sull'occhio rozzamente fatta sul viso. Lo spinse rapidamente
indietro sopra l'occhio destro. «Sì. O gioielli. O *monete*», ha
aggiunto, questa volta tenendo la benda sull'occhio in posizione
mentre annuiva.

Nathan considerò cosa avrebbe potuto trovare a Gisborn Hall
che potesse essere usato per il bottino. «E *cosa* faremmo con il tesoro?» chiese, non conoscendo particolarmente le storie dei pirati.

Sua madre, Sarah Inglenook, non aveva storie di pirati nella biblioteca della casa della vedova dove si erano stabilite all'inizio di quell'anno. Dato che non era mai stato nella biblioteca di Gisborn Hall, Nathan non sapeva nemmeno se sugli scaffali c'erano dei libri sui pirati. Avrebbe dovuto chiedere a suo padre la prossima volta che il conte avrebbe fatto visita a sua madre e a lui.

«Seppelliscilo!» Andrew rispose, come se tutti sapessero che è quello che facevano i pirati con il loro tesoro. «Per nasconderlo agli altri pirati. E chiunque altro possa desiderare il tesoro.» Quest'ultimo è stato detto mentre Andrew incrociò le braccia, sfidando il suo amico a contrastare la sua affermazione.

«Oh, ho capito», rispose Nathan, annuendo mentre considerava dove potevano trovare oro, gioielli o monete. Aveva alcune sovrane che suo padre gli aveva regalato in occasione del suo compleanno. E sapeva che c'erano dei gioielli in una scatola nella camera da letto di suo padre. Un giorno aveva visto un anello che suo padre stava provando, un anello d'oro su cui era incastonato un rubino. Un anello con sigillo, ricordava che sua madre gli aveva spiegato più tardi quella notte quando le aveva chiesto dell'anello.

«È un conte, adesso, Nathan», aveva detto. «L'anello è qualcosa che si tramanda da un conte all'altro. Andrà al suo erede quando morirà». E poi all'improvviso aveva distolto lo sguardo, la mano che si portava alla bocca come se dovesse interrompere le sue parole, il suo comportamento solitamente felice sostituito dalla tristezza.

Vedere la reazione di sua madre ogni volta che parlava di suo padre, soprattutto da quando Henry era diventato un conte, fece capire a Nathan che doveva cambiare argomento o rischiare di vedere sua madre di nuovo triste. Perché, nonostante Nathan fosse il figlio del conte, non era l'erede della tenuta di Gisborn. E sua madre, Sarah, non era la contessa.

«Ho del denaro che potremmo usare», si offrì alla fine Nathan, decidendo che avrebbero potuto usare le sue monete come tesoro, «E penso di poter trovare un anello».

Gli occhi di Andrew si spalancarono per la gioia. «È perfetto! Ora abbiamo solo bisogno di una scatola che possiamo usare come scrigno del tesoro, metteremo i soldi, ci suoneremo e lo seppelliremo!»

Sorridendo ampiamente, i ragazzi si precipitarono verso Gisborn Hall per raccogliere i loro tesori e pianificare la loro prossima avventura.

I due vivevano a circa un miglio a sud di Bampton, nell'Oxfordshire, e si trovavano in mezzo ai terreni agricoli di Henry Forster mentre tramavano la loro storia sui pirati.

In realtà, i terreni agricoli appartenevano alla contea di Gisborn. All'età di vent'anni, Henry aveva appena ereditato il titolo di conte di Gisborn dal suo defunto zio. Entro un mese, Sarah Inglenook e suo figlio, Nathaniel Forster, furono trasferiti dal loro piccolo cottage vicino a Bampton alla casa della vedova nelle terre di Gisborn. Henry, che aveva vissuto con loro nel cottage, si trasferì a Gisborn Hall e assunse le sue funzioni di conte. Dato che la contea di Gisborn era costituita principalmente da terreni agricoli appena a nord del fiume Iside, i compiti di Henry ruotavano attorno al mantenimento della fattoria, alla pianificazione delle rotazioni delle colture, alla risoluzione dei problemi di irrigazione e alla supervisione degli inquilini che coltivavano le terre.

Dal momento che aveva coltivato per suo zio quasi tutta la sua vita, Henry scoprì che non poteva lasciare la vita di un contadino per prendere la vita di un membro del *ton*, una vita per alcuni gentiluomini che includeva molto tempo libero, molto gioco d'azzardo, molto bere e molte donne. Henry ha deciso di rimanere nella sua tenuta, lavorando per modernizzare la fattoria e riportare Gisborn Hall al suo antico splendore.

«Cosa fate voi due oggi?» chiese Parkerhouse mentre rispondeva al bussare alla porta d'ingresso della Gisborn Hall. L'anziano maggiordomo fissò Nathan e Andrew, reprimendo un sorriso alla vista dei due vestiti da pirati.

«Seppelliremo il nostro tesoro!» annunciò Nathan, passando davanti a Parkerhouse mentre si dirigeva verso le scale che portavano al secondo piano dove si trovava la sua stanza. Sebbene non vivesse a Gisborn Hall, di tanto in tanto passava la notte su richiesta di suo padre. «Devo prendere una scatola».

Parkerhouse sospirò e guardò i ragazzi scomparire nella camera da letto di Nathan. Decidendo che non potevano finire nei guai, continuò con i suoi doveri al piano nobile. Non era a conoscenza del loro ingresso nella camera da letto del suo padrone, del fatto che avessero recuperato l'anello con sigillo d'oro dal portagioielli di Henry Forster, di Nathan che aveva svuotato la sua collezione di monete in una scatola di cartone. Si accorse dei loro passi in ritirata solo quando vide Nathan fuori con la scatola sotto il braccio e una pala delle stalle issata sopra la spalla di Andrew. Osservò con un piccolo sorriso mentre i due ragazzi si dirigevano verso i terreni coltivati a sud.

Il giorno seguente, dopo che Nathan aveva finito i suoi studi con un tutore e Andrew aveva finito le sue faccende, i due si incontrarono a Gisborn Hall. Lì pianificarono la loro spedizione per recuperare il tesoro sepolto dal luogo nel campo dove lo avevano seppellito il giorno prima. Decorati con insegne da pirata, o con abiti presi in prestito che almeno li facessero sembrare un po' dei pirati, e ciascuno sfoggiava toppe di feltro nero sugli occhi, stavano ai margini del campo in cui avevano seppellito la scatola di cartone.

Rimasero in piedi e con lo sguardo fisso.

Perché a un certo punto, nelle ventiquattro ore trascorse da quando avevano seppellito il tesoro, il campo era stato arato. Solchi paralleli avevano sostituito la pianura che si estendeva fino al fiume. I fittavoli seguivano i solchi e usavano seminatrici per piantare il grano. La roccia che i due ragazzi avevano messo a posto per segnare la posizione della scatola era sparita. E, nonostante i loro migliori sforzi per localizzare il tesoro, era quasi buio quando i due, scoraggiati e delusi, si diressero verso le rispettive case.

Passarono due giorni prima che Nathan ammettesse a sua madre che i soldi del suo compleanno erano da qualche parte nel campo di grano di suo padre. Sbalordita dal fatto che suo figlio avesse fatto una cosa del genere, Sarah lo mandò a letto senza cena, piangendo mentre lo faceva. Sebbene avesse minacciato di dirlo a suo padre, Nathan l'ha pregata di non farlo, sostenendo che un giorno avrebbe trovato i soldi.

Ci volle un altro mese prima che Nathan trovasse il coraggio di dire a suo padre che l'anello con sigillo di Gisborn era da qualche parte nel mezzo del suo campo. Lo ha fatto solo perché il cameriere di suo padre aveva denunciato la scomparsa dell'anello mentre stava cercando un paio di gemelli, e quando una cameriera è stata accusata del crimine di furto, Nathan sapeva che doveva ammettere il suo coinvolgimento nella scomparsa dell'anello.

La prima reazione di Henry doveva essere tenuta nascosta al ragazzo. Date le piccole dimensioni del suo rubino, Henry era piuttosto divertito dal fatto che suo figlio considerasse il suo anello con sigillo adatto come parte del tesoro di un pirata.

La seconda reazione di Henry, tuttavia, fu molto più grave. Suo figlio aveva preso qualcosa senza chiedere, e poiché non aveva ammesso il suo coinvolgimento fin dall'inizio, una domestica aveva lasciato la sua casa per la vergogna. Sconvolto da suo figlio e allo stesso tempo rattristato, Henry fece ciò che suo padre gli aveva fatto in circostanze simili, quando suo padre era ancora vivo per disciplinarlo. La frusta, ricavata da un ramo di salice, ha lasciato il segno sul sedere del ragazzo e sulla parte posteriore delle gambe. Non avendo mai subito una tale disciplina, Nathan pianse di paura e di dolore per la frustata. Ma fu Henry a piangere più tardi quella notte, chiedendosi se avesse fatto la cosa giusta. Era sicuro di poter trovare il tesoro scomparso: dalla descrizione del ragazzo conosceva la sua posizione approssimativa nel suo campo di grano.

Ma quando venne a sapere dell'anello mancante, il campo di grano era diventato troppo alto per consentire una ricerca. Quando la mietitura tolse il grano, non c'era ancora traccia della scatola di cartone e del suo tesoro.

Decidendo che era una causa persa, Henry decise che avrebbe semplicemente organizzato un gioielliere per realizzare un altro anello con sigillo nel suo prossimo viaggio a Londra.

E le monete di Nathan erano state sue da perdere.

CAPITOLO 1
LADY BOSTWICK CHIAMA
LADY HANNAH

arzo 1816, Mayfair

Alle nove in punto del mattino, Elizabeth Bennett-Jones, viscontessa Bostwick, scese il più leggermente possibile dalla carrozza nera incontaminata che portava lo stemma della famiglia di suo marito sul viale semicircolare di Devonville House.

Fare un passo leggero non era qualcosa che Elizabeth potesse fare bene in questi giorni. Era al sesto mese della sua prima gravidanza e, date le dimensioni del suo ventre in espansione, il suo vestito da carrozza più grande copriva a malapena l'evidenza. Ad un certo punto, probabilmente nel giro di quindici giorni, lei e suo marito George si sarebbero ritirati nella loro tenuta di campagna nel Sussex, e lei sarebbe andata in confino. Se suo marito non l'adorava come faceva, strofinandole le caviglie ogni sera dopo cena, elargendole vari doni senza un motivo particolare, e facendo l'amore con lei ogni notte e talvolta al mattino, lei sarebbe potuta essere una di quelle donne del *ton* che si lamentavano dell'allevamento. Ma George Bennett-Jones ha fatto tutte queste cose. E le ha fatti bene.

«Buongiorno, Lady Bostwick», la salutò il maggiordomo mentre apriva le doppie porte e lasciava che la giovane matrona entrasse nel vestibolo. Fatta eccezione per la domenica, le visite di Elizabeth a Devonville House avvenivano a giorni alterni della settimana. Nei giorni opposti, Lady Hannah Slater, figlia di William Slater, marchese di Devonville, fece visita a Lady Bostwick a Bostwick Place, a poca distanza da Park Lane. «Lady Hannah ti aspetta in salotto», disse l'uomo calvo mentre prendeva la pelliccia di Elizabeth dalle sue spalle. Ha aperto la strada.

«Certo che lo è, Hatfield», rispose Elizabeth alzando gli occhi al cielo. «Se non lo fosse, dovrei assumere un Bow Street Runner per localizzarla», disse impassibile, perché se Hannah Slater non era dove avrebbe dovuto essere, qualcosa non andava.

Il maggiordomo si voltò appena per farle un cenno, non del tutto sicuro del sarcasmo della viscontessa.

«Elizabeth!» Hannah sgorgò mentre si affrettava a salutare la sua migliore amica, le mani tese davanti a lei. Un cane molto grande, di colore marrone e bianco, con la testa quadrata e le orecchie flosce, si alzò dal focolare per guardare il visitatore.

«Come va, Harold», disse Elizabeth salutando l'Alpenmastiff. «Niente baci, per favore», aggiunse con un cenno. Il cane sistemò di nuovo il suo corpo massiccio sul focolare piastrellato, come se comprendesse il rifiuto di sua signoria di una delle sue funzioni primarie nella vita.

Sorridendo, Hannah baciò la guancia di Elizabeth e fece un passo indietro per dare un'occhiata al suo abbigliamento. «Sei splendida in quella sfumatura di verde», disse mentre palpeggiava la superfine. «Quando hai avuto il tempo di fare una prova?» chiese, rendendosi conto che l'abito della carrozza doveva essere nuovo.

«Ho lasciato l'ufficio all'inizio della scorsa settimana per vedere Madame Bouvier. Le api operaie avevano tutto sotto controllo, quindi mi sono concessa il pomeriggio libero». L'organizzazione benefica di Elizabeth, Lady E and Associates—Finding Work for the Wounded, aveva recentemente ampliato il suo ufficio in Oxford Street e vantava uno staff di quattro impiegati a tempo pieno e diversi part-time. Avevano anche contratti con diversi sarti, produttori di cappelli e produttori di stivali a Londra allo scopo di equipaggiare i veterani di guerra per l'impiego. La fiorente beneficenza, che Elizabeth aveva iniziato poco prima della sua presentazione al visconte quasi sette mesi prima, ebbe un enorme successo. Gli uomini che aveva assunto provenivano da coloro che hanno risposto ai suoi annunci offrendo aiuto per trovare lavoro. Gli ex soldati avevano il compito di trovare posizioni in cui i soldati feriti potessero lavorare, nonostante quegli uomini avessero solo la vista o l'udito parziali, arti mancanti o qualche altra malattia derivante dal tempo trascorso nella guerra contro la Francia.

A volte quei datori di lavoro erano disposti ad assumere un ferito solo se si trattava di una tangente. In quei casi, Elizabeth ha mandato uno dei suoi dipendenti a negoziare il contratto di lavoro. Un tempo era stata lei a occuparsi di quella parte degli affari. Con la sua pancia in crescita, suo marito aveva suggerito, con molta attenzione e molto tatto, e forse usando una sua tangente, che Elizabeth permettesse ai suoi tirapiedi di svolgere i lavori per i quali erano stati pagati con le casse dell'ente di beneficenza e permettesse a lei di fare la parte della carità che ha fatto così bene: abbinare gli uomini ai lavori.

«Parlato come una vera ape regina», ha scherzato Hannah mentre faceva cenno a Elizabeth di prendere la sua sedia preferita. Fece un cenno al maggiordomo perché le portasse il tè e si sistemò sulla sedia di fronte alla sua amica. «E quando hai iniziato a usare Madame Bouvier?» chiese, non prima di aver sentito Elizabeth menzionare quel particolare modista.

«Oh, c'è una prima volta per tutto», sospirò il suo visitatore. «Lady Pettigrew l'ha suggerita perché è specializzata in abiti prémaman, e da quando il mese scorso ho visto sua nipote Lucy indossare quel dolcetto alla pesca al musical di Lady Worthington, ho pensato di provarla».

Hannah si appoggiò allo schienale della sedia, ammirando la sua amica dai capelli ramati. Bella, con occhi color acquamarina, labbra carnose e una carnagione color pesca e crema, Elizabeth non aveva molto più dei ventuno anni rispetto ad Hannah. Le sue condizioni la facevano sembrare come se fosse stata illuminata dall'interno da una dozzina di candele. «E?»

Elizabeth guardò Hannah per un momento. «Lei è brillante. E lei evita i corsetti! Il che significa che George approva». Quest'ultimo è stato detto con un sopracciglio elegantemente inarcato, quello era il modo in cui Elizabeth indicava qualsiasi cosa potesse essere considerata cattiva per gli standard dei gentiluomini.

«E come sta George?» chiese Hannah, notando la cameriera che faceva rotolare il carrello del tè oltre la soglia. «Grazie, Rose, posso servire stamattina», disse a parte. Normalmente, avrebbe permesso alla cameriera di fare gli onori di casa, ma sapeva che la sua amica non avrebbe parlato liberamente con una domestica nella stanza.

Inclinando la testa da un lato, Elizabeth sorrise ma non disse niente. Hannah spalancò gli occhi. «Oh! Cosa avete fatto *adesso?*» chiese mentre si sporgeva in avanti per versare il tè. C'era qualcosa di decisamente osceno nell'avere un'amica che raccontava le sue gesta sessuali. Nonostante l'imbarazzo che provava nel sentirli descritti in modo così dettagliato, Hannah si ritrovò ad aspettare con impazienza i racconti di Elizabeth.

«Personaggi dei libri di fiabe», ha offerto Elizabeth, non elaborando immediatamente ciò che intendeva.

Hannah porse una tazza e un piattino e ne versò una per sé, aggiungendo latte e zucchero. «Come Cenerentola e il suo principe azzurro?» ha indovinato.

Elizabeth sbuffò in maniera molto poco signorile. Alzò un piede da terra e si tirò su l'abito per rivelare i suoi piedi fuori moda. «Penso di no», rispose lei scuotendo la testa. «E non diventerò una brutta sorellastra. No, mia cara, più come...» E qui si fermò, perché c'erano volte in cui la sua amica poteva essere un po' pudica, e non osava scioccare troppo la poveretta. Dato l'aspetto di Hannah – era *lei quella che sembrava una principessa delle fate con i suoi occhi blu fiordaliso, le labbra color bacca, la carnagione pallida e i capelli biondo pallido raccolti in una massa di riccioli in cima* alla sua testa e boccoli sottili sparsi sulle tempie – *sarebbe* stata la persona perfetta per interpretare la damigella in pericolo catturata da un drago sputafuoco. George, con la sua abilità finemente affinata nella scherma, uccise il drago, usò la punta della sua spada per rimuovere abilmente fino all'ultimo bottone dal nuovo abito di chiffon francese di Elizabeth e poi, nonostante il suo ventre gonfio, si fece strada con lei.

La sua cameriera, proprio in quel momento, stava ricucendo tutti i bottoni sull'abito.

«Oh!» fu tutto ciò che Hannah riuscì a dire quando Elizabeth descrisse la scena.

«Davvero, Hannah», l'ammonì Elizabeth scuotendo la testa. «Quando si tratta di un marito, devi farlo indovinare. Tienilo interessato. Fallo divertire», disse con un sopracciglio birichino. «Devi solo usare la tua immaginazione».

«Me lo ricorderò», rispose Hannah con un sorriso, il suo viso era diventato di una brillante sfumatura di rosa. Come poteva dimenticare una storia simile?

E come avrebbe mai potuto guardare di nuovo George senza arrossire?

CAPITOLO 2
UN CONTE SPIA UNA SIGNORA

*A*lle dieci precise di quella stessa mattina, Henry Forster, conte di Gisborn, guardò fuori dal finestrino della carrozza la grandiosa magione palladiana del marchese di Devonville. Una strana eccitazione stava crescendo nelle sue viscere, tale che gli fece chiedere se potesse essere malato o se fosse semplicemente nervoso. Aveva svolto la stessa missione di ricognizione la sera prima, dopo aver compiuto il viaggio da Kirdford nel West Sussex a Londra in quello che avrebbe potuto essere un tempo record.

Il suo unico scopo per il viaggio era assicurarsi una sposa. Il che, considerando quanto non volesse davvero sposarsi, gli sembrò improvvisamente ridicolo. Ma ereditare una contea da uno zio defunto più di un anno fa, e avere quasi trent'anni, a quanto pare richiedeva di avere una moglie e un asilo nido con un erede e una scorta. Henry poteva solo sperare che ciò potesse essere fatto il più rapidamente possibile (il matrimonio, ovviamente: l'erede e la scorta dovrebbero arrivare con i loro tempi).

Aveva intenzione di far visita al marchese e poi, una volta ottenuto il permesso di corteggiare la figlia di Lord Devonville, progettò di richiedere un'udienza con Lady Hannah Slater. Ma la correttezza gli aveva impedito di avvicinarsi alla porta d'ingresso di

Devonville House la sera prima. Erano le sette passate, troppo tardi per fare una telefonata a un membro del *ton*.

Il viaggio della sera prima si è rivelato un po' fruttuoso, però, perché quando la carrozza si è fermata sulla carreggiata davanti alla dimora signorile, Henry ha visto un cane bianco e marrone piuttosto grosso che saltellava nei giardini accanto alla casa.

Almeno, era abbastanza sicuro che fosse un cane.

La sua ipotesi iniziale gli aveva fatto pensare che fosse un cavallo basso e sovrappeso. Poi sentì il suono inconfondibile di un latrato e ricordò la descrizione della bestia pelosa fatta da Lady Charlotte. *Harold MacDuff,* l'aveva chiamato lei. L'animale domestico e il compagno costante di Lady Hannah. Lady Charlotte aveva assicurato a Henry che se fosse stato in grado di fare amicizia con l'Alpenmastiff, sarebbe stato sicuramente accettato più prontamente dall'amante del cane, Lady Hannah.

A una seconda occhiata, Henry pensò che forse il cane non fosse più grande di un collie o di un cane pastore. Ma quando una visione color lavanda pallido apparve da dietro la casa e corse ad avvolgere le braccia intorno al collo del cane, il conte lo fissò incredulo. La bestia doveva essere di almeno dodici pietre! E poi la ragazza iniziò a ridere, il suono della musica raggiunse appena le sue orecchie, inclinò la testa da un lato mentre il cane le leccava il collo.

Era sicuro che fosse una fata.

I suoi capelli biondo pallido erano intrecciati e avvolti sulla testa come una corona, mentre i riccioli danzavano intorno alle sue guance delicate e rosee. I suoi occhi, chiusi come se volesse proteggerli dalla lunga lingua del suo animaletto, erano leggermente rivolti verso l'alto e circondati da ciglia scure. Con le sue labbra color bacca modellate in un sorriso gioioso, i suoi denti erano bianchi nonostante il crepuscolo sempre più profondo. E poi si alzò e scappò via dal cane, ridacchiando di gioia mentre le sue lunghe membra si stagliavano nel tessuto del suo vestito. Scomparve alla vista con la stessa rapidità con cui era apparsa.

La bestia alla fine sollevò il suo corpo massiccio dal prato erboso e le si avvicinò pesantemente, abbaiando e saltando, la coda scodinzolante dietro di lui. Un bastone volò in aria e atterrò molto vicino al punto in cui i due erano appena stati seduti nell'erba, il cane che abbaiava e tornava al punto in cui era atterrato. Invece di recuperare il bastone e portarlo alla sua padrona, tuttavia, il cane sistemò di nuovo il suo corpo pesante sul prato e iniziò a masticare il grosso ramoscello. «Harold», sentì allora, la parola gridata con una voce che fece desiderare a Henry che il proprio nome fosse Harold. «È ora della tua cena, bestia pelosa», gridò la ragazza da qualche parte nascosta. E poi riapparve, tutta per bene e signorile, mentre camminava verso il cane. Si batté la mano sul davanti del vestito e poi si voltò di nuovo verso la casa, scomparendo ancora una volta.

La sua breve apparizione proprio in quel momento offriva a Henry la migliore vista di lei. Occhi a mandorla, labbra a bocciolo di rosa, naso impertinente.

Buon Dio, la ragazza non lo era affatto, ma era invece una bellissima giovane donna!

Non sfarzosa come le eleganti cortigiane dipinte che frequentavano il teatro di Drury Lane, o le belle debuttanti che Henry aveva notato durante le poche serate musicali a cui aveva assistito due stagioni prima. No, questa donna sembrava davvero come se avesse immaginato una principessa delle fiabe. Era Lady Hannah? *Potrei vedermi sposato con lei?* Quella era l'unica ragione per cui era qui, dopotutto. Aveva bisogno di una moglie. Non era fidanzata. E Lady Charlotte gli aveva assicurato che Lady Hannah sarebbe stata la donna perfetta per lui e la sua situazione.

La sua situazione.

La sua mente vagò ancora una volta verso la difficile situazione in cui si trovava. Solo una settimana fa, una diligenza postale era arrivata a Gisborn Hall nell'Oxfordshire con una convocazione di Harold Bingham, il conte di Ellsworth. Potrebbe Henry fare il viaggio a Mayfair per una questione urgente riguardante Ellsworth Park? Il terreno, che comprendeva una bella ma leggermente squallida magione di campagna, confinava con la sua terra nell'Oxfordshire, ed era intenzione di Henry acquistare la proprietà a un prezzo equo e annetterla alla sua. Pensava che la citazione di Lord Ellsworth significasse che l'uomo era finalmente disposto a vendergli la proprietà.

All'insaputa di Henry in quel momento, sembrava che Ellsworth insistesse abbastanza che sua figlia, Lady Charlotte, si sposasse con qualcuno diverso dal secondo figlio che aveva recentemente ereditato il ducato di Chichester. Con la maggior parte della famiglia Wainwright morta in un incendio lo scorso agosto, Joshua Wainwright era ora il duca, e poiché Charlotte era stata promessa in sposa all'erede apparente, ora deceduto, John Wainwright II, era abbastanza sicura che il suo fidanzamento adesso si applicasse a Joshua.

Suo padre, tuttavia, non aveva intenzione di sposare la sua unica figlia con un uomo che era stato gravemente sfigurato nell'incendio. *Sua Grazia con mezza faccia*, alcuni nel *ton* lo chiamavano. Con il suo ventunesimo compleanno a solo un paio di settimane di distanza, Ellsworth era determinata a vedere sua figlia sistemata.

A Henry Forster, conte di Gisborn.

Henry ha ritenuto che la convocazione di Ellsworth fosse piuttosto opportuna. Non essendoci prove che il conte di Ellsworth avesse pianificato di occupare la tenuta a Ellsworth Park né di impiegare più di pochi inquilini per lavorare le terre che si estendevano a sud del fiume Iside, Gisborn sperava di acquistare semplicemente la proprietà. Aveva piani per le terre di Gisborn: piani per impiegare attrezzi agricoli più produttivi e per creare un sistema di irrigazione recintato utilizzando il fiume vicino come fonte d'acqua. Così fece il viaggio a Londra aspettandosi di pagare una discreta somma per Ellsworth Park.

Non si aspettava che Lord Ellsworth offrisse Ellsworth Park in *dote*.

Ma nell'apparente fretta di Ellsworth di sposare sua figlia, aveva già preso accordi con il suo avvocato per cedere il titolo della proprietà libera a Henry. L'uomo non era a conoscenza del fidanzamento di Henry con la sorella di Joshua Wainwright? Jennifer Wainwright era morta nello stesso incendio che tolse la vita a John, al duca e alla duchessa. Sebbene Henry avesse conosciuto la ragazza, erano passati anni, quando lei era ancora molto in vista e lui aveva appena dodici anni. Da allora non l'aveva più vista e trovava difficile piangere una ragazza che non riusciva a ricordare. Allo stesso tempo, ha trovato le circostanze nella migliore delle ipotesi scomode.

Secondo Ellsworth, se Henry potesse aspettare un paio di settimane, Lady Charlotte raggiungerebbe la maggiore età e potrebbe sposarsi senza il permesso dei suoi genitori. Oppure Lord Ellsworth assicurò a Henry che avrebbe potuto sposarla con una licenza speciale il giorno successivo.

Henry lasciò la casa a schiera di Ellsworth con il titolo e l'intenzione di visitare Lady Charlotte più tardi quella settimana. Date le sue rare visite a Londra, aveva delle commissioni da sbrigare, come ordinare un anello con sigillo da un orafo di Bond Street (per sostituire quello che suo figlio aveva perso mentre lo usava come tesoro dei pirati), scegliere una fede nuziale da un gioielliere di Ludgate Hill, ottenendo una licenza speciale dal vescovo a Doctors' Commons, incontrando il suo calzolaio e sarto e, forse il più importante di tutti, prendendo possesso di una carrozza di nuova costruzione a Tillbury's.

E poi, l'impensabile era accaduto. Quella stessa notte, Lord Ellsworth aveva avuto una brutta caduta nel suo studio, battendo la testa contro un'enorme scrivania di mogano mentre lo faceva. Dato che aveva congedato la servitù per la serata, la sua povera moglie e la loro figlia, Lady Charlotte, avrebbero trovato l'uomo privo di sensi al loro ritorno da una serata fuori.

Un Bow Street Runner aveva indagato sulla scena. Non trovando prove di gioco scorretto, il Runner ha dichiarato la caduta un incidente.

Solo Lady Bingham e sua figlia sapevano cosa era veramente successo quella notte. Almeno, erano gli unici a saperlo fino a quando Lady Charlotte non glielo aveva spiegato il giorno prima, mentre Henry era a casa di Wainwright vicino a Kirdford. Henry trasalì ricordando la vista della cicatrice sulla schiena di Charlotte, una lunga e brutta ferita messa lì dalla mano di suo padre arrabbiato. Aveva coraggiosamente rifiutato il suo ordine di sposare il conte di Gisborn e per questo era stata frustata. Ma sua madre, inorridita dal comportamento ubriaco del marito, lo aveva spinto mentre stava per alzare la frusta per colpire sua figlia una seconda volta. Nel suo stato instabile, il conte cadde, la sua testa colpì la scrivania e perse i sensi.

Harold Bingham ora giaceva al St. Bartholomew's Hospital, con Lady Ellsworth al suo fianco. Si dice che l'erede della proprietà del conte di Ellsworth, Nicholas Bingham, fosse ansioso di ereditare la contea se non altro per assicurarsi più fondi per la sua abitudine al gioco. E c'era il problema di aver prosciugato il conto della dote di diecimila sterline di Lady Charlotte. Sembrava che Nicholas intendesse che il conto di deposito a garanzia vuoto passasse inosservato e non fosse necessario facendo in modo che venisse uccisa in un'esplosione.

Henry rabbrividì al pensiero di cosa sarebbe successo se la casa del duca di Chichester fosse stata nuovamente data alle fiamme: era ancora in fase di ricostruzione a causa dell'incendio che aveva sfigurato il nuovo duca e ucciso la sua famiglia. Lo scagnozzo di Nicholas aveva tentato di realizzare quello stesso scenario quando aveva fatto esplodere la polvere da sparo in un albero vicino. La quercia, situata appena fuori dalla camera da letto in cui si trovava Lady Charlotte, saltò in aria nella successiva esplosione. Charlotte avrebbe potuto essere uccisa. E, alla morte di suo padre a causa del trauma cranico, suo cugino avrebbe ereditato la contea e tutti i suoi beni, proprio come aveva pianificato.

Tuttavia, lo scagnozzo aveva fallito nel suo tentativo di omicidio. E anche se Henry deteneva il titolo di Ellsworth Park, Lady Charlotte intendeva ancora sposare il duca di Chichester.

Il che ha lasciato Henry senza una sposa.

Se solo Sarah acconsentisse a sposarlo!

Sospirò mentre considerava l'unica donna che avesse mai

amato. La madre di suo figlio. Suo figlio bastardo. Sebbene il bambino di dieci anni fosse la luce della vita, sua madre, Sarah, rifiutò tutte le sue richieste di sposarlo. Nel corso degli anni, insistette abbastanza sul fatto che un giorno Henry avrebbe avuto bisogno di sposare una donna adatta al *ton*. Una donna che sarebbe stata accettata dalla nobiltà perché ne faceva già parte. La figlia di un conte o di un visconte o anche di un barone andrebbe benissimo, pensò Sarah.

La figlia di un marchese sarebbe ancora meglio.

Dopo una notte piuttosto irrequieta trascorsa nella sua casa di città usata raramente in Bruton Street, Henry aveva deciso che gli piaceva l'idea di sposarsi con una bellissima principessa delle fate.

Ecco perché Henry era seduto in una carrozza cittadina a Park Lane alle dieci del mattino, l'autista in attesa che lo spazio si liberasse nel vialetto davanti casa. Sarebbe sceso dalla sua carrozza e avrebbe salito i gradini, ma un'altra carrozza cittadina, una nuovissima con una finitura nera lucida, si trovava nel viale semicircolare.

Osservò una bella donna un po' sovrappeso che scendeva le scale e, con la mano di uno stalliere che la sosteneva, salire sulla carrozza contrassegnata. Dai capelli ramati e dal davanti tondo, Henry capì che non era la donna che aveva visto nel parco la sera prima. Il che significava che probabilmente Lady Hannah era ancora in casa.

Una volta che la carrozza cittadina partì da Devonville House con il suo passeggero, l'autista della sua carrozza mise in moto i cavalli. Un altro minuto e l'allenatore si era fermato.

Sì, decise Henry, *potevo vedermi sposato con Lady Hannah*.

Ora doveva solo convincerla a sposarlo.

Henry riportò i suoi pensieri al presente. L'autista stava smontando e stava per aprire la portiera. L'ultima cosa che Henry voleva era essere sorpreso a sognare ad occhi aperti sulla donna che aveva visto la notte prima. Se era davvero Lady Hannah Slater, Lady Charlotte era stata quasi negligente nel non descriverla con gli attributi più generosi che la donna meritava. «Questa è la residenza del marchese di Devonville, mio signore», disse l'autista, indicando la grande casa con l'ampio parco ad un lato. Henry ha notato che l'autista si era fermato sulla carreggiata semicircolare. L'equipe era parcheggiata alla base dei cinque gradini in pietra che salivano verso le massicce doppie porte incorniciate da un portico e da colonne greche.

Facendo un cenno al guidatore mentre scendeva, Henry diede all'uomo una moneta e gli chiese se poteva aspettare. Si rimproverò silenziosamente per non aver ancora visitato Tillbury's per reclamare il suo pullman di nuova costruzione durante il viaggio dalla sua casa di città. Oltre al comfort aggiunto del suo nuovo allenatore, l'equipaggiamento contrassegnato avrebbe segnalato al personale di casa che era un membro della nobiltà. Aveva preso in considerazione l'idea di viaggiare sull'antica carrozza del suo defunto zio, quella che aveva usato per raggiungere Londra dall'Oxfordshire, ma le molle erano scomparse da tempo e le condizioni dell'esterno fecero una brutta prima impressione. L'unico altro equipaggiamento posseduto dalla contea era un curricolo, ma l'aveva lasciato indietro nella remota possibilità che Sarah potesse averne bisogno per un viaggio a Bampton. Potrebbe non essere sua moglie, ma tutti nella sua contea sapevano che era sotto la sua protezione.

Al posto di una carrozza contrassegnata, si assicurò di avere un biglietto da visita da consegnare al maggiordomo.

Prendendo le alzate con passi rapidi ed efficienti, Henry trovò una delle porte d'ingresso che si apriva ancor prima che potesse tirare il battente di ottone a testa di leone. «Lord Devonville è in residenza?» chiese, porgendo il cartone al maggiordomo.

Il robusto servitore diede solo una rapida occhiata alla carta prima di fare un cenno a Henry. «Infatti, mio signore. Se mi segui, per favore, ci vediamo in salotto.» Prese il cappello di Henry e lo posò in modo piuttosto meticoloso su uno scaffale lucido prima di condurre il conte lungo il corridoio riccamente decorato.

Henry dovette resistere all'impulso di rispondere; il benvenuto del maggiordomo è stato pronunciato con più parole di quante ne abbia sentite dal suo maggiordomo in un'intera giornata.

Se c'era qualche dubbio sulla situazione finanziaria del marchese, una rapida occhiata ai manufatti esposti sulle cariatidi in tutte le nicchie che oltrepassarono indicherebbe che era piuttosto arrossato. Il pensiero della dote associata a Lady Hannah non gli era nemmeno passato per la mente; deteneva già il titolo di Ellsworth Park libero e chiaro, nonostante non avesse convinto Lady Charlotte a sposarlo.

Tuttavia, il tempo trascorso durante il viaggio da Kirdford a Londra gli ha dato il tempo di riflettere sulla situazione. Lady Charlotte e Joshua Wainwright, il nuovo duca di Chichester, erano una coppia perfetta l'uno per l'altra. Poteva solo augurargli ogni bene nella vita. Joshua era stato molto accomodante nonostante lo scarso trattamento riservato da Henry all'uomo sfigurato quando era arrivato per la prima volta nella casa della tenuta recentemente ricostruita. Qualsiasi prova dell'incendio che aveva lasciato il nuovo duca con cicatrici da ustione era stata a lungo lavata dalle pietre esterne dell'ala ovest. Dagli odori di nuovo legname tagliato che si facevano strada verso l'ala est della casa, era evidente che l'interno dell'ala ovest era sulla buona strada per essere riportato al suo antico splendore.

Il maggiordomo fece entrare Henry in salotto e gli chiese se desiderava rinfrescarsi. Henry considerò l'offerta solo per un momento; con un po' di fortuna, William Slater avrebbe offerto una bevanda alcolica. Declinò gentilmente e fece il giro della stanza, studiando i dipinti, ascoltando le deboli note di musica provenienti da un'altra parte della casa, ammirando l'arredamento di buon gusto e i mobili alla moda attuali, compreso un divano greco posto davanti a una finestra affacciata sul cortile laterale dove aveva visto Lady Hannah e Harold MacDuff suonare la sera prima.

La visione della testa di Hannah, gettata all'indietro dalla gioia mentre il cane le leccava il collo, gli tornò in mente spontaneamente. Si ritrovò a chiedersi se sarebbe stata così quando era in estasi, le sue lunghe ciglia scure appoggiate sulla sommità di quegli splendidi zigomi, le sue labbra a forma di bocciolo di rosa leggermente socchiuse, i suoi capezzoli increspati e pronti per la sua bocca da saccheggiare. I suoi lombi si agitarono al pensiero.

Stordito dalla reazione del suo corpo al pensiero di Lady Hannah in estasi, Henry dovette resistere all'impulso di guardarsi i pantaloni. Sarah è stato il suo primo e unico amore. Non riusciva a ricordare di aver avuto una reazione simile nei confronti di un'altra donna, almeno non dai suoi giorni come studentessa lasciva a Oxford. Né ricordava di aver sognato ad occhi aperti come poteva apparire una donna in estasi!

Si scrollò di dosso le sue fantasticherie. Per riprendere il controllo, Henry dovette concentrarsi sul dipinto di un ufficiale di marina dall'aspetto severo che lo fissava da sopra un divano di velluto.

«Mio padre probabilmente non è mai stato così serio».

Il commento è stato fatto in una profonda sbavatura scozzese che la dice lunga sul suo proprietario. «Non puoi quando hai occhi che tradiscono la tua propensione al male».

Henry si voltò e trovò un uomo dall'aspetto distinto che lo osservava dalla porta. Quando era più giovane, il marchese era stato senza dubbio molto popolare tra le dame del *ton*; anche adesso, si comportava come uno che era consapevole dell'effetto che la sua stessa presenza aveva su una stanza. I suoi capelli sale e pepe erano lunghi ma raccolti in una coda e fissati con un nastro nero. La sua giacca blu scuro e i pantaloni scuri mettevano in risalto il lino bianco come la neve della sua cravatta e il panciotto rosso che indossava sotto. Le rughe ai lati degli occhi suggerivano che avesse tra i quaranta e i cinquanta anni, ma la sua pelle scura era una sorpresa per una delle contee settentrionali. L'uomo ovviamente si è divertito a cavalcare o ad altre attività all'aperto.

«Ma sono sicuro che i suoi ufficiali si sono affrettati a obbedirgli», ribatté Henry, affrettandosi a presentarsi davanti al marchese. Si inchinò formalmente davanti al marchese, sperando che l'uomo gli porgesse la mano. Non era deluso.

«Probabilmente», rispose l'uomo. «William Slater, marchese di Devonville», dichiarò con un cenno del capo. «Devo ammettere la sorpresa nel vederti qui a Londra, Gisborn. Avevo l'impressione che fossi piuttosto impegnato a installare degli aggiornamenti nella tua tenuta nell'Oxfordshire. Non uno che possiede pecore, suppongo?»

Henry riusciva a malapena a nascondere la sua sorpresa per il fatto che il marchese avrebbe persino saputo chi era, per non parlare di ciò che stava cercando di realizzare sulle sue terre. «Fino a quando non ho ricevuto una convocazione da Lord Ellsworth una settimana fa, in realtà lo ero», rispose con un'alzata di spalle. «E sono del parere che ci siano già troppe pecore nelle Cotswolds».

Lord Devonville considerò per un momento le parole del conte. «Oh, sì. Quella faccenda di sua figlia», disse con una punta di delusione. «Non posso dire di biasimarlo per la sua preoccupazione, ma...» Lasciò che la frase si affievolisse, gli occhi socchiusi in direzione di Henry. «Dimmi, Gisborn. Cosa *stai pianificando* esattamente in quella tua proprietà?» chiese, le mani che scivolavano nelle tasche dei pantaloni mentre vagava più lontano nella stanza. Si diresse verso una credenza, dove una caraffa di cristallo e diversi bicchieri stavano su un vassoio d'argento. Versando un dito di liquore in un bicchiere, si voltò a guardare Henry mentre gli porgeva il bicchiere.

«Grazie», disse Henry mentre prendeva il pesante bicchiere, capendo quasi immediatamente che il liquore all'interno era scotch. Scotch di malto. Probabilmente dalla Scozia e senza dubbio invecchiato almeno dodici anni. «Ho progettato una serie di canali di irrigazione per i terreni agricoli della mia proprietà e della tenuta vicina. È mia intenzione essere in grado di drenare i terreni durante le forti piogge e di fornire acqua per le colture durante i periodi più asciutti». Non aggiunse di aver acquistato nuove seminatrici per la semina e culle per il raccolto, né che stava lavorando a un progetto per un aratro più efficiente.

Il marchese lo guardò per un momento e poi si versò un bicchiere per sé. «Allora, sei consapevole di ciò che Aldenwood ha pronosticato per questa estate, eh?» chiese mentre tendeva il proprio bicchiere verso Henry.

Non riconoscendo il nome in associazione con le previsioni per il futuro, Henry guardò per un momento il marchese. «Aldenwood? Temo di non conoscerlo bene, mio signore», replicò notando il marchese che tendeva il bicchiere nella sua direzione.

«James Aldenwood. L'esploratore del mondo», dichiarò Devonville, come se fosse un'informazione sufficiente.

Un Henry sorpreso fece tintinnare il proprio bicchiere contro quello di Devonville prima di sorseggiare il liquido ambrato. Lo scotch gli bruciò la gola mentre scendeva, ma l'effetto era tanto confortante quanto ristorativo. «Oh, è molto buono, mio signore», disse con un cenno di apprezzamento.

«Non è vero? Mio fratello si inventa la roba nelle Highlands», ha risposto il marchese con orgoglio. «Meno male che è nato secondo. Non va bene per nient'altro», aggiunse con un sorriso malizioso.

Henry sorrise in risposta, rendendosi conto che il fratello minore di un marchese era semplicemente l'erede di riserva di una famiglia di *ton*. «Ovviamente conosco gli scritti del signor Aldenwood sui suoi vari viaggi», ammise poi, volendo essere sicuro che il marchese sapesse che aveva almeno *sentito parlare* dell'uomo, «ma non sapevo che fosse un pronostico», Henry aggiunse mentre si chiedeva come fossero collegate le sue intenzioni per le sue terre e Aldenwood.

Il marchese si trasferì al camino. «Aldenwood ed io siamo vecchi amici. A volte viaggiavo con lui. Ha visto cose, cose incredibili. I suoi scritti non iniziano a coprire tutto ciò a cui ha assistito nella sua vita. L'anno scorso, era in Australia quando un vulcano ha eruttato nelle Indie orientali olandesi. Apparentemente la cosa ha messo così tanti detriti nell'aria che il cielo è stato completamente nero laggiù per diversi giorni. Il sole era così fioco che potevi guardarlo ad occhio nudo per molte settimane dopo. E i detriti non sono caduti. Tutta quella roba nell'aria—dice che è per questo che abbiamo queste albe e tramonti meravigliosi, capisci», spiegò, bevendo finalmente un sorso del suo scotch. Sembrò tenerlo sulla lingua per un momento prima di ingoiarlo con molto gusto.

Henry fissò il marchese per un momento prima di prendere un altro sorso di scotch. «Ed è tutto questo... detriti... il motivo per cui abbiamo avuto un inverno più freddo? Ancora pioggia?» chiese, un senso di terrore che gli si insinuò nello stomaco. Il maltempo sarebbe continuato fino all'estate? Accorciare la stagione di crescita? La primavera si stava già rivelando più fresca e piovosa del solito. Sebbene la contea di Gisborn fosse economicamente abbastanza in gamba, non poteva permettersi una brutta stagione di crescita. C'erano inquilini che dipendevano dai raccolti, diversi villaggi vicini che esistevano a causa dell'agricoltura praticata nelle terre di Gisborn.

Devonville gli puntò il dito contro. «Capisci in fretta, figlio mio», disse in un modo che suggeriva di essere soddisfatto della deduzione di Henry. «Aldenwood è convinto che il Nord Europa e tutta la Gran Bretagna avranno una stagione vegetativa terribile. Quindi, tutto ciò che puoi fare ora per garantire una migliore resa delle tue colture sarà vantaggioso. Può impedire ai tuoi inquilini di morire di fame quest'inverno. Il marchese prosciugò lo scotch rimasto in un sol sorso».

Seguendo l'esempio con il suo scotch, Henry guardò nel suo bicchiere vuoto prima di guardare il marchese. «Apprezzo che tu me lo dica. Potrei avere l'idea giusta per drenare i campi dall'acqua in eccesso. Ma ora potrei dover ripensare a quali raccolti piantare».

Che scelta aveva davvero? Grano, orzo e fagioli erano le uniche colture coltivate nella sua parte dell'Oxfordshire. Sebbene le sue parole avessero lo scopo di placare il marchese, dopo un'ulteriore riflessione, un sentimento di disagio stava crescendo nelle sue viscere; quanta credibilità dovrebbero dare le informazioni? Devonville sembrava abbastanza convinto delle conclusioni di Aldenwood, però. Anche se la previsione di Aldenwood non si fosse avverata, in ogni caso non sarebbe male essere preparati.

«E mentre lo fai, dimmelo, Gisborn. A proposito del tuo

incontro con Ellsworth, intendo», disse Devonville mentre si spostava verso la credenza e riempiva il bicchiere. Fece cenno a Henry di portare il bicchiere in modo da poterci versare dell'altro scotch.

Henry tese il bicchiere. «Ero lì per parlare con lui di proprietà. Ellsworth Park è adiacente alle terre di Gisborn. Non ha menzionato la discussione sul suo matrimonio con Lady Charlotte come parte dell'accordo».

«Hai intenzione di sposare la ragazza?» chiese allora Devonville, il suo sguardo così diretto che Henry fu costretto a distogliere lo sguardo.

Sospirò piano. Il marchese di certo non usava mezzi termini. «Joshua Wainwright, il nuovo duca di Chichester, avrà quell'onore, mio signore. Probabilmente tra un giorno o due, in effetti», aggiunse Henry, cercando di non far trasparire la sua delusione. Charlotte era sembrata la donna perfetta per essere la sua contessa. Farebbe di Wainwright la duchessa perfetta.

Devonville emise un grugnito. «Non posso dire di incolpare Lady Charlotte. Penso che sia piuttosto innamorata del giovane Wainwright. Il fratello maggiore...» si fermò per un momento e scosse rapidamente la testa. «Non così tanto. La maggior parte non lo direbbe ad alta voce, ma penso che il mondo stia meglio senza che il suo carattere spregevole macchi la reputazione dei Wainwright».

Henry costrinse la sua faccia a rimanere impassibile. *Quindi il marchese non era un fan del conte di Grinstead, l'uomo che sarebbe stato il duca di Chichester, se non fosse morto nell'incendio.* «Infatti», rispose Henry con un cenno del capo. «Lord Ellsworth ha insistito sul fatto che sposassi Lady Charlotte, anzi mi ha anche dato una generosa dote. E avrei onorato il suo accordo se lei avesse *voluto* sposarmi», disse con cautela. *Buon Dio, sono qui per chiedere informazioni sulla disponibilità di Lady Hannah al matrimonio. Non dovrei commentare la mia prima scelta in una moglie!*

«Un matrimonio di convenienza non è sempre l'approccio migliore, ragazzo», disse il marchese con voce sommessa, gli occhi cupi. «Mi manca mia moglie. Terribilmente. Non mi ero resa conto di quanto fosse una fregatura finché non mi aveva dato alla luce un ottimo erede, e una bellissima figlia, e sopportato le mie abitudini da donnaiolo per un buon decennio. Devo aver avuto cinque amanti prima di tornare in me e rendermi conto di essere innamorato di mia moglie!»

Henry fissò l'uomo più anziano, sbalordito dal fatto che avrebbe ammesso tali dettagli personali a qualcuno che aveva appena incontrato. «Deve aver sicuramente ricambiato il favore», commentò, inclinando la testa da un lato.

A questo punto, la luce negli occhi di Lord Devonville si affievolì. Abbassò leggermente la testa. «Lei lo fece. È morta un paio di anni fa».

Sbalordito dal commento, Henry si sforzò di trovare le parole corrette da dire. *Perché Charlotte non lo aveva avvertito che Lady Devonville era morta?* «Sono così dispiaciuto per la vostra perdita, mio signore», disse con voce solenne. «Deve essere stato molto difficile per te. E per i tuoi figli».

Alla menzione dei bambini, il marchese alzò di nuovo la testa. «William è il più vecchio. Ha il suo comando navale, ma Hannah... non è ancora sistemata. Ha avuto un periodo più difficile. Ho trascorso un anno di quella che sarebbe stata la sua prima stagione di lutto per sua madre e la seconda stagione di lutto quando una delle mie sorelle è morta. L'altra mia sorella, Adele, si è appena fidanzata con il conte di Torrington», spiegò con un'alzata di spalle, agitando la mano per indicare a Henry di sedersi. Henry lo fece quando il marchese si sistemò su una sedia imbottita vicino al camino.

Henry si rese conto allora che la donna che aveva visto con il cane la sera prima *doveva* essere Lady Hannah. «Ha avuto sei corteggiatori la scorsa stagione», ha continuato Devonville, con una punta di orgoglio nella sua voce. Bevve un altro sorso di scotch. «E nessuno di loro era degno della mia unica figlia», aggiunse prima di considerare Henry con occhio critico.

Sebbene non sia sorpreso dal fatto che Lady Hannah abbia

attratto così tanti corteggiatori durante la sua prima stagione, il conte ha dovuto lottare per nascondere il suo shock iniziale. *Quindi, non sono l'unico a trovarla bellissima,* pensò, un senso di tristezza che lo assaliva. «è opinione di Lady Charlotte che tua figlia sarebbe adatta a me», ha detto per presentare il motivo per cui ha fatto visita al marchese. «So che ci siamo appena incontrati, ma pensi di potermi trovare abbastanza degno di tua figlia?» chiese Henry, alzando la testa e incontrando lo sguardo diretto del marchese senza batter ciglio. Meglio scoprire come se l'è cavata con il padre prima ancora di provare a convincere la figlia della sua idoneità a marito.

William Slater lo osservò per diversi secondi prima di rivolgere la sua attenzione al camino. Svuotò il bicchiere, posandolo dopo sul tavolo accanto a questa sedia. «Hai mai incontrato la tua prima promessa sposa?» chiese a bassa voce.

Henry dovette soffocare un sussulto. Come faceva il marchese a saperlo? «Ho incontrato Lady Jennifer quando era piuttosto giovane. Io... Non abbiamo rinnovato la nostra conoscenza prima della sua morte», balbettò. «Era piuttosto giovane», ripeté, non sapendo cos'altro dire sul suo primo fidanzamento.

«È vero che hai un figlio bastardo?» chiese allora Devonville, il viso così severo che Henry pensò che forse il marchese aveva già deciso che non era abbastanza bravo per la sua unica figlia.

«Sì, mio signore», rispose Henry con un cenno del capo, non permettendo alla sua sorpresa di manifestarsi. *Come fa il marchese a sapere di mio figlio?*

«L'ho cresciuto come tale sin dalla sua nascita».

Annuendo, Devonville si sporse in avanti. «E che ne è della sua educazione?»

Henry si meravigliò della curiosità dell'uomo. «Ha avuto una governante fino all'inizio dell'anno scorso, da allora ha avuto un tutore. Andrà ad Abingdon questo autunno e ad Eton quando avrà tredici anni. Spero che poi vorrà frequentare un'università, ma starà a lui decidere quale e per quale disciplina».

Le folte sopracciglia di Devonville si sollevarono sulla fronte dell'uomo, come se fosse sorpreso dalla risposta di Gisborn. «E la madre?»

Irritato alla domanda ma decidendo che era meglio offrire la verità, Henry sospirò. «Volevo sposare sua madre da quando eravamo piccoli, ma lei ha rifiutato tutte le mie proposte».

Devonville sembrò preso alla sprovvista dalla sua risposta. «Quale motivo potrebbe escogitare una donna per rifiutare l'offerta di matrimonio di un conte?» chiese, le sue folte sopracciglia ora corrugate in maniera incredula. «È spesso assalita dai vapori?»

In quel momento, Henry non desiderava altro che scomparire nella costosa moquette turca che ricopriva il pavimento del salotto. Il marchese aveva espresso la stessa domanda che Henry aveva posto a Sarah l'ultima volta che le aveva proposto di sposarlo. «Non è nata nella nostra classe. Sapeva che avrei ereditato la contea di Gisborn da quando eravamo nella nostra adolescenza», spiegò rapidamente, desiderando che il marchese sapesse che aveva cercato di legittimare il figlio. «Sente che è mio dovere cercare una moglie almeno pari al mio rango, quindi ha rifiutato tutte le mie offerte di farla diventare mia moglie». Sebbene avesse dato una risposta molto simile a Lady Charlotte solo il pomeriggio prima, in qualche modo sembrava una scusa piuttosto zoppa quando lo diceva a un marchese».

C'erano diversi casi di visconti e conti che avevano sposato donne al di fuori dell'aristocrazia. Alcune delle loro mogli avevano fatto benissimo ad assimilare se stesse alla vita del *ton* di Londra. Alcuni altri, tuttavia, non furono mai accettati dall'aristocrazia volubile. Trascorsero la vita nelle tenute di campagna del marito, per non farsi mai vedere a Londra.

Il marchese sembrava impressionato dalla sua risposta – o impressionato dalla madre di suo figlio – Henry non poteva essere sicuro di quale. «Allora, lei è la tua amante, allora?» chiese a metà Devonville.

Di nuovo, Henry ricordò la sua conversazione con Lady Charlotte del giorno prima. Non aveva mai considerato Sarah come la sua amante, eppure era esattamente il ruolo che aveva interpretato nel corso degli anni. Aveva intenzione di continuare la loro relazione anche dopo il matrimonio. L'amava. «Io... Sì», alla fine concordò, imbarazzato di dover ammettere di aver tenuto un'amante quando era lì per chiedere il permesso all'uomo di corteggiare sua figlia. «Se siamo d'accordo e se mi permettete di sposare vostra figlia, mio signore, vi prometto che fornirò protezione e il meglio di ogni cosa a lei e ai nostri... figli», balbettò di nuovo Henry, maledicendosi per aver perso la sua fiducia nel bel mezzo dello scambio con il marchese. «Lady Charlotte ha insinuato...» Si fermò allora, chiedendosi se avrebbe dovuto dire al marchese ciò che l'amica di Lady Hannah gli aveva detto sull'opinione della donna più giovane sui mariti.

«Lady Hannah ha idee piuttosto particolari quando si tratta di uomini», lo interruppe il marchese, rendendosi conto che Lady Charlotte aveva probabilmente condiviso la strana opinione di Hannah sugli uomini con il conte. Quando notò il sopracciglio arcuato di Henry, però, si chiese se lei lo avesse spiegato in termini che il conte poteva capire. «È opinione di mia figlia che gli uomini amino davvero le loro amanti e abbiano semplicemente bisogno delle loro mogli per avere figli», ammise Devonville con un sospiro esagerato. Riconobbe lo sconforto del conte per quello che era. «Anche se ho tenuto tutte quelle amanti per diversi anni, ora so di essere stato uno sciocco a farlo. Ho amato mia moglie. E negli ultimi due anni ho cercato invano di convincere mia figlia di questo fatto», insistette poi, la sua ira cresceva a ogni parola.

«Non ho bisogno che lei mi ami», dichiarò allora Henry, con la testa che tremava. «E, fintanto che ama i bambini che ha, dovrei considerarmi un uomo molto fortunato, mio signore».

Il marchese di Devonville fissò il conte di Gisborn per diversi momenti, i suoi lineamenti fissati in un'espressione illeggibile. E poi un accenno di malizia apparve nei suoi occhi. «Allora ti suggerisco di continuare con il corteggiamento», dichiarò Devonville prima di alzarsi in piedi. «Nella misura in cui può essere corteggiata», aggiunse con un sorriso che sembrava indicare più malizia. «La terza volta è il fascino, dicono», mormorò, riferendosi al fatto che sua figlia era evidentemente la terza moglie di Gisborn. «Ti auguro buona fortuna, Gisborn», aggiunse mentre tendeva la mano al conte.

Henry fissò incredulo il marchese. Cosa non gli stava dicendo l'uomo? Alla fine prese e strinse la mano offerta. *La terza volta.* «Grazie, mio signore. Io...» Si fermò mentre rifletteva sul motivo per cui il marchese gli avrebbe persino concesso il permesso di corteggiare Lady Hannah. «Posso chiederti perché mi stai permettendo di corteggiare tua figlia?»

Il barlume di malizia ancora nei suoi occhi, il marchese di Devonville guardò Henry con un lieve sorriso. «Sei un conte, eppure lavori la tua terra. La maggior parte degli idioti lo *troverebbe* offensivo, ma io no. Hai fatto bene a tuo figlio. Mi aspetto che farai bene a mia figlia. E tutti i nipoti che riesci a produrre.» Si raddrizzò. «A proposito, troverai Lady Hannah in salotto».

Henry annuì, sorpreso dal candore dell'uomo. «Posso chiamarla adesso?»

«Certo. La sua prima telefonata, Lady Bostwick, se n'è andata un po' di tempo fa. A proposito, è l'altra migliore amica di Hannah», disse in tono disinvolto, ma Henry ebbe la netta impressione che le informazioni fossero state fornite per aiutarlo nella sua ricerca. «Oh, e Harold è con lei. Lascia che ti parli un po' di quell'animale di mia figlia. Solo così sei preparato.»

E nei minuti successivi, il marchese di Devonville descrisse le abilità e le buffonate dell'Alpenmastiff che era stato con la famiglia per dieci anni.

Concedendo un sorriso alle descrizioni di Devonville, Henry si rese conto che il cane era diventato l'equivalente di un altro bambino in casa Slater. Ed era ovviamente vicino e caro a Lady Hannah.

«Ora, via con te», disse Devonville con un cenno mentre indicava la porta del soggiorno.

Henry sorrise. «Non ti deluderò».

Il marchese lo guardò, socchiudendo gli occhi. «Fai attenzione a non farlo».

CAPITOLO 3
LADY HANNAH INCONTRA
LORD GISBORN

In piedi di fianco alla finestra principale del salotto di Devonville House, Lady Hannah Slater osservò la carrozza anonima accostarsi al vialetto semicircolare e depositare il suo occupante piuttosto attraente sul granito frantumato. Una moneta fu lanciata all'autista, che annuì e mise da parte il raccolto una volta risalito sulla cassa. Quindi... l'allenatore è stato senza dubbio assunto e dovrebbe rimanere fermo per tutta la durata della visita del gentiluomo.

Ma chi era la tariffa?

Osservò l'uomo alto che si avvicinava alla porta d'ingresso, il suo sguardo diretto davanti a sé. Il suo cappello a cilindro si adattava bene alla sua altezza, il suo soprabito scuro e i pantaloni di pelle di daino fatti su misura per lui. C'era un luccichio sui suoi stivali che suggeriva che il suo cameriere li avesse occupati quella stessa mattina.

Hannah si chiese perché non sembrava voltare lo sguardo al resto della casa come facevano la maggior parte delle persone quando si avvicinavano alla villa palladiana a Park Lane. Forse l'aveva già vista guardare fuori dalla finestra e non voleva metterla in imbarazzo guardando nella sua direzione.

Fece un passo indietro e un po' di più di lato, per tenere d'occhio la sua figura finché non superò una delle colonne greche che fiancheggiavano l'ingresso. Capelli scuri, lunghe basette, mascella squadrata... sembrava familiare, ma Hannah non poteva essere sicura di averlo incontrato.

Oh, se solo Lady Charlotte fosse ancora in città. Avrebbe conosciuto l'uomo che ora Hatfield stava facendo entrare nel vestibolo. Charlotte conosceva tutti i gentiluomini del *ton* e diverse città, inoltre. Essendo stata fidanzata per quasi tutta la sua vita, Charlotte non aveva bisogno di considerare ogni uomo che incontrava come un potenziale corteggiatore. In quanto tale, ha stretto amicizia con uomini al solo scopo di avere compagni di ballo ai balli. Per Hannah, però, due stagioni perse a causa del lutto significavano che stava ancora conoscendo gli scapoli disponibili del *ton*. Sebbene avesse avuto sei corteggiatori durante il suo primo anno fuori, nessuno era particolarmente interessante, e tutti tranne uno erano chiaramente interessati alla sua dote più che a sposarla. L'altro aveva appena diciotto anni e apparentemente voleva sposarsi per poter sfuggire alla madre prepotente.

Quasi ventenne, e con una migliore amica sposata e, nel caso di Charlotte, un'altra quasi, Hannah aveva deciso che si sarebbe dovuta sistemare prima dell'estate o sarebbe morta di noia. Poteva solo sperare che questa stagione presentasse prospettive migliori.

Spostandosi verso la porta del salotto ma assicurandosi di rimanere all'interno delle sue mura, Hannah ascoltò attentamente. L'uomo avrebbe chiesto di vedere suo padre. Un senso di delusione si impossessò di lei e si meravigliò della sua reazione. La Stagione era appena iniziata. C'erano stati solo due balli e un *musical*. Perché dovrebbe aspettarsi già un gentiluomo che chiama?

Forse era la visita di Elizabeth, decise. Lady Bostwick era così *felice* nel suo matrimonio con George Bennett-Jones. Aveva trascorso la maggior parte della sua visita sposando le virtù di avere un marito attento, un uomo che aveva pensato fosse un cittadino finché il padre di Elizabeth, il marchese di Morganfield, l'aveva messa in chiaro e l'aveva informata di essere un *visconte*. Quello era il giorno di ottobre in cui Elizabeth si fidanzò con George. Si sono sposati così in fretta che il *ton* aveva spettegolato per quasi una settimana. Ed Elizabeth era già incinta. Tra altri tre mesi avrebbe partorito!

Una fitta di gelosia colse Hannah di sorpresa. *Oh, stare con un bambino!* Pensava che fosse piuttosto ingiusto che si dovesse avere un marito prima di poter avere un bambino. Almeno, nel senso legittimo. Non riusciva a immaginare di essere una povera donna non sposata con un figlio.

Sospirando, Hannah tornò a sedersi su una sedia vicino al camino. Il suo ricamo stava sul cuscino della sedia e il suo cane, Harold MacDuff, giaceva a sonnecchiare sul pavimento direttamente davanti alla sedia. Invece di insistere affinché sollevi il suo enorme corpo e lo muova in modo che potesse riprendere il suo posto, Hannah diresse la sua attenzione al piano-forté. La musica avrebbe fatto bene al suo umore, decise. Sfogliando gli spartiti che aveva scelto da Birchall la settimana prima, ne tirò fuori alcuni e iniziò a suonare.

Era così assorta nello studio della musica che suonava, che Hannah non si accorse del visitatore che si trovava sulla soglia del salotto. Fu solo quando completò una selezione di Bach e stava spostando un nuovo spartito che notò il chiamante di suo padre. «Oh!» ci riuscì quando una mano andò in cima al suo seno.

«Brava, mia signora». Henry Forster si inchinò profondamente, non volendo distogliere lo sguardo dalla bellezza del piano-forté. Lo ha fatto per completare la cortesia. Poi dovette sforzarsi di respirare. Lady Hannah era molto più bella da vicino di quanto fosse apparsa in giardino la sera prima. L'abito di mussola rosa che indossava completava la sua pelle così come la sua figura, il corpetto era abbastanza aderente da mostrare la pienezza dei suoi seni. Con le braccia snelle e le lunghe dita scoperte, a Henry era evidente che aveva lasciato l'aula da tempo. *Venti, forse*, pensò mentre lasciava che il suo sguardo si posasse sul suo viso. Devonville aveva menzionato la sua età? Se era così, non riusciva a ricordare. Il suo cervello era improvvisamente un po' confuso.

Hannah si alzò dalla panca del pianoforte e fece un inchino.

Dov'è Harold? E perché non l'aveva avvertita che c'era un uomo in attesa della sua attenzione? Osò una rapida occhiata in direzione del camino e vide che la bestia pelosa stava ancora sonnecchiando davanti alla sua sedia. *Sei un cane da guardia,* pensò seccata. Come se leggesse i suoi pensieri, Harold aprì un occhio per un momento prima di sbadigliare e richiuderlo. «Grazie, mio signore. Temo che sia la prima volta che suono quel pezzo…»

«Eppure l'hai suonata perfettamente. Bach stesso dovrebbe essere d'accordo, ne sono certo», dichiarò Henry con un cenno del capo mentre si avvicinava a lei. Si fermò proprio di fronte a lei e le prese la mano. Sollevandolo, sfiorò con le labbra la parte posteriore delle nocche. *Anche le sue mani sono belle,* pensò mentre teneva l'una più a lungo di quanto avrebbe permesso la correttezza. «Henry Forster, conte di Gisborn», disse a titolo di presentazione. «Al tuo servizio».

Hannah arrossì, il rosa si allargò sulle sue guance in un istante. «Sei troppo gentile», rispose, osando ricambiare lo sguardo dell'uomo. *Gisborn?* Non aveva senso. Il conte di Gisborn era un vecchio puzzone di conte. Un vecchio rugoso, sgradevole, meschino. Così vecchio che era... *morto,* si rese conto proprio in quel momento.

E quest'uomo era il suo erede.

Henry Forster. Riconobbe il nome, ma l'uomo che le stava davanti non era qualcuno a cui era stata presentata a un ballo oppure ad un *concerto.* Lady Charlotte aveva parlato di lui. Lo conosceva dalla sua giovinezza. Poderi vicini, o qualcosa del genere. «E io sono Lady Hannah Slater», dichiarò, scuotendosi dalle sue brevi fantasticherie. «Sono lieto di fare la tua conoscenza». La sua mente correva. Era venuto in salotto solo per via della musica? Aveva chiamato suo padre. La loro attività deve essere completa. «Vorresti unirti a me per il tè?» chiese, sorpresa di averlo invitato, ma se non lo avesse fatto, aveva paura che si sarebbe congedato da Devonville House e non l'avrebbe mai più rivisto.

Sbalordito dall'invito — era solo con lei in salotto, senza un cameriere né una cameriera in vista per fare da accompagnatore —

Henry piegò la testa da un lato. Non aveva intenzione di mettere in dubbio la sua fortuna. «Sarei onorato», ha risposto con un cenno del capo.

Hannah chinò la testa in risposta e si mosse per suonare il campanello. «Pensavo che forse a quest'ora avrei avuto un'altra chiamata, quindi non ci vorrà molto».

Henry si ricordò di ciò che il marchese aveva detto sul fatto che la sua prima telefonata era la sua "altra migliore amica".

«Non ti siedi?» si offrì, indicando l'unica sedia su cui si sarebbe seduto suo padre quando era in salotto.

Hannah si assicurò di sedersi su una sedia adiacente con un tavolino basso davanti. Osservò Henry prendere la sedia offertagli. Sembrava nervoso, come se fosse la prima volta che si trovava da solo in una stanza con una signora. «Avevi affari con mio padre?» chiese, non sapendo in quale altro modo iniziare la conversazione.

Henry considerò la domanda. «Qualcosa del genere. Lo trovo piuttosto... gradevole», si offrì, osando guardarla mentre faceva la valutazione.

In procinto di rispondere, Hannah fece un cenno verso la porta del salotto. Una cameriera fece rotolare il carrello del tè nella stanza, spalancando gli occhi alla vista della sua padrona con un uomo e apparentemente nessun altro servitore nella stanza. Posò il vassoio d'argento con la pentola e le tazze sul tavolino basso davanti ad Hannah insieme a un piatto di biscotti al limone. «Hai per caso portato un biscotto per il cane?» chiese Hannah, sperando che la menzione della bestia pelosa avrebbe messo a tacere ogni scrupolo che la cameriera avrebbe potuto avere nel lasciare Hannah da sola con il visitatore.

«Sì, milady», rispose la cameriera, la sua voce che suonava sempre così sollevata alla menzione del cane. Posò un piatto con una strana forma marrone sul tavolo accanto ai biscotti.

«Grazie. Mi occuperò io di versare il tè», disse Hannah come se fosse un congedo. Rivolgendosi al conte, chiese: «Come prendi il tuo tè, mio signore?» mentre sollevava una tazza e un piattino.

«Gisborn», affermò Henry con enfasi. Agli occhi spalancati di

Hannah, si chiese se avesse sbagliato a insistere che usasse il suo nome così presto dopo la loro presentazione. «Niente zucchero, un po' di latte», ha aggiunto. Osò dare un'occhiata in direzione del cane. «Harold si unirà a noi, milady?»

Hannah stava versando il latte e non vide il luccichio negli occhi di Henry mentre chiedeva del cane. Si chiese come facesse a sapere il nome del suo animaletto. *Papà ha parlato di Harold con lui?* Alzò lo sguardo verso il suo mentre gli porgeva il tè. «Sono sicuro che gli piacerebbe. Cioè, se non lo chiedessi per scherzo.»

Henry sorrise. «Non lo ero», rispose scuotendo la testa. «A meno che non abbia preso la sua sedia, nel qual caso mi piacerebbe l'opportunità di trasferirmi a un'altra prima di invitarlo».

Sorridendo alla sua battuta, Hannah rivolse la sua attenzione al suo animale domestico. «Vuoi un biscotto, Harold?»

L'Alpenmastiff alzò la testa sorpreso. Un piccolissimo ma profondo "trame" esplose prima che la bestia sollevasse tutto il suo corpo dal pavimento, una mossa che sembrò richiedere un grande sforzo e almeno due o tre lamenti prima che si spostasse pesantemente al fianco di Hannah. Sembrò notare Henry per la prima volta, ma, non avvertendo alcun pericolo per la sua padrona, si tirò le anche sotto di sé e si raddrizzò a sedere quanto gli permetteva la sua stazza.

«Posso io?» chiese Henry indicando il bocconcino del cane.

Hannah guardò il suo ospite con incertezza. «Io... suppongo».

Sollevando il biscotto dal piatto, Henry si alzò dalla sedia e si avvicinò al cane. In piedi direttamente di fronte ad Harold, permise ai suoi occhi di entrare in contatto con quelli del cane. Erano grandi occhi marroni, piuttosto espressivi nonostante l'aspetto generale di noia che il resto della sua espressione sembrava trasmettere. Il suo enorme naso nero era circondato da un muso bianco che presentava una collezione di lentiggini nere. Oltre a ciò, il suo corpo era ricoperto da una pelliccia marrone che si estendeva fino a una fascia bianca di pelliccia attorno all'intero collo. Il resto del suo corpo sembrava ricoperto dalla pelliccia marrone, tranne le zampe anteriori, che erano piuttosto bianche, come se il cane fosse stato recentemente lavato. Henry si chiese se ci fosse una vasca di rame da qualche parte a Londra abbastanza grande da ospitare una bestia così enorme.

Henry abbassò il biscotto finché non si posò sopra il muso piuttosto largo del cane. Harold lo fissava con occhi pigri, come se l'avesse fatto mille volte e ne fosse annoiato. Henry tornò alla sua sedia e si sedette. «Ora, Harold!»

Harold lanciò diligentemente il biscotto in aria scuotendo il naso verso l'alto e prese il dolcetto in bocca mentre scendeva. Per alcuni secondi, un suono scricchiolante provenne dall'animale.

La bocca di Hannah si aprì prima che una delle sue mani potesse coprirla. «Come hai... come faceva *a sapere come* farlo?» chiese sorpresa. «Io... non sapevo che conoscesse quel trucco!» Fissò Henry per diversi secondi. «Non gli ho insegnato a farlo!»

Combattendo l'impulso di ridere a sue spese, Henry scosse la testa. «Penso che il colpevole potrebbe essere tuo padre, signora mia» disse in tono di scusa.

Il rossore rosa che colorava il viso di Hannah corrispondeva quasi al suo vestito. «Non posso credere che me lo tenga nascosto», mormorò, sentendosi un po' indignata. Alzò lo sguardo per trovare il conte che la osservava, la testa piegata da un lato. Era un uomo molto bello, decise. Ampio di spalle, alto, con una folta chioma scura che poteva quasi essere nera, e gli occhi così azzurri che quasi non osava guardarlo direttamente.

«È solo un trucco da salotto. Il tuo Harold», fece un cenno con la testa verso il cane e non fu sorpreso di trovare la bestia che lo osservava intensamente, «è un cane piuttosto maestoso. Forse potrebbe unirsi a noi in un giro nel parco. È una bella giornata per questo. In verità faceva un po' freddo, ma il sole stava finalmente spegnendo la nebbia mattutina e presto il cielo sarebbe stato sereno».

Un brivido passò per Hannah: il solo pensiero di cavalcare nel parco con questo uomo molto bello le fece girare la pancia e il suo cuore iniziò a battere forte. «Io... dovrei chiederlo a mio padre, ovviamente, ma... ne sarei felice». Anche se il conte non fosse stato bello, avrebbe accolto con favore l'opportunità di uscire di casa. Un giro nel parco sembrava la cosa giusta.

«Ho sentito il mio nome, forse?» chiese dalla soglia il marchese di Devonville. Sembrava piuttosto soddisfatto da ciò che aveva visto, ma Henry posò la tazza sul tavolo e si alzò in piedi al commento dell'uomo, sperando che il marchese non trovasse il tableau a cui stava assistendo troppo inappropriato. Eccolo lì, seduto molto vicino alla figlia dell'uomo, e accanto a lei c'era il cane di famiglia con la lingua penzolante da un lato e un po' di bava che stava per gocciolare. Henry si inchinò al marchese.

«Siediti, siediti», insisté Devonville mentre entrava nella stanza.

«Buongiorno, padre», disse Hannah come un saluto, alzando una guancia in modo che suo padre potesse baciarla. Il marchese diede una pacca sulla testa ad Harold e andò a sedersi su una sedia di fronte a Henry. Hannah gli stava già versando tè e latte.

«Se vuoi portare mia figlia a fare un giro ad Hyde Park, puoi portare il mio phaeton, Gisborn», ha offerto mentre prendeva la tazza da tè da Hannah. «Ora ho uno sposo che se ne occupa. Certo, non c'è davvero spazio per Harold, ma confido che la riporterai a casa tutta intera».

Lavorando duramente per nascondere il suo stupore, Henry annuì. «È molto gentile da parte tua. Stavo solo chiedendo a sua signoria se si sarebbe unita a me per un giro».

Hannah era sicura che il suo viso fosse rosso vivo. Suo padre non aveva mai offerto tali libertà agli altri suoi corteggiatori. Né aveva mai offerto il suo alto trespolo phaeton!

«Henry, ecco il nuovo conte di Gisborn», disse il marchese, indirizzando il suo commento ad Hannah. «E il nuovo proprietario di Ellsworth Park», ha aggiunto, un sopracciglio folto inarcato in un modo che ha suggerito che sua figlia dovrebbe essere colpita. «Sembra che Lady Charlotte sposerà il suo duca da un giorno all'altro».

Aprendo la bocca per lo stupore, Hannah cambiò rapidamente la sua espressione in una di gioia. «Sono così felice per lei», ha detto, il suono di sollievo nella sua voce. «Non ha voluto altro che Joshua Wainwright da quando aveva sedici anni!»

Respingendo l'impulso di sussultare al suo commento, Henry si limitò ad annuire. «Sono appena arrivato da Wisborough Oaks ieri tardi», ha detto con la leggerezza che poteva. «Lady Charlotte è già sistemata e si è assunta la responsabilità di supervisionare la decorazione della parte ricostruita della tenuta», aggiunse con un tono di voce che era tutto affare. «Credo che sia diventata la castellana di Wainwright». Le sue parole erano ovviamente importanti per Lady Hannah, anche se, quando il suo viso si illuminò e gli rivolse un sorriso così glorioso, non voleva altro che ripetere qualunque parola la rendesse così felice.

«Hai avuto occasione di parlare con Lady Charlotte?» chiese Hannah, sporgendosi in avanti mentre faceva la domanda.

Henry annuì, tenendo gli occhi fissi su di lei per evitare l'impulso di fissare il suo décolleté improvvisamente più evidente. Non l'aveva notato *la* scorsa notte mentre saltellava con Harold nel parco. «Sì, io…» Fece una pausa, rendendosi conto che non poteva dirle che era stato lì per rivendicare Lady Charlotte come sua moglie. «Avevo affari lì con il duca», si corresse rapidamente. «Ma ho conosciuto Lady Charlotte molti anni fa. La proprietà che ho appena *acquisito* apparteneva a suo padre. Si trova direttamente a ovest della contea di Gisborn», spiegò, sperando di non annoiare la poveretta.

«Se hai acquisito la proprietà, Gisborn, devi avere dei progetti per la terra», pensò, sperando che la sua domanda appena nascosta non fosse troppo personale. Voleva solo mantenere la sua fine della conversazione.

Sentire il suo nome pronunciato con la sua voce fece rabbrividire nel profondo Henry. *Gisborn*. L'aveva detto come se fosse stata messa sulla terra al solo scopo di dire quella parola. Henry la guardò, ricordando troppo tardi che aveva accennato al fatto che aveva dei piani per Ellsworth Park. «Io… intendo aggiungerlo ai miei terreni agricoli esistenti e modernizzare l'intero tratto», disse infine, sperando di non sembrare ottuso.

«E cosa comporterà la modernizzazione?» ribatté lei, inclinando la testa suggerendo che fosse veramente interessata all'argomento. Riempì di nuovo la sua tazza da tè e la seguì con una cucchiaiata di latte.

Henry osservò le sue mani mentre assisteva al suo tè. Aveva mani eleganti: mani lisce e pallide con dita lunghe e perfettamente sagomate. Poteva immaginare quelle dita che viaggiavano sul suo corpo, afferrandogli le spalle mentre la baciava senza senso, stuzzicando la sua virilità trasformandola in acciaio temprato, scavando nella sua schiena mentre la cavalcava durante il rapporto, le unghie lasciavano piccoli segni a mezzaluna sulla sua pelle mentre l'ha portata all'estasi.

Che diavolo? Pizzicandosi mentalmente la sua virilità gonfia, Henry deglutì. Difficile.

Osò lanciare un'occhiata in direzione di Devonville. Anche il marchese sembrava piuttosto interessato alla modernizzazione della fattoria. «Le mie terre costeggiano il fiume Iside. È mia intenzione far scavare canali di irrigazione su entrambe le estremità del terreno e al centro, ad angolo retto rispetto al fiume, per consentire ai campi di essere irrigati durante i periodi di siccità e drenati in periodi di troppa pioggia». Fermandosi un momento per assicurarsi che il suo pubblico fosse ancora interessato, vide la fronte corrugata di Lady Hannah.

«Come, dunque, impedirai al fiume di inondare i tuoi campi quando piove troppo?» chiese, il suo corpo a malapena appollaiato sul bordo della sedia. Era di nuovo protesa in avanti, apparentemente molto interessata all'irrigazione.

Il pensiero dell'acqua del fiume che si riversava nei fossati che aveva pianificato di scavare nelle prossime settimane fu rapidamente sostituito dal pensiero dei seni di Hannah che fuoriuscivano dal suo corpetto per stare sulle sue mani ansiose. Era sicuro che uno di loro avrebbe riempito completamente una mano, forse avrebbe persino traboccato i bordi delle sue dita e si sarebbe riversato sul suo...

Cancelli! Si ammonì. Doveva pensare ai cancelli. *Le porte dell'inferno.* E scollature più alte.

«Nei punti in cui le rogge e il fiume si incontrano, ci sarà una specie di cancello: un grosso pezzo di ferro piatto con una fune attaccata che può essere infilata su una carrucola. Quindi il cancello può essere alzato e abbassato tra due binari di guida», ha spiegato, muovendo le mani in aria mentre descriveva i dispositivi, assicurandosi di includere il marchese nella sua spiegazione. «Una sorta di diga che può essere realizzata quando non serve acqua, e poi sollevata quando è necessario riempire il fossato».

La bocca di Hannah si aprì mentre ascoltava la sua spiegazione, capendo immediatamente come avrebbe funzionato il sistema. «È geniale! L'idea è venuta a te?»

Henry non poté fare a meno di concedersi un sorriso per l'entusiasmo di Hannah. «Grazie», mormorò, annuendo mentre lo diceva e sentendosi come se la sua valutazione fosse l'ultimo incoraggiamento di cui aveva bisogno per mettere effettivamente a posto il sistema di irrigazione.

Potrei chiamare il sistema i Cancelli di Hannah.

«Alcuni, sì. Mi piace progettare cose per... per risolvere i problemi», ha ammesso.

Le porte di Hannah. Si ritrovò a immaginare Hannah, nuda e in cima al suo letto, le sue cosce bianco latte che si allargavano, le porte del paradiso che poteva essere suo mentre la sua virilità si spingeva nel suo bozzolo caldo e umido, inondandola con il suo seme... *Cristo! Stiamo parlando di ammodernamento della fattoria qui,* si è castigato, spostando la sua posizione sulla sedia e abbassando tazza e piattino per coprire meglio l'evidenza della sua erezione.

Devonville lo osservava con molto interesse. «Dovrai scusare l'ignoranza di Lady Hannah sulle moderne tecniche agricole. L'altra sua migliore amica ha recentemente sposato il visconte Bostwick. I suoi terreni agricoli nel Sussex stanno subendo la stessa modernizzazione». Rivolse la sua attenzione a sua figlia.

«Suppongo che Lady Bostwick non parli di queste cose quando fa visita, però», aggiunse, con una punta di derisione nella voce.

Con il viso che mostrava un'improvvisa sfumatura di rosa, Hannah guardò suo padre con un misto di sorpresa e imbarazzo. «Certo non oggi», concordò scuotendo la testa, senza aggiungere che Elizabeth Bennett-Jones non sarebbe minimamente interessata a qualcosa che avesse a che fare con le tecniche agricole. I suoi interessi primari negli ultimi tempi sembravano ruotare attorno ad attività che potevano essere svolte in una camera da letto. O in altre stanze di una casa quando la servitù non era presente.

Allarmato dal commento del marchese, Henry provò una fitta di imbarazzo da parte di Lady Hannah. L'uomo si rendeva conto di quanto suonasse critico nei confronti del suo desiderio di comprendere l'argomento in questione? Henry ricordò la risposta di Hannah alla domanda di suo padre su Lady Bostwick. Quindi *era lei* la donna che se n'era andata poco prima del suo arrivo.

Hannah sospirò e fece un debole sorriso. Posò la tazza sul tavolo. *Come poteva mio padre dire una cosa del genere davanti a un ospite?* si chiese, la sua gioia per aver seguito così facilmente la spiegazione del conte era scomparsa. Suo padre non le aveva mai fatto una cosa del genere durante le cene.

La stava rimproverando a causa delle sue conversazioni con Elizabeth? Conosceva anche gli argomenti delle visite quotidiane di Elizabeth? Aveva sentito per caso la viscontessa raccontare ad Hannah delle sue buffonate in camera da letto? Quanto amava essere sposata con George Bennett-Jones, perché era così attento e perché c'era tanta gioia nel loro letto matrimoniale?

O aveva semplicemente deciso che sua figlia non doveva sapere cose tipo come funzionavano i cancelli per l'irrigazione? Le sembrava che avrebbe dovuto preoccuparsi di più della stuzzicante conversazione di Elizabeth.

«Forse possiamo fare quel giro adesso?» Henry parlò, il suo tono suggeriva che stava cercando di alleggerire l'atmosfera nella stanza. Aveva anche bisogno di qualcosa su cui concentrarsi oltre ad Hannah. Mai in vita sua la presenza di una donna lo aveva turbato così tanto. E non aveva mai provato pensieri così vividi su cosa avrebbe potuto fare con uno se l'avesse messa a letto.

Il marchese si illuminò. «Il phaeton dovrebbe essere già nel vialetto» disse alzandosi in piedi. Sia Henry che Hannah si alzarono in piedi. Harold, percependo il cambiamento nelle dinamiche nella stanza, era già in piedi. I suoi occhi marroni sembravano concentrarsi su ciascuno degli occupanti della stanza solo per un momento prima di passare a quello successivo, come se stesse cercando di valutare la situazione. Poi concentrò la sua attenzione sulla sua padrona, come se prendesse spunto solo da lei.

«La mia cuffia è nel vestibolo», disse Hannah con un cenno del capo, «ma devo andare in camera mia a prendere dei guanti e uno scialle. Per favore scusami. Sarò solo un momento», aggiunse mentre si avvicinava alla porta del salotto. Entrambi i signori si inchinarono quando lei e il cane si congedarono dal salotto.

Mentre Hannah saliva le scale della sua stanza, si chiese il suo ultimo commento. Forse non avrebbe dovuto sembrare così impaziente. Forse dovrebbe far aspettare qualche minuto il conte di Gisborn. *Sembravo disperato quando ho detto che sarei stato solo un momento? Che volevo dare così tanto piacere al conte da farmi sbrigare per non farlo aspettare?* E se l'avesse trovata disponibile, aveva intenzione di corteggiarla? Un brivido attraversò il corpo di Hannah a quel pensiero, facendola quasi sussultare mentre oltrepassava la soglia ed entrava nella sua camera da letto. Nonostante non sia stato invitato a farlo, Harold ha seguito le sue orme.

Il padre di Hannah osservò Henry per un momento. «Probabilmente pensi che sia una scema con la testa piumata, vero?» affermò il marchese di Devonville, la sua apparente delusione si manifestava abbastanza chiaramente sul suo viso e nel modo in cui le sue spalle si piegavano.

Henry ha dovuto sopprimere la prima cosa che gli veniva in mente come risposta. «In realtà, ho trovato il suo interesse per l'argomento piuttosto unico per il suo sesso e sembrava abbastanza intelligente da seguire la mia spiegazione. *Non* vedo alcun motivo per essere critico nei suoi confronti», ribatté, sperando che il suo fastidio per il marchese non fosse troppo evidente nella sua risposta.

«Infatti?» Devonville rispose inclinando la testa. Emise una specie di ronzio in gola mentre considerava il commento di Henry. «Allora, se lo desideri, puoi continuare l'argomento durante la tua corsa nel parco», ha detto con un'alzata di spalle. «Ma devo ricordartelo, Gisborn. Lei è solo una chicca. Anche se aveva una governante e frequentava una scuola di perfezionamento, non aspettarti che gli argomenti della sua conversazione siano troppo impegnativi».

Henry si irrigidì nel sentire le parole del marchese mentre i due si dirigevano verso il vestibolo. «Ve lo assicuro, mio signore. Non ho davvero alcuna aspettativa a questo punto».

«Aspettative di cosa?» chiese Hannah mentre finiva di infilarsi un guanto. Uno scialle rosa intenso era drappeggiato con noncuranza sulle sue spalle. Da dove si trovava sull'ultimo gradino delle scale che portavano al secondo piano, aveva potuto osservare suo padre ed Henry mentre continuavano la loro conversazione fuori dal salotto.

Ammirando la sua figura da dove si trovava, Henry pensò a come rispondere. Dovrebbe prendere alla leggera il suo ultimo commento al marchese? O mettere tutto in gioco e spiegare esattamente perché era lì? Farlo rischierebbe la sua possibile derisione per le sue intenzioni. Potrebbe anche portare alla sua ammirazione per i suoi modi schietti. Al momento, Henry decise che non aveva tempo per un corteggiamento prolungato. Se Hannah Slater non era interessata a diventare la contessa di Gisborn, potrebbe anche scoprirlo subito.

Henry si diresse alla base delle scale, la sua linea di visuale quasi uguale alla sua. Riguardo Hannah per un momento, fece un respiro profondo e le prese la mano. «L'aspettativa che tu mi permetta di corteggiarti, nella speranza di poterci sposare la prossima settimana, in modo che io possa tornare a Gisborn Hall con te come mia contessa, e fare in modo che un erede arrivi, e quei canali di irrigazione vengano scavati e i cancelli siano costruiti e funzionanti prima che i semi vengano piantati nei campi il mese prossimo», riuscì a uscire con calma. «Siete pronti?» Quest'ultimo è stato pronunciato con una voce completamente diversa, come se le altre sue parole fossero semplicemente pronunciate a memoria, provate più di una dozzina di volte per sembrare disinvolto e legnoso.

Lady Hannah sbatté le palpebre e considerò ogni parola che aveva appena pronunciato. Sbatté di nuovo le palpebre, rendendosi conto che Henry Forster era piuttosto serio. Un lento sorriso si allargò sul suo viso. «Sono pronta», rispose mentre prendeva la sua mano e si dirigeva verso di lui.

CAPITOLO 4
UN GIRO NEL PARCO

«*D*immi veramente. Sei un po' interessato ai canali di irrigazione e alle porte d'acqua?» chiese Henry. Aveva appena offerto la sua mano mentre Lady Hannah si arrampicava sulla panca del phaeton rosso brillante. Si fermò nel fare il primo passo e alzò gli occhi per incontrare quelli del conte.

«Devo ammettere che all'inizio non lo ero. Fino a quando non li hai spiegati in termini che potevo capire. Ora sono piuttosto curioso di sapere come appariranno quando saranno operativi». Riprese a salire sul sedile, grata che il conte le avesse dato un braccio forte per tenersi in equilibrio mentre saliva sull'equipe.

Henry vide una caviglia sopra la sua pantofola di seta mentre sollevava le gonne per liberare la sponda laterale. Il brivido lo attraversò di nuovo, costringendolo a chiudere gli occhi ed a fare un respiro profondo per stabilizzarsi.

Cosa mi sta succedendo? Aveva visto le caviglie di Sarah un sacco di volte, le aveva persino massaggiate mentre era negli ultimi mesi della sua reclusione. Ma c'era qualcosa nella caviglia di Hannah che gli faceva venire voglia di accarezzarla, baciarla, tenerla tra le mani e scrivere poesie... *Che diavolo?*

Henry Forster non aveva mai scritto un'ode a niente in vita sua!

Notando la reazione di Henry, Hannah sentì un senso di delusione assalirla. Era stata troppo audace nell'ammettere la sua mancanza di interesse per i canali di irrigazione? Avrebbe dovuto mentire e affermare di essere estremamente interessata e di non poter pensare a nient'altro di più importante per il futuro dell'agricoltura in Gran Bretagna? Nei pochi casi in cui era facile dire la verità, lo aveva appena fatto e ora si ritrovò a pentirsene.

Prima di salire sul sedile e prendere i nastri dallo sposo, Henry fece un cenno di ringraziamento al giovane e chiese se avrebbe badato alla carrozza e all'autista che ancora lo aspettavano sulla carreggiata. Porgendogli una moneta, ha detto allo sposo di chiedere all'autista del pullman di tornare a Devonville House entro due ore.

Una volta su e sul Phaeton, Henry scoprì che il sedile non offriva molto spazio. Stava attento a lasciare spazio tra il bordo della gonna di Hannah e la sua coscia. Si voltò e guardò Hannah con un sorriso che diventò brillante. «Un giorno presto, spero che sarai lì per assistere alla prima volta che alzerò i cancelli del mio sistema di irrigazione», ha detto prima di rivolgere la sua attenzione al cavallo grigio. *Quanto a quegli altri cancelli...*

Guardando indietro sorpresa, Hannah gli rivolse un timido sorriso in cambio. «Preferisco e lo spero anch'io».

Lasciò libero sfogo alla bestia impaziente e condusse il phaeton su Park Lane verso Oxford Street. «Ho altri progetti per la fattoria, ovviamente. Temo che il mio defunto zio, il nono conte di Gisborn, non fosse interessato alla modernizzazione, quindi c'è molto da fare», osservò, evitando un carretto di verdure che era stato improvvisamente spinto in strada. Sebbene a quell'ora del mattino Hyde Park non fosse affollato, le strade che vi conducevano erano piene di carrozze e carri e ogni sorta di equipaggiamento e cavalli.

«Cos'altro deve essere fatto?» chiese Hannah, alzando il viso per osservare il profilo del conte. Era davvero un bell'uomo, pensò. E per niente come i gentiluomini che aveva incontrato ai balli della scorsa stagione. Gisborn era abbronzato dal sole, il busto e le spalle modellati come se eseguisse lavori manuali. Si chiese che aspetto avesse senza una maglietta, si chiese come sarebbe stato accarezzare la pelle che si allungava su un muscolo indurito, vederlo sopra di lei mentre si muoveva per rivendicare la sua virtù, sentirlo entrare in lei, spingendosi dentro di lei, portala in estasi come Elizabeth ha descritto con dettagli così vividi.

Henry scrollò le spalle e le diede una rapida occhiata. «È più un caso di ciò che non deve essere fatto», ha risposto alla fine. «Ho dei nuovi aratri in ghisa in ordine. Ma penso che ci debba essere un modo per crearne uno che faccia il lavoro di tre o più, se riesco a trovare un modo per montare gli aratri e farli trainare da diversi cavalli da tiro. Allora sarebbe possibile per un uomo arare dieci o più acri al giorno.

Stava pensando che essere arata una volta al giorno le sarebbe andato benissimo se fosse stato tutto ciò che Elizabeth aveva descritto. Inclinando la testa da un lato, Hannah cercò di immaginare cosa stesse descrivendo Henry. «Allora non dovresti sederti sopra gli aratri? Quindi potresti guidare i cavalli?»

Un venditore di arance sfrecciava su Oxford Street, costringendo Henry a tenere a freno il cavallo. L'improvviso sussulto del phaeton fece spostare pericolosamente Hannah in panchina. C'è stato un momento in cui sembrava sospesa a mezz'aria e avrebbe potuto essere costretta ad alzarsi completamente dall'alto trespolo. Ma Henry la cinse in un attimo con un braccio, la mano premuta contro il lato della sua vita e la tirava verso di sé. Emise uno squittio di sorpresa e lo afferrò per una coscia. E poi arrossì di un rosa acceso mentre allontanava rapidamente la mano per prendere invece la presa sul davanti della panchina.

«Ti ho preso», disse Henry con calma, anche se gli ci volle tutto ciò che era in suo potere per tenere a freno il cavallo e il suo corpo sulla panca. «Sei ferito?» chiese allora, combattendo l'impulso di urlare al venditore di bancarelle per la sua negligenza.

Hannah trattenne il respiro, la sensazione del suo braccio e della sua mano mandarono una scossa sorprendente di *qualcosa* attraverso il suo corpo proprio in quel momento. «Sto bene. Veramente. Io... mi scuso. Avrei dovuto resistere», mormorò.

«Non sono necessarie scuse, mia signora», ribatté Henry, senza togliergli il braccio. «Soprattutto perché mi hai dato un'idea piuttosto brillante». Quest'ultimo fu detto a bassa voce, come se fosse immerso nei suoi pensieri.

Chiedendosi cosa avesse detto o fatto per dargli un'idea brillante, Hannah guardò nella sua direzione e sperò piuttosto che l'idea brillante fosse qualcosa che poteva essere realizzata in un letto. Supponeva che avrebbe dovuto chiedergli di togliergli il braccio, ma scoprì che le piaceva piuttosto dov'era. Quando si voltò a guardarla, Hannah sentì il suo viso scaldarsi di nuovo.

«Credo di poter fare un aratro che farà tre solchi alla volta», disse Henry, come se fosse ancora immerso nei suoi pensieri e avesse un'epifania allo stesso tempo. «Due cavalli della contea e un sedile in cima al giogo che ospita gli aratri. E ci sarebbe il giogo per i cavalli». Le sue sopracciglia si inarcarono mentre un sorriso si posava sul suo viso. Poi sembrò rendersi conto che il suo braccio era ancora attorno ad Hannah. «Oh, scusami», disse mentre lo toglieva rapidamente. Cambiò le mani sulle redini e poi si mosse per prendere la mano guantata di Hannah e metterla sul braccio che era stato intorno alla sua schiena. «Per ogni evenienza», disse notando lo sguardo interrogativo di Hannah.

Hannah sorrise, cercando di togliersi dalla mente la sensazione della sua coscia sotto la mano mentre si muoveva per stabilizzarsi un momento prima. Era un muscolo solido. Ovviamente andava a cavallo o si esercitava regolarmente. E ora il suo braccio, sotto la stessa mano guantata, sembrava altrettanto solido.

«A proposito, Lady Charlotte ti manda i suoi saluti», disse Henry mentre negoziava il phaeton tra due antiche baruches appena dentro l'ingresso di Hyde Park. I loro occupanti, che sembravano vecchi almeno quanto l'equipaggiamento su cui viaggiavano, si salutavano l'un l'altro proprio mentre lui faceva la svolta.

Sorpresa dalla menzione di Charlotte Bingham di nuovo,

Hannah inclinò la testa verso l'alto per fissare Henry. Voleva anche evitare di essere riconosciuta da Lady Fennington. Se la viscontessa vedova avesse notato che cavalcava senza accompagnamento, era abbastanza sicura che sarebbe stata l'argomento delle conversazioni in salotto per una settimana. Almeno il conte le ha impedito di essere vista da Lady Fletcher, anche se la baronessa non era un gran pettegolezzo. Era la zia di George Bennett-Jones, infatti, e probabilmente avrebbe incoraggiato Hannah a fare un giro con uno scapolo idoneo, accompagnato o meno, e probabilmente si sarebbe offerta anche di fornire l'equipaggiamento. «Posso chiederti quando hai parlato con lei?» chiese Hannah, sperando di tenere la sorpresa fuori dalla sua voce. Lei ed Elizabeth Bennett-Jones avevano detto addio a Charlotte nemmeno quindici giorni prima. Figlia di un conte e promessa sposa di un duca, Charlotte era partita per il Sussex con l'intenzione di sposarsi quando avrebbe compiuto vent'anni. Hannah si ricordò che quel giorno sarebbe stato sabato.

«Ieri, infatti», rispose Henry, aspettandosi di provare un senso di delusione per dover pronunciare quelle parole ad alta voce. Charlotte sarebbe dovuta essere sua moglie. Invece, avrebbe sposato il duca di Chichester. Si rese conto di aver accettato la devozione di Charlotte per il suo duca, però. Sarebbe stata una duchessa, un ruolo che aveva pianificato di interpretare per tutta la vita. Ma, ancora una volta, Henry fu lasciato alla ricerca di una contessa.

O forse no, se Lady Hannah aveva intenzione di sposarlo.

Poteva immaginare di prenderla come sua moglie. Aveva già immaginato cosa avrebbe potuto farle nel suo letto, l'aveva già immaginata come la sua contessa. Aveva già espresso la sua intenzione di prenderla per moglie, anche se non era sicuro che Hannah avesse pensato seriamente alla sua precedente litania.

Quando si guardò intorno per trovare Hannah che lo osservava, uno sguardo di anticipazione che animava i suoi lineamenti da principessa delle fiabe, un senso di calma si posò su di lui. I suoi occhi saettarono sul cavallo, solo una rapida occhiata per essere sicuri che stesse seguendo la strada, prima di prestarle tutta la sua attenzione.

Era una donna adorabile. Non una bellezza classica, né bella come Charlotte, ma molto carina. Molto morbido e chiaro e da principessa. E odorava di caprifoglio. Doveva resistere all'impulso di piantare il naso nello spazio lungo la colonna del suo collo solo per poterne inalare il profumo. E quelle labbra. Labbra perfette a bocciolo di rosa che implorano di essere baciate. Poteva immaginare di baciare quelle labbra. Ogni notte e ogni mattina e forse più volte durante il giorno. Si chiese se lei avrebbe permesso una cosa del genere. Sarah di certo non lo farebbe.

Il pensiero di Sarah lo riportò alla realtà.

Hannah lo stava ancora guardando, le sue labbra socchiuse leggermente. «Sta... bene?» chiese alla fine, decidendo che il conte non avrebbe offerto altre informazioni sulla sua amica. Sembrava fissarla, in un modo che suggeriva che stesse ricordando qualcosa. Non aveva voluto interrompere i suoi pensieri, specialmente quando pensava che stesse per baciarla. La sua pancia fece un piccolo capovolgimento a quel pensiero, inviando una sensazione di dolce piacere che la percorreva. Doveva resistere all'impulso di guardare il suo corpetto per essere sicura che i suoi seni fossero ancora nascosti sotto la pelliccia che indossava. Si sentivano troppo pesanti. Era sicura che i suoi capezzoli fossero increspati. Il calore si raccolse tra le sue cosce. Un leggero rossore le percorse il corpo, trasformandole il viso di un rosa pallido. Ancora.

E se Henry non avesse tenuto a freno il cavallo, sarebbero finiti sul prato erboso a lato della carreggiata. Allungò una mano guantata per afferrare la sua mano più grande.

«Oh, scusami», disse Henry, stringendo le mani sulle briglie. Il cavallo scosse la testa in risposta, ma raddrizzò i suoi progressi sul sentiero.

«Un penny per i tuoi pensieri». Le parole uscirono dalla sua bocca prima che Hannah si rendesse conto di averle dette.

Cercando di reprimere un sorriso di imbarazzo, Henry scosse la testa. «Stavo raccogliendo lana. Che è una cosa orribile da ammettere per uno come me quando trovo le pecore così...» Fece una pausa, incerto se dovesse dirle il suo disprezzo per il bestiame che era così importante per la regione in cui si trovavano le sue terre. L'Oxfordshire poteva vantarsi dei Cotswolds e, sebbene la regione fosse sinonimo di pecore, le sue terre erano dedicate all'agricoltura. E l'agricoltura era ciò che faceva. Era così che si guadagnava da vivere prima di ereditare la contea. E ha continuato a farlo, anche se lo ha fatto perché non poteva immaginare di non farlo. Uno dei pochi membri dell'aristocrazia che lavorava per vivere, Henry poteva davvero permettersi di non farlo, se lo avesse scelto. Ma era abituato a lavorare nei campi intorno a Gisborn Hall. Solo perché aveva ereditato una contea e abbastanza soldi per poter trascorrere le sue giornate nel tempo libero non significava che intendesse vivere come i suoi coetanei.

«Offensivo?» si offrì Hannah, incerta se fosse l'aggettivo corretto.

Henry guardò il suo passeggero, trovando la parola perfetta. «Sì. Sono un contadino. Non possiedo pecore. Né lo farò mai. Né ce ne sono nelle mie terre». Le sue parole furono pronunciate con una fermezza che suggeriva il suo disprezzo verso le fonti di lana che erano così importanti per l'economia della Gran Bretagna.

«Dovrebbe esserci?» ribatté Hannah, con un'espressione perplessa.

Henry rise. «Non se me lo chiedi». Si avvicinò al punto in cui la sua mano era appoggiata sul suo braccio, la sua mano guantata che accarezzava la sua. «Ma sono un appuntamento fisso dei Cotswolds», ha aggiunto con un'alzata di spalle. «E, in risposta alla tua precedente domanda, quando ieri ho lasciato la tenuta dei Wainwright, Lady Charlotte era impegnata con il suo progetto di decorazione per la casa del duca. Immagino che Wainwright abbia già chiesto la sua mano. Aveva in programma di farlo dopo che li avessi lasciati per tornare a Londra».

Hannah sospirò, il suo viso si illuminò alla notizia della sua migliore amica. «Sono molto sollevata di sentirlo», ha detto con un sorriso. «C'erano pettegolezzi che suggerivano che sua cugina avesse cercato di farla uccidere, e altri pettegolezzi che avevano suo padre sul letto di morte a St. Bart's».

Henry inclinò la testa. «E lui non lo è?» chiese, aggrottando le sopracciglia. Aveva sentito lo stesso pettegolezzo poco dopo aver incontrato il conte di Ellsworth. Sebbene non sia mai andato da White, ha fatto visita a Boodles durante le sue visite occasionali a Londra.

Abbassando la testa, Hannah la scosse prima di restituire il suo sguardo per incontrare il suo. «Ha un bernoccolo in testa, ma a quanto pare voleva che tutti *credessero* che sarebbe morto. Voleva sapere se suo nipote era davvero orribile come temeva».

Henry le lanciò un'occhiata di sbieco. «E?» la esortò a continuare.

«Egli è stato arrestato per furto e tentato omicidio», rispose con voce bassa, come se avesse paura di essere ascoltata. «Te lo dico solo perché…»

Si fermò, non volendo ammettere di sapere del suo fidanzamento con Charlotte.

«Perché è importante per me», dichiarò Henry, guardando di nuovo nella sua direzione. Si chiese se ciò che Hannah sapeva delle condizioni di Bingham fosse davvero il caso. L'uomo si è davvero ripreso? O era sul letto di morte? E le autorità avrebbero davvero arrestato un uomo che avrebbe dovuto ereditare la contea di Ellsworth? Gli sembrava piuttosto improbabile. I membri del *ton* sembravano insensibili alle questioni di legge. «Ma ora Lady Charlotte è sotto la protezione di Wainwright, quindi posso stare tranquillo sapendo che è al sicuro da suo cugino».

Hannah annuì, provando un senso di sollievo nell'apprendere la situazione attuale della sua amica. Charlotte si sarebbe sposata presto. Con Elizabeth già sposata e incinta, e Charlotte in procinto di sposarsi, ha lasciato Hannah senza un fidanzamento in atto. «Allora, cosa vi porta a Londra, mio signore?»

Henry ha dovuto resistere all'impulso di dire: «Sì».

E poi non poteva trattenersi.

«Sì, mia signora», disse ad alta voce, trattenendo il respiro mentre cercava di indovinare come avrebbe reagito. «E dovresti chiamarmi "Gisborn"», ha aggiunto.

Non fu sorpreso dalla vista delle sue labbra leggermente socchiuse, del suo viso mentre la sua espressione cambiava da gioia a perplessa. Disse al cavallo di entrare in una strada panoramica lungo il lato del sentiero dove un albero offriva ombra. Dopo essere saltato giù dal phaeton, legò le redini attorno al tronco dell'albero e si avvicinò al lato del phaeton dove sedeva Hannah. Alzando le mani come se intendesse catturare Hannah fisicamente, notò i suoi occhi spalancati per quanto in basso avrebbe dovuto scendere per arrivare a terra. «Metti le mani sulle mie spalle, e io farò il resto».

Hannah fece come le era stato detto, e subito dopo cadde a terra, le mani di Henry piantate saldamente su entrambi i lati della sua vita. Una volta che i suoi piedi erano stati sotto di lei, si aspettava che l'avrebbe lasciata andare. Ma rimase in piedi davanti a lei, i suoi pesanti occhi dalle palpebre le fecero capire che non aveva intenzione di lasciarsi andare. Invece, le sue labbra scesero sulle sue in un bacio molto leggero e piumato che solleticava oltre che stuzzicava. Era finita troppo presto, pensò, e fu delusa quando lui si raddrizzò leggermente.

«Intendevo quello che ho detto prima», disse a bassa voce. «Lady Charlotte mi ha consigliato di farvi visita. Pensava... cioè lei...» chiuse gli occhi per un momento, come se vederla davanti a sé fosse una distrazione troppo grande. «Credo che avesse ragione nel pensare che potremmo adattarci l'un l'altro per il matrimonio. Quindi, vorrei chiedere se posso corteggiarti», disse infine. «Tuo padre ha già dato il suo permesso», aggiunse, incerto se quell'informazione aiuterebbe o meno il suo caso.

Hannah fissò Henry, le sue labbra ancora leggermente socchiuse mentre considerava le sue parole. Parlava seriamente di corteggiamento e matrimonio. Non come se fosse tornato a casa, dove era stata lasciata a pensare che i suoi commenti fossero stati fatti per scherzo. E Lady Charlotte gli aveva raccomandato di farle visita. Sicuramente Charlotte era stata la sua prima scelta come moglie, però.

Aveva voluto Charlotte perché provava affetto per lei? O era per una dote? No, era un conte con una certa fortuna, quindi una dote non poteva spiegare perché Charlotte fosse la sua prima scelta. Ma perché Charlotte l'aveva raccomandata? «Dimmi, Gisborn. Hai una sola amante? O diverse?» chiese allora Hannah, con i suoi modi del tutto concreti. La domanda aveva funzionato a favore di Elizabeth a un certo punto.

Henry la fissò per diversi secondi, sbalordito dalla domanda. Le signore allevate con delicatezza non parlavano di amanti. Oppure chiedi ai signori dei loro accordi con le loro amanti. «Non impiego un'amante», rispose infine. Poi si ricordò che doveva parlarle di suo figlio. E su Sara. «Ho un figlio con una donna che conosco da quando eravamo bambini».

Quando Hannah non sembrò offendersi per il commento, continuò: «Sebbene la amo e le abbia chiesto di essere mia moglie in diverse occasioni, si è fermamente rifiutata. Non è del *ton* e pensava che avessi bisogno di una moglie che lo fosse.» Quando Hannah continuò a guardarlo, senza che la sua espressione cambiasse minimamente, Henry deglutì. «In quanto figlio illegittimo, mio figlio non può ereditare, quindi cerco una moglie con cui avere figli legittimi. Eredi», dichiarò con un'alzata di spalle, pensando che da un momento all'altro Hannah gli avrebbe chiesto di accompagnarla a casa e gli avrebbe detto che non avrebbe mai più voluto vederlo.

Quindi fu piuttosto sorpreso quando Hannah gli posò la mano sul braccio e si voltò, come se intendesse che camminassero sul sentiero di granito frantumato che si allontanava dalla carreggiata. Cominciarono a passeggiare, senza dire nulla subito.

Hannah ricordò la descrizione di Elizabeth della sua prima incursione ad Hyde Park con George. Anche loro si erano fermati e avevano camminato lungo un tale sentiero, anche se non si trattava di discutere di argomenti così seri come i figli bastardi e le amanti.

Hannah era abbastanza sicura che fosse così che avrebbero potuto darsi baci rubati dietro una siepe.

«Come si chiama tuo figlio?» chiese Hannah, la sua faccia che non indicava come si sentiva nel sentire parlare del figlio di Henry e della donna che sosteneva di amare.

Henry non avrebbe potuto essere più sorpreso dalla semplice domanda di Hannah. «Nathaniel. Nathan», si corresse rapidamente, mantenendo la sua attenzione su dove stavano andando tanto quanto su di lei.

Quando non ha offerto ulteriori informazioni, Hannah ha chiesto: «E quanti anni ha Nathan?»

Henry aumentò la velocità del loro passo, ancora sorpreso dalla calma di Hannah. Nessun'altra donna del *ton* gli darebbe il taglio diretto per aver menzionato qualcosa di così grossolano come un figlio bastardo? Ma poi, Hannah aveva menzionato le amanti. «Ha dieci anni. Un tutor si occuperà della sua educazione quest'anno, ma andrà alla Abingdon School in autunno», ha detto, chiedendosi se quell'informazione potrebbe aiutare la sua causa.

Dopotutto, quale potenziale moglie vorrebbe un figlio illegittimo tra i piedi mentre cerca di allevare eredi legittimi? Il pensiero lo irritava, ma allo stesso tempo poteva capire perché una moglie non desiderava che ci fossero ricordi quotidiani delle indiscrezioni passate di un uomo.

Nathan non è un'indiscrezione. Amavo Sara. Ama Sarah, si è corretto.

«Così presto?» Hannah ribatté, aggrottando le sopracciglia come se fosse veramente preoccupata per l'espulsione di un ragazzo in collegio.

Henry sollevò una spalla. «Avevo undici anni quando sono andato ad Abingdon», ribatté. «E tredici quando sono andato a Eton, e diciassette quando sono andato a Oxford».

Hannah lo guardò con sorpresa. Dai suoi precedenti commenti sull'essere un contadino, non si sarebbe aspettata che frequentasse le stesse scuole in cui erano stati educati così tanti gentiluomini del *ton*. «Quindi, *sapevi* che un giorno saresti diventato un conte?»

Henry scoppiò in una risatina, un suono piuttosto piacevole dato che l'uomo era sembrato così serio solo un momento prima. «Qualcuno l'ha fatto, suppongo». Pensò di chiederle perché non gli avesse chiesto di portarla a casa immediatamente. Si aspettava ancora che lo facesse. E lei non aveva ancora risposto alla sua domanda sul fatto che potesse corteggiarla, anche se non aveva nemmeno evitato la domanda.

«Ho sempre avuto una governante solo fino a quando non sono andata a finire la scuola in città», disse Hannah malinconicamente. «Ero piuttosto gelosa di mio fratello che aveva un tutore, ovviamente».

Henry sorrise. «Ah sì. Il fratello maggiore», disse ricordando che il marchese aveva menzionato un erede. «È in città adesso?»

Scuotendo la testa, Hannah sospirò. «È un ufficiale di marina. Non ho idea di dove sia, né l'ho visto da quando…» La sua voce si spense mentre rifletteva sull'ultima volta che aveva visto suo fratello maggiore. «Il funerale di nostra madre», finalmente si rese conto. «Santo cielo, sono passati più di due anni da quando era in città!»

Segretamente felice di non essersi trasformata in un annaffiatoio alla menzione del funerale di sua madre, Henry trovò divertente la sua rivelazione sull'assenza di suo fratello. «Ti manca ora che è in Marina?» chiese, realizzando che la conversazione era facile con la pedina. Poteva immaginare di parlare con lei in questo modo su base regolare; a colazione, se si fosse alzata abbastanza presto per raggiungerlo, ovviamente, o a pranzo, anche se non era sempre bravo a venire dai campi per mangiare (tuttavia, sapendo che sarebbe stata lì, poteva esserci lo slancio che doveva fare così), e durante la cena, per correttezza, cenavano insieme tutte le sere. Stava per immaginarli conversare a letto, forse dopo aver fatto l'amore, quando il sonno stava per reclamarli mentre si tenevano stretti. Ma scoprì che lei lo stava fissando piuttosto in attesa, e dovette togliersi il pensiero dalla testa. «Chiedo scusa».

«Stavi raccogliendo di nuovo la lana, vero?» Hannah ha accusato con un sorriso canzonatorio.

Dannazione! Quindi la ragazza aveva anche il senso dell'umorismo. «Colpevole come accusato, mia signora. Quindi...» E poi si rese conto di aver dimenticato la domanda che le aveva fatto solo un momento prima.

«Mi manca mio fratello, anche se non perché Will fosse particolarmente affettuoso o fosse una gioia stare con loro», rispose con un tono che suggeriva di aver detto le stesse parole solo un momento prima. Ma stava sorridendo mentre le diceva, facendo capire a Henry che lo aveva perdonato.

Si acciglò, chiedendosi che tipo di fratello fosse William Slater per sua sorella. «Sembra che ci siano una o due storie lì», ha accennato. Il sentiero su cui camminarono si divise in due; Henry li condusse lungo il sentiero a destra, pensando che forse girava intorno e li avrebbe riportati nello stesso posto.

Hannah chinò la testa, il rossore rosa apparve dove il suo cappellino non nascondeva il collo alla vista. «Dovrò conoscerti molto meglio prima di raccontare quelle storie», ribatté lei leggermente. Sollevò la testa per trovarlo che la guardava con un'espressione molto più seria di quanto si aspettasse di vedere. «Che cos'è?» chiese, chiedendosi se avesse parlato a sproposito.

«Sono stato serio. Di quello che ho detto al Phaeton. A proposito di corteggiarti», balbettò, rimproverandosi per aver fatto una tale storia della sua dichiarazione.

«Lo so», disse Hannah con un cenno del capo, il suo lieve sorriso non indicava come si sentiva riguardo all'argomento.

«Allora, posso?» ribatté, prendendo la mano che poggiava sul suo braccio e portandosela alla bocca. Le diede un bacio sul dorso della mano guantata, tentò di staccare il tessuto fino a poterle esporre le nocche e baciarle direttamente.

«Pensavo che lo fossi già», sussurrò Hannah, con un sopracciglio inarcato in modo suggestivo.

La faccia di Henry si aprì in un enorme sorriso. «Sei cattivo!» Guardandosi per essere sicuro che nessuno potesse vederli, le prese il viso a coppa con una mano mentre le posò l'altra sulla parte bassa della sua schiena nello stesso momento in cui le sue labbra incontrarono le sue.

Henry si è quasi rimproverato. Non aveva intenzione di baciare la pedina. Almeno, non così. Il loro precedente bacio accanto al phaeton difficilmente poteva essere considerato un bacio. Ma lei lo aveva guardato come se si aspettasse che lui la baciasse, uno sguardo che lo invitava chiaramente a premere almeno le sue labbra sulle sue. Così l'aveva fatto e, per un senso di correttezza, aveva finito il più rapidamente possibile. Erano nel parco, per l'amor di Dio. Chiunque potrebbe averli individuati.

Ma ora erano nascosti dietro una serie di siepi e alberi che già mostravano la loro vegetazione di inizio primavera. Aveva chiesto se poteva corteggiarla, per cosa? *La terza volta?* E lei rimase lì con un'espressione che non tradiva nulla, e poi lo informò di pensare che avesse già iniziato. *Il minx, appunto.* Certo, a quel punto doveva baciarla. Che altro poteva fare? E se le sue labbra fossero rimaste socchiuse, come chiaramente quando le sue labbra si erano posate su di esse, be', era stata colpa sua se la sua lingua avrebbe voluto partecipare.

Non si aspettava che anche lei venisse coinvolta!

Per essere una ragazza che era stata fuori solo per una stagione, Henry è rimasto sbalordito dal suo comportamento. Quanti uomini aveva baciato così? E li ha lasciati tutti con la sensazione che il loro bacio fosse l'atto di corteggiamento più importante nel mondo del corteggiamento?

Forse un bacio lo era, pensò. Questo era sicuramente in cima alla sua lista come il bacio più soddisfacente, divorante, intimo e potente che avesse mai concesso a una donna. Il che probabilmente non stava dicendo molto dato che aveva sempre e solo baciato Sarah. E non le *piaceva* essere baciata.

Ad un certo punto, avrebbe dovuto farla finita. Ad un certo punto, il suo cazzo si sarebbe reso subito evidente dietro la caduta dei suoi pantaloni di pelle di daino. E data la sua vicinanza a quel luogo particolare – era praticamente incollata alla parte anteriore del suo corpo – stava per scoprire quanto lo stesse eccitando quel bacio. In sua difesa, però, era stato lui a tirarla così vicino, con un braccio sferzato intorno alla sua vita mentre l'altro le si era spostato dalla mascella al collo fino alla nuca, proprio sotto il dannato cappellino che desiderava poteva rimuovere in modo da poter sciogliere le forcine tra i suoi capelli e far scorrere le dita tra i fili di seta.

Doveva farla finita. Adesso.

Hannah allontanò delicatamente le sue labbra da quelle di Henry, i suoi occhi erano ancora sfocati e le sue labbra si sentivano gonfie quanto i suoi seni e quello spazio tra le sue cosce. Anche sapendo che l'avrebbe baciata, questa volta come si deve, era sicura che Hannah era ancora impreparata alle sensazioni che le sue labbra e la sua lingua creavano quando le loro bocche si incontravano. Questo era il tipo di bacio di cui aveva parlato Elizabeth, il tipo di bacio in cui le labbra erano socchiuse, le lingue assaporate ed esplorate, e le debuttanti erano rovinate. *Cosa ho fatto?* si chiese mentre lo assaporava sulla lingua, la sensazione dei suoi denti e della lingua che ancora indugiava lì. Gli aveva permesso di tirarla contro il suo corpo, quindi c'era pochissimo spazio, se non nullo, tra loro. Le sue labbra sulle sue erano state perfette. Una vestibilità perfetta. E la stava fissando con solo un accenno di sorpresa sul viso, come se anche lui non potesse credere a quello che avevano fatto.

Posò una mano lungo la sua mascella e poggiò le labbra sulle sue, dandogli un bacio veloce prima di togliere la mano per appoggiarsi sulla sua spalla e rimettere i piedi su un terreno solido. Non c'è da stupirsi che fosse stata premuta contro la parte anteriore del suo corpo: era rimasta in punta di piedi o altrimenti sarebbe caduta! Bene, tranne per il fatto che la sua mano era ancora saldamente sulla sua schiena.

Henry sbatté le palpebre. E dopo, poiché non sapeva cos'altro fare, abbassò le labbra sulle sue in un rapido bacio di risposta. Mentre alzava il viso dal suo, osservò le sue labbra arricciarsi in un misterioso sorrisetto. «L'hai già fatto prima», ha accusato, la sua voce è rimasta leggera nonostante si sentisse possessivo? *Geloso?*

Gli occhi di Hannah si spalancarono. «Ti assicuro, Gisborn, non sono mai stata baciata così. Né io ho mai...» Lasciò che la frase si affievolisse mentre scuoteva la testa, tanto in segno di diniego quanto meravigliata.

Il sopracciglio di Henry si inarcò in modo da sfiorare il ricciolo errante che poggiava sulla sua fronte. «Mai?» ha ribattuto. Non c'era malizia nella sua domanda, ma Hannah sentiva chiaramente l'incredulità nella sua voce.

Hannah chinò la testa. «Quando avevo dodici anni, mio fratello ha sfidato mio cugino maggiore a baciarmi, ma, ti assicuro, era più simile al bacio che mi hai dato in risposta al phaeton», spiegò scuotendo di nuovo la testa. Non si accorse dell'improvviso sguardo offeso di Henry; l'aveva sostituita con un'espressione impassibile prima che Hannah alzasse la testa in modo che potesse guardarlo direttamente. «E non credo che i baci di Harold contino, ma se insisti per includerli, be', ti assicuro che non l'ho mai *ricambiato*», dichiarò con fermezza, provando una grande vergogna per il suo comportamento sfrenato. Il suo viso doveva essere rosa acceso. Non aveva mai fatto niente di così impulsivo in vita sua! Si era comportata come Elizabeth! Ma almeno Elizabeth aveva baciato un uomo che aveva già dichiarato il suo affetto per lei, se non la sua intenzione di sposarla.

Henry aveva solo chiesto se poteva corteggiarla.

Il suono della risatina di Henry riportò i suoi occhi su quelli di lui. Stava scuotendo la testa avanti e indietro quando notò il tenue rossore rosa che le colorava il viso. Era piuttosto attraente quando era imbarazzata. «Be', se dovessi mai desiderare di darmi di nuovo baci simili, penso che non mi dispiacerà» mormorò, il viso uno studio di controllata allegria. E poi, non appena il suo umorismo si era mostrato, scomparve. «Se tuo padre non ha già inviato una squadra di soccorso per te, lo farà momentaneamente. Dovrei riportarti a casa».

Sorpresa dalla sua osservazione – voleva davvero dire che era stata invitata a baciarlo se lo desiderasse di nuovo? – Hannah fece un respiro profondo e annuì. Dato quanto fosse stato ansioso suo padre di vederla unirsi a Gisborn durante la giostra nel parco, dubitava piuttosto che avrebbe inviato una squadra di ricerca così rapidamente.

Forse solo dopo quindici giorni o giù di lì.

Dopotutto, non è stato quanto tempo ci è voluto per arrivare a Gretna Green e tornare indietro se una coppia avesse deciso di fuggire?

«Sarai al ballo di Attenborough questa sera?» chiese Hannah, pensando che gli avrebbe risparmiato due balli se lo avesse voluto. Mise la mano nella sua e si arrampicò sul phaeton, dimenticandosi di tenersi le caviglie coperte mentre lo faceva. L'attenzione del conte si era spostata dal vederla al sicuro sul mezzo di trasporto fino alla caviglia brevemente esposta quando si tirò le gonne sulla panca.

Henry alzò la testa e considerò la domanda. «Non so se sono stato invitato», ha risposto con un'alzata di spalle. «C'è una pila di corrispondenza a casa mia in Bruton Street, ma temo di non aver ancora avuto la possibilità di leggerla». Slacciò le redini del cavallo intorno all'albero dove aveva parcheggiato il phaeton e si arrampicò facilmente sul sedile. Non aggiunse che dubitava piuttosto che ci sarebbe stato un invito a un ballo dato da qualcuno che non aveva mai incontrato.

«Lady Attenborough è piuttosto contrariata dal fatto che non ci saranno abbastanza gentiluomini al suo ballo», dichiarò Hannah, posandogli una mano sul braccio quando riportò il cavallo e phaeton sulla carrozza. «Se potessi ottenere un invito a tuo nome, prenderesti in considerazione la possibilità di partecipare?» Anche se le parole lasciavano le sue labbra, si rese conto di quanto suonasse *veloce*. Lo stava praticamente invitando a farle da scorta!

«Mi permetterai di scortarti?» chiese, superando il phaeton oltre un piano di studi che si era fermato in modo che il suo occupante potesse conversare con un uomo a cavallo. Hannah ha riconosciuto l'uomo nel curriculum come uno dei suoi corteggiatori della scorsa stagione, ma la sua attenzione era rivolta direttamente a Lady Penelope, una veterana di due stagioni che doveva ancora fare una partita vantaggiosa nonostante la sua considerevole dote.

Hannah sorrise alla sua domanda. «Se mio padre lo permette, allora sì», si strinse, con il viso arrossato di nuovo.

Henry sorrise, pensando a quanto fosse facile corteggiare una signora. «Devo avvisarti. Non ho ancora preso possesso del mio nuovo allenatore della città, e quello che ho con me in questo viaggio è decisamente antico», ha iniziato a spiegare.

Il suo sorriso si allargò, Hannah si sporse in modo che la sua spalla sfiorasse la sua. «Gli Attenborough vivono dall'altra parte della strada rispetto a Devonville House».

«Ti chiamo alle nove», ribatté mentre il phaeton oltrepassava i cancelli del parco. «Devi promettermi tre balli».

Il sussulto di Hannah potrebbe essere stato probabilmente sentito dall'allenatore che li ha seguiti. «Gisborn!» iniziò ad ammonirlo. Una debuttante non ha mai ballato più di due volte con un gentiluomo. Ma stava già alzando un dito, come per fare un'ulteriore richiesta.

«Compreso il ballo della cena. E ho intenzione di portarti a fare un giro sulla loro terrazza, o nei loro giardini, o ovunque sia buio o scarsamente illuminato».

La bocca di Hannah adesso era aperta in una sconveniente espressione sciocata. «Gisborn!» disse di nuovo.

«Be', non dovrei volere che fossimo dove chiunque potrebbe vederci se volessi darmi un altro bacio», spiegò, la sua allegria a malapena contenuta che finalmente si trasformò in un sorriso canzonatorio.

«Gisborn!» fu tutto ciò che Hannah riuscì a dire in risposta, senza ancora rendersi conto che i suoi commenti erano stati fatti per scioccarla al solo scopo di sentire il suo nome pronunciato nella sua voce lirica.

E, nonostante la scorrettezza delle sue richieste, Hannah era abbastanza sicura che gliele avrebbe concesse tutte.

Carissima Charlotte,

Spero che questa lettera ti trovi felice e in buona salute. Scrivo velocemente e con un cuore felice poiché Henry Forster, il conte di Gisborn, ha portato la notizia delle tue imminenti nozze con il tuo amato duca. Potresti anche essere sposata mentre scrivo! (Sono indotto a credere che Wainwright otterrebbe una licenza speciale). Scrivo anche con un cuore felice per ringraziarti per la tua raccomandazione a Lord Gisborn. Stamattina ha chiamato mio padre per chiedere il permesso di corteggiarmi! Cosa che, naturalmente, mio padre fu lieto di dare. Sembra molto impaziente di vedermi sistemata. Gisborn poi mi ha portato a fare un giro nel parco, dove la conversazione è avvenuta facilmente tra noi. Ha chiesto se poteva corteggiarmi; Non mi dispiace dirti che ho aspettato fino alla sua terza domanda sull'argomento prima di dargli la mia benedizione e baciarlo (Elizabeth è stata molto ferma con me quanto al bacio, assicurandomi che è necessario baciare un uomo che ti aspetti di baciare). Dato che Gisborn ha fretta di tornare alle sue fattorie nell'Oxfordshire, e da suo figlio e dalla madre del ragazzo, sono portato a credere che, se mi chiederà la mano, anche lui otterrà una licenza speciale e se ne occuperà cosicché ci sposiamo tra una settimana! Riesci a immaginare? Questa sera, dobbiamo assistere a un ballo a casa di Lord Attenborough. Dato che Lady A. è sempre preoccupata per la mancanza di gentiluomini all'inizio della stagione, sono riuscita a ottenere un invito per Gisborn. Si unirà a me e mio padre per la passeggiata dall'altra parte della strada. Sebbene sia solo di moda arrivare a un ton in carrozza, non riesco a pensare a niente di più ridicolo quando una palla è semplicemente dall'altra parte della strada. Mi sentirò davvero speciale ad essere scortato non solo da uno, ma da due gentiluomini. Devo farla finita in modo che Lily possa vestirmi per stasera. Ti auguro di essere felice, Charlotte! O, dovrei dire, Vostra Grazia? Cordiali saluti, Hannah.

CAPITOLO 5
UN BALLO E UN MATRIMONIO

ily completò di stirare l'ultimo di una serie di boccoli tra i capelli di Hannah e fece un passo indietro, ammirando la serie di minuscole trecce che si avvolgevano attorno a una cascata di riccioli in cima alla testa della sua padrona. Hannah era stata abbastanza chiara con le sue istruzioni per i suoi capelli e sembrava più preoccupata del solito su quale abito da ballo indossare. Un abito colonna greca in chiffon bianco con cravatte di chiffon intrecciate che si incrociano sotto il seno ha vinto sull'abito bianco di satin de Naples per il semplice motivo che la faceva sembrare una donna titolata. *Una contessa?* sperava mentre esaminava il suo profilo nello specchio.

«C'è qualcosa di speciale nel ballo di Attenborough, milady?» chiese la cameriera, mettendo una serie di spille con la punta di perle nell'elaborata acconciatura.

Hannah aprì un vasetto di colorante per le labbra, un cosmetico che usava raramente. Non aveva ancora detto alla sua cameriera del conte che proprio quella mattina aveva chiesto di corteggiarla. Gisborn l'aveva restituita a Devonville House, insieme al phaeton, e aveva ringraziato suo padre per averlo usato. Con un ultimo bacio sul dorso della mano, il conte si congedò, dicendo che se fosse stata in grado di assicurargli un invito al ballo, sarebbe tornato alle nove in punto. Hannah guardò l'orologio sul caminetto, un'ondata di nervosismo che le cresceva dentro. Ormai era quasi così.

«Un conte ha chiesto di corteggiarmi», ha ammesso, una spalla sollevata suggerendo che i conti chiedessero il permesso di corteggiarla ogni giorno.

«Oh!» Lily rispose mentre un sorriso si allargò sul suo viso. «Il signore che ha fatto visita a tuo padre oggi, forse?» chiese, attaccando orecchini di perle ai lobi delle orecchie di Hannah. Aveva tentato di intravedere l'uomo dal suo punto di osservazione in cima alle scale, ma era già passato quando osò dare un'occhiata.

Anche prima che Hannah potesse intingere il mignolo nel vasetto del colore, dalla strada sottostante proveniva il suono dei cavalli che tiravano una carrozza. *Certo, dovrebbe esserci il rumore di cavalli e carrozze*, si rimproverò. Una palla stava per iniziare dall'altra parte della strada. Ma proprio quando ha finito di applicare il minimo accenno di colore delle labbra, ha sentito la porta d'ingresso chiudersi. «Penso che sia qui», sussurrò, il nervosismo nel suo ventre cresceva. Il solo pensiero di Henry Forster la fece rabbrividire. Ricordò la sensazione dei muscoli induriti sotto le sue mani quando aveva dovuto tenersi a lui mentre lui l'aiutava a scendere dal phaeton... due volte! E la sensazione delle sue mani mentre le afferravano i lati della vita: era sicura di poter sentire il loro calore anche attraverso i suoi guanti da guida, il suo vestito e il corsetto. Hannah indossò i suoi lunghi guanti bianchi e osservò Lily che si metteva un filo di perle intorno al collo.

«Ecco», disse Lily con una grande soddisfazione. «Ora sembri davvero una principessa delle fate». Continuò ad ammirare il riflesso di Hannah. «E chi sarà il tuo principe?» chiese, curiosa dell'identità dell'uomo.

Hannah sorrise, una fossetta che apparve su una guancia. «Il conte di Gisborn».

La faccia di Lily cadde in un istante. «Chiedo scusa, milady?» sussurrò, portando una mano al petto come se fosse stata colpita fisicamente.

Notando lo sguardo scioccato della sua cameriera, Hannah si voltò per affrontarla direttamente. «Che c'è, Lily?» Allarmata, prese la mano della serva. «Sembri come se...» Fece una pausa. «*Conosci* il conte?» chiese, ricordando che la ragazza era venuta a Londra dall'Oxfordshire.

«Randolph Forster?» sussurrò Lily, con gli occhi troppo sbarrati. «È terribilmente... *vecchio*», riuscì a dire.

Rilassandosi sulla sedia da toeletta, Hannah chinò la testa. «Così vecchio, infatti, che è morto», sussurrò di rimando. «Henry Forster, suo nipote, ereditò la contea».

La notizia sembrava richiedere molto tempo per l'elaborazione di Lily. «*Henry?* Il contadino?» chiese, la sua attenzione non era più sulla sua padrona. I suoi occhi tornarono a guardare Hannah. «Lui è...» Il suo viso arrossì e fece un passo indietro.

«Innamorato di un altro», ha concluso Hannah per lei. «Si, lo so. Mi ha parlato della madre di suo figlio», spiegò, chiedendosi quanto più Lily sapesse della famiglia.

Prendendo un respiro profondo, Lily annuì. «Il signor Forster è un uomo molto bello», offrì infine. «L'ho visto una o due volte quando io e mia madre andavamo a Bampton per fare acquisti».

Una delle sopracciglia di Hannah si alzò. «Veramente? Vivevi davvero vicino alla tenuta di Gisborn?» chiese, le mani incrociate in grembo. Se Gisborn si fosse offerta per la sua mano, forse la cameriera aveva informazioni che avrebbe potuto usare per aiutarla a decidere se accettare l'abito dell'uomo.

Lily scosse la testa. «Vengo da una fattoria vicino a Witney. Abbiamo sentito solo storie sul vecchio conte. Non pagava molto bene i suoi fittavoli e sembrava sempre arrabbiato».

Considerando per un momento le parole della sua cameriera, Hannah si sentì come se una pietra le fosse caduta nello stomaco. «E tu cosa sai di suo nipote? Oltre a essere bello?» aggiunse, rivolgendo alla sua cameriera un sorriso canzonatorio nel tentativo di nascondere il suo improvviso disagio.

Ma Lily si limitò a scrollare le spalle. «Non molto, temo. Era a scuola e poi era con la sua donna e il loro figlio...» La sua voce si spense. «Ti aspetti che ti chieda la mano?» chiese poi, i suoi occhi illuminati dall'eccitazione. «Se dovessi accettare, sarei molto felice di essere la tua cameriera a Gisborn Hall!»

Hannah sorrise, decidendo che avrebbe davvero voluto che Lily si unisse a lei. Lily sarebbe stata più vicina a casa sua, più vicina ai parenti. «Sono felice di sentirlo», si offrì. Si voltò verso lo specchio. «Allora, cosa pensi che il conte penserà di me in questo modo?» chiese, inclinando la testa per essere sicura che i suoi capelli mantenessero la loro acconciatura elaborata.

«Penserà che sei una principessa delle fate», rispose Lily con un fermo cenno. «Desidera baciarti prima ancora che la serata sia iniziata».

Sul punto di alzare gli occhi al cielo, Hannah colse il suo riflesso nello specchio e si fissò. Le perle invece dei diamanti di sua madre erano state la scelta migliore, si rese conto. Sembrava sofisticata, eppure sembrava anche uscita dalle pagine della Bella Addormentata, dopo che il principe l'aveva baciata per svegliarla e le aveva giurato il suo amore eterno.

Be', Gisborn non lo *farebbe*. Amava un altro.

Si udì bussare alla porta e la voce di suo padre risuonò dall'altra parte. Si affrettò ad aprirlo, permettendo a Lily di seguirlo con uno scialle di raso. La cameriera se lo mise sui gomiti proprio mentre apriva la porta.

Il marchese fece un passo indietro vedendo Hannah uscire dalla sua stanza, un'espressione scioccata sul viso. «Hai visto mia figlia lì dentro, per caso?» chiese, la sua sbavatura scozzese più pronunciata del solito e una punta di divertimento negli occhi. «Buon Dio, Hannah! Sembri come se...» Intrecciò le mani davanti al corpo come per fermarle. «Beh, sei... adorabile», balbettò, l'umorismo che si trasformò in ammirazione. *Assomiglia a sua madre quando l'ho sposata!*

«Grazie, padre», disse Hannah, facendo le fossette. Suo padre non aveva mai reagito così *prima*! «È arrivato il conte?» Si è immediatamente pentita di averlo chiesto; sapeva che non doveva sembrare così ansiosa, così nervosa.

«Appena arrivato. Potrebbe non vivere molto spesso in città, ma ovviamente ha un cronometro e un cameriere decente». Tese il braccio e Hannah lo prese. «Fa una figura piuttosto affascinante, lo fa. Mi ha chiesto se poteva ballare con te più di due volte questa sera».

«Oh?» Hannah rispose, cercando di sembrare scioccata. «E, naturalmente, non gli concederesti il permesso di fare una cosa del genere», suggerì con una punta di umorismo, cercando di reprimere le vibrazioni che erano di nuovo nel suo stomaco.

«Oh, gli ho detto che poteva fare tutti i balli che desiderava», rispose il marchese, il suo viso contorto in un sorrisetto.

«Padre!» lei lo ha ammonito. «Se l'hai fatto davvero, allora è meglio che informi Lady Jersey, o non sarò mai più autorizzato ad Almack's!»

William Slater scosse la testa, gli occhi veramente pieni di umorismo. «Dubito piuttosto che dovrai mai più andare in quel posto spregevole», ribatté con un brivido.

Hannah stava per chiedere perché avesse detto una cosa del genere, ma erano arrivati in fondo alle scale e lei era senza fiato. Il conte di Gisborn era in piedi davanti a lei in abiti da sera di raso nero, la cravatta bianca come la neve perfettamente allacciata. Uno spillo di rubino luccicava da dentro le pieghe. Inchinandosi profondamente, si mosse verso di lei mentre lei completava la sua riverenza per prenderle la mano guantata e baciarla sul dorso.

«Mia signora, sembri la perfezione incarnata», mormorò, tendendole il braccio.

Hannah sbatté le palpebre. Non riusciva a pensare a nessuno che avrebbe osato dire una cosa del genere a una signora, a meno che non fosse detto in privato, forse. O di George Bennett-Jones. *Avrebbe* detto qualcosa del genere a Elizabeth. Probabilmente l'aveva fatto una dozzina di volte o più, ora che ci pensava. «Grazie, mio signore», mormorò, il viso che assumeva il familiare rossore rosa. Dio mio, non sapeva cosa dire! Era così regale, così bello. Non riusciva a credere che fosse lo stesso uomo che le aveva telefonato quella stessa mattina e l'aveva portata a fare un giro ad

Hyde Park! *Il contadino?* aveva detto Lily. L'Henry Forster che le stava davanti non somigliava certo a nessun contadino che Hannah avesse mai visto, né poteva immaginarlo a lavorare nei campi.

Hannah gli mise una mano sul braccio e si rese conto che questa sera sarebbe stata davvero scortata da due gentiluomini. Si fermarono tutti mentre Hatfield apriva entrambe le porte d'ingresso prima di scendere i gradini e attraversare la strada verso l'Attenborough's.

Henry si tenne il più eretto possibile, consapevole degli sguardi occasionali di Hannah nella sua direzione, come se non potesse credere ai suoi occhi. Non riusciva a credere al suo. Come era riuscita questa donna a superare un'intera stagione senza essere reclamata dal primo duca o marchese disponibile? Come potrebbe essere *ancora* al Marriage Mart? Era la perfezione, si ripeté. Bello. Grazioso. Un buon conversatore. Con una buona disposizione. Nonostante il suo enorme cane che sarebbe stato più appropriatamente chiamato bestia che animale domestico, era la donna perfetta per essere la sua contessa.

Pensò all'anello con sigillo di rubini infilato nella tasca del panciotto. Se fosse stato abbastanza coraggioso da chiederle la mano durante una passeggiata nei giardini, stasera avrebbe qualcosa da metterle al dito. Un gioielliere di Ludgate Hill stava realizzando l'anello di rubini e diamanti che aveva in programma di regalarle il giorno del loro matrimonio. Aveva in mente Lady Charlotte quando l'aveva ordinato, ma in qualche modo pensava che sarebbe stato meglio su una delle lunghe dita di Lady Hannah. Con un po' di fortuna, l'orafo potrebbe farlo finire l'indomani. La licenza speciale che aveva ottenuto dal vescovo di Doctor's Commons era tornata a casa sua in Bruton Street. Se lei avesse accettato la causa, avrebbero potuto sposarsi in pochi giorni e il giorno dopo sarebbero partiti per l'Oxfordshire. Del resto, ogni giorno che si allontanava da casa era un altro giorno perso nell'aprire le rogge e nel preparare i campi per la semina.

«Hai partecipato a qualche ballo la scorsa stagione, mio signore?» chiese Hannah, permettendo a Gisborn di aggirarli intorno a una carrozza parcheggiata davanti alla casa di Attenborough.

Henry girò leggermente la testa. Alla luce fioca di una lampada a gas vicina, cercò di vedere il suo viso e lo trovò per lo più in ombra. Ciò che era visibile sembrava quasi angelico. «Io no. Ero in città solo a febbraio, quindi ho potuto assistere al musical della signora Worthington e ad alcune conferenze alla Royal Academy», ha risposto. Notò che il marchese era tranquillo.

In effetti, l'uomo non sembrava avere la sua attenzione su nessuno dei due, ma piuttosto sulla folla di ospiti del ballo mentre si facevano strada lungo il sentiero lastricato verso le porte principali. «Ci sarà una sala da gioco, mio signore?» chiese, curioso del silenzio di Devonville.

Il marchese sembrava riluttante a distogliere lo sguardo dalla folla davanti a loro. «Lord Attenborough ha sempre una vivace sala da gioco, Gisborn», ha risposto. «E la cena è abbastanza buona se hai intenzione di mangiare a mezzanotte», aggiunse, il suo tono suggeriva di no.

Henry riportò la sua attenzione su Hannah. «Hai intenzione di mangiare a mezzanotte?» chiese con voce sommessa.

Rabbrividendo al suono della sua domanda, Hannah dovette deglutire prima di poter rispondere. «Le polpette di aragosta di Lady Attenborough sono le migliori di tutta Londra», ha accennato.

«Il mio preferito!» rispose Henry, rivolgendole il suo miglior sorriso. «Resti e ne bevi uno o due con un bicchiere di champagne?» chiese, abbassando la voce.

«Dipende dalla compagnia», rispose Hannah, sentendosi una civetta, le ciglia che nascondevano gli occhi mentre faceva l'osservazione. Il suo labbro si incurvò, però, e diede via la sua risposta.

«E ci sarà compagnia che vorresti mantenere?» ribatté, godendosi l'opportunità di flirtare.

Hannah inclinò la testa da un lato, rendendosi conto che non sapeva chi aspettarsi al ballo. Elizabeth e George sarebbero stati lì. Questo sarebbe stato il loro ultimo ballo prima di dirigersi verso il Sussex. «Mi aspetto che Lord e Lady Bostwick saranno presenti», ha risposto. «Vorrei presentarti se lo permetti», si offrì, chiedendosi se potesse già conoscerli dalle stagioni precedenti.

«Mi piacerebbe», rispose, sollevando la mano che era appoggiata sul suo braccio in modo da poterlo portare alle labbra e baciargli il dorso. «E mi piacerebbe ballare ogni valzer con te, se lo permetti». Henry sentì la leggera inspirazione del respiro che Hannah fece ascoltando le sue parole, chiedendosi se l'avesse scioccata con la richiesta. Pensava che il permesso di suo padre di ballare quanti ne voleva fosse stato detto per scherzo; ora, non era così sicuro.

Dato che probabilmente ci sarebbero stati solo due valzer suonati durante l'intero ballo, Hannah alzò la testa e disse: «Lo permetterò, ovviamente», le svolazzanti nel suo mezzo.

Una volta che furono nell'affollato vestibolo, Hannah diede il suo scialle a un lacchè mentre suo padre e il conte aspettavano. Fu allora che si rese conto che non aveva portato un reticolo o un ventaglio. Come poteva Lily permetterle di uscire di casa senza almeno un *fan?* Poteva solo sperare che il ballo di inizio stagione non diventasse una cotta. Ma se l'avesse fatto, sperava che Gisborn l'avrebbe scortata sulla terrazza sul retro in modo che potesse prendere un po' d'aria.

Quando si unì a loro per la linea di ricezione, si guardò intorno per cercare qualcuno che conosceva. Cercò Elizabeth e George ma non vide nessuno dei due. Ha notato Lady Fletcher, la zia di George, con Lady Minus mentre si univano alla linea. Le due donne più anziane avevano le teste unite, apparentemente continuando la conversazione che stavano avendo nel parco quella mattina.

Lady Attenborough alzò gli occhi per incontrare quelli di Lord Gisborn. Hannah osservò la reazione della donna più anziana, contenta di vedere la gioia sul viso della viscontessa. «Perché, Lord Gisborn, non sei affatto come mi aspettavo!» disse mentre permetteva a Gisborn di alzare la mano guantata in modo che potesse sfiorarle le nocche con le labbra. Lady Attenborough stava decisamente arrossendo!

Henry si rese conto che la loro padrona di casa probabilmente si aspettava il suo defunto zio e si chiese come avrebbero conosciuto l'uomo. Raramente ha visitato Londra nei suoi ultimi anni.

Hannah, dopo aver completato il suo saluto a Lord Attenborough, si voltò e notò le sopracciglia alzate di quelli dietro di loro nella linea di ricezione, rendendosi conto di aver sentito la curiosa osservazione di Lady Attenborough. Temendo che pensassero che Gisborn fosse uno sfondatore del cancello, stava per dire qualcosa del tipo: «Lord Gisborn ha ereditato il titolo dal suo defunto zio l'anno scorso», quando Henry ha regalato a Lady Attenborough un sorriso vincente. «Spero che il vostro invito non venga ritirato, mia signora. Non vedevo l'ora di ballare con te».

Raggiante, Lady Attenborough si rivolse a suo marito. «Attenborough! Guarda chi è. Il nipote di Randolph, Henry!» Si voltò di nuovo verso il conte sorpreso. «Abbiamo trascorso una settimana molto bella a Gisborn Hall molti anni fa», ha spiegato. «Indossavi ancora i pantaloni corti e..».

Lord Attenborough ha dato di gomito a sua moglie. «Cara, lascia stare quel poveretto», la ammonì. Tese la mano a Henry e il conte si avvicinò e si fermò di fronte all'uomo familiare.

«Lord Attenborough, è così bello rivederti» dichiarò Henry con un lieve inchino.

«E tu. Come sono le fattorie Gisborn?» chiese, con la testa inclinata in su perché era molto più basso di Henry. «Coltivi ancora grano, fagioli e orzo?»

«In effetti, e su un po' più di terra adesso», rispose Henry con un sorriso. E poi era alla fine della linea e tendeva il braccio per Hannah. Suo padre aveva l'altro braccio. Un cameriere li annunciò a una sala da ballo non ancora affollata. L'orchestra stava suonando da qualche parte in disparte e il cameriere si affrettava con lo champagne sui vassoi mentre i tre scendevano i sette gradini del pavimento della sala da ballo.

Gli Attenborough non avevano badato a spese per le candele. I tre enormi lampadari appesi sopra la stanza ne avevano centinaia, conferendo alla stanza un bagliore luminoso e dorato. Le porte francesi della terrazza lastricata e dei giardini erano già aperte. Fuori, le lanterne di carta ondeggiavano nella brezza leggera, emettendo una luce che sembrava danzare. Il ballo era appena iniziato eppure tutto sembrava magico.

«Se volete scusarmi, devo fare la conoscenza di qualcuno» mormorò il marchese, facendo un cenno a Gisborn e Hannah prima di avviarsi verso uno degli angoli.

Sorpresa dalla sua improvvisa partenza, Hannah seguì il suo apparente percorso fino al punto in cui Lady Winslow era in piedi accanto a una palma in vaso. Il viso della vedova si aprì in un sorriso quando vide avvicinarsi il marchese di Devonville. «Oh, mio Dio», sussurrò Hannah, non volendo che Gisborn la ascoltasse.

«Qualcosa non va?» chiese Henry, seguendo la sua linea di vista. Osservò il marchese portare entrambe le mani della donna alle sue labbra. E poi la donna gli tenne il braccio mentre lui la scortava verso la portafinestra.

«Non proprio, suppongo», mormorò Hannah, rivolgendo finalmente la sua attenzione al conte. Quando si rese conto che stava osservando suo padre e la vedova, aggiunse: «Non avevo idea che avesse una *tendenza* per Lady Winslow».

Henry osservò Hannah per un momento. «Ti dà fastidio se lo fa?» chiese con attenzione. Prese due bicchieri di champagne dal vassoio di un lacchè di passaggio e gliene offrì uno.

Hannah sorrise mentre avvolgeva le dita attorno allo stelo. «No», rispose con un rapido cenno della testa. «Sono piuttosto felice per lui, in effetti», ha detto, rendendosi conto che era serio. Suo padre aveva sentito la mancanza di sua madre, i suoi attacchi di malinconia erano meno frequenti in quei giorni ma ancora evidenti quando trascorreva troppo tempo da solo.

Toccando il bicchiere di champagne contro il bordo di quello di Hannah, Henry inarcò un sopracciglio. «Allora per la felicità di tuo padre?» si offrì, chiedendosi come avrebbe reagito Hannah.

Lei ha risposto con un sorriso brillante. «Sì!» disse prima di prendere un sorso. Le bolle danzarono sulla sua lingua e continuarono a danzarle in gola, lasciandola un po' stordita.

Sorridendo, Henry bevve un sorso e lasciò che il liquido rimanesse sulla sua lingua il più a lungo possibile. Lo champagne non era qualcosa conservato nelle cantine di Gisborn Hall. Non c'era molto da festeggiare nella tenuta da molti anni, ma forse con Hannah come sua contessa, ci sarebbe stato un motivo per farne scorta. «Dimmi, Lady Hannah. Come signora di Devonville House, hai dovuto ospitare un intrattenimento come questo?» chiese, mentre la mano che reggeva lo champagne sventolava in un piccolo arco per indicare la palla.

Hannah scosse la testa. «Ho assistito mia madre con il suo ultimo ballo, ovviamente, quindi conosco i requisiti per ospitare una tale produzione, ma le mie responsabilità nei confronti di mio padre sono state di fare la hostess per le sue cene».

Henry sembrò pensarci per un momento, aggrottando la fronte. «Li ospita spesso?»

Sorridendo così le apparve la fossetta sulla guancia destra, Hannah annuì. «Ogni settimana», ha risposto. Bevve un altro sorso del suo champagne, chiedendosi perché Gisborn avesse fatto una domanda del genere. La stava intervistando per determinare se avesse le capacità necessarie per essere una contessa? «Quanti ospiti come conte?» chiese prima di finire lo champagne e permettere a un lacchè di prenderle il bicchiere.

La domanda colse Henry alla sprovvista. Guardò rapidamente di lato, la sua attenzione catturata brevemente da una donna conosciuta che aveva appena baciato la guancia dell'uomo che la stava scortando. Non aveva nemmeno provato a nascondere il bacio! E ora stava inclinando la testa contro la sua spalla mentre si dirigevano verso una coppia vicino al centro del pavimento della sala da ballo. «Lo ammetto, non ho avuto l'opportunità di farlo», ha risposto con un'alzata di spalle.

Hannah si voltò per guardare dove l'attenzione del conte era stata distratta un momento prima. Sorrise quando riconobbe

Elizabeth e George. «Lady Bostwick ha fatto qualcosa di scandaloso?» chiese con un sorriso provocatorio, la sua voce seducentemente calma.

Sorpreso dalla domanda, Henry sbatté le palpebre. «Non sono stato presentato a una donna con quel nome», ribatté, spostando gli occhi al centro della stanza. La domanda di Hannah gli aveva fatto chiedere se fosse troppo calmo per la palla. Era pratica comune per le donne baciare le loro escort all'aperto? Se sì, quando erano cambiate le regole della società per consentire una tale dimostrazione di affetto?

«Lei è l'ex Lady Elizabeth Carlington. Dell'ente di beneficenza, Lady E con Associates' Finding Work for the Wounded. Cosa ha fatto?» chiese Hannah mentre posava la mano sul suo braccio e si girava verso la coppia, chiarendo che loro due si sarebbero diretti nella direzione della coppia.

Henry iniziò a camminare, dapprima lentamente. «L'ha baciato. Non ha nemmeno provato a nasconderlo», sussurrò, cercando di non apparire troppo scandalizzato.

Hannah si chinò verso di lui, la bocca a pochi centimetri dal suo orecchio. «Lady Bostwick e suo marito sono abbastanza innamorati l'uno dell'altra. Prima della loro unione, era una signorina per bene, con nessun accenno di scandalo associato a lei. Poi, lei e George si sono sposati», ha detto con un sospiro, che non sembrava aver trovato difetti nel sindacato. «Da allora, Elizabeth è stata abbastanza ovvia riguardo ai suoi sentimenti verso suo marito. Non giustifica la sua azione, ma ha difficoltà a mantenere i suoi baci nell'intimità della loro casa», è riuscita a uscire prima che si trovassero davanti alla coppia felice.

«Hannah!» Elizabeth si illuminò, allungò le braccia in modo che le sue mani potessero afferrare le spalle della sua amica. Hannah fece lo stesso mentre le due donne si abbracciavano. «Sei squisita, come al solito, e...» La sua attenzione si rivolse a Gisborn. «Vedo che questa sera sei arrivato al braccio di un dio greco. Dimmi quale divinità è. Sono terribile con la mitologia.» Quest'ultimo fu consegnato con una buona dose di malizia e allo stesso conte stupito. Hannah dovette combattere l'impulso di sussultare per lo shock.

Henry fece del suo meglio per mantenere la sua faccia il più impassibile possibile, ma si ritrovò a concedersi un piccolo sorriso. La donna era davvero scandalosa! E la riconobbe come la donna che era uscita da Devonville House quella stessa mattina prima di far visita al marchese. Si rese subito conto che la sua precedente ipotesi di essere in sovrappeso non era corretta: era abbastanza tonda con il bambino. Ed era una delle donne più belle che avesse mai visto.

Suo marito si era girato per unirsi a loro in quel momento, gli occhi al cielo e la testa tremante al commento della moglie. «Per favore, permettetemi di chiedervi scusa per l'errata supposizione di milady», intonò Lord Bostwick, con un accenno di sorriso che tradiva il suo umorismo. «Elizabeth, è sicuramente un dio *romano*, *la corresse*. «Sto pensando... Apollo?» indovinò, un sopracciglio scuro inarcato. I lineamenti severi dell'uomo non gli permettevano di essere particolarmente bello, ma con il suo sorriso diabolico che gli illuminava gli occhi, sembrava amichevole e molto alla mano.

Abbastanza sicuro che il suo viso stesse assumendo la sfumatura rossastra dell'imbarazzo, Henry si inchinò, rendendosi conto che i loro commenti erano tutti molto divertenti. «Nemmeno io, temo. Henry Forster, conte di Gisborn, al tuo servizio», rispose, senza aspettare la presentazione di Hannah.

«Elizabeth e George Bennett-Jones», rispose George, piegandosi mentre Elizabeth si inchinava. Tese la mano e il conte le baciò la parte posteriore delle nocche.

«Visconte Bostwick», aggiunse Hannah, dal momento che George non sembrava mai menzionare il suo titolo quando si presentava.

Il visconte si avvicinò per portare la mano guantata di Hannah alle sue labbra. «E sembri come se fossi uscito dalle pagine della "Bella Addormentata", forse?» indovinò, rivolgendo ad Hannah un sorriso malizioso.

L'inalazione del respiro di Hannah era abbastanza dolce che solo Henry ne era consapevole. Si chiese cosa fosse il riferimento alla Bella Addormentata che l'avrebbe fatta reagire in quel modo. Se gli fosse stato dato il tempo di considerare che aspetto avesse la principessa delle fiabe quella sera, avrebbe dovuto convenire che La bella addormentata nel bosco era una buona ipotesi. Il pensiero di baciarla da sveglio gli attraversò la mente, ma dovette cancellarlo velocemente come sembrava: i suoi calzoni di raso non lasciavano spazio all'erezione che si stava formando.

«George!» Hannah lo ammonì, non volendo ammettere che era il suo pensiero davanti allo specchio della toeletta. Rivolgendosi a Henry, disse: «George è uno schermitore».

Uno sguardo di riconoscimento passò sul viso di Henry. «Bennett-Jones, naturalmente», disse. «Sei il campione di Angelo, vero?»

George chinò la testa. «Colpevole come accusato, mio signore», ha risposto. «Ma probabilmente perderò il titolo nei prossimi mesi. Sto per portare mia moglie nel Sussex per la sua reclusione. E devo occuparmi di affari immobiliari» spiegò rapidamente, il suo sguardo su quello di calcolo di Henry. «Posso presumere che tu sia Forster l'amico di Lady Charlotte?» chiese allora.

Sbalordito dal fatto che un uomo che non aveva incontrato sapesse del suo legame con i Bingham, Henry annuì. «In effetti, conosco Lady Charlotte – tutta la sua famiglia, ovviamente – poiché una delle loro proprietà è adiacente alle terre di Gisborn nell'Oxfordshire», spiegò rapidamente, sperando che non ci fosse alcun accenno di scandalo associato a lui o a Lady Charlotte. «Hai sentito se suo padre si sta riprendendo?» chiese, non avendo accertato la verità sulla salute del conte di Ellsworth da quando era tornato a Londra.

Spostandosi per stare al fianco del conte, George fece un cenno a sua moglie. «So che non vedete l'ora di spettegolare», sussurrò, dandole un bacio sulla tempia come permesso per congedarsi da lui. Quando le donne furono fuori portata d'orecchio, essendosi allontanate per unirsi a un gruppo di altre giovani matrone che si formavano in un angolo, George riportò la sua attenzione su Henry. «A dire il vero, il conte di Ellsworth è in buona salute, anche se ha un bernoccolo sulla testa», ha detto George *sottovoce*.

Gli occhi di Henry si spalancarono, chiedendosi quale fosse il bisogno di George di mantenere la notizia sotto silenzio. «Questa è sicuramente una buona notizia», ha risposto, anche se c'era una parte di lui che pensava che l'uomo meritasse di morire per quello che aveva fatto a Charlotte. *Come poteva un padre frustare sua figlia, anche se era nelle sue tazze quando lo faceva?*

«Notizie che devono essere tenute nascoste per almeno qualche altro giorno», intonò George, la voce ancora bassa. «Secondo le mie fonti, il cugino di Lady Charlotte deve essere accusato di tentato omicidio e appropriazione indebita, ma fino a quando non gli sarà stata emessa la sentenza, deve credere che il conte sia sul letto di morte».

Notando la serietà dell'uomo, Henry annuì. «Capisco. Io... sono appena arrivato dal Sussex ieri», ha detto, decidendo di condividere la sua conoscenza della situazione con George. «Lady Charlotte era in buona salute e», fece una pausa, desiderando che Charlotte fosse veramente in buona salute – i punti lungo la cicatrice della frusta erano ancora al loro posto solo ieri – «Se il duca di Chichester non ha perso i nervi, loro due tra un paio di giorni pronunceranno le loro promesse nuziali». Le parole inciamparono nella sua lingua, suonando in qualche modo *giuste* nonostante come si fosse sentito riguardo alla situazione solo un giorno prima. *Cavolo, come sono cambiate le cose in un solo giorno*, pensò.

Un lento sorriso si allargò sul viso di George. «Le tue notizie sono le migliori che ho sentito da giorni», ha affermato il visconte. Lanciò un'occhiata al punto in cui si trovava sua moglie con il gruppo di amici, un'espressione di evidente adorazione sul viso. Riportando la sua attenzione al conte, disse: «Se posso permettermi di dirlo, mi sembra che i nostri zii fossero uomini con una mente simile».

Henry non conosceva il predecessore di George, quindi alzò

un sopracciglio a George. «Come mai?» chiese, notando l'improvviso interesse di George per lui invece che per la moglie che continuava a spettegolare con i suoi amici.

«Mio zio era un avaro», sussurrò, sporgendosi verso Henry per farsi sentire oltre il crescente frastuono della sala da ballo. Ha pensato di aggiungere «un po' di molly», ma ha deciso che non sapeva abbastanza di Randolph Forster per rendere il commento inclusivo.

Tenendo la testa inclinata, Henry alla fine annuì, decidendo che non era un tradimento ammettere che suo zio era stato meschino. «Anche il mio» mormorò. «Gli ultimi due anni sono stati una lotta solo per riportare le terre e gli edifici di Gisborn a una parvenza di normalità». Si accigliò. «Quando hai ereditato?» chiese, chiedendosi se il visconte di George avesse subito la stessa mancanza di supervisione e cura.

«Poco più di un anno fa», rispose George. «Anch'io ho speso una buona dose di schiettezza cercando di riparare i torti di così tanti anni di manutenzione differita». Quest'ultimo è stato consegnato con un chiaro accenno di disgusto.

«Oh, mi piace quella terminologia», disse Henry con ammirazione, bevendo un sorso del suo champagne. «Posso chiederti come hai gestito i cottage dei tuoi inquilini?»

George fece un cenno al complimento del conte e si servì di un bicchiere di champagne dal vassoio di un lacchè. «Dato che non ho molto in termini di terreni agricoli, non ho molti inquilini, ma tutte e dieci le famiglie hanno nuovi cottage a partire dal mese scorso», ha detto, non intendendo l'orgoglio che sentiva di manifestare nella sua dichiarazione.

Santo cielo!

«Devi avere un amministratore immobiliare molto diverso dal mio», parlò Henry a bassa voce, non volendo essere ascoltato. La contea di Gisborn poteva reclamare almeno venti cottage in tutto: in una sola volta potevano essercene quasi trenta. Ma, per quanto riguardava Henry, ognuno di essi richiedeva un lavoro importante o una sostituzione completa. Aveva incaricato il suo manager immobiliare di provvedere alla ricostruzione di uno quando l'aveva ereditato per la prima volta. L'uomo aveva sostenuto che l'inquilino aveva permesso al cottage di deteriorarsi per mancanza di manutenzione regolare, ma il tempo è stato il vero colpevole della sua disintegrazione. Fu solo dopo che Henry aveva minacciato di sostituire il manager quando la questione fu finalmente risolta. *Diciannove alla fine*, pensò, *e altre dieci da costruire da zero*, chiedendosi se avrebbe dovuto ancora sostituire Edward Grainger. L'uomo era decisamente ostinato quando si trattava di spese di mantenimento, come se pensasse che il suo compenso fosse legato a quanto delle casse della contea aveva risparmiato.

«Se stai suggerendo che il tuo uomo d'affari è avaro come lo erano i nostri zii in vita, allora devo ammettere che anche il mio lo era», ribatté George, bevendo un drink e tenendosi il liquido spumeggiante sulla lingua come se stesse veramente apprezzando la sensazione.

Sorpreso dal commento, Henry guardò il visconte con un sopracciglio arcuato. «Cosa hai detto per fargli cambiare idea?» chiese, la sua curiosità stuzzicata.

Delle risate gorgogliarono da George, il suono fece voltare sua moglie da dove si trovava per fargli l'occhiolino. «Non c'era niente che potessi dire, quindi non l'ho fatto. L'ho licenziato e ne ho assunto uno che fosse un po' più accomodante», ammise con una buona dose di divertimento, mentre il suo sguardo tornava a incontrare quello di sua moglie per un momento. «Ho trovato il pericolo delle miniere di carbone mal mantenute un problema molto più grande dei cottage che erano sull'orlo del collasso», ha aggiunto, il suo volto è diventato serio.

Ancora lottando per non arrossire per il comportamento oltraggioso della coppia, Henry considerò le parole di George. L'uomo possedeva miniere di carbone oltre ai terreni agricoli! Ma l'idea di sostituire il suo manager immobiliare era improvvisamente in cima alla sua mente. L'uomo trascorreva raramente del tempo all'aperto e riusciva a malapena a cavalcare, una necessità data dove si trovavano le sue terre nell'Oxfordshire. *Non era come se potessi guidare un passeggino sul terreno agricolo.* E ultimamente, Henry era stato quello che sovrintendeva a qualsiasi lavoro svolto nei campi, uscendo alle prime luci dell'alba per controllare i suoi capisquadra e operai e talvolta rimanendo fuori fino a quando era quasi buio. Perché pagare un uomo che non è stato in grado di svolgere il lavoro in modo soddisfacente?

Henry ricordò il commento del marchese di Devonville sulla previsione di Aldenwood per un'estate più fredda e si chiese cosa potesse pensare George. «Dimmi, Bostwick, conosci un avventuriero di nome Aldenwood?» chiese allora, sperando che George non sarebbe stato troppo sorpreso dal cambio di argomento.

«Certo». Si voltò dall'aver fatto l'occhiolino a sua moglie per guardare Henry, aggrottando le sopracciglia. «Perché me lo chiedi?» chiese, per stuzzicare la sua curiosità.

«Il marchese di Devonville afferma che Aldenwood prevede una stagione di crescita più fredda del solito...»

«Perché?» George svuotò lo champagne, i suoi modi ancora più seri.

Imbarazzato per aver sollevato l'argomento, Henry stava per chiedere al visconte di dimenticare la sua domanda quando si rese conto che George *voleva davvero* sapere.

«Ha testimoniato l'eruzione di un vulcano da qualche parte vicino all'Australia. Apparentemente, la cenere vulcanica e... i detriti, la polvere, quant'altro... di quell'esplosione e di altre avvenute prima di quella... sono ancora nell'aria, e impediscono al calore del sole di raggiungere la terra. Aldenwood ha affermato che l'estate non sarà abbastanza calda per la crescita dei raccolti e di conseguenza ci sarà probabilmente una carestia».

«Gesù», sussurrò George, i suoi occhi concentrati internamente. Lui scosse la testa. «Penseresti che, come proprietario di tre miniere di carbone, potrei apprezzare l'opportunità di vendere più carbone in estate», ha commentato con una punta di meraviglia nella voce. «Ma se c'è una carestia a causa del fallimento dei raccolti, nessuno potrà *permettersi* il carbone, tanto meno qualsiasi cibo disponibile. I prezzi saranno troppo alti». Alzò gli occhi al cielo prima di girarli su Henry. Studiò il viso del conte. «Credi *alla* previsione?» chiese, aggrottando le sopracciglia.

Henry scrollò le spalle, non volendo sembrare credulone. E se Aldenwood avesse torto e la stagione di crescita fosse come le altre? Sembrerebbe uno sciocco se spendesse troppo a prepararsi per una possibile carenza di cibo per i suoi inquilini.

Ma se Aldenwood *non avesse* torto?

«Penso di doverlo fare», disse Henry con un sospiro. «Almeno, devo prepararmi come se la stagione di crescita fosse scarsa. Fare altrimenti condanna i miei inquilini a possibili disagi in autunno e in inverno».

Annuendo, George sembrava essere d'accordo. «Cosa farai?»

Premendo le labbra in una linea sottile, Henry fece un respiro profondo. «Ho già progettato canali di irrigazione per drenare l'acqua in eccesso dai campi e fornire un mezzo per irrigare nei periodi di siccità. Ho due grandi campi programmati per essere incolti. Se ci costruisco delle serre, almeno ci sarà un modo per assicurarmi del cibo».

Mordendosi il labbro inferiore, George alzò lo sguardo su uno dei lampadari sopra la sua testa. «Un'idea capitale», ha detto con un accenno di timore reverenziale. «Credo che farò lo stesso. Se succede che il tempo è bello, allora avrò sempre una serra in cui coltivare fiori per mia moglie», ragionò, rivolgendo ancora una volta l'attenzione alla bellezza dai capelli ramati di Lady Hannah.

Gli occhi di Henry seguirono quelli di George, ma il suo sguardo si posò su Hannah. «Hai una moglie molto bella», osservò Henry mentre si servivano da bere da un cameriere di passaggio.

«Grazie», rispose George, la sua attenzione finalmente tornò su Henry quando catturò l'attenzione di Lady Bostwick e le fece l'occhiolino. «Mi sono innamorato di lei sei mesi, due settimane e quattro giorni fa», ha detto in tono riverente. «E ringrazio la mia stella fortunata ogni giorno. È quasi finita per sposarsi con l'asino pomposo di un conte infernale deciso a rovinare suo padre», ha detto in un modo suggerendo che non era la prima scelta della donna come marito.

Sorpreso dal commento di George, Henry si chiese come l'uomo fosse riuscito a usurpare un conte secondo la stima di Lady Elizabeth. Era un visconte, dopotutto, ed Henry dubitava che avrebbe dovuto ereditare una contea. «Se posso permettermi di dirlo, sembra mostrare molto affetto verso di te», commentò Henry, rivolgendo lo sguardo alla figura di Hannah. Quando si chinò per sentire qualcosa che un'altra giovane donna stava dicendo, la forma del suo sedere si stagliò improvvisamente nel tessuto del suo vestito. Henry dovette reprimere un gemito e mordersi l'interno della guancia per reprimere ciò che stava per dire.

«Puoi dirlo», rispose George felice. «C'è molto da dire sullo sposarsi per amore. Noi del *ton* sembra che abbiamo sbagliato tutto, a volte. Le unioni di comodo devono essere *insoddisfacenti* sotto tanti aspetti. E i bambini nati da loro non possono essere felici sapendo che i loro genitori trascorrono le loro vite saltellando a letto. No, sono abbastanza felice con mia moglie».

Il sopracciglio alzato mentre menzionava quest'ultimo pezzo rese abbastanza chiaro a Henry che la bellezza di Lady Bostwick non era l'unica ragione per cui George era felice.

Pensò a Sarah e a quanto fosse diventata tesa la loro relazione negli ultimi mesi. «Posso chiederti come fate a *rimanere* felici l'uno con l'altra?» azzardò, lanciando un'altra rapida occhiata in direzione di Lady Hannah, come per assicurarsi di tenersi al corrente di dove si trovasse. L'orchestra aveva iniziato a suonare un'altra melodia, ma era un preludio alla musica da ballo, quindi nessuna coppia si era ancora formata sulla pista da ballo.

George sorrise. Aveva visto Henry prendersi cura di Hannah diverse volte durante la loro conversazione. «Dividiamo un letto. Tutte le sere», rispose piano. «Facciamo l'amore il più spesso possibile e dove vogliamo. Le porto un regalo ogni quindici giorni o giù di lì, anche se non chiede gingilli o oro. Facciamo un giro in un parco una volta al giorno, anche se piove. E le permetto di gestire la sua carità, anche se ho fatto in modo che abbia uomini affidabili nel suo staff e protezione nei giorni in cui è in ufficio e non posso non essere con lei.» Dopo un momento, aggiunse: «Oh, e ci raccontiamo il nostro amore e la nostra adorazione almeno una volta al giorno».

La prescrizione del visconte per un matrimonio felice fu sia una sorpresa che motivo di imbarazzo per Henry. Il conte si sforzò di impedire che il colore gli coprisse il viso. «Così ovvio eppure…» Cercò di trovare una parola adatta da usare per indicare la rarità di ciò che George descrisse. Si sentiva incoraggiato dall'informazione, sapendo che probabilmente avrebbe potuto rinnovare la sua relazione con Sarah se avesse adottato lo stesso approccio con lei.

«Sconosciuto a così tanti», finì per lui il visconte. Fece un cenno verso il punto in cui le donne stavano ancora conversando con gli amici. «Quando sposerai Lady Hannah?»

Henry sbatté le palpebre alla domanda audace, abbastanza sorpreso da pensare di ammonire George. Era imbarazzato dai suoi pensieri su Sarah quando la giovane donna che intendeva chiedere in moglie era così vicina. Ma l'uomo era stato abbastanza schietto con lui che non avrebbe dovuto essere sorpreso dalla domanda. «Ho chiesto il permesso di corteggiarla solo stamattina», rispose Henry alzando le spalle. Al sorriso malizioso di George, aggiunse: «Ci stavo pensando questa sera», ammise poi, chiedendosi se fosse del tutto troppo presto. «È del tutto troppo presto?» chiese con voce canzonatoria.

Sorridendo, George scosse la testa. «Suo padre vuole vederla sistemata in modo che possa occuparsi della propria vita», ha detto mentre faceva loro cenno di recuperare le donne. «Ha chiamato una vedova per quindici giorni», aggiunse, con un lampo di umorismo che gli raggiunse gli occhi, come se l'idea del marchese che chiamava una vedova fosse in qualche modo scandalosa.

«Lady Winslow?» Henry indovinò, ricordando come il marchese si fosse affrettato al fianco della donna quando erano arrivati per la prima volta.

George stava sorridendo. «Sì». Si avvicinò furtivamente a sua moglie e le diede un bacio sull'orecchio. «Amore mio, è ora di ballare», ha detto con una voce abbastanza forte da essere sentita dalle giovani matrone del gruppo. Un giro di risatine imbarazzate esplose dalle donne. Henry ha colto l'occasione per offrire il suo braccio ad Hannah. Dopo una pausa sbigottita, disse perdono a coloro i cui occhi si erano illuminati di curiosità e lasciò il gruppo con la sua scorta.

«Fai un giro con me?» suggerì Henry, decidendo che avrebbe chiesto la mano di Hannah una volta fuori dalla sala da ballo.

«Certo», disse Hannah con un sorriso, la sua fossetta apparve brevemente. Camminarono in silenzio per diversi momenti mentre l'orchestra completava il suo preludio e iniziava a sintoniz-zarsi per la musica da ballo. «Sembrava che tu avessi l'opportunità di parlare con Lord Bostwick», ha fatto una mezza domanda, notando che la folla era aumentata fino a riempire quasi la sala da ballo. Lady Attenborough aveva tutto il diritto di essere orgogliosa di ospitare una cotta all'inizio della stagione.

«L'ho fatto. È un uomo molto interessante», ha commentato Henry. Il visconte gli aveva dato molto da considerare. Nonostante non avesse chiesto consiglio, Henry era segretamente grato che George Bennett-Jones fosse stato così gentile con le sue opinioni. Di conseguenza, Henry era abbastanza sicuro di quello che doveva fare quando tornò nell'Oxfordshire.

Henry indicò una serie di portefinestre aperte. «Vorresti fare un giro nei giardini?»

Hannah lo guardò con un sopracciglio alzato. *Aveva intenzione di baciarla così presto la sera?* Il ballo era appena iniziato! «Certo», concordò lei, permettendogli di condurla sulla terrazza lastricata. Il ritmo che aveva fissato nella sala da ballo è rimasto lo stesso una volta fuori di casa. Nonostante le giornate fossero più fredde del solito, l'aria notturna era abbastanza confortevole per fare una passeggiata.

«Sei abbastanza caldo?» chiese Henry, felice che ci fossero lanterne di carta per illuminare il sentiero dalla terrazza ai giardini sottostanti e al lato della tenuta.

«Sì, grazie», rispose Hannah, le sue narici si riempirono del profumo della terra appena trasformata e dei pochi fiori che erano riusciti a sbocciare con il clima più fresco.

Henry si guardò intorno, certo che nessun altro si fosse congedato da casa. «Desidero ringraziarvi per avermi assicurato un invito a partecipare questa sera», riuscì a dire, il suo nervosismo aumentava a ogni passo che facevano.

«Non è stato un problema», rispose Hannah, percependo il suo crescente disagio. «Mi sono sorpreso che gli Attenborough ti conoscessero. Perché non l'hai detto prima?» chiese, curiosa di sapere perché avrebbe tenuto segreta la sua storia con la coppia di anziani.

«Non lo sapevo. Io... non ho riconosciuto il nome quando l'hai menzionato, e non è stato fino a quando Lady Attenborough mi ha guardato con tale gioia che ho capito che doveva conoscermi quando ero bambina.» Il sentiero continuava intorno ad alcuni cespugli di rose dormienti e sotto un pergolato ad arco. In pochi istanti, erano fuori vista dalla sala da ballo. «George aveva perfettamente ragione quando ha detto che sembravi la Bella Addormentata questa sera». Sentiva di avere sentito più che il sussulto di sorpresa di Hannah. «Dal momento in cui ti ho visto per la prima volta, ho pensato che sembrassi una principessa delle fate».

Hannah gli rivolse un sorriso esitante, il suo sguardo sul suo profilo si voltò rapidamente dall'altra parte quando la guardò. «Solo perché tu sappia, non sono dotata di alcun potere magico», disse, sperando di deviare qualsiasi banalità stesse per dire riguardo al suo aspetto.

«Oh, non sono d'accordo».

Hannah si fermò a metà del passo, costringendo Henry a girarsi e mettersi di fronte a lei. «Infatti?» lei rispose incerta. Non riusciva a decidere se offrirgli un sorriso alla sua presa in giro o mantenere il viso impassibile. Cosa aveva voluto dire con un commento del genere? Le palpitazioni tornarono al suo ventre. Poteva sentire i suoi seni gonfiarsi contro il suo corsetto, i suoi capezzoli rispondevano come se le sue dita avessero scavato oltre il bordo del suo corpetto e li avesse toccati.

«Mi hai stregato da quando siamo stati in salotto stamattina», ribatté lui piano, non volendo ammettere che lo aveva fatto la sera prima mentre giocava con il suo cane gigante. «Io... so che ti ho appena chiesto se potevo corteggiarti, ma ora desidero chiederti di sposarmi. Lady Hannah, vuoi farmi l'onore di essere mia moglie? Si chinò su un ginocchio durante la sua domanda mentre toglieva il suo nuovo anello con sigillo di rubini dalla tasca del panciotto. Alzando l'anello, fu deluso dal fatto che non fosse visibile nella fioca luce delle lanterne.

Hannah rimase immobile, il suo cuore batteva così velocemente che era sicura che potesse sentirlo. «Oh, Gisborn», sussurrò. *Questo è così inaspettato!* Pensava che l'avesse portata in giardino per baciarla, non per fare la *proposta!* Ma come rispondere? Certamente ha sempre voluto dire "sì" a una proposta così romantica come questa. «Io... io..». Appoggiando una mano aperta contro il suo seno, abbassò il viso verso il suo. «Sì», disse con un cenno del capo. E poi le sue labbra furono sulle sue, invitandolo a baciarla mentre si alzava dalle ginocchia e avvolgeva le sue braccia intorno alle sue spalle. Le sue labbra non lasciavano mai le sue, la loro presa gentile ma possessiva, la sua lingua assaporava lo champagne e un accenno di fragole che indugiava nella sua bocca. Ancora un momento e le dita di Hannah erano sulla nuca. Mentre le mani di Henry scivolavano dalle sue spalle alla sua vita, i suoi pollici le sfioravano i lati del seno, mandandole brividi di piacere nel suo intimo, la loro intensità così sorprendente e così deliziosa che la sua bocca si ruppe con quella di lui per un momento così da poter respirare. E poi si stavano baciando ancora una volta.

«Se ci fosse un vicario presente, insisterei perché ci sposi subito», disse Henry contro le sue labbra, pensando che avrebbe potuto toglierle l'abito e coricarla entro un'ora. Per un momento, fu sbalordito nel sentire le parole, sbalordito di essere stato lui a pronunciarle. Ma la lussuria era un sentimento potente. *È tutto qui*, si disse. Amava qualcun altro, anche se maledetto all'inferno, non riusciva a pensare al suo nome.

Soddisfatta che avrebbe detto una cosa del genere, Hannah si finse sorpresa, la sua bocca si adattò alla sua finché non dovette staccarsi da lui. «Dobbiamo aspettare tre settimane?» ribatté lei, sorpresa di sembrare così impaziente, così sfrenata. Le pubblicazioni dovevano essere lette, dopotutto. Bisognava programmare un matrimonio. Ma lei desiderava che lui riportasse le mani ai lati del suo seno. *Cos'era successo un momento fa?* La sensazione era stata così deliziosa, così sorprendente. Ma le sue mani si erano spostate sotto la sua vita, scivolando sulla curva del suo sedere e sulla parte posteriore della sua coscia. *Com'è scandaloso!* Se non l'avesse fermato, avrebbe potuto farle alzare il vestito su per le gambe, le mani direttamente sulla sua pelle riscaldata, scivolare lungo la sua coscia, fino al punto in cui si stava trasformando in lava fusa.

Il rapido scuotimento della testa di Henry poteva essere percepito attraverso il suo bacio. Un suono gutturale esplose da lui. «No. Oggi ho ottenuto una licenza speciale», disse, ancora con le labbra contro le sue.

L'informazione sembrava riportare Hannah alla realtà. «In data odierna?» mormorò, le sue labbra si unirono alle sue in un reciproco banchetto.

«Hmm», rispose, trascinando finalmente i suoi baci lungo la sua gola e fino alla sua clavicola. «Dovevo farlo», mormorò. «Stregata, te lo dico io», le disse nell'incavo della gola.

Hannah ridacchiò per la sensazione di solletico che le sue labbra creavano contro il punto in cui il battito del suo cuore infuriava, la testa gettata all'indietro mentre cullava la sua testa tra le mani. Non avrebbe mai potuto immaginare tali piaceri dal bacio.

E se Henry baciava così, come si sarebbe comportato nel loro letto matrimoniale? Qualcosa le scivolò sotto la pelle, inviandole un'ondata di piacere. La consapevolezza di tutto ciò che la circondava era improvvisamente acuta, i suoi sensi si risvegliavano con ogni suo bacio, ogni sua carezza. «Gisborn!» sussurrò, improvvisamente consapevole che non erano più soli.

Quando non fermò i suoi dolci morsi e baci, lei mosse una mano al lato della sua faccia e del suo mento e sollevò la testa lontano da lei.

Gemette la sua delusione e poi improvvisamente si raddrizzò, uno sguardo di colpa inciso sui suoi lineamenti mentre toglieva le mani dal corpo di Hannah e le prendeva una mano tra le sue.

George ed Elizabeth erano a pochi metri di distanza, i loro corpi premuti l'uno contro l'altro mentre anche loro si baciavano dietro la siepe. Anche se sembravano abbastanza coinvolti l'uno nell'altro da non notare Hannah ed Henry, George staccò la testa dal bacio della moglie, si voltò e fece un cenno verso di loro. «Se i migliori auguri sono in ordine, allora per favore accettali», sussurrò con voce roca, prima di riportare le sue attenzioni amorose a sua moglie.

Felice per l'oscurità che nascondeva il suo viso arrossato, Hannah represse l'impulso di ridere. Posò invece la testa contro il petto di Henry e l'abbracciò. «Grazie, George», mormorò.

Stordito per essere stato catturato, e ancora più sorpreso dalla reazione del visconte, Henry abbassò le labbra per baciare la parte superiore dei riccioli di Hannah. «Mia signora, credo che mi devi questo ballo», ha detto.

Il marchese di Devonville si svegliò con una sensazione sconosciuta. E un profumo familiare. *Lilla.* Cherice Dubois, Lady Winslow, stava usando la sua lingua per ottenere un effetto sorprendente su uno dei suoi capezzoli. La donna potrebbe essere già pronta per lui? *Sono troppo vecchio per questo,* pensò mentre sentiva le dita di una delle sue mani allargarsi sul suo petto e viaggiare così leggermente lungo il suo busto, le unghie di tanto in tanto graffiavano la sua pelle e mandavano onde di piacere che lo attraversavano. Fu sorpreso quando le sue dita si arricciarono attorno alla sua asta indurita. *O, forse no,* corresse il suo pensiero, rendendosi conto che era già abbastanza guarito da seppellire la sua virilità nel suo fodero caldo e accogliente almeno un'altra volta. Bastava il solo pensiero di passare ogni notte con Cherice a prepararlo per lei.

La vedova più giovane ovviamente non era timida in camera da letto, una caratteristica che si è chiesto quando l'ha chiamata per la prima volta. Era stata fuori dalle erbacce della vedova solo per quindici giorni. Aveva tenuto traccia di quando Winslow era morto, programmando la sua visita per assicurarsi che sarebbe stato il primo, e con un po' di fortuna, l'unico gentiluomo che avrebbe intrattenuto. Lei ha offerto il tè e lui ha accettato. Ha offerto un passaggio nel parco e lei ha accettato. Si chiese se sarebbe stato al ballo. Ha detto che lo sarebbe stato; viveva dall'altra parte della strada e difficilmente poteva rifiutare l'invito. Ha detto che gli avrebbe riservato un ballo. Li ha richiesti tutti. Gli sorrise, il suo sguardo esplicito attraverso le sue lunghe ciglia scure. «Tutti loro?» aveva ripetuto, i suoi grandi occhi verdi che suggerivano un contegno pudico.

E poi il minx aveva acconsentito! *Tanto per essere pudica.*

Se qualcuno si fosse accorto di loro, almeno quando non si nascondevano dietro un vaso di palma o una siepe in giardino, sarebbero stati abbastanza convinti che Lady Winslow sarebbe presto diventata la marchesa di Devonville. Proprio come i due in questione erano convinti che Lady Hannah stesse per diventare la contessa di Gisborn quando stavano per nascondersi dietro una siepe e notarono il conte di Gisborn inginocchiato davanti alla figlia di Devonville.

Devonville non aveva guardato oltre il momento in cui aveva visto Hannah dare la sua ovvia risposta di «sì», ma Lady Winslow aveva sospirato con una gioia così sincera che Devonville si chiese se fosse stato un errore non chiederle la mano in quel momento. Ma il marchese voleva che sua figlia si sistemasse prima di risposarsi, e Cherice sembrava più interessata a un tête-à-tête che implicava più baci che conversazioni. Doveva accontentarla, naturalmente, anche se Lord e Lady Bostwick avevano deciso di portare avanti il loro reciproco affetto solo a pochi passi di distanza.

Chi sapeva che il giardino di Attenborough potesse essere una meta così popolare e deliziosa per incontri amorosi?

Devonville non aveva intenzione di andare a letto con Cherice prima di chiederle la mano; era stata lei a suggerire di condividere una notte di piacere carnale in modo che potessero determinare «se si adattavano a vicenda». Be', non era assolutamente sicuro di come lei si sentisse riguardo alla loro idoneità, ma aveva deciso abbastanza presto – un'ora dopo aver lasciato il ballo di Attenborough, in effetti – che stavano entrambi bene. Cherice Dubois sarebbe stata la sua prossima moglie. E se un altro si aspettava di corteggiarla, beh, c'era una ragione per cui era un tiratore eccellente.

Una licenza speciale, concessa dall'arcivescovo di Canterbury, era un pezzo di carta piuttosto potente, Hannah stava imparando mentre lei ed Elizabeth organizzavano il suo matrimonio. Sebbene Henry potesse partire per l'Oxfordshire e tornare per sposarla a un certo punto qualche mese in futuro, sembrava piuttosto ansioso di sposarla il prima possibile.

Ha suggerito il giorno successivo.

Agli occhi spalancati di Hannah e all'improvviso sguardo di angoscia, ha modificato il suo suggerimento per il giorno dopo. Data la sorprendente notizia di suo padre a colazione delle sue imminenti nozze con Lady Winslow, Hannah si rese conto che aveva senso accettare semplicemente un matrimonio anticipato e partire per l'Oxfordshire con Henry.

Elizabeth, decisa a vedere la sua migliore amica sposarsi prima che lei e George partissero per il Sussex, assicurò a Henry che il matrimonio si sarebbe svolto prima di mezzogiorno di sabato, purché fosse possibile trovare un vicario. Poi, non appena la colazione fosse stata completata, i Bennett-Jones avrebbero potuto partire per il Sussex. E i Forster potrebbero partire per l'Oxfordshire il giorno successivo.

Hannah non sembrava avere voce in capitolo. Si è aggrappata ad Harold mentre Elizabeth prendeva il comando, inviando servitori da una parte e dall'altra per acquistare fiori e nastri, ordinando al suo personale di cucina di trasferirsi a Devonville House per aiutare nella creazione di una torta e dei cibi per la colazione, e convocando un modista e il suo equipaggio di sarte per costruire un abito da sposa durante la notte. Henry fu mandato a trovare un vicario o un vescovo, un compito che sembrava veramente disposto a svolgere. Hannah si chiese se il suo entusiasmo fosse dovuto al desiderio di allontanarsi dal caos o di evitare Lady Bostwick. In ogni caso, è scappato a cavallo subito dopo che era stato servito il tè, assicurando ad Hannah che l'avrebbe vista a cena quella sera, se non prima. E quando le ha chiesto se sapeva cosa veniva servito per cena, ha elencato il prosciutto e una varietà di contorni tra le cinque portate.

«Il mio preferito!» rispose lui, illuminando il viso come se lei avesse rallegrato la giornata con la recita del menù della cena.

Persino il marchese sembrava ansioso di partecipare ai festeggiamenti mentre partiva per White's per fare gli annunci a coloro che la sera prima non erano stati al ballo di Attenborough.

Poco dopo il pranzo, prevedeva un altro giro di discussioni su chi altro avrebbe dovuto ricevere un invito, come sarebbero stati vestiti i capelli di Hannah per la cerimonia e cosa mettere in valigia per il viaggio («Tutto quello che possiedo», rispose Hannah, ricordando a Elizabeth che si stava trasferendo a casa del marito), Hannah si ritrovò stupita dalla sua migliore amica. Quando Elizabeth aveva acquisito questo tipo di abilità? Non aveva programmato il suo matrimonio; se fosse stato per Elizabeth, lei e George sarebbero stati sposati da un vicario lo stesso giorno in cui glielo avrebbe proposto. Invece, la marchesa di Morganfield aveva organizzato un matrimonio in chiesa che ebbe luogo cinque giorni dopo. Allora, quando Elizabeth era diventata così organizzata? Così efficiente? *È così che gestisce il suo ente di beneficenza?* si chiese Hannah. *Come può una donna, già incinta di un bambino, avere così tanta energia?*

Perché non è durato, ovviamente.

Verso le due del pomeriggio, George arrivò a Devonville House per ricordare a sua moglie che era ora di fare il pisolino.

Hannah pensava che forse George intendesse qualcos'altro una volta che avesse riportato Elizabeth a Bostwick Place, solo poche strade dopo Park Lane, ma Elizabeth era davvero piuttosto stanca. Hannah ha insistito affinché prendessero una delle camere da letto degli ospiti a Devonville House. George acconsentì, dicendo che poteva strofinare i piedi di sua moglie lì proprio come poteva fare a casa.

«Strofinarle i piedi?» ripeté Hannah in un sussurro, sbalordita dal fatto che il visconte avrebbe fatto una cosa del genere, per non parlare di parlarne. Il pensiero di farsi massaggiare i piedi le procurava un misto di disgusto e la sensazione di palpitazioni nello stomaco. *Gisborn farebbe una cosa del genere?* si chiese. Le palpitazioni sembravano provocare uno spasmo in tutto il suo corpo per la gioia al pensiero.

«Certo», disse George senza il minimo accenno di imbarazzo. «La poveretta riesce a malapena a camminare quando le sue caviglie sono così gonfie», ha detto tanto ad Hannah quanto ad Elizabeth, che era appoggiata a lui per sostenersi. Con una rapida occhiata per assicurarsi che non ci fossero servitori, George sollevò di qualche centimetro le gonne di Elizabeth per mostrare cosa intendesse. Hannah rivolse a Elizabeth uno sguardo interrogativo prima di abbassare la testa per confermare che, sì, le caviglie di Lady Bostwick erano davvero gonfie. Le sue pantofole sembravano troppo piccole per i suoi piedi.

«Su per le scale, seconda porta a destra», ordinò Hannah, puntando il dito nella direzione generale delle scale. Fu il suo primo e unico ordine del giorno.

Una volta che il visconte e la sua viscontessa furono rinchiusi nella suite degli ospiti, Hannah stava per sistemarsi su una sedia in salotto quando la modista e un gruppo di sarte invasero Devonville House con metri di sarcenet, un abito di raso azzurro, fili di minuscole perle di semi e rotoli di nastro di raso argentato. Sbattute nella sua camera da letto, le ragazze ben presto fecero montare l'abito semplice e l'orlo appuntato. Mentre la modista, che parlava con un finto accento francese, svolazzava per la stanza dando vari ordini alle sue sarte, ogni tanto si fermava a ispezionare il lavoro svolto, le sopracciglia delicate che si alzavano e si abbassavano mentre studiava i risultati. Ben presto, il sarcenet svolazzò sopra il raso blu, increspato dai cappi delle perle che furono poi ancorate all'abito con piccoli punti. Il nastro è stato quindi infilato attraverso i passanti e modellato per seguire le linee del sarcenet increspato mentre si incrociava in diamanti lungo la gonna. Il corpetto è stato poi rifinito con il sarcenet increspato, perle e nastro.

Hannah guardò nel suo specchio da cavalleria mentre il semplice vestito si trasformava in un abito da sposa degno di una principessa. Entro le quattro, le sarte avevano tutto ciò di cui avevano bisogno per completare l'abito senza che Hannah lo indossasse, ma si assicurò che Elizabeth approvasse prima di osare uscire da esso. Lady Bostwick era emersa dalla camera degli ospiti con un'aria piuttosto rinfrescata e molto felice, portando Hannah a credere che George avesse fatto molto di più che strofinarsi i piedi.

Il pensiero di Gisborn che le faceva quelle cose le fece precipitare le palpitazioni nella pancia. Ha dovuto trattenere un sussulto per la sensazione sorprendente che ha provato, rendendosi conto con un po' di shock che non vedeva l'*ora che arrivasse* la prima notte di nozze! Qualche altra donna del *ton potrebbe* affermare di essersi sentita così *prima* del loro matrimonio? Dal discorso che aveva sentito in vari salotti di Mayfair, ne dubitava piuttosto.

Mentre le sarte si congedavano, la modista promise che l'abito sarebbe stato consegnato in mattinata. Con Elizabeth ancora una volta rinchiusa nella camera degli ospiti con suo marito, Hannah scese le scale per riflettere sui preparativi della giornata. Devonville House aveva assistito a questo tipo di attività solo durante l'ultimo ballo di sua madre.

Fu durante la tregua del tardo pomeriggio, dopo che Hannah si era sistemata in una comoda poltrona in salotto e Harold stava riposando pacificamente ai suoi piedi, quando il maggiordomo le consegnò una pergamena bianca. Esaminò il francobollo nel sigillo di cera rossa sul retro della missiva, non riconoscendo le insegne ducali. Rompendolo, aprì il foglio bianco e sottile e sorrise.

Cara Hannah,

Ho ricevuto la tua notizia dell'arrivo di Henry e la sua richiesta di corteggiarti. Spero che tu la trovi una coppia adatta! Dovrei essere così felice che uno dei miei amici d'infanzia sposasse la mia migliore amica. Scrivo con lieta notizia delle mie imminenti nozze. Joshua ha (finalmente) chiesto la mia mano! Ci sposeremo sabato alle undici in una cappella a poche miglia da qui. Mi scuso per il ritardo nell'avviso; sembra che il mio Joshua sia più romantico di quanto pensassi all'inizio. Ha ottenuto una licenza di matrimonio e il suo personale domestico si occupa del matrimonio e della colazione. Spero che tu possa unirti a noi, anche se ho motivo di credere che Henry potrebbe avere altri progetti per te. Sarebbe possibile che tu ti sposi contemporaneamente a me? Spero che il tuo sia il matrimonio da favola che abbiamo sempre pensato che avresti fatto. Auguri! Ti prego, dai il mio amore a tuo padre e a Elizabeth e George.

Distintissimi saluti, Charlotte.

Hannah sospirò, le lacrime si formarono agli angoli degli occhi mentre rileggeva la lettera.

«C'è qualcosa che non va, mia signora?»

Sorpresa dal suono della voce maschile, Hannah sussultò e si alzò, i piedi ancora sotto Harold. Il cane, spaventato dal suo movimento improvviso, fece per allontanarsi di fronte a lei, facendole perdere l'equilibrio. «Oh!» gridò, sperando di poter aggrapparsi al cane prima di cadere completamente a terra. Tuttavia, delle mani forti la presero prima che potesse lanciarsi in avanti su Harold. Le sue stesse mani si stavano improvvisamente trattenendo sulle spalle larghe, i loro muscoli si contrassero sotto la sua presa. Quando si rasserenò, fu sorpresa di trovare Lord Gisborn che la guardava con uno sguardo preoccupato.

«State bene, mia signora?» chiese, il suo viso una maschera illeggibile.

Hannah lo fissò, aprendo le labbra prima di rivolgergli un enorme sorriso. Una lacrima scese lungo una guancia. Sebbene avesse i piedi al sicuro sotto di sé, le piaceva piuttosto il modo in cui le mani di Gisborn l'avevano afferrata su entrambi i lati della vita, alla sensazione che sentiva di essere quasi senza peso mentre i suoi piedi toccavano appena il suolo, delle palpitazioni che le facevano venire i brividi di piacere attraverso tutto il suo corpo. «Oh, sì, Gisborn», mormorò. E poi, con una mossa audace oltre misura, si alzò e lo baciò.

Henry ebbe solo un momento per reagire. Era tornato a Devonville House con la notizia che un vescovo sarebbe stato lì l'indomani per sposarli. Hatfield lo incontrò alla porta, ma Henry assicurò al maggiordomo che avrebbe potuto trovare la strada per il salotto. Voleva far conoscere la sua presenza sulla soglia, intendeva inchinarsi e dare un bacio sul dorso della mano alla sua futura sposa. Ma l'aveva trovata mentre leggeva una lettera, una lettera che ovviamente conteneva cattive notizie, perché era consapevole delle lacrime che le illuminavano gli occhi. Non volendo interromperla, si era fatto strada nella stanza il più silenziosamente possibile, sperando di farle le sue condoglianze e forse una spalla su cui lei avrebbe potuto piangere.

Invece, Lady Hannah era rimasta così sorpresa dalla sua domanda che per poco non inciampò nel suo dannato cane. Vedere le lacrime scorrere lungo la sua guancia gli aveva stretto il cuore. Non aveva voluto altro che tenerla stretta in quel momento, confortarla e assicurarle che tutto sarebbe andato bene. È quello che ha fatto quando Sarah ha pianto, dopotutto.

Quindi, l'ultima cosa che si aspettava era che Hannah gli desse un sorriso e un bacio. In quel momento di sorpresa, e l'improvviso cambiamento dal provare dolore per lei a provare la gioia nel suo bacio, Henry permise ad Hannah di fare a modo suo con lui. Quando mai una donna aveva iniziato un bacio con lui? Non riusciva a ricordare che fosse mai successo, nemmeno una cameriera di un bar in una taverna aveva fatto una cosa del genere!

Quando si rese conto che stava finendo il bacio, lasciò che la presa sulla sua vita diminuisse in modo che i suoi piedi potessero prendere piede sul tappeto sottostante. Poi alzò il viso dal suo e vide il rossore rosa colorarle le guance.

«Non sono mai stato accolto così *prima*», disse Henry dopo aver sbattuto le palpebre una volta, il suo tono di voce non rivelava come si sentiva per un saluto del genere.

«Oh!» Il suono era tanto un'espirazione d'aria quanto una sorpresa per quello che aveva fatto. *Ho baciato la mia fidanzata! Mi penserà velocemente. Mi considererà un hoyden!* «Io... mi scuso, mio signore». Hannah balbettò, rendendosi conto troppo tardi di quello che aveva fatto.

«Non farlo», ordinò Henry, alzando una delle sue mani sulla sua guancia per asciugarle una delle lacrime ancora rimaste lì. «Credo che mi piaccia essere accolto dalla mia fidanzata in questo modo. Mi assicura che non ha cambiato idea sul mio matrimonio», ha aggiunto con un pizzico di umorismo. Tirò fuori un fazzoletto dalla tasca del panciotto e le asciugò un'altra lacrima vagante dal viso. «Ora, per favore, dimmi, cos'è che ti ha fatto piangere?»

Un sorriso brillante illuminò il viso di Hannah. «Charlotte e il suo duca si sposeranno domani mattina!»

Un accenno di panico attanagliò Henry. La notizia non era inaspettata, ma Hannah si aspettava di partecipare al matrimonio di Charlotte invece del proprio?

«Esattamente nello stesso momento in cui ci sposiamo!» Hannah aggiunse, la sua gioia così contagiosa che Henry fu costretto a sorridere, anche se il suo era dovuto più al sollievo che alla notizia del matrimonio di Charlotte. «Cioè, se potessi programmare un vicario?» fece una mezza domanda, le sopracciglia aggrottate in modo tale che una piccola linea si sviluppò tra le sopracciglia.

Henry alzò un dito sul posto e premette leggermente. «Il vescovo sarà qui alle dieci e mezza», le assicurò mentre continuava a tenerla leggermente stretta.

Con gli occhi ancora luminosi, Hannah gli rivolse un sorriso imbarazzato. «Davvero, non dubitavo di te», affermò, chiedendosi come potesse essere che si sentisse a suo agio stando così vicino a un uomo, più vicino di quanto lo sarebbe se stessero ballando il valzer.

Dandole una mezza alzata di spalle, inarcò un sopracciglio. «E come ha fatto la mia signora nei suoi piani?» chiese, il divertimento di nuovo nella sua voce.

Hannah fece un respiro profondo. «Non so come Lady Bostwick possa ottenere così tanto in così poco tempo, ma ci saranno fiori, un vestito, una torta e un banchetto per la colazione…» Lasciò che la frase svanisse, il suo viso si voltò più serio. «Non so se avremo *ospiti* al matrimonio».

Henry scosse la testa. «Da non preoccuparsi. Ho parlato con alcuni amici che non stanno facendo il viaggio nel Sussex per il matrimonio del duca. Mi aspetto che facciano la loro comparsa». Al suo sopracciglio alzato, lui scrollò le spalle. «Alcuni inviti sono stati consegnati tramite corriere ad alcuni membri del *ton*. Dopotutto è un matrimonio ducale», spiegò, sperando che non fosse delusa dal fatto che la loro relazione frettolosamente pianificata sarebbe stata seconda a quella del matrimonio della sua amica. Fu sorpreso quando lei sembrò sollevata dalla notizia.

«Temevo che non ci sarebbe stato nessuno al matrimonio di Lady Charlotte», ha detto a titolo di spiegazione. Entrambe le sue mani erano ancora appoggiate sulle sue spalle da quando lo baciò. Ne abbassò una in modo da appoggiarla sul suo petto, la sensazione del battito del suo cuore sotto le sue dita.

Un giorno o l'altro, immaginava che la sua mano sarebbe stata nello stesso punto, ma non ci sarebbero stati soprabito, panciotto, camicia di lino a separare le sue dita dalla pelle nuda. Un brivido di anticipazione la percorse. Che cosa aveva fatto Elizabeth raccontandole tutto delle gioie del letto matrimoniale? La sua amica aveva descritto il rapporto sessuale in così tante versioni diverse che scoprì che non poteva immaginarne la metà e per il resto arrossiva a quelle che poteva. Ma invece di temere la sua prima notte di nozze, Hannah non vedeva l'ora di condividere il suo letto con Gisborn. Con un po' di fortuna, l'avrebbe data incinta poco dopo il matrimonio, e lei avrebbe avuto un bambino da amare e di cui prendersi cura mentre Gisborn e la sua amante continuavano la loro vita.

Hannah ha dovuto frenare i suoi pensieri sul futuro. In primo luogo, avrebbero trascorso la notte a Devonville House e poi sarebbero partiti per l'Oxfordshire il giorno successivo. Se il tempo resistesse, farebbero l'intero viaggio in un giorno. «Lord e Lady Bostwick hanno deciso di rimanere a Londra per un altro giorno in modo che Elizabeth possa stare con me. Hai qualcuno che starà con te?» chiese, non sapendo quanti membri del *ton* conoscesse. Non aveva ancora preso posto in Parlamento; invece, era rimasto nell'Oxfordshire, occupandosi della sua tenuta e delle fattorie che la circondavano.

«Il mio amico, Murphy, starà con me», ha detto con un cenno del capo, meravigliandosi di quanto sembrasse calma, come se organizzasse il proprio matrimonio ogni giorno. Il nervosismo lo attanaglia. Una rapida occhiata intorno al salotto fece capire che un evento speciale era stato pianificato da qualche parte a Devonville House. Vasi di fiori già profumavano l'aria intorno a loro. I camerieri stavano trasportando oggetti da un deposito parcheggiato nel vialetto anteriore. Una donna vestita in modo impeccabile con accento italiano stava dando istruzioni a una squadra di cameriere su dove dovevano essere appesi dozzine di grandi fiocchi. Henry era abbastanza sicuro di averla vista a un grande *evento*, ma sapeva di non essere mai stato presentato.

Questo matrimonio stava per accadere. *Domattina.* Era troppo tardi per tirarsi indietro, troppo tardi per scusarsi e chiedere perdono.

Un senso di calma lo pervase mentre guardava la sposa in piedi davanti a lui. Sembrava felice di averlo, soddisfatta dell'accordo che avrebbero avuto. *La terza volta è il fascino*, pensò considerando che qualsiasi debuttante al Marriage Mart avrebbe fatto a questo punto.

Beh, forse non *nessuno*. Ma Lady Hannah Slater lo farebbe sicuramente.

CAPITOLO 6
TREMOLIO DELLA NOTTE DI NOZZE

*H*annah era in piedi davanti a lui in una vestaglia bianca immacolata, la scollatura bordata di pizzo delicato mentre un fiocco di nastro teneva insieme i bordi superiori del corpetto. Dal modo in cui le tremava leggermente il labbro inferiore, Henry si rese conto che era nervosa, persino spaventata.

Probabilmente anche più di quanto non fosse in quel momento.

Cosa c'era di sbagliato in lui? Aveva messo a letto Sarah per più di dieci anni! Sapeva come farlo: come accarezzare, accarezzare e baciare finché le grida silenziose di Sarah gli dicevano che era pronta per la sua virilità.

Ma la donna che stava davanti a lui non era Sarah.

Era Lady Hannah Slater. Era una principessa delle fate. Era vergine. *La mia contessa.* E sembrava spaventata a morte.

«Forse, per questa prima notte, dovrei…» Henry scosse la testa, sbalordito di potersi sentire così incerto su come procedere con la sua nuova moglie. Questa era la loro prima notte di nozze. Avrebbe dovuto semplicemente portarla a letto, togliere la vestaglia dal suo corpo e montarla, prendere la sua virtù proprio come aveva immaginato di fare in salotto. Era suo marito, dopotutto. Ma c'era quel labbro tremante, la paura nei suoi occhi.

Hannah allungò una mano e gli strinse la mano attorno al polso, le sue lunghe dita calde mentre lo tiravano in avanti. «Dovresti venire fino in fondo nella stanza, mio signore», disse con una voce che suonava molto più ferma di quanto non si sentisse in quel momento. Tutte le sue viscere erano in un miscuglio. L'attesa, la paura, il bisogno di sentirsi come se avesse preso la decisione giusta e la consapevolezza del gentiluomo molto maschile che le stava davanti creavano un inebriante mix di emozioni. Allungandosi intorno a lui, diede una leggera spinta alla porta e aspettò che il chiavistello scattasse in posizione prima di riportare la sua attenzione sul suo viso.

«Henry», dichiarò. Quando Hannah inarcò solo un sopracciglio al suono del suo nome, aggiunse: «Quando saremo soli così, mi chiamerai "Henry"», spiegò, sperando che le sue parole non le suonassero così impazienti come loro a lui. Le sue dita avevano allentato la presa sul suo polso ma lo stavano ancora toccando leggermente.

Henry si guardò intorno nella stanza, cercando disperatamente di non mostrare il suo nervosismo. Decorata in color pesca femminile e verde, non c'era dubbio che la stanza appartenesse a una giovane donna. *È mia moglie*, continuava a pensare, il profumo di caprifoglio che si diffondeva fino a riempirgli le narici e rendere il suo cervello ancora più confuso, se fosse possibile. «Mia signora, io...» Il suo sguardo cadde sul suo letto, la coperta e le coperte piegate per esporre l'ampia distesa di lenzuola bianche. Santo cielo! Il suo letto era più grande del suo! Potrebbe prenderla subito e lì, renderla davvero sua moglie. Dio sapeva che il suo cazzo voleva: la sua virilità si era indurita nel momento in cui aveva aperto la porta e gli aveva rivolto un sorriso esitante. E poi, quando la sua mano gli toccò il braccio per trascinarlo nella stanza, il calore che sentiva lo infiammava ancora di più.

«Siamo sole», disse semplicemente, volendo assicurargli che la cameriera della sua signora, Lily, non era ancora da qualche parte nella suite.

Potrei almeno baciarla, pensò Henry, chiedendosi se sarebbe stato in grado di andarsene prima che si avvicinassero al letto. Questa era la camera da letto in cui aveva dormito da quando era all'asilo. Non osava deflorarla qui. Dovrebbe davvero aspettare. Riportala nell'Oxfordshire, a Gisborn Hall e in una delle camere da letto lì. Quello che era attiguo al suo, con lo spogliatoio comunicante e un bagno. Sì, è lì che lo farebbe.

«Henry?» sussurrò Hannah, gli occhi rotondi. Il suo corpo sembrava tremare.

È spaventata, naturalmente, pensò. Probabilmente sua madre era morta prima di dirle cosa aspettarsi la prima notte di nozze. Cristo, non sapeva esattamente cosa *avrebbe* dovuto aspettarsi la prima notte di nozze! Era passato così tanto tempo da quella prima volta con Sarah, quando era stato troppo ansioso, troppo impaziente e troppo eccitato per capire come fare l'amore con una donna. Sarah aveva pianto in seguito, enormi lacrime accompagnate da singhiozzi che le avevano devastato il corpo. Gli disse di lasciarla in pace. E lo fece. Per due giorni, infatti, finché non lo trovò a lavorare nei campi vicino al fiume e gli diede un pugno in faccia. Era caduto come un sasso, il dolore sotto l'occhio così acuto che pensava che si sarebbe ammalato. Ma Sarah era improvvisamente lì, implorando perdono e baciando dolcemente la sua guancia annerita.

Si era innamorato di lei allora?

Doveva averlo fatto, perché aveva promesso che non avrebbe inseguito nessuna delle altre ragazze del villaggio (non che ce ne fossero molte). L'ha messa a letto di nuovo la sera successiva, e di nuovo dopo il ballo del villaggio. Quando le sue condizioni furono evidenti pochi mesi dopo, suo zio si strinse le orecchie e mandò Sarah a casa di sua zia vicino a Oxford. Henry l'andava spesso a trovare, sfruttando ogni viaggio come un'altra opportunità per chiederle di sposarlo.

Ma era una ragazza testarda, che lo rifiutava ogni volta, anche quando il bambino stava per nascere. A quel punto, sua zia aveva persino cercato di convincere Sarah a sposarlo, dicendo alla ragazza che Henry sarebbe stato il decimo conte di Gisborn e Sarah, che non era niente di meglio di una persona comune di bassa nascita, avrebbe potuto essere la sua contessa.

Sarah non ha mai ceduto.

Poche settimane dopo la nascita di suo figlio, i tre tornarono al villaggio più vicino a Gisborn Hall. Nonostante la direttiva di suo zio di denunciare il bambino come suo, Henry organizzò una famiglia per Sarah e si assicurò che tutti sapessero che il bambino era suo figlio. Il conte poteva denunciarlo, aveva deciso. Abituato a lavorare nei campi, poteva farsi strada nel mondo.

E poi era successo qualcosa di straordinario.

Quando Nathan aveva appena sei settimane, il conte di Gisborn fece loro visita all'ora fuori moda delle otto di sera. Dopo aver visto suo nipote, Randolph Forster annunciò che avrebbe nuovamente fatto di Henry il suo erede. La sua grande mano si era posata sulla spalla di Henry e gli aveva dato una stretta. «Hai fatto bene a tuo figlio. Anche se lei», aveva indicato Sarah e abbassato la voce in modo che solo Henry potesse sentire, «è troppo orgogliosa o stupida per rendersene conto».

L'intera situazione era stata una prova? Henry si meravigliò sempre della dichiarazione del conte quella sera. E non aveva contato sul fatto che il conte gli avesse effettivamente lasciato in eredità l'*intera* proprietà di Gisborn né la contea (sebbene Henry avesse scoperto in seguito che gli sarebbe stata concessa la contea in ogni caso: era il parente maschio vivente più stretto del defunto conte).

Quindi, ora stava davanti alla sua adorabile, molto nervosa sposa e permise all'odore di caprifoglio di azzannargli ancora un po' il cervello. *Dovrei baciarla. Dì qualche dolcezza. Dai la buona notte e congedati.* Abbassando le labbra sulle sue, la baciò con delicatezza. Quando lei alzò le mani sulle sue spalle e poi gliele avvolse attorno al collo, lui approfondì il bacio.

Il suo corpo era caldo e morbido sotto le sue mani, l'intera parte anteriore del suo corpo premuta contro quella di lui in aperto invito. Una delle sue mani sollevò il lato del suo corpo, il suo pollice accarezzò il lato del suo seno prima di tirarlo delicatamente sul capezzolo teso, il tessuto della sua fascia da notte abbastanza sottile da fargli quasi credere che stesse toccando la sua pelle riscaldata direttamente. Provò soddisfazione nel sentire la reazione di Hannah contro la sua bocca mentre le sue labbra erano costrette a staccarsi dalle sue per inspirare bruscamente.

Forse un altro bacio e poi l'avrebbe lasciata. La mano che le accarezzò il capezzolo si aprì sul suo seno, sollevando dolcemente il monticello che era, in effetti, un po' più grande del suo palmo. Catturò le labbra di Hannah per soffocare il suo pianto e poi fece scivolare lentamente la mano sul suo fianco. Raccogliendo il tessuto della sua camicia da notte sotto il suo palmo, tirando su l'abito mentre lo faceva, presto Henry ebbe il palmo della sua mano che le lisciava il lato della coscia, il globo del sedere e la parte anteriore dove la toccava a malapena gonfiarsi. Il corpo di Hannah ebbe uno spasmo in risposta, un gemito le salì dalla gola mentre il suo bacio continuava a consumare le sue grida. Quando fece scivolare il palmo attraverso i ricci crespi e nello spazio tra le sue cosce, le afferrò il sedere con l'altra mano e la tenne forte contro il suo corpo, sapendo che in un attimo le sue gambe si sarebbero trasformate in gelatina e lei avrebbe avuto bisogno del suo sostegno per rimanere in piedi.

«Henry», riuscì a sussurrargli contro le labbra.

Staccando la bocca dalla sua, le baciò i capelli e la colonna del collo mentre le sue dita cercavano la sua femminilità. Stava per divaricarle le gambe con un ginocchio, ma lei fece scivolare un piede di lato, e poi le sue dita scivolarono lungo le sue pieghe di carne bagnate e gonfie. Il profumo del muschio femminile raggiunse le sue narici mentre le sue dita trovarono la loro preda. Sentì la presa di Hannah su di lui stringersi, sentì i suoi respiri tremuli, come se non avesse osato respirare fino a qualunque cosa stesse per accadere, e poi incurvò il suo corpo. Con l'anca solida contro la sua erezione e la testa gettata all'indietro in estasi, Henry attese finché non la sentì gemere silenziosamente prima di fermare le dita.

Fu improvvisamente consapevole del proprio corpo, della propria eccitazione, dell'anca di lei premuta contro di lui. La vista della sua testa gettata all'indietro fece scattare qualcosa in lui che scoprì di non poter fermare. Il suo orgasmo, così improvviso e così inaspettato, afferrò tutto il suo corpo. Tirando forte Hannah contro la parte anteriore del suo corpo, piantò la bocca sulla sua spalla per soffocare il ringhio, lottò duramente per tenere le gambe sotto di sé e si chiese come il suo corpo sembrasse tremare così tanto. Sbalordito dal fatto che la vista di sua moglie in estasi potesse avere un tale effetto su di lui, Henry alla fine inspirò e addolcì la presa su di lei.

Tremando come una foglia, Hannah ha lottato per ritrovare il senso di sé, ha cercato di ritirarsi in un unico corpo, sicura di essere persa in qualche oblio in cui il suo essere fisico non esisteva.

Lentamente, si rese conto dei silenziosi sussurri di Henry nel suo orecchio, delle sue mani che le accarezzavano la schiena, accarezzandole le spalle, del suo corpo che veniva sollevato e spostato in una nuvola di bianco e coperto di calore, delle labbra di Henry sulle sue, delle sue labbra sul suo collo. E poi, come se fosse tutto solo un sogno, si ritrovò a sognare.

Ancora respirando pesantemente, Henry diede ad Hannah un ultimo bacio prima di congedarsi da lei. Fu una passeggiata molto lunga fino alla sua stanza all'altro capo della casa.

CAPITOLO 7
GLI SPOSINI IN UN LUNGO VIAGGIO

*H*enry guardò Hannah. Si sedette dall'altra parte della carrozza, di fronte alla loro direzione mentre lui sedeva di fronte. Il suo sguardo era diretto verso qualcosa oltre la finestra. Si erano guardati a malapena per tutta la mattina, ognuno di loro si scambiò un'occhiata e poi distolse rapidamente lo sguardo se uno fosse stato sorpreso a fissarsi dall'altro. La loro conversazione era stata soffocata, così a disagio a un certo punto che Henry pensò che Hannah potesse piangere. Quindi aveva abbandonato l'argomento del suo possibile bisogno di abiti più caldi e un mantello a favore del silenzio.

Be', in carrozza sarebbe stato muto se Harold MacDuff non fosse stato sdraiato sul pavimento in mezzo a loro. Il russare del cane a volte era così forte che Henry era sicuro di aver visto una volta Hannah sorridere prima di coprirsi la bocca con una mano guantata. Era bellissima quando sorrideva in quel modo, come se nascondesse un segreto di cui solo lei era al corrente.

In realtà, era bellissima con qualsiasi espressione avesse sul viso, decise Henry.

Ogni volta che pensava di allungare le sue lunghe membra, i suoi stivali finivano per spingere la bestia pelosa in modo che alzasse la testa, tirasse su col naso e sbuffasse per la sorpresa.

Quella mattina, Henry aveva pensato di legare semplicemente il cane al retro della carrozza, ma si è reso conto molto rapidamente che il cane non sarebbe stato in grado di tenere il passo con la carrozza e i quattro mentre usciva dalla Great West Road per il viaggio di settantacinque miglia fino a Gisborn Hall. E poi si chiese se il cane potesse stare seduto sulla scatola con l'autista, ma uno sguardo alle dimensioni della scatola e un altro alle dimensioni di Harold, e Henry si rese conto che non ci sarebbe stato spazio per l'autista. Forse Harold poteva essere relegato nella carrozza più vecchia che sarebbe seguita con il resto dei bauli di Lady Hannah e la sua cameriera il giorno successivo, ma con il volume di roba ancora imballato e caricato su quel veicolo, Henry si chiese se ci sarebbe stato spazio anche per Lily.

Aveva spiato la cameriera mentre correva con una manciata di vestiti, sicuro di averla già vista da qualche parte. Ma la sua attenzione era stata distratta e la possibilità di chiedere di lei era passata.

In uno dei suoi pochi commenti quella mattina, Hannah suggerì al cane di fare un giro all'interno della carrozza al solo scopo di tenerle calde le ciabatte ai piedi. «Non sarà necessario un mattone caldo, mio signore», gli aveva assicurato quando stava per ordinare a un domestico di farne portare uno fuori dalle cucine. «Harold serve lo scopo in modo abbastanza efficace».

Henry scoprì di dover essere d'accordo. Buon Dio, il cane era enorme e copriva quasi l'intero pavimento della carrozza. Avendo realizzato che i suoi stessi piedi sarebbero stati molto più caldi se si fosse seduto con Hannah e avesse messo i suoi piedi accanto ai suoi sotto la schiena del cane, stava per chiedergli se poteva farlo quando si rese conto che Hannah si stava girando nella sua direzione. Non volendo essere sorpreso a fissarlo, girò rapidamente la testa per guardare fuori dalla finestra.

Hannah lanciò un'occhiata in direzione del conte, sicura che il suo sguardo fosse stato diretto su di lei, e poi, all'improvviso, non lo fu. Stava guardando fuori dalla finestra alla sua destra, si rese conto mentre osava guardare più a lungo. Il suo profilo era piuttosto sorprendente, pensò, con il naso forte, la mascella squadrata e il mento largo. I suoi capelli quasi neri ben curati includevano un ciuffo che sembrava determinato ad arricciarsi sopra un sopracciglio, e nonostante si fosse rasato quella mattina, c'era già un accenno di ombra scura lungo la sua mascella. Una rapida occhiata potrebbe far pensare allo spettatore ad un ladro o addirittura un bandito.

Mio marito, pensò almeno per la decima volta quella mattina. Così bello, così alto, così a disagio. Nonostante gli interni spaziosi del nuovo pullman su cui viaggiavano, Henry Forster sembrava in qualche modo accartocciato tra i cuscini, gli arti troppo lunghi per il sedile in pelle e il busto troppo alto per lo schienale del sedile. E poi Hannah notò come le sue ginocchia dovessero piegarsi in modo che i suoi piedi potessero prendere posto sul pavimento accanto alla massa distesa di Harold. «Oh, Dio mio, mio signore. Non ti sentiresti più a tuo agio seduto da questa parte?»

Le parole erano uscite dalla sua bocca prima che si rendesse conto di averle dette, e si chiese se avesse commesso un errore nel suggerirgli di dividere il posto con lei. L'avrebbe considerata veloce nel suggerire un accordo del genere? Dovette reprimere una risatina. *Sono sua moglie, non una ragazza appena uscita dall'aula*, si rimproverò. Lottò per pensare a cosa aggiungere quando vide la sua espressione sorpresa, come se fosse sorpreso che avesse la capacità di parlare. «Allora potresti mettere i piedi sotto Harold. Tienili al caldo», aggiunse, resistendo all'impulso di alzare gli occhi al cielo quando il ragionamento suonava zoppo alle sue stesse orecchie. Harold alzò la testa al suono del suo nome, ma gli permise di ricadere sulle zampe anteriori quando si rese conto di non essere stato chiamato direttamente.

Nascondendo lo stupore per l'intuizione di sua moglie, specialmente nel momento stesso in cui stava pensando la stessa cosa, Henry annuì. «Se non vi dispiace, mia signora», rispose velocemente, muovendosi con cautela per scavalcare il cane e riposizionarsi sulla panca accanto ad Hannah. Essere rivolti nella direzione di marcia era un sollievo; disprezzava di non essere in grado di vedere davanti a sé mentre si dirigevano a ovest verso l'Oxfordshire.

«Niente affatto, mio signore. Vorrei il tuo conforto, ovviamente», rispose timidamente Hannah, una mano guantata che le raccoglieva le gonne in modo che non fossero più distese sul sedile. Lasciò la mano appoggiata su una coscia, non volendo apparire come se non potesse stare ferma.

Henry si sistemò tra i piccioni ed emise un sospiro di sollievo mentre le sue membra si allungavano. Il calore si insinuò nei suoi piedi dove i suoi stivali erano infilati sotto il cane. «Grazie signora. Questa è stata un'idea eccellente», disse, posando una mano guantata di nero sulla sua dove poggiava sulla sua coscia. *Così minuscolo*, pensò mentre le sue dita si piegavano leggermente. Se Hannah era sorpresa o messa a disagio dal suo tocco, non poteva percepirlo nella sua mano.

Hannah dovette sopprimere il sussulto che sentì quando la sua mano si chiudeva dietro la sua. Il calore del suo palmo in realtà permeava i loro guanti, lasciando la sua mano immersa in un calore confortante. Si chiese se avrebbe sentito lo stesso calore quando i loro corpi erano stati premuti insieme nel letto matrimoniale. Un brivido le attraversò il corpo al pensiero.

Dovrebbe già *sapere* come ci si sente ad averlo accanto a letto. Avrebbe dovuto esserci *ieri* sera! Perché non l'aveva semplicemente messa a letto quando ne aveva la possibilità? Era già pronta per lui, i suoi capelli biondo platino sciolti e pettinati fino a ottenere una lucentezza scintillante, il suo nuovo parapetto da notte aderito alle sue leggere curve, i suoi piedi avvolti in audaci semi-pantofole che mettevano in mostra le dita dei piedi. Si era assicurata che la cameriera se ne fosse andata e che le lenzuola fossero state rifiutate. Avendo saputo cosa aspettarsi dalle sue amiche che erano giovani matrone, in particolare da Elizabeth, era abbastanza preparata ad essere rapita.

Poi Henry era venuto alla sua porta, e invece di entrare fino in fondo, era rimasto sulla soglia comportandosi come un ragazzo timido appena uscito da Eton che assisteva al suo primo ballo e dicendole che era molto contento di conoscerla, ma poteva riservare invece un ballo per dopo?

Aveva quasi detto: «Certo che no. Sei qui. Balla con me adesso!» O qualcosa del genere. *Come osa?* Era la loro prima notte di nozze. Avrebbe dovuto rivendicare ciò che era suo diritto in quel momento.

Almeno aveva avuto la decenza di baciarla, anche se la leggera pressione delle labbra non poteva essere definita un bacio. Ma poi l'aveva baciata più profondamente e aveva usato le sue mani con grande effetto sul suo corpo. E poi l'aveva compiaciuta completamente: il suo corpo sembrava tremare anche adesso mentre ricordava le sensazioni acute che aveva creato con le sue carezze. Chi sapeva che le mani di un uomo potessero offrire così tanto piacere?

Elizabeth lo sapeva, ovviamente. Hannah non poteva trattenersi dall'arrossare al pensiero di alcune delle cose che George aveva fatto a Elizabeth. La donna li aveva descritti in dettaglio, sembrando per tutto il tempo rivivere le sensazioni che aveva provato quando suo marito le aveva create in principio. George probabilmente l'aveva compiaciuta per un centimetro della sua vita prima ancora che si sposassero!

Esplosione e dannazione! Hannah era stata *pronta* per Gisborn la notte scorsa. Dopo aver percorso settantacinque miglia in pullman su strade che si stavano rivelando un po' accidentate, dubitava piuttosto che l'avrebbe voluto nel suo letto stanotte! E poi si chiese se avrebbe avuto un letto tutto suo, o se avrebbero sempre condiviso un letto matrimoniale. Nulla era stato detto in merito alla sistemazione per la notte a Gisborn Hall.

Lanciando un'altra occhiata in direzione di sua moglie, Henry non poté fare a meno di notare i lineamenti delicati di Hannah, la sua pelle così liscia, pallida e fine, era quasi traslucida, le ciglia così lunghe che sembravano scontrarsi con la parte superiore degli zigomi ad ogni battito di ciglia, labbra piene ma non troppo grandi, labbra da baciare, pensò. Aveva desiderato disperatamente passare l'intera notte a baciare quelle labbra, baciarle con molta più passione dei semplici baci che aveva dato ad esse quando era venuto a dare la buonanotte ad Hannah.

Aveva un aspetto incantevole nei suoi abiti da notte, il tessuto sottile della sua camicia da notte nascondeva a malapena il suo *fascino*. E i suoi capelli. Non aveva idea che avesse capelli così lunghi e lucenti. Non voleva altro che entrare nella sua camera da letto e spogliarla e far scivolare le mani sui suoi seni e glutei e allargare le gambe per prendere la sua virtù come era suo diritto da marito. Ma l'idea di prendersi la sua verginità nel suo stesso letto, il letto in cui aveva probabilmente dormito ogni notte della sua vita da quando era fuori dalla culla, sembrava *sbagliata*, in qualche modo. Se avesse preso la sua virtù, lei avrebbe potuto sentirsi dolorante. Dato il loro lungo viaggio in pullman verso l'Oxfordshire, riteneva che sarebbe stata a disagio per l'intero viaggio. Non c'era motivo di fargliela passare. Potrebbe volerci una settimana o più prima che lei gli permetta di andare a letto di nuovo. E, a dire il vero, non era sicuro che sarebbe stato in grado di raccogliere il coraggio. Gli effetti dello champagne servito subito dopo che il vicario aveva dichiarato che la coppia era legalmente sposata erano svaniti da tempo.

Così, invece, aveva permesso alle sue mani di vagare e alle sue labbra di prendere di più le sue per poter tacere le sue grida piuttosto che darle un significato.

Ma qualcosa era successo. *Lussuria*, si disse. Il suo corpo, il traditore, aveva chiarito che doveva stare con sua moglie. Anche in quel momento, si meravigliava dell'improvvisa e gloriosa sensazione che aveva provato mentre il piacere di Hannah aumentava, come se fosse determinata a portarlo con sé sull'onda. Ma il pensiero di andare a letto con la sua nuova moglie gli faceva sentire come se stesse tradendo Sarah.

Era stato sempre e solo con Sarah. Il suo modesto reddito prima della sua eredità non gli aveva offerto la vita della maggior parte dei gentiluomini. Non aveva i fondi per giocare d'azzardo o passare le notti nei bordelli, e di certo non ce n'era abbastanza per assumere un'amante, non che avesse mai voluto. Aveva Sarah. Era la madre di suo figlio. Era tutto ciò che aveva sempre desiderato in una moglie. Dannazione a lei per aver pensato che non era abbastanza brava per sposarlo!

«Perché non hai preso la mia virtù ieri sera?»

La domanda, sfumata con ciò che avrebbe potuto essere rabbia e probabilmente un po' di dolore, risuonò nella carrozza angusta, uno shock per le tre paia di orecchie che l'udirono. Harold sollevò la testa e la piegò di lato, osservando la sua amante e il suo sguardo di totale stupore per cinque secondi interi prima di rendersi conto che, per una volta, non era lui ad essere accusato di qualche trasgressione. Henry, che era rimasto seduto immobile per quei cinque secondi pieni e aveva mostrato lo sguardo di quello che era stato accusato, si voltò lentamente per trovare la mano di sua moglie, quella che ora non teneva in una stretta mortale, che copriva le sue labbra carnose. La sua carnagione color crema e color pesca pallido era diventata di un rosa brillante. E, nonostante in quel preciso istante i suoi occhi fossero chiusi, una lacrima stava uscendo dall'angolo dell'occhio più vicino a Henry.

Oh, Dio, sta per piangere.

Henry smise di respirare mentre si chiedeva cosa dire. Cosa fare. E poi l'istinto ha preso il sopravvento. Lui lasciò andare la sua mano e avvolse le sue braccia intorno alle sue spalle, tirandola forte contro il suo petto. Il suo cappellino urtò contro la sua spalla, ma lui glielo fece strappare dalla testa in un istante, il rapido movimento del suo polso fece volare il cappello di velluto offensivo sul sedile di fronte a loro. Sebbene volesse baciarla proprio in quel momento, coprirle le labbra e impossessarsene con un bacio punitivo che dimostrava quanto la desiderasse ardentemente la sera prima, quanto la desiderasse ardentemente in questo momento, Henry si limitò a tenere il suo corpo contro il suo e baciò la sua fronte. Se c'era stata una rissa in lei, lui non lo sentiva. Né si sentiva rigida o inflessibile tra le sue braccia. Era come se si sciogliesse contro di lui, modellandosi per adattarsi agli spazi vuoti lungo la parte anteriore del suo corpo. «Non volevo altro che portarti a letto ieri sera, mia signora», sussurrò con voce roca. «Ma sarebbe stato…» *Sbagliato? Imbarazzante?* «Inappropriato», disse alla fine, piuttosto orgoglioso di essere stato in grado di trovare una scusa dal suono così sensato per se stesso.

Apparentemente Hannah non era d'accordo, tuttavia. Sentì il suo corpo diventare rigido, sentì la sua testa inclinarsi fino a poter vedere i suoi occhi. Occhi arrabbiati. *Oh, Dio.*

«*Inappropriato?*» ripeté con voce venata di indignazione. «Dovevo darti un erede e una *scorta*. Come posso farlo se non mi metti a *letto*?» Quest'ultima fu pronunciata con un accenno di singhiozzo, come se potesse davvero essere sull'orlo delle lacrime.

Deglutendo a fatica, Henry pensò di contrastare il suo fastidio con la propria ira improvvisa. Come poteva parlargli in quel modo? Pensava di averle risparmiato una notte di imbarazzo per aver dovuto ospitare il marito nella stanza in cui aveva trascorso le notti della sua infanzia. Pensava di averle risparmiato il disagio di dover salire su un pullman mentre era tenero *laggiù*. Pensava di aver fatto bene a lei non insistendo sui rapporti sessuali nella casa di suo padre. *Avremo rapporti quando sarò dannatamente bravo e pronto!*

E poi notò che Harold lo fissava.

La testa del cane sembrò tremare leggermente da una parte all'altra, come per avvertire Henry che stava per commettere un grave errore. O forse lo stava avvertendo che non importava quello che diceva o faceva. Aveva già commesso un grosso errore e non c'era modo di uscirne.

Henry usò una mano per accarezzare la guancia di sua moglie mentre fissava i suoi luminosi occhi blu fiordaliso, resi ancor più dalle lacrime non versate. Anche pieni di lacrime, erano stupendi. Posò le sue labbra sulle sue, premendo a malapena contro le sue labbra carnose finché non le ebbe completamente catturate. E poi la baciò, approfondendo il bacio finché lei non emise un leggero gemito che indicava che era placata o che aveva bisogno di respirare. In ogni caso, Henry si lasciò andare lentamente e si allontanò, i suoi occhi che guardavano le sue palpebre mentre si aprivano. Vi vedeva la sfida lì, pensò, e si rese conto che aveva ancora bisogno di spiegarsi. «Non volevo portare la tua virtù nel letto in cui hai trascorso la tua giovinezza», dichiarò piano. «Ho intenzione di farlo nel nostro letto *matrimoniale*. Penso che forse il mio letto sarà più adatto. Anche se, ora che ci pensava, era lì che lui e Sarah a volte facevano l'amore. «Oppure possiamo usare il letto nella suite padrona. La tua suite», si corresse rapidamente, rendendosi conto che lei non sapeva nulla di Gisborn Hall. «Ho tutte le intenzioni di portarti a letto». *Di frequente? Un paio di volte a settimana?* All'improvviso era perplesso.

Quante volte i mariti andavano a letto con la moglie?

«Ogni notte», dichiarò Hannah a bassa voce, con la testa che annuiva. «Almeno, fino a quando non sarò incinta, e poi tutte le volte che lo desideri», aggiunse, il viso che assumeva quella sfumatura di rosa che lui trovava piuttosto attraente. *Voleva risparmiarmi l'imbarazzo di perdere la verginità nel mio stesso letto? Forse è premuroso come le sue parole lo fanno sembrare.*

Henry la fissava. *Ogni notte?* Lui e Sarah... beh, le cose non erano andate molto bene tra loro negli ultimi mesi. Era venuta a casa il giorno prima che lui facesse il suo viaggio a Londra, accettando di passare la notte a Gisborn Hall mentre Nathan e il suo amico Andrew stavano nella stanza dei bambini al piano di sopra. E lei era stata disposta, anche se lui aveva sentito che qualcosa non andava quando non era stato in grado di darle piacere come era abituato a fare. Le sue semplici carezze e il suo tocco non erano più efficaci nel portarla all'estasi. Era come se il suo corpo richiedesse un'unione più forte, più forte, un accoppiamento più rapido e più urgente. Sebbene l'avesse lasciata sazia, si sentiva come se l'avesse violata in qualche modo.

Poi, al mattino, quando era del tutto pronto a fare l'amore con lei alla luce di un'alba rosso oro, si voltò e la trovò già uscita dal suo letto. Era vestita e si infilava le calze davanti al camino, la sua attenzione sulle braci morenti. Si chiese per quanto tempo fosse rimasta seduta lì, a fissarla. L'aveva baciata sulla guancia, aveva abbracciato Nathan con tutta la forza che aveva osato e aveva salutato entrambi quando era salito sull'antica carrozza Gisborn.

Non aveva intenzione di sposarsi durante questo viaggio; pensò solo di ottenere il titolo a Ellsworth Park. Allora perché Sarah era sembrata così distante? Così distratta? Ora che stava tornando a casa con molto più di quanto si aspettasse – una moglie volenterosa che apparentemente avrebbe tollerato la sua continua relazione con Sarah – *Gli uomini amano solo le loro amanti*, aveva detto – si chiedeva se Sarah sarebbe stata più come lo era stata per tutti gli anni prima di questo. O si sarebbe allontanata ancora di più? *Dannazione, cosa stava succedendo alla donna?*

«Allora verrò nella tua camera da letto tutte le sere», concordò infine Henry, annuendo. «E se ci fosse una notte in cui non vuoi la mia compagnia, devi solo dirlo, e io mi congederò da te». *Lì. Dovrebbe essere un accordo adeguato*, pensò, piuttosto contento che avessero concluso la discussione prima di arrivare a Gisborn Hall.

«D'accordo», rispose Hannah con un cenno del capo. Dopo averlo osservato attentamente mentre pronunciava il suo annuncio, si chiese se avrebbe potuto baciarla in quelle occasioni. O i baci erano riservati solo a Sarah? Perché il bacio che le aveva dato solo pochi istanti prima era stato davvero molto piacevole. Molto soddisfacente. Emozionante, anche, quando per un momento pensò che stava per essere scaricata sul pavimento della carrozza – o meglio sul povero Harold – se Henry avesse lasciato andare la presa su di lei.

Henry continuò a fissare Hannah, pensando al bacio che avevano appena condiviso. L'aveva permesso abbastanza prontamente, l'aveva addirittura restituita. Se avesse voluto continuare il bacio, si rese conto che lei non si sarebbe opposta. *Mi sta fissando. Come se si aspettasse qualcosa.* «Cosa... cos'è?» chiese, abbassando il viso a pochi centimetri sopra il suo.

«Non mi opporrei a essere baciata, ovviamente... ogni volta che lo ritieni... appropriato», balbettò.

Adeguata? Come poteva la sua padronanza della lingua inglese lasciarla con una scelta di parole così scarsa? Avrebbe potuto dire *quando vuoi* o *in qualsiasi momento del giorno o della notte*.

Buon Dio, può leggermi nel pensiero? «Ti ringrazio. Me lo ricorderò», rispose Henry, osservando il suo viso che si colorava di nuovo. Prima che fosse completamente consapevole di quello che stava facendo, le sue labbra tornarono sulle sue, completando il bacio che aveva iniziato solo pochi istanti prima, la sua attenzione così approfondita sul bacio e la sensazione delle sue labbra e la consistenza dei suoi denti contro la sua lingua e il sapore della sua bocca e il profumo di caprifoglio che aleggiava dai suoi capelli, che non si era accorto che la carrozza aveva fatto una svolta nel cortile di una locanda finché l'autista non saltò giù dal box e aprì la porta dell'allenatore. Terminando il bacio il più rapidamente possibile, e poi rimproverandosi per essersi imbarazzato per essere stato sorpreso a baciare sua moglie, Henry raddrizzò Hannah in grembo e fece un cenno all'autista mentre l'uomo scendeva i gradini.

Mentre i cavalli venivano cambiati per una nuova squadra, avrebbero avuto il tempo di prendere il tè e il sostentamento nella locanda. Per Henry, il tempo gli avrebbe dato la possibilità di saperne di più sulla sua nuova moglie. Per Hannah, il tempo le avrebbe dato la possibilità di rendersi conto che il suo nuovo marito era molto più di quanto si aspettasse.

Quanto ad Harold, era un'occasione per liberarsi e fare un pisolino in benedetto silenzio.

CAPITOLO 8
BENVENUTI A GISBORN HALL

*D*opo quasi nove ore di viaggio nella carrozza ben attrezzata, Henry fu sollevato quando svoltarono verso il ponte Tadpole e le sue terre appena a nord del fiume Iside. Hannah si era addormentata poco dopo il pranzo di qualche ora prima, e si era svegliata solo quando l'allenatore aveva preso un brutto urto o oscillava più del solito. La testa di lei giaceva nella parte bassa della sua spalla, il braccio di lui avvolto in modo protettivo sulla parte posteriore delle sue spalle. I suoi pensieri andarono a dopo, quando si sarebbe unito a lei nella suite dell'amante a Gisborn Hall e l'avrebbe fatta sua moglie. Si chiese se gli avrebbe permesso di condividere il suo letto per l'intera notte, o se avesse insistito perché tornasse nella sua camera da letto.

«Quella è Gisborn Hall?» sentì in un sussurro intimorito. Henry sorrise, provando un senso di orgoglio. «Infatti», rispose, dando ad Hannah un bacio sulla fronte prima di permetterle di alzarsi per mettersi seduta. Harold notò l'allenatore che rallentava e alzò la testa, le orecchie alzate.

L'imponente struttura in pietra grigia sembrava essere caduta dall'alto, era così incastrata nella terra, le sue fondamenta erano piuttosto solide e ad angolo rispetto alla strada che portava al viale circolare. Rettangolare tranne dove le porte d'ingresso erano racchiuse in un portico, la casa era simmetrica fino ai due alberi topiari che fiancheggiavano l'ingresso. Decine di finestre si estendevano lungo il secondo piano, ciascuna posta in perfetta simmetria. Le finestre su entrambi i lati della porta d'ingresso erano a triplette e a coppie, suggerendo che le stanze lì fossero più grandi, forse la biblioteca e il salotto. Da lontano, sembrava semplicemente grandioso.

Hannah si sentì agitare e sorrise; sarebbe stata la padrona di questa casa. Una volta che si erano fermati nel vialetto e i cavalli stavano rallentando davanti alle doppie porte, ha notato come la facciata fosse rovinata dalle intemperie, una finestra era crepata e le piantumazioni lungo la facciata della casa sembravano aver bisogno del tocco di un giardiniere. Un po' di lavoro e sarebbe stata una bella casa per un conte, pensò.

La porta della carrozza si aprì. Harold si alzò e uscì, apparentemente consapevole che nessuno dei due esseri umani sarebbe stato in grado di farlo finché non si fosse tolto di mezzo. Gisborn strinse la mano di Hannah e uscì, voltandosi per consegnarla. Una volta che Hannah fu sicura che i suoi piedi erano sotto di lei e che le sue gonne erano state scosse, si guardò intorno. Un uomo non molto più giovane di lei si affrettava a occuparsi dei cavalli, e un cameriere slacciava le cinghie che tenevano le valigie sul retro della carrozza. Permise a Henry di scortarla su per i cinque gradini e fino alle porte d'ingresso. Non poté fare a meno di notare che Henry inspirava prima di tirare il battente di ottone. Harold si sedette accanto a lei mentre tutti aspettavano.

Nessuno ha risposto. Almeno, non subito.

Hannah guardò Henry, chiedendosi se fossero arrivati nel giorno libero del maggiordomo. Henry non aveva avvisato che sarebbero arrivati oggi? Stava per chiedere quando la porta si aprì per rivelare un uomo anziano, così curvo che dovette appoggiarsi all'indietro per determinare che era il suo padrone a stare alla porta. «Ah, Gisborn», disse il maggiordomo mentre indietreggiava per consentire loro di entrare, una mano nodosa che faceva cenno loro di entrare.

«Parcheggio. Vorrei presentare mia moglie, Hannah Forster, Lady Gisborn», disse Henry. «Oh, e questo è Harold MacDuff», aggiunse indicando il cane.

Il maggiordomo, che era vestito in modo abbastanza formale e sembrava che fosse stato al servizio in quella casa per almeno cinquant'anni, si inchinò verso di lei. «Contessa», disse in segno di riconoscimento, senza mostrare la minima sorpresa. «Harold» disse, facendo un cenno al cane. «Posso prendere il tuo mantello?»

Henry puntò un sopracciglio arcuato in direzione di Hannah, un'espressione che sembrava dire che Parkerhouse era sempre imperturbabile. Hannah slacciò i bottoni della sua mantella e permise all'anziano maggiordomo di aiutarla a togliersi il cappotto mentre Henry le dava istruzioni. «Potresti far sapere alla signora Batey che siamo arrivati? E anche la signora Chambers? Credo che ceneremo nella sala da pranzo più piccola. E prepara la suite della padrona per mia moglie.

Parkerhouse annuì e se ne andò. Hannah lo guardò andare via. «Da quanto tempo è in servizio?» chiese, prendendo il braccio offerto da Henry. La condusse per il lungo corridoio a destra, e Harold la seguì, come se non fosse del tutto sicuro di cosa fare.

«Era il maggiordomo di mio zio e prima ancora di mio nonno», disse Henry con un'alzata di spalle. Fermandosi alla prima porta aperta sulla destra, la fece entrare. «Il salotto, mia signora», disse con un cenno del capo. «Se suonerai il campanello, potremmo prendere del tè».

Hannah si guardò intorno, notando i tessuti pregiati, gli arredi eleganti. Nonostante l'aspetto esterno come se avesse bisogno di un po' di attenzione, questa camera non lo faceva. Le superfici brillavano e la moquette Aubusson è stata pulita di recente. «Portami a fare un giro di tutta la casa», suggerì, muovendosi per stare davanti a lui.

Henry la guardò dall'alto in basso, sorpreso dalla sua richiesta. «Come desideri», concordò. Prendendole la mano, lasciarono il salotto e vagarono per i corridoi della tenuta di Gisborn, Henry raccontando fatti interessanti lungo la strada, indicando vari manufatti e spiegandone il significato. Hannah si aggrappava a ogni sua parola, determinata a imparare tutto quello che poteva sulla casa. Notò anche pochissimi domestici in giro; uno o due lacchè si inchinarono al loro passaggio, ma non vide cameriere.

Quando raggiunsero il suo studio, la stanza a sinistra della porta d'ingresso e l'ultima tappa del loro giro del piano nobile, si affrettò a sfogliare gli appunti che stavano su un vassoio d'argento, scuotendo la testa mentre lo faceva. «Sembra che io abbia scelto un buon momento per andarmene», mormorò. Osservò mentre Hannah faceva scivolare le dita sullo schienale delle sedie, fissava gli scaffali dei libri e studiava i disegni incorniciati appesi alle pareti. Harold sembrava capire il significato della stanza. Si sistemò davanti al focolare.

«Sei un inventore, vero?» chiese retoricamente Hannah, studiando uno dei disegni che giacevano spiegati sul tavolo di una biblioteca. Era un dettaglio del canale di irrigazione dove sarebbe stato installato il cancello, insieme ai disegni del cancello e dei binari in cui sarebbe passato quando sarebbe stato installato. Era esattamente come l'aveva descritto nel salotto di Devonville House solo pochi giorni prima.

Muovendosi per stare dietro di lei, avvolgendole le braccia intorno alle sue e tenendole le mani con le proprie, Henry le baciò la tempia. «Sono un contadino, mia signora, ma ammetto di assecondare i miei capricci quando lo ritengo meglio per la tenuta», ha riconosciuto, le sue labbra che le toccavano appena l'orecchio mentre pronunciava le parole.

Hannah sorrise, girando la testa in modo da poterlo guardare. «Assecondare i tuoi capricci?» ripeté, pensando che volesse dire spendere soldi in lussi. Sebbene le stanze che avevano visitato fossero eleganti e ben arredate, nulla è stato fatto in eccesso, né c'erano costosi oggetti d'arte in mostra né dipinti di maestri che decoravano le pareti. Henry si vestiva bene e indossava stivali che suggerivano che fossero fatti su misura, ma a parte una spilla da cravatta di rubino, non indossava gioielli. Hannah guardò la sua fede nuziale, ovviamente l'anello con sigillo della contea. L'anello era così grande che doveva indossarlo sul dito medio e, anche in quel caso, la fascia era avvolta con del filo per assicurarsi che rimanesse al dito. «Quando mai hai fatto una cosa come assecondare i tuoi capricci?» chiese con un sorriso canzonatorio.

«Quando ho comprato questo per te», ha detto, tirando fuori dalla tasca un anello di diamanti e rubini e posandolo sull'anulare sinistro, vicino al punto in cui il suo anello con sigillo era già appoggiato. «E quando ti ho sposato», la baciò quando lei si girò tra le sue braccia, ovviamente sorpresa dall'anello.

«Henry», sussurrò, alzando la mano davanti al viso mentre lui la teneva intorno alla vita. «È... è bellissimo», disse, con tono riverente. Posò l'altra mano contro il suo viso e si alzò in punta di piedi per poterlo baciare. Henry la attirò contro di sé, ricambiando il bacio in egual misura.

Al suono di uno schiarirsi la gola, i due terminarono rapidamente il bacio e si voltarono verso la porta.

«La cena è servita, mia signora, mio signore», dichiarò Parkerhouse.

Rubandosi a vicenda sguardi colpevoli, i due si diressero verso la piccola sala da pranzo e cenarono insieme per la prima volta come Lord e Lady Gisborn.

Henry trovò Hannah che dormiva nella vasca di rame, con le ginocchia leggermente piegate e il seno appena coperto dall'acqua che probabilmente era stata inondata di bolle quando era salita per la prima volta. *Sembra una sirena,* pensò Henry, non del tutto sicuro di quale fosse l'aspetto di una sirena. Tipo, ma decidere che era ciò che lui avrebbe immaginato di essere se qualcuno avesse mai sollevato l'argomento.

Immerse un dito nell'acqua. *Ancora calda.* E la vasca, piuttosto grande perché pensata per un uomo della sua stazza, aveva tanto spazio per lui anche vista la sirena che la occupava.

Lentamente, Henry entrò nell'acqua profumata, assicurandosi che un piede fosse ben saldo sul fondo della vasca prima di sollevare l'altro piede e farlo entrare nella vasca. Il corpo di Hannah si mosse in avanti, la testa piegata da un lato mentre si assopiva.

Henry si abbassò dietro di lei, le sue braccia scivolarono lungo la sua schiena e spingendola delicatamente in modo che le sue ginocchia si piegassero un po' di più. Le sue gambe si piegarono su entrambi i lati del suo corpo mentre si abbassava per sedersi dietro di lei. Avvolgendole una mano intorno alla vita, tirò il suo corpo contro il suo e osservò con lussuria a malapena contenuta mentre la testa di Hannah ciondolava sul suo petto. Il profumo di caprifoglio gli catturò le narici. Respirò profondamente, l'inalazione interrotta quando notò i suoi seni nudi. Le loro curve erano appena sopra la superficie dell'acqua ricoperta di bolle, i suoi capezzoli rosei magnificamente in mostra. Non più nell'acqua calda, si strinsero in boccioli increspati. Gemme da baciare.

In quel momento, Henry non voleva altro che allungare la mano con le labbra e baciare uno di quei capezzoli. O entrambi, davvero. E sempre così lentamente, tirarli in bocca e succhiarli finché lei non piangeva di piacere, era bagnata e pronta per lui. Il suo cazzo si indurì al pensiero, dovette riadattare il corpo di Hannah mentre riposava contro di lui. Lei si mosse e la sua testa rotolò sull'altro lato del suo petto, lasciando il lato del collo completamente esposto. Abbassando le labbra nello spazio sotto il suo orecchio, la baciò con tanta cura. La sua lingua si protese e catturò il suo lobo dell'orecchio, le sue labbra si chiudevano su di esso per succhiarlo il più leggermente possibile data la sua strana posizione. Il leggero gemito di Hannah lo spronò a muovere la bocca lungo il suo collo, i suoi baci continuarono mentre sorseggiava e succhiava la pelle lì. Per baciarle i seni, però, sarebbe stato costretto a muovere leggermente il suo corpo da un lato. Un braccio le cullò il fianco mentre usava l'altro per tirarla più vicino.

Forse le sue labbra scendevano troppo forte sulla curva del suo seno, o forse il gelo dei suoi seni completamente fuori dall'acqua la svegliò. Qualunque cosa fosse, Hannah fu all'improvviso completamente sveglia.

E se ci fosse stato qualcun altro con una camera da letto al secondo piano, sarebbe stato lo stesso.

A Henry venne in mente la prima volta che suo padre lo portò a pescare. C'era la sensazione di onde che rotolavano alzando e abbassando la barca. C'era la sensazione del pesce che catturava la sua lenza, il modo morbido in cui nuotava mentre tirava indietro la canna, il peso appena percettibile finché il pesce non ruppe la superficie dell'acqua. Poi la sua coda si sferzò, mandando una cascata d'acqua sopra di lui mentre il resto del suo corpo ondeggiava in modo incontrollabile, rendendo il pesce così pesante che non poteva resistere e alla fine dovette lasciarlo andare o annegare nello sforzo di prenderlo a bordo.

Quando l'acqua nella vasca si è livellata, un Henry completamente inzuppato stava fissando la moglie molto sorpresa. In qualche modo era riuscita a girarsi completamente in modo che ora fosse in ginocchio nella vasca, le spalle, la schiena e piuttosto bello, il sedere bianco chiaramente fuori dall'acqua. Henry capì subito dove erano le sue mani: una era ben piantata su una delle sue cosce mentre l'altra si stava rivelando piuttosto fastidiosa nella sua posizione attuale. «Mia signora, se non muovi questa mano», le avvolse una delle sue attorno al polso e si tirò su per rilasciare la pressione sull'inguine, «non sarò in grado di generare i bambini che desideri così disperatamente, e a quanto pare ho bisogno di eredi», riuscì a tirarsi fuori a denti stretti.

Ansimando, Hannah sollevò la mano, ma così facendo, perse l'equilibrio e si piegò in avanti, una guancia e i suoi seni si scontrarono con il suo petto piuttosto solido, la spolverata di capelli crespi che lo coprivano ora inzuppati e appiccicati alla sua pelle. Emise un "Oof" piuttosto udibile. L'onda d'acqua risultante dal movimento improvviso rimbalzò dall'estremità della vasca e poi si sollevò e fece atterrare il busto più in alto sul suo corpo. Afferrandola intorno alla vita con un braccio, Henry la tenne stretta finché le onde non si placarono. Stava per tentare di allontanarsi dal suo corpo – poteva capire dalla sua espressione sorpresa e dal modo in cui un palmo di una mano premeva contro il suo petto – quando lui la assicurò completamente avvolgendo l'altro braccio sotto il suo sedere. Il suo cazzo ancora gonfio, ora reso ancora più duro quando si rese conto della posizione in cui era riuscita a mettersi con l'aiuto dell'acqua, era premuto saldamente contro il suo ventre morbido.

«Oh!» lei scese, i suoi occhi rotondi mentre guardavano il suo viso. Poi li abbassò per osservare il suo petto nudo e le sue braccia altrettanto nude. Non osò alzarsi e guardare tra i seni che erano premuti con fermezza nel suo petto. Avrebbe potuto essere vergine, ma Elizabeth aveva descritto il membro di un uomo in modo estremamente dettagliato, quindi anche Hannah sapeva cosa causava la sensazione palpitante che sentiva battere contro il suo ventre. Ce n'era uno uguale nel profondo di lei, il suo ritmo pulsante lo stesso di quello contro la sua pancia. La tensione nel suo corpo se ne andò mentre sospirava e permise al suo corpo di essere sostenuto dall'acqua e tenuto in posizione dalle sue braccia.

«Penso che mi sarebbe piaciuto molto di più pescare se avessi saputo di poter catturare una sirena bella come te», mormorò Henry, la voce così roca che a malapena la riconobbe.

Se le parole suggerivano che fosse inebriato da ciò che era accaduto, Hannah non poteva percepirlo né nei suoi occhi né nel tono della sua voce. Qualunque fosse l'ira che aveva provato nello scoprire Henry nella sua vasca da bagno – beh, *la sua* vasca da bagno, in realtà, ma l'acqua del suo bagno – fu presto sostituita dal suo bisogno di essere tenuta da lui. «E cosa fa un uomo quando cattura una sirena?» ribatté lei in un sussurro, il suo sguardo viaggiava dalla linea di leggera barba ispida lungo la sua mascella alle sue labbra. Le sue stesse labbra si aprirono in attesa.

«La bacia senza senso, naturalmente», replicò Henry, ancora una volta senza alcun accenno di umorismo. «E poi la asciuga e la porta in un letto molto soffice e fa l'amore con lei finché non è completamente soddisfatta».

Hannah trattenne il respiro. «Oh», sussurrò. «Penso che mi piacerebbe essere quella sirena. Posso essere... Posso essere quella sirena?» chiese con una voce così seducente, che a malapena la riconobbe come sua.

Le labbra di Henry furono sulle sue in un istante, le sue braccia tirarono il suo corpo più in alto di lui mentre lasciava che il suo scivolasse lungo il retro della vasca. *Buon Dio, è sfrenata quando le viene data la possibilità*, pensò mentre le infilava la lingua tra le labbra e i denti. Sapeva di menta e odorava di caprifoglio e qualunque profumo di agrumi emanassero le bolle che sparivano.

Mentre la sua mano accarezzava uno dei globi del suo sedere, la sua stava scivolando sul suo petto e fino alle sue spalle. L'altra mano si mosse lungo il lato del suo corpo, il pollice cercava il lato del seno rigonfio dove premeva contro il suo petto. Toccando a malapena la pelle bagnata lì, fu elettrizzato quando sentì il suo corpo rabbrividire, le sue labbra che si allontanavano dalle sue solo per un istante in modo che potesse sussultare. Quando ebbe ripreso le sue labbra, usò l'altro pollice per accarezzare il lato dell'altro seno. Sorrise alla sua reazione simile.

Tutto ciò che Henry faceva sembrava così malvagio, così decadente, così sbagliato per Hannah, eppure doveva ricordare a se stessa che era suo marito. Ha fatto questo a Sarah? Era altrettanto ricettiva al suo tocco, ai suoi baci? Ha provato questi piaceri? Era sfrenata o pudica o...?

Henry riportò una mano sul suo sedere e tentò di farle scivolare un dito tra le cosce. Aprendo le gambe – avrebbe potuto se avesse piegato leggermente le ginocchia intorno alla parte superiore delle sue cosce – Hannah gridò mentre il dito entrava in contatto con quel punto piuttosto sensibile che aveva toccato la notte prima. Inarcando la schiena in risposta alla fitta improvvisa di piacere, i suoi seni si staccarono dal suo petto.

Henry osservò, affascinato, mentre la testa di Hannah ricadeva all'indietro, le sue labbra socchiuse mentre l'onda di estasi l'attanagliava. Gli venne in mente la prima volta che l'aveva vista, mentre giocava con Harold in cortile, con la testa gettata all'indietro per la gioia mentre il cane le leccava il collo. Tranne che ora, la sua espressione era molto più matura, sfrenata. E i suoi seni gonfi, con i boccioli increspati, si trovarono improvvisamente in una posizione piuttosto vantaggiosa rispetto alla sua bocca.

Girando ancora una volta il dito attorno alla protuberanza gonfia della sua femminilità, posò le labbra su uno dei suoi seni e iniziò a succhiarlo e baciarlo. Un brivido gli passò sotto le labbra. Sentendo quanto doveva essere vicina al suo rilascio, passò il lato della lingua sul capezzolo mentre il dito accarezzò la sua femminilità un'ultima volta prima di farlo scivolare nella guaina calda e bagnata. *Dio, lei è stretta.* Voleva disperatamente essere dentro di lei, il suo stesso cazzo così gonfio che era sicuro che stesse lasciando un segno sul suo ventre dove si premeva dentro di lei. Ma si concentrò sul suo piacere, sull'onda in cresta che stava per infrangersi.

Provò una grande soddisfazione quando lei improvvisamente si tese e poi gridò il suo nome. In un altro istante, il suo corpo si afflosciò e cadde sul suo. Anche mentre la teneva, mentre le accarezzava la schiena e le braccia e la incitava a rilassarsi contro di lui, poteva sentire il tremito di tutto il suo corpo.

Ancora un momento e avrebbe dovuto tirarli fuori dall'acqua. Le punte delle sue dita mostravano già segni di rughe e, nonostante le condizioni riscaldate del suo stesso corpo, l'acqua si stava raffreddando rapidamente.

Non essendo in grado di alzarsi e non necessariamente volendolo, Hannah giaceva con la testa appoggiata alla piccola spalla di Henry. Non avrebbe mai potuto immaginare il piacere di un letto matrimoniale, o piuttosto di un bagno. Nessuno aveva descritto di essere stato felice in una vasca di rame, nemmeno Elizabeth. La cosa non era abbastanza grande per realizzare ciò che era sicura che Gisborn volesse proprio in quel momento, a giudicare dalla massa pulsante schiacciata nella sua pancia, ma sicuramente l'avrebbe aiutata fuori dalla vasca e sul letto. Dubitava piuttosto di avere la forza per farlo da sola.

Come se potesse leggere i suoi pensieri, Henry si raddrizzò lentamente nella vasca, riposizionando Hannah in modo da poter mettere le gambe sotto di sé e alzarsi in piedi. Una volta fuori dalla vasca e con una biancheria avvolta intorno alla vita, si chinò per catturare Hannah sotto le sue braccia e tirarla su e fuori dalla vasca. Sorrise quando vide la sua pelle trasformarsi in pelle d'oca, i suoi capezzoli si contrassero in minuscoli boccioli. Avvolgendo un lenzuolo attorno alle sue spalle e un altro attorno al suo sedere, si chinò e catturò le sue ginocchia in un braccio mentre l'altro le sosteneva le spalle. Sorridendo di nuovo quando la sentì sussultare per la sorpresa, la portò facilmente a letto. Le lenzuola rovesciate lasciavano una grande distesa bianca su cui appoggiare il suo corpo ancora bagnato. Il morbido materasso cedette mentre si sistemavano su di esso.

Henry si chinò e sfiorò le sue labbra con le sue. Hannah ha risposto aprendo la bocca e incontrando la pressione delle sue labbra contro le sue. Sentì le sue braccia premere sul materasso su entrambi i lati del suo busto, avvolgendo il suo corpo mentre il bacio continuava. Inalò il suo profumo, un sottile muschio che emanava da tutto il suo corpo, e inspirò il profumo del sapone agli agrumi del loro bagno.

E il bacio! Le sue labbra erano ferme, ma stava attento a come le teneva contro le sue, assaporandole subito e allontanandole leggermente prima di spingerle contro le sue ancora e ancora.

Quando finalmente la sua bocca si allontanò dalla sua, fu per baciarle dolcemente la guancia e il collo. «Volevo baciarti così tutta la notte, Hannah», sussurrò appena prima che le sue labbra portassero il lobo dell'orecchio nella sua bocca.

Hannah sussultò per la sensazione mentre la sua lingua le accarezzava l'orecchio. Era consapevole di come il suo corpo stesse rispondendo ai suoi baci e al suo tocco, sicura che i suoi seni fossero scappati da sotto la biancheria da bagno, e se non l'avessero fatto, li voleva fuori e nelle sue calde mani.

Un brivido le attraversò il corpo mentre le sue labbra si spostavano sul collo e sulla gola. Inarcandosi all'indietro, fece un respiro profondo mentre la sua lingua si faceva strada nello spazio sotto la sua clavicola, mentre le sue labbra si muovevano per librarsi sul gonfiore dei suoi seni. Le sue cosce tremavano, il calore tra di esse la rendeva molto consapevole del maschio che aleggiava su di lei. Non riusciva a pensare ad altro che a donarsi a quell'uomo. «Prendimi, Henry», sussurrò mentre ansimava.

CAPITOLO 9

GISBORN E HANNAH NEL CUORE DELLA NOTTE

Nonostante l'insistenza di Lady Bostwick che le sarebbe piaciuto, Hannah era ancora in ansia per ciò che sarebbe successo. Forse queste ondate di piacere che Henry stava inducendo facevano parte di ciò a cui Lady Bostwick aveva alluso la settimana prima. *Non aver paura di prendere qualsiasi piacere tuo marito vuole darti. Lo restituirai dieci volte senza fare molto di più che aprirgli il tuo corpo e dargli un erede.*

Henry sollevò le labbra dalla sua clavicola e la fissò solo per un momento. Le posò una mano sulla guancia e le sfiorò il labbro inferiore con il pollice, accarezzandone la pienezza mentre lei gli avvolgeva una mano attorno al polso e ne appoggiava un'altra sulla sua spalla.

Il petto nudo di Henry era più importante per Hannah. Lo aveva visto quando era bagnato fradicio nella vasca, ma ora brillava alla luce delle candele, la leggera spolverata di capelli neri che le solleticava il naso e i polpastrelli delle dita mentre baciava l'area intorno ai suoi capezzoli. Al suo sussulto improvviso, lei mosse le labbra sulle sue braccia e mosse le dita tremanti per giocare sulla sua schiena.

Henry rabbrividì alle sensazioni che percorrevano il suo corpo. *Si sta davvero donando a me*, si rese conto, il suo sguardo percorse la lunghezza del suo corpo prima di appoggiare la bocca contro uno dei seni rotondi. Ha succhiato il capezzolo.

Hannah inspirò bruscamente per la sorpresa alla sensazione delle sue labbra bagnate e della punta della sua lingua contro di lei. Un brivido di piacere la percorse e si fermò appena sopra le sue cosce. Un gemito le sfuggì dalle labbra mentre la sensazione pulsante si intensificava dentro di lei e richiedeva attenzione.

Spostando la mano sulla parte anteriore del suo corpo, Henry le fece scorrere lentamente le dita sulla pancia e sui seni, il pollice teso in modo da sfiorare la punta dei suoi capezzoli gonfi mentre continuava le sue carezze. Nonostante il calore crescente del suo corpo, la sua pelle tremava sotto il suo tocco, e lui sentì i suoi sussulti improvvisi ma silenziosi.

Allontanandosi per guardare Hannah, lo sguardo di Henry assorbì il suo intero corpo prima di tornare al suo viso. «Sei così bella», sussurrò con urgenza. Nuda, ora che le lenzuola le erano state srotolate intorno alle spalle e alla vita, era lo spettacolo più erotico che avesse mai visto. Questo non era il corpo di una principessa delle fiabe, ma quello di un'incantatrice, matura e pronta a lanciare il suo incantesimo su di lui. Lo aveva già fatto, si rese conto, quando aveva giocato a sirena nella vasca. La sua eccitazione ne era la prova, il suo cazzo diventava a disagio nel suo stato non corrisposto.

Chinandosi, le baciò l'altro capezzolo mentre Hannah faceva scivolare le sue mani tremanti lungo il lato del suo corpo. Il suo tocco era incerto. *Dove posso toccare?*

«Ovunque tu voglia», Henry riuscì a uscire tra il bacio dei suoi seni e l'interno dei suoi gomiti.

Sussultò, le sue dita si fermarono sulla parte anteriore dei suoi fianchi. Le aveva letto nel pensiero? O aveva parlato ad alta voce proprio allora?

Incoraggiata, tracciò la punta del dito verso la sua virilità, esplorò la sua erezione con le dita. La pelle setosa, tesa e già bagnata in punta, pulsava contro la sua mano. Si meravigliò della sensazione, sorpresa dal fatto che non la spaventasse come si aspettava e sollevata dal fatto che non fosse così grande come aveva temuto. Facendo scorrere l'indice lungo una vena pulsante, gli toccò con cautela le palle e poi le prese a coppa con diversi polpastrelli.

Rilasciando la presa sul capezzolo di lei per riprendere fiato, Henry chiuse gli occhi e appoggiò il viso vicino alla sua spalla, la mano che si muoveva lungo la parte anteriore di lei, attraverso i suoi fianchi, e giù per quanto poteva lungo una gamba e poi lentamente fino allo spazio oscuro tra le sue cosce. Hannah poteva sentire tutto il suo corpo tremare per l'attesa, e poi inspirò bruscamente mentre lui le faceva scivolare prima un dito e poi un altro attraverso i suoi ricci scuri e tra le sue cosce. La calda umidità si allargò sulle sue dita mentre sentiva la protuberanza che, se strofinata in quel modo, l'avrebbe mandata in estasi ancora una volta.

Sorpresa dal suo tocco intimo, Hannah inspirò e si aggrappò a lui, le mani che si spostavano sulle sue braccia, le unghie che affondavano nella sua carne, marchiandolo con una serie di mezze lune sulla sua pelle.

All'istinto di Hannah di chiudere l'apertura nello spazio tra le sue cosce, Henry le fece aprire le gambe mentre continuava a massaggiare la protuberanza rigonfia appena dentro le pieghe mielate.

I respiri di Hannah si fecero più veloci mentre una sensazione acuta ma squisita l'afferrò. Gridò, la schiena arcuata in modo che i suoi seni fossero alla portata della sua bocca. Leccò un sassolino indurito con il lato della lingua prima di tirarselo in bocca. Gridò il suo nome mentre il suo corpo tremava contro di lui. Anche prima che si fosse ripresa dalla sensazione, un piacere così intenso e acuto, era quasi doloroso, sentì le sue dita lisce accarezzare le tenere pieghe della pelle.

Ci fu una pausa nella loro esplorazione quando Henry si sollevò e spostava i suoi baci da un capezzolo a punta all'altro, la sua lingua leccava giocosamente l'altro sassolino indurito. Quando fece scivolare un dito dentro di lei, Hannah sussultò, stringendosi istintivamente intorno all'intruso. Henry trattenne il respiro mentre guardava i suoi occhi spalancarsi, le sue labbra pungenti da ape che si aprivano leggermente. Quando la sentì rilassarsi attorno al suo dito, lo spinse un po' più in là e usò il polpastrello del pollice per circondare il suo sesso gonfio.

Gemendo, Hannah sollevò leggermente i fianchi, costringendo il suo dito a seppellirsi più a fondo dentro di lei. Trattenendo il respiro, fece scivolare una mano lungo il lato del suo corpo, fermandosi quando si rese conto che la sua virilità poggiava contro la sua coscia. Toccò con cautela la pelle tesa e setosa, provando una grande soddisfazione quando le sue cure suscitarono in Henry la stessa reazione che aveva espresso solo pochi secondi prima.

Henry chiuse gli occhi, combattendo l'impulso di concedersi semplicemente il rilascio che il suo corpo richiedeva. Rendendosi conto che Hannah era pronta, e sperando che non l'avrebbe ferita troppo terribilmente, rimosse lentamente il dito da dentro di lei. Alzò i fianchi sopra i suoi e appoggiò la punta della sua virilità palpitante dove era appena stato il suo dito. «Avvolgi le gambe intorno alla mia schiena», sussurrò, spingendosi dentro di lei solo per un paio di centimetri. Mentre lo guardava attraverso le ciglia abbassate, l'euforia del suo orgasmo ancora sul viso, Henry le entrò lentamente. Sentì il suo intero corpo tremare – per l'attesa o la paura, non lo sapeva – sapeva semplicemente che doveva averla.

«Questo potrebbe far male un po'», sussurrò, sfiorando le sue labbra con le sue. Era consapevole del suo cenno di riconoscimento, e quando alzò la testa in modo da poter vedere il suo viso, vide il desiderio nei suoi occhi. Abbassando le labbra sulle sue, la baciò dolcemente e poi lentamente spinse dentro di lei, la sua virilità esigeva che spingesse mentre ciò che restava del pensiero razionale gli diceva che doveva andarci piano. Questa era la sua prima volta; potrebbe esserci dolore. Quando la sua virilità ha allungato la sua verginità, Henry si è fermato, si è tirato fuori e poi ha spinto il suo cazzo dentro di lei.

Hannah trasalì al pizzico, ma represse ogni suono mentre la calda sensazione di pienezza le riempiva la parte inferiore del corpo. I movimenti di suo marito erano attenti e deliberati: Henry la spinse rapidamente dentro e poi lentamente si tirò fuori, ripetendo i suoi movimenti ritmicamente come se volesse farlo durare il più a lungo possibile.

Con la combinazione del suo corpo che si stringe alla sua virilità ad ogni spinta, e le sue labbra che prendono uno dei suoi capezzoli per succhiarlo delicatamente, e le sue dita che accarezzano leggermente i lati del suo busto e intorno ai suoi fianchi per tenersi sulle sue natiche, Henry non poteva più trattenersi. Con Sarah, questo sarebbe stato il momento in cui si sarebbe tirato fuori dal suo corpo, avrebbe versato il suo seme sulla sua pancia o sulle lenzuola. Ma questa era Hannah. Questa era sua *moglie*. Poteva prendere il suo piacere mentre era nel profondo, il suo calore umido lo attanagliava, invitandolo a versare il suo seme dentro di lei. Mentre spingeva dentro di lei più forte e veloce che poteva, il rilascio che sentiva era intenso, consumando tutto il suo corpo in uno spasmo di puro piacere.

Quasi urlò mentre Hannah inarcava la schiena in risposta all'ondata di piacere del suo corpo, le sue cosce lo stringevano forte. Forzò la bocca su una delle sue spalle per soffocare il ringhio che emanava dalla sua gola. Sentì il corpo di Hannah rabbrividire sotto di lui e si rilassò lentamente, tutta la sua energia consumata e le ultime vestigia del suo orgasmo stavano svanendo.

Abbassandosi su di lei e crollando esausto, Henry lasciò che la sua testa si posasse sulla spalla di Hannah mentre sentiva le sue dita avvolgersi tra i suoi capelli sulla nuca e accarezzargli leggermente la schiena. La sentì baciare la sommità della sua testa mentre continuava a sdraiarsi sopra di lei. Quando finalmente si mosse, fu per baciarla e rotolare lentamente via dal suo corpo. Li riposizionò in modo che entrambe le loro teste fossero sui cuscini, gettando le lenzuola umide dal letto mentre lo faceva. Una macchia di sangue su uno era la prova della sua virtù, si rese conto, la sua comprensione era rallentata dal fare l'amore. Con il suo ultimo grammo di forza, li coprì entrambi con le lenzuola prima di avvicinare Hannah al suo corpo. Sentì la sua testa posarsi sulla sua spalla. Le baciò i capelli. «Ora sei mia moglie» mormorò assonnato.

Hannah fece le fusa in risposta, incerta su cosa dire. Non sapeva nemmeno cosa pensare della sua prima volta. Aveva sentito la calda umidità diffondersi in profondità quando lui aveva versato il suo seme. Quello fu il momento in cui il suo corpo si era improvvisamente fermato, i suoi occhi si chiudevano mentre il suo viso si contorceva ed i suoi muscoli si tendevano. Non si era resa conto che un uomo potesse sembrare in una tale agonia quando apparentemente stava provando il suo massimo piacere.

«Stai bene?» chiese in un sussurro irregolare. Il suo corpo tremava ancora, la sua pelle ancora sensibile al tatto e da essa si irradiava un nuovo calore.

Lei sentì più che udire la sua risatina. «Dio, sì», fu la sua risposta altrettanto frammentaria. Sopraffatto dalla fatica, Henry si addormentò con il naso tra i suoi capelli e un sorriso stampato in faccia.

Hannah sospirò quando si rese conto che era meglio che avessero aspettato di consumare il loro matrimonio. Non riusciva a immaginare di fare quello che avevano appena fatto nella sua camera da letto a Devonville House. Le sue grida di piacere sarebbero state ascoltate da tutto il personale domestico. Sarebbe stata la fonte delle risatine da sotto le scale per le settimane a venire. Qui, la stanza sembrava inghiottire i suoni che avevano prodotto. Persino il solido letto non ha mai protestato sotto il loro peso oppure i movimenti violenti di Henry.

Il fresco materasso era rilassante sotto la sua pelle riscaldata. Il dolore tra le sue cosce sembrava quasi una sensazione piacevole. E suo marito, invece di trasferirsi nella propria camera da letto, si era addormentato. Hannah sorrise al pensiero della loro nudità condivisa. Sapeva di potersi abituare a questa parte. Benvenuto, anche. «Buona notte, marito», sussurrò.

CAPITOLO 10
LA VITA A GISBORN HALL

’autobus carico dei tre bauli di Hannah, la sua cameriera e Murphy arrivò a Gisborn Hall alle quattro del pomeriggio del giorno successivo. Murphy era tutto affare mentre si apriva e scese dall’allenatore, aspettando un momento per tramandare Lily.

La cameriera scese dalla carrozza e inalò l’odore dell’erba primaverile e del letame di cavallo. Per quanto non vedesse l’ora di tornare nell’Oxfordshire e al suo vero amore, c’erano alcune cose che decise di non essersi perse quando era impiegata a Devonville House. Arricciò il naso ma recuperò rapidamente la sua espressione facciale impassibile. Era la serva della dama di una contessa! O, almeno, lo sarebbe stata per un giorno o giù di lì. Aveva altri progetti per il suo futuro.

Dal suo posto in testa ai cavalli, Billy O’Conlin osservò una giovane donna uscire dalla carrozza. Indossava un mantello e una cuffia che nascondevano i suoi capelli color miele, ma non aveva bisogno di vederlo per riconoscere Lily Parker. Il suo cuore balbettava mentre cercava di impedire che il suo sguardo venisse notato dalla cameriera. Lei era qui. Era tornata. Era *bellissima*, pensò, decidendo che le sue notti insonni pensando a lei lo avevano in qualche modo raggiunto e stava vedendo un'apparizione di Lily invece di chiunque si fosse davvero dimesso dall'antica carrozza.

Riportando la sua attenzione sul cavallo che stava diventando impaziente, si concentrò sul compito da svolgere prima di lanciare un'altra occhiata in direzione della giovane donna. Era Lily. Non c'erano dubbi. E dal saluto che stava ricevendo dalla nuova moglie del conte, Billy capì quasi subito che era la domestica di Lady Gisborn!

Un misto di terrore ed eccitazione lo attanaglia. Lily Parker sarebbe stata un membro del personale di servizio a Gisborn Hall. La sua stanza sarebbe stata a pochi passi dalla sua, anche se quei gradini avrebbero richiesto di scendere una scala, percorrere la lunghezza delle stalle, attraversare il cortile fino alla porta della cucina e trascinarsi lungo un sottile corridoio fino agli alloggi della servitù. Ma era l'idea che Lily, che viveva a Witney prima che la sua famiglia entrasse in servizio per la casa di Coley, fosse tornata nella contea di Gisborn. Ritorno in un posto che era vicino a casa. Tornare dove poteva crogiolarsi nel bagliore del suo sorriso e immaginare una vita con lei.

Con la coda dell'occhio, Lily osservò una mano stabile avvicinarsi alla carrozza e ai quattro. Un brivido la percorse quando si rese conto di aver riconosciuto il ragazzo. *Billy O'Conlin?* si chiese, lanciando un'altra occhiata nella sua direzione mentre si dirigeva verso i gradini d'ingresso della decrepita magione che era Gisborn Hall. Non era positiva, ma in realtà avrebbe potuto dire qualcosa per salutare il poveretto.

Dovette reprimere un brivido alla vista della mostruosità tardo elisabettiana piantata su un terreno pianeggiante e circondata su due lati da terreni agricoli e il minimo accenno di parco sugli altri due. Di chi era stata l'idea di arare un miglio o più di un bel prato che terminava presso il fiume Iside per piantare grano, fagioli e orzo? Uh! *I defunti conti, ovviamente.* L'avaro aveva trasformato ogni pezzetto di terra disponibile di Gisborn in terreno agricolo. *Qualsiasi cosa per fare soldi*, pensò, ricordando i commenti di suo padre sull'argomento. Bene, questa potrebbe essere la sua casa per un giorno o due, ma se i suoi piani avessero funzionato, presto se ne sarebbe andata e si sarebbe sposata con il suo vero amore.

Lily mi ha appena salutato? si chiese Billy. *Mi ha chiamato per nome?* Billy alzò lo sguardo dal punto in cui stava disfacendo le virate e le fece un cenno del capo. *Un cenno?* Avrebbe potuto dire qualcosa. Avrei potuto dire: «Bentornata, signorina Parker. Ci sei mancata», o almeno qualcosa per farle sapere che la sua assenza è stata notata. Ma l'occasione è andata perduta mentre saliva i gradini di Gisborn Hall.

Sospirando, Billy tornò al lavoro. Ci sarebbero state altre opportunità per attirare la sua attenzione, per attirarla in una conversazione, per proporre il matrimonio. *Che diavolo?*

Lily si affrettò verso il punto in cui Hannah apparve alle doppie porte dell'ingresso principale, un sorriso corrispondente sul viso mentre abbracciava la sua padrona.

Hannah emise un sospiro di sollievo vedendo di nuovo Lily. A parte Harold, Lily era la sua unica altra conoscenza da Londra. Avere lei in casa potrebbe aiutare a far sentire Gisborn Hall a proprio agio, a sentirsi come a casa. Anche se Hannah non aveva intenzione di condividere nulla della sua prima notte con suo marito, era comunque ansiosa di raccontare alla cameriera della sua nuova vita a Gisborn Hall.

Sebbene Hannah si aspettasse che avrebbe sentito la nostalgia di casa – era la prima volta che era stata lontana da Devonville House da quando era andata a trovare degli amici nel Lake District prima della morte di sua madre – ha trovato la meraviglia di una nuova casa e dintorni abbastanza da distogliere la mente da Londra. E dopo la sua tarda notte con il conte, aveva dormito abbastanza tardi, svegliandosi in una stanza molto illuminata. La nuova sensazione di dolore in cima alle sue cosce non era sgradevole, soprattutto considerando il piacere che si era irradiato da quel punto solo poche ore prima, ma si chiese se sarebbe svanito con il tempo.

Alle dieci del mattino di qualsiasi altro giorno avrebbe preso il tè con Lady Bostwick. Anche se era ancora a Londra, però, Lady

Bostwick non l'avrebbe visitata oggi. Elizabeth e George stavano andando alla loro tenuta nel West Sussex.

«Benvenuta, Lily, Murphy», si offrì Hannah mentre la cameriera si inchinava e il cameriere di Henry si inchinava. «Spero che tu abbia trascorso un piacevole viaggio».

«Grazie, signora. Sì. L'allenatore di tuo marito era molto a suo agio», mentì Lily mentre si faceva strada attraverso il vestibolo, notando la semplice pettinatura di Hannah. Le trecce dei suoi capelli biondo pallido erano avvolte in cima alla sua testa, e dove i ciuffi rimanenti non venivano catturati nelle trecce, fluttuavano semplicemente intorno al suo viso. *Non c'era una domestica in casa che avrebbe potuto occuparsi dei capelli di Lady Hannah?*

Murphy si congedò da loro, precipitandosi nella suite del suo padrone. La signora Batey si presentò e prese in mano Lily, dicendo ad Hannah che avrebbe fatto fare un giro alla domestica e le avrebbe mostrato i suoi alloggi. I lacchè portarono un baule, mettendolo da parte mentre tornavano alla carrozza per scaricarne un altro. Lily tirò fuori dal reticolo una pergamena piegata. «Sarebbe possibile pubblicarlo? Vorrei far sapere alla mia famiglia che non lavoro più a Londra», ha spiegato quando ha notato il sopracciglio alzato della governante. Un altro tronco apparve nel vestibolo, costringendo le donne a entrare nel corridoio per fare spazio.

«Ci penseremo noi, ovviamente», disse Hannah mentre prendeva la pergamena e la metteva con le sue stesse lettere. In tutta l'eccitazione del matrimonio veloce e del viaggio nell'Oxfordshire, non era stata in grado di inviare annunci del suo matrimonio da Londra. Aveva trascorso la mattinata scrivendo corrispondenza a diversi amici. Inoltre, le lettere a Elizabeth e Charlotte, nonché a suo padre, erano ammucchiate su un vassoio.

Hannah ha aggiunto la missiva di Lily, annotando l'indirizzo all'esterno. *Thomas Babcock, testimone.* Lanciando un'occhiata alla schiena della sua cameriera, Hannah pensò al nome della ragazza. *Lily Parker. Strano,* pensò Hannah, chiedendosi se la madre di Lily si fosse risposata.

«Lady Gisborn», parlò Parkerhouse dalla porta del salotto. «Il tè è servito».

Hannah rivolse la sua attenzione al maggiordomo. «Grazie, Parkerhouse», ha risposto, chiedendosi se l'ora del tè fosse alle quattro di tutti i giorni o se la servitù avesse semplicemente iniziato la pratica con il suo arrivo. Si diresse in salotto e si sedette, rendendosi conto che era la prima occasione per sedersi da quando aveva pranzato con Henry all'una.

Suo marito – il pensiero la fece sorridere tra sé e sé – era tornato da quella che lei aveva pensato fosse una cavalcata di piacere. Ma era stato fuori nei campi, a sorvegliare una squadra di braccianti che scavavano la trincea per un canale di irrigazione e poi era sceso al villaggio per vedere il tutore di suo figlio, e per impostazione predefinita, suo figlio, e fuori alle stalle per vedere il nuovo puledro che era nato mentre era a Londra. Al suo arrivo a casa, aveva dato cappello e soprabito a Parkerhouse e l'aveva raggiunta nella piccola sala da pranzo.

Il loro primo momento da soli era stato un po' imbarazzante. Avrebbe dovuto fare un inchino e tendere la mano, o alzare la guancia in attesa di un bacio, o alzare la testa e, se non c'erano servitori in giro, baciarlo? Aveva visto coppie sposate insieme alle cene, ma arrivavano l'una sulle braccia dell'altra nello stesso momento. Che cosa hanno fatto quando uno è arrivato mentre l'altro era già presente?

A quanto pare, nemmeno Henry conosceva il protocollo. Entrò nella stanza, il profumo di legno di sandalo e di *uomo* che emanava da lui mentre si dirigeva verso il tavolo. E poi, vedendola, si fermò. «Buon pomeriggio, milady», disse mentre le faceva un inchino formale.

Hannah si alzò e fece un inchino, dicendo la sua: «Buon pomeriggio, Gisborn». Andando incontro a lui dove si trovava, Hannah si fermò a metà passo; Henry aveva già cominciato a camminare verso di lei. La mano che stava per tendergli per baciarlo sembrava prendere vita propria mentre si sollevava sulla sua guancia. Lei inclinò la testa con l'intenzione di baciarlo – non c'erano servitori nella stanza – ma lui interpretò male la sua mossa e mise semplicemente la sua mano sulla sua.

«Ha già cominciato ad ammaccarsi?» chiese a bassa voce, un sibilo che gli proveniva tra i denti.

Ammaccare? La sua guancia? Gli occhi di Hannah si spalancarono allarmati. «Cosa è successo?»

Henry allontanò la sua mano dal suo viso e la baciò sul retro, le sue labbra fecero rabbrividire le sue dita nude.

Non riusciva a credere che un bacio potesse suscitare tali sensazioni nella sua pelle!

La sua guancia era rossa, anche se non c'erano lividi evidenti. «Non è niente, milady. Un po' di gioco con mio figlio è tutto», ha aggiunto quando il suo sguardo allarmato è rimasto sul suo viso.

«Spero che il cavallo sia sopravvissuto», ha risposto con un pizzico di umorismo. «Forse un impacco freddo?» suggerì, in procinto di suonare il campanello accanto al suo posto.

La mano di Henry si posò sulla sua prima che potesse alzare il campanello. «Forse invece il bacio di una principessa delle fiabe?» suggerì, una luce stuzzicante negli occhi.

Hannah sorrise, le fossette che apparivano mentre sollevava le labbra sulla sua guancia e, sempre così dolcemente, lo baciava. Muovendo la testa, Henry riuscì a catturare le sue labbra e finire il bacio contro la sua bocca. Con il rumore di passi appena fuori dalla porta della servitù, i due furono improvvisamente a un passo di distanza, il viso di Hannah arrossato e Henry che la fissava con uno sguardo divertito. I due si misero a sedere, imbarazzati, alle due estremità del tavolo.

Quando il cameriere se ne fu andato, dopo aver riempito i bicchieri di vino e aver lasciato piatti di pane e formaggio e scodelle di stufato saporito, Henry le fece un cenno con la mano dall'estremità del tavolo. «Credo che ci serva un tavolo più corto, milady», finse di gridare.

Ridacchiando alle sue buffonate, Hannah sollevò il bicchiere di vino. «E se devo chiamarti Gisborn, dovresti chiamarmi Hannah», ribatté lei.

Henry tornò sobrio. «Hannah», ripeté, come se pronunciasse quel nome per la prima volta nella sua vita. «Ti chiamerò Hannah, ma solo quando saremo soli», dichiarò infine. Prese da bere e posò il bicchiere. «Posso chiedere, i nostri domestici sono già arrivati da Londra?»

Scuotendo la testa, Hannah disse: «Non ancora. Ma la cameriera della mia signora, Lily, è molto contenta di tornare nell'Oxfordshire».

Inarcando la fronte al commento, Henry fissò sua moglie. «Lily? Lily Parker?» chiese. Ricordava di aver pensato che la cameriera della signora che aveva visto a Devonville House gli fosse familiare.

«Lei è la tua abigail?»

Hanna sorrise. «Sì. Devi averla conosciuta prima che andasse a Londra?» chiese, sperando che Lily se ne fosse andata con un buon carattere. In realtà non aveva assunto la ragazza; Lily è stata mandata da un'agenzia poco dopo la morte della madre di Hannah.

«Sapevo solo di lei, suppongo», replicò Henry con cautela. «I suoi genitori sono al servizio del mio nuovo manager immobiliare, Frank Coley», ha spiegato. Assumere l'uomo per sostituire Grainger era stato il suo secondo ordine del giorno dopo il suo ritorno alla contea; la prima era stata quella di ordinare la costruzione di due serre. Il suo caposquadra stava curando i loro piani e i dettagli costruttivi e ha promesso una struttura finita, pronta per essere ricoperta di vetro o tela cerata, in due settimane.

«Che ne è stato del tuo vecchio manager?» chiese Hannah, decidendo che le piaceva piuttosto lo stufato che la signora Chambers aveva preparato.

Henry sembrava riluttante a dirle qualcosa su Edward Grainger, ma alla fine inclinò la testa da un lato. «L'ho licenziato». Allo sguardo sorpreso di Hannah, aggiunse: «Non poteva cavalcare e non condivideva il mio desiderio di mantenere in buono stato i cottage degli inquilini».

Lo sguardo sorpreso di Hannah gli fece domandare cosa avesse detto per evocare una reazione del genere. «Come può un uomo affermare di essere un amministratore di proprietà e non sapere come si monta un cavallo?» chiese retoricamente, condividendo ovviamente la sua opinione in merito.

«Esattamente!» acconsentì, alzando il bicchiere di vino in segno di saluto. «A proposito, cosa potremmo mangiare per cena questa sera?»

Sorpresa dalla domanda, Hannah dovette pensare un momento per ricordare l'elenco delle portate che sarebbero state presentate alla cena di quella sera. Era andata in cucina, seguita da Harold, con l'intenzione di chiederle di creare menu per i pasti della settimana successiva. In quanto nuova contessa, sapeva che ci si aspettava che svolgesse determinati compiti, uno di questi era il menu per le cene. La signora Batey non era nelle cucine, ma c'era la cuoca, la signora Chambers. Hannah annuì con la testa e si presentò, ma la cuoca non si accorse di Hannah.

La sua attenzione era su Harold, il cui naso annusava tutto ciò cui poteva avvicinarsi, compreso il cuoco.

La donna emise un urlo degno di una lattaia gallese, il suono così sorprendente per Harold che si bloccò sul posto e abbaiò una volta. «Fuori! Fuori con te, grande bestia!» gridò la signora Chambers, la sua mannaia indicava l'uscita più vicina. Harold fece marcia indietro e poi lo raggiunse con la coda alta fino alla porta che conduceva alla porta sul retro della casa, suonando una solitaria "trama" mentre il suo corpo avanzava attraverso di essa e verso le stalle.

Hannah era radicata a terra, una mano sul petto mentre guardava la donna grossa e dalle guance rosee che brandiva ancora la mannaia come se Hannah potesse essere il suo prossimo obiettivo. «Scusatemi», Hannah riuscì a uscire mentre si appoggiava al muro. «Potresti dirmi dove potrei trovare la signora Batey?»

La cuoca rivolse la sua attenzione ad Hannah, spalancando gli occhi per la sorpresa. La donna sbatté le palpebre, come se pensasse che Hannah fosse solo un'apparizione. Poi tornò alla stufa e si guardò lentamente alle spalle. «Oh, mio Dio», mormorò. «Sei reale, vero?»

Con gli occhi che saettavano a destra e a sinistra, chiedendosi all'inizio se il cuoco si riferisse a lei, Hannah fece un respiro profondo e annuì. «Sono Lady Gisborn», si presentò. «E tu sei...?»

La bocca della cuoca si spalancò, sul viso un'espressione di profondo stupore. «Così licenziato», sussurrò, tutto il suo corpo sembrava afflosciarsi con le sue parole. «Oh, milady, per favore perdona la mia impertinenza». I suoi occhi si spostarono sulla porta. «Quello era *il tuo* cane, vero?» chiese retoricamente. Un suono piagnucoloso, del tutto in contrasto con la sua stazza, emanava da lei.

«Sì», Hannah annuì esitante, cercando di decidere se doveva darsi delle arie per il trattamento riservato al suo cane, o dare il dovuto al cuoco. Ma la cucina *era* dominio del cuoco. «Il suo nome è Harold. Harold Macduff», dichiarò Hannah sottovoce, decidendo che era meglio essere gentili. La donna avrebbe cucinato i suoi pasti, dopotutto. «È un ottimo cane da cucina. Mangerà qualsiasi cosa. Ed è un buon topo», ha affermato, rendendosi conto troppo tardi che non ha bisogno di trovare scuse per il suo cane.

La cuoca guardò di nuovo la porta prima di abbassare la testa. «Non ho mai visto un cane così grande, signora. Be', fatta eccezione per la Maggie del signor Cavenaugh, ma anche *lei* non è così grande... quella...» Indicò la porta.

«Alpenmastiff», terminò Hannah per lei. «Un cane molto nobile». Fece un respiro profondo. «Sono venuto... come posso chiamarti?» chiese, rendendosi conto proprio in quel momento che la cuoca non aveva ancora detto il suo nome.

Sospirando rumorosamente, la donna chinò la testa. «Signora Chambers», disse piano, apparentemente ancora pensando che stesse per essere licenziata.

«Sono venuta, signora Chambers, perché credo di dover fare i menu per le cene di questa settimana».

La grossa donna sembrò sorpresa dal commento. «Ma la

signora Batey fa i menu, milady», disse mentre posava la mannaia sul grosso blocco di legno al centro della cucina. Indietreggiò come se cercasse di prendere le distanze da una pistola carica.

Hannah si chiese se la donna la stesse sfidando. Senza una padrona di casa, la governante sarebbe responsabile della creazione dei menu. «Molto bene, allora» disse. «Posso chiederti cosa mangeremo per cena questa sera? Vorrei sapere come mi aspetto che me lo chieda il conte».

Alzando la mano come se avesse capito, la cuoca rimase immobile ed elencò la cena di quella sera. «Zuppa di cipolle, polpette di aragosta, aspic, brasato, patate, carote, rape, panini, crostate di mele e noci con caffè».

Hannah batté le palpebre, pensando che la combinazione sembrava un po' sbagliata, ma non diede la sua opinione. Forse il pasto era il preferito di suo marito. Forse le polpette di aragosta sarebbero migliori di quelle servite al *ton*. «Grazie, signora Chambers», disse con un cenno del capo. «Proseguire».

Gli occhi del cuoco si spalancarono. «Vuoi dire», si fermò, i suoi occhi saettavano a sinistra e a destra. «Non devo fare le valigie e partire?»

Tornando a guardare la signora Chambers, Hannah scosse la testa. «No, certo che no, signora Chambers. Buona giornata», disse mentre usciva dalla stessa porta da cui Harold era scomparso pochi istanti prima.

Così, quando Henry ha chiesto ad Hannah se sapeva cosa stavano mangiando per cena quella sera, Hannah si è alzata a sedere e ha recitato con orgoglio il menu di quella sera. «Zuppa di cipolle, polpette di aragosta, aspic, brasato, patate, carote, rape, panini, crostate di mele e noci con caffè».

Gli occhi di Henry si spalancarono alla sua lista. Dalla sua recitazione, l'aveva ovviamente memorizzata, ma sapeva che non sarebbe stata lei a combinare piatti così disparati in un unico pasto. «Oh! Il mio preferito», disse, uno sguardo di apprezzamento apparve sul suo volto.

Hannah non poteva nascondere la sorpresa provata nell'udire

le sue parole. «Mio Signore?» ribatté lei, sbalordita dal fatto che pensasse che il pasto fosse degno di essere il suo preferito.

Ma un lacchè venne dalla cucina e mise un biglietto accanto al piatto di Henry. Osservò Henry sollevare e leggere la missiva, il suo viso assumeva un'aria preoccupata.

«C'è qualcosa che non va?» chiese Hannah, vedendo le sue sopracciglia aggrottate.

Henry alzò lo sguardo. «Uno degli uomini che scavavano la trincea est è stato ferito. Il caposquadra ha preso un cavallo per andare a prendere il medico da Bampton. Dovrei tornare là», disse alzandosi in piedi. «Per favore, perdonami, mia signora. Ci vediamo…» Si fermò a pensare a quando avrebbe rivisto sua moglie. «A cena», decise mentre le faceva un inchino e usciva dalla porta della cucina.

Hannah osservò suo marito andarsene, sentendosi come se l'aria fosse andata via con lui. Fu in quel momento che Hannah si rese conto che Henry Forster era davvero un membro unico del *ton*. L'uomo probabilmente non rivendicherebbe mai il suo seggio in Parlamento: sarebbe sempre troppo impegnato a lavorare nel suo patrimonio. E gli uomini che erano impegnati con le loro terre avevano meno tempo per il tempo libero, come bere, giocare d'azzardo e prostituirsi…

L'ultima parola di quel pensiero fu rapidamente soffocata prima che potesse pensarci. L'unica donna che suo marito avrebbe dormito oltre a lei era Sarah.

Un piccolo sorriso di apprezzamento illuminò il volto di Hannah. *Sono sposato con un signore che lavora!*

CAPITOLO 11
HANNAH INCONTRA SARAH E NATHAN

*H*annah camminava con uno scopo ma era ancora incerta sulle sue intenzioni. Voleva solo incontrare Sarah. Voleva mettere una faccia con un nome e, se l'amante le fosse sembrata un po' simpatica, ebbene, pensò di apparire il più accessibile possibile e di offrire la sua amicizia. Sebbene fosse una contessa e Sarah fosse apparentemente una popolana di basso rango, Hannah desiderava disperatamente che diventassero amiche. Sarah era la madre del figlio di Henry, Nathan, e dopo-tutto avevano Henry in comune.

Rallentò il passo per osservare la casa della vedova ai margini della proprietà di Gisborn. Se avesse proseguito oltre il sentiero lastricato che portava alla porta d'ingresso, si sarebbe trovata sulla strada principale per il villaggio della contea, con la sua collezione di cottage e attività commerciali raggruppata a quasi mezzo miglio lungo il viottolo.

La casa di pietra, che presentava persiane ben tenute su tutte le finestre e una porta d'ingresso dipinta di fresco, era più piccola di quanto Hannah avrebbe immaginato dato che l'amante e il figlio di Henry vivevano lì. Osservò le pietre tagliate che costituivano le pareti esterne. Senza dubbio erano stati dissotterrati dai campi vicini quando erano stati convertiti in fattorie. C'era una maestosa eleganza nella loro disposizione, anche se le loro sfumature di grigio creavano uno sfondo cupo. Le persiane grigio scuro hanno fatto poco per ravvivare l'aspetto, ma l'allegra vernice gialla della porta d'ingresso e un mazzo di fiori dai colori vivaci vicino all'unico gradino d'ingresso si sono rivelati accoglienti. Per un cottage che avrebbe dovuto ospitare la madre del conte, era passabile. Ad un certo punto nel futuro, la madre di quel conte sarebbe stata lei, si rese conto Hannah con una certa sorpresa.

Risalendo il sentiero lastricato fino alla porta, Hannah fece un respiro profondo e bussò tre volte. Portava due cesti di focaccine appena sfornate e pagnotte di pane dalla cucina di Gisborn Hall, poiché il giorno prima la cuoca era stata incitata alla dimostrazione di ospitalità dalla signora Batey. Apparentemente, la cuoca aveva poca considerazione per Sarah, anche se sembrava accettare Nathan senza fare domande. Hannah si chiese la disparità. Sarah aveva dato alla luce un figlio a Henry quasi dieci anni prima; perché la signora Chambers dovrebbe invidiare alla donna alcuni prodotti da forno? Posò uno dei cestini sulla veranda, con l'intenzione che il contenuto andasse ad alcune anziane signore che avrebbe visitato nel villaggio dopo aver concluso la sua visita a Sarah.

La porta si aprì lentamente quando una donna, che sembrava avere circa trent'anni, sbirciò oltre il bordo aperto. «Sì?» esplose, ovviamente apprensiva alla vista della donna vestita di rosa che stava alla sua porta con un cestino coperto e un sorriso incerto sul viso. Hannah annuì, pensando che il maggiordomo dovesse avere il giorno libero. «Lady Hannah... *Gisborn* per vedere la signorina Inglenook», si corresse rapidamente, non avendo molta pratica nell'usare il suo nuovo nome. Si chiese se la donna alla porta fosse una domestica o la governante. La casa non sembrava abbastanza grande per ospitare più di poche persone. Tese il biglietto da visita, rendendosi conto troppo tardi che non ne aveva stampati di nuovi con il nome e il titolo corretti. «Sono Hannah... Forster», si offrì, sperando che il suo viso non mostrasse il suo nervosismo.

Sarah Inglenook fissò la giovane donna che stava sulla soglia.

Questa è la moglie di Henry. Quindi, le voci erano vere. Che Henry fosse tornato dal suo viaggio a Londra con una contessa al braccio. Beh, la donna era piuttosto adorabile. Discreto nel colorito, con i capelli biondi come le fiabe descrivevano.

Giovane, splendente e decisamente la cosa più ridicola che avesse visto nel modo di una donna da un po' di tempo.

Un cane piuttosto grosso si era seduto proprio sotto il gradino d'ingresso. Grandi occhi marroni la fissavano come se potesse fare del male alla giovane donna, ma la sua espressione generale era di comica noia. Sarah si chiese solo per un secondo se avrebbe dovuto temere l'Alpenmastiff, ma decise rapidamente che la bestia non intendeva fare del male. «Sarah Inglenook», rispose alla fine, il suo viso ovale si spaccò in un sorriso mentre si inchinava. Le rughe di risata le si incresparono agli angoli degli occhi e i suoi occhi verdi sembravano illuminati dall'interno.

«Oh!» il suo visitatore rispose, sbalordito dal fatto che la donna prima di lei non fosse una serva. Sarah indossava un comodo abito da giorno di mussola, i capelli castano dorato avvolti in un semplice nodo sulla nuca. Sebbene avesse l'età per indossare un mobcap, ha scelto invece di lasciare la testa scoperta quando era in casa.

Sarah fece un passo indietro per far entrare la contessa in casa sua. La donna sembrava abbastanza amichevole, ma se avesse saputo di lei e di Henry... o Henry aveva parlato di lei alla donna? E del figlio che hanno condiviso? Avrebbe dovuto custodire ogni sua parola finché non avesse appreso quanto sapeva la giovane donna.

«Hai una bella casa», ha detto Hannah mentre si trasferiva nella stanza di fronte. Ovviamente adibita a salottino, gli arredi e i tendaggi sembravano nuovi, come se la casa avesse subito una recente ristrutturazione. Se notava la mancanza di inchino di Sarah, non lo mostrava né nella sua espressione né nel suo portamento. «Hai vissuto qui a lungo?»

Sarah osservò la contessa per diversi secondi prima di prendere un respiro profondo. «Quasi due anni», alla fine si disse. «Oh, dove sono le mie maniere? Per favore, ti siedi, vero?» Di nuovo si concesse un sorriso esitante, incerta se Henry o qualcuno dei suoi servitori potesse aver parlato di lei alla nuova contessa. *Devono averlo fatto, però, perché altrimenti la nuova moglie di Henry dovrebbe chiamarmi?*

Gli occhi di Hannah si spalancarono. «Vuoi dire che non hai mai vissuto a Gisborn Hall?» chiese, sorpresa che Henry non avesse insistito per far vivere con lui suo figlio e la sua amante.

Spalancando gli occhi, Sarah deglutì. «No, certo che no», ha risposto, sbalordita dal commento. Mentre si torceva le mani alla vita, Sarah osservò Hannah con attenzione. *Lei sa.* «Non mi aspetterei che il conte fornisse ospitalità a casa sua», spiegò, indicando ad Hannah un divano al centro della stanza. «Vorresti del te?» chiese, nervosa. Si ritrovò a sperare che Hannah declinasse l'invito e si congedasse dal cottage. Quindi avrebbe potuto trovare Henry e determinare cosa aveva detto alla sua nuova contessa.

«Sarebbe adorabile», disse Hannah con un sorriso. «Speravo che potessimo avere l'opportunità di conoscerci», disse allegramente. «Mi rendo conto che la maggior parte delle donne probabilmente rabbrividirebbe al pensiero di incontrare l'amante del marito, ma devo ammettere che non vedevo l'ora di fare la tua conoscenza da quando Henry mi ha parlato di te».

Già mentre andava in cucina, Sarah si girò di scatto, la bocca aperta per la sorpresa al commento di Hannah. *Padrona?* Si aspettava di trovare la donna che la fissava, si aspettava che i suoi occhi fossero pugnali, i suoi modi per suggerire che Sarah sarebbe stata scacciata dalla casa della vedova alle prime luci dell'alba. Ma il suo visitatore apparve piuttosto tranquillo mentre abbassava a terra il cesto coperto e si sedeva. «È piuttosto innamorato di te», aggiunse Hannah, chiedendosi perché la sua hostess la fissasse così. «Certo, devi già saperlo», aggiunse con un sorriso d'intesa e un cenno della mano.

Sarah ricambiò lo sguardo, le parole che si facevano ancora strada nel suo cervello confuso. La contessa aveva appena affermato che Henry l'*amava* ? E l'aveva davvero detto come se la rendesse *felice?* «Non sapevo che provasse un tale affetto per me, mia signora», ribatté lei, avendo deciso molto tempo fa che le sue ripetute richieste per la sua mano in matrimonio non erano pretese d'amore ma erano invece tentativi disperati di assicurarla come moglie così non avrebbe dovuto cercarne uno durante una Stagione a Londra.

Si chiese in quale tipo di evento avesse trovato la pedina che stava prendendo posto nel suo salotto. Una palla, forse? O una rotta? *Non una rotta,* decise. Henry non avrebbe nemmeno partecipato a una relazione del genere, e lei dubitava piuttosto dell'aspetto delicato prima di lei. Indicò la cucina. «Sarò solo un momento», aggiunse mentre scompariva nell'altra stanza.

Il cuore di Sarah batteva in uno staccato che era sicura fosse visibile attraverso il suo semplice abito. *La moglie di Henry era nel suo salotto!* La bellissima incarnazione della moglie principessa delle fiabe di Henry era seduta sul suo divano! *Cosa ci fa qui?* Sarah si calmò con una lenta inspirazione mentre preparava il servizio da tè che usava quando Henry la chiamava. Grazie al cielo l'ha tenuto a portata di mano: non voleva che la contessa rimanesse sola nel suo salotto più a lungo del necessario, altrimenti la donna avrebbe scoperto il buco nella tappezzeria della poltrona con schienale in cui Nathan aveva pugnalato un coltellino, oppure il punto del tappeto Aubusson dove la sua scarpa infangata aveva lasciato una macchia l'anno prima. «Come prendete il tè, mia signora?» chiese quando tornò in salotto con il servizio da tè. Lo posò sul tavolino basso davanti al divano e prese la sedia di fronte ad Hannah.

«Oh, devi chiamarmi Hannah», insistette il suo visitatore mentre si sporgeva in avanti. «Non voglio che ci sia alcuna formalità tra noi», ha aggiunto Hannah. Sollevò il cesto. «Ho chiesto al cuoco di preparare delle focaccine e del pane. Oserei dire che fa le focaccine migliori», aggiunse mentre tendeva il cestino verso la padrona di casa.

Sarah prese il cesto offerto, l'espressione sul suo viso era di sorpresa. «Grazie, mia signora», disse in soggezione, rendendosi conto dal peso che il cestino probabilmente conteneva abbastanza prodotti da forno per vedere lei e Nathan per una settimana o più. Probabilmente molto di più.

«Hannah», disse il suo visitatore per correggerla. «Posso chiamarti Sarah?» chiese poi, con la testa inclinata in modo tale da suggerire che sperava davvero che potessero essere amici.

Sarah deglutì, sorpresa dalla natura amichevole di Hannah ma sospettosa del dono che portava.

I prodotti da forno sono stati avvelenati? La signora Chambers non si era mai preoccupata molto di lei. Se la cuoca avesse saputo che gli oggetti nel cesto erano per lei, potrebbe averli preparati con troppo sale. O li ha avvelenati.

«Ho detto alla signora Chambers che avrei fatto delle telefonate al villaggio», si offrì Hannah, quando si rese conto che Sarah non avrebbe risposto alla sua domanda. «La signora Batey ha stilato un elenco di diverse famiglie che richiedono un po' di carità, quindi le visiterò più tardi, forse un paio oggi. Non aggiunse che c'era un altro cesto di pane sulla veranda, coperto da un telo, e sotto la protezione di Harold. Sperava che Harold non avesse improvvisamente sviluppato un gusto per il pane.

«Oh, certo», rispose Sarah, rendendosi conto che il pane e le focaccine probabilmente andavano bene. Fece un respiro profondo. «Allora, il conte ti ha parlato di me?» azzardò, aspettandosi ancora che un impeto di rabbia gelosa sostituisse la facciata piuttosto calma che stava mostrando la contessa.

Hannah chinò la testa. «Lo ha fatto, davvero. Il primo giorno in cui mi ha chiamato, infatti», ha detto mentre ricordava la loro corsa ad Hyde Park.

Sarah versò una tazza di tè mentre lottava per mantenere il viso impassibile. «Latte? Zucchero?» chiese, guardando oltre il vassoio del tè per essere sicura di avere tutti i pezzi al posto giusto.

«Sì a entrambi», rispose Hannah con un sorriso. «Vorrei davvero che prendessi in considerazione l'idea di trasferirti a Gisborn Hall», disse con un sospiro, notando che non c'erano domestici presenti. «Ci sono un sacco di camere da letto, e anche se non sembra esserci molto in termini di personale domestico, sono sicuro che possiamo trovare qualcuno che si occupi delle tue esigenze. E a Nathan», aggiunse, chiedendosi se Sarah avrebbe anche preso in considerazione l'accordo dato che probabilmente aveva vissuto nella casa della vedova da quando Henry aveva ereditato la contea. «Lui è qui? Mi piacerebbe tanto incontrarlo».

Versandosi una tazza di tè, Sarah scosse la testa. «Mi piace molto avere la mia famiglia», rispose gentilmente, «soprattutto perché Nathan non erediterà mai la proprietà di Gisborn». Quest'ultimo fu detto con una punta di rammarico, come se in quel momento si fosse resa conto che, non sposando Henry Forster, aveva relegato il ragazzo in vita come un bastardo. «Nathan è con il suo tutore ora. Nel villaggio», spiegò, in risposta all'altra domanda di Hannah. «Gisborn è fermamente convinto di essere pronto per la scuola di Abingdon. Inizierà da lì in autunno. È abbastanza vicino che Nathan possa tornare a casa la domenica, ma si imbarcherà durante i giorni di scuola. Meno male che mancano ancora cinque mesi. So che sarà più difficile per me che per lui quando se ne andrà», disse, fermandosi quando si rese conto che stava cianciando. Abbassando la testa, aggiunse una zolletta di zucchero al suo tè e lo mescolò piano.

Hannah sorseggiò il suo stesso tè. «Penso che sia così romantico che tu e Gisborn vi conoscete fin dall'infanzia e rimarreste una coppia devota anche adesso», ha commentato, chiedendosi perché Sarah sembra così nervosa a casa sua. *Non dovrei essere io quello nervoso?*

Quasi rovesciando la tazza di tè che teneva in mano, Sarah fissò Hannah. «Romantico?» ripeté, non con l'intenzione di sembrare sorpresa dalla parola. Ma mai negli anni in cui Henry Forster aveva insistito nel fornire protezione a lei e a suo figlio, Sarah avrebbe potuto affermare che fosse coinvolta una storia d'*amore*. «Penso che forse ho bisogno di...» Si fermò, incerta su cosa dire. La contessa era ovviamente saltata a conclusioni sulla relazione di Sarah con Henry, ma quelle conclusioni dovevano essere basate su ciò che Henry aveva detto ad Hannah.

Come aveva descritto il conte la sua relazione con lei?

«Oh caro». Sarah si rese conto che era meglio che la contessa avesse chiarito alcuni dettagli mentre era sola.

Hannah aspettò un momento mentre Sarah sembrava avere una discussione con se stessa. Si chiese allora se la sua visita fosse stata un errore. Stava cominciando a pensare che avrebbe dovuto permettere a Henry di fare le presentazioni, per aiutare a sistemare le cose tra le due donne. Ma poiché non provava gelosia, né animosità verso l'amante, Hannah pensò che fosse giusto *che* facesse la prima mossa. «Ho sempre creduto che un uomo ami sempre e solo la sua amante e che si sposi solo per avere una madre per i suoi figli», ha affermato, un mantra che era abbastanza sicura fosse vero. Aveva pronunciato le parole abbastanza spesso, a volte con un cenno di assenso, altre volte con donne leggermente scioccate che trovavano la parola "padrona" una parola particolarmente ripugnante.

Sarah la fissava come se fosse una di quelle che trovavano la parola "padrona" particolarmente ripugnante. *Oh caro. Non si è considerata in quella luce*, si rese conto Hannah come considerava la madre del figlio di Henry.

«Beh, posso dire che hai passato buona parte della tua vita a Londra», disse infine Sarah, un sorriso che apparve insieme a un rossore. Aveva sentito dire che le signore del *ton* potevano essere piuttosto disinvolte riguardo agli uomini nelle loro vite, ma sentirne una annunciare la sua totale e completa accettazione di un'amante nella vita di suo marito la lasciava sbalordita in un modo divertito. «Io... non so cosa dire», ammise infine. «Tranne che...» Si sporse in avanti, la schiena piuttosto rigida. «Non ho intenzione di vivere mai sotto lo stesso tetto di Henry Forster. Non mi sono mai considerata la sua *amante*. Né mi aspetto di farlo ora che Henry si è sposato», annunciò scuotendo fermamente la testa. Stava ancora sorridendo, anche se era più per nervosismo che per la gioia di aver appreso che Henry si era finalmente sposato.

Hannah guardò la sua hostess, il suo viso assumeva il rossore rosa che mostrava il suo imbarazzo. Ha lottato per una parola migliore da usare. «Amante, forse?» lei azzardò con cautela.

Gli occhi di Sarah si spalancarono, ma le sue spalle affondarono. Prendendo un sorso di tè, combatté le lacrime che minacciavano agli angoli dei suoi occhi. «Forse», concordò, tenendo la tazza da tè come se la sua stessa vita dipendesse da questo. «Ma devo informarla, Lady Gisborn…»

«Hannah, per favore», insistette il suo ospite mentre si raddrizzava.

Potrebbe una donna sembrare più adorabile della principessa delle fate che era seduta di fronte a lei? I suoi capelli biondo pallido erano stati intrecciati e avvolti in un'elaborata corona in cima alla sua testa, e viticci di capelli si erano arricciati in riccioli vicino alle sue orecchie e lungo la nuca. Il pelisse che indossava... *oh, buon Dio, avrei dovuto chiederle se voleva toglierlo*, si rese conto Sarah. Il salotto era abbastanza caldo. Ma non aveva intenzione di accogliere la contessa nella sua casa. Si aspettava che chiunque avesse sposato Henry l'avrebbe disprezzata e avrebbe richiesto a Henry di tenere nascosto il suo figlio bastardo. «Ma tu sei una *contessa*», disse Sarah, pronunciando le parole come se il titolo impedisse loro di essere amiche.

Hannah inarcò un sopracciglio. «E avresti potuto esserlo», ribatté lei alzando le spalle. «Quindi siamo pari».

Sarah sbatté le palpebre una, due volte. E poi si sistemò di nuovo sulla sedia, sbalordita dalla semplice replica di Hannah. Ovviamente Lady Gisborn aveva ragione. Se avesse mai semplicemente accettato l'abito di Henry, potrebbe essere Lady Gisborn. Si concesse un sorriso incerto.

Ma poi avrebbe dovuto *sposarsi* con Henry Forster. Il sorriso è scomparso.

Se fosse stata sposata con Henry Forster, avrebbe dovuto tollerare i suoi modi pesanti, il suo comportamento privo di umorismo, la sua personalità dominante. L'uomo era così buono in tanti modi, ma lei non aveva alcun desiderio di *vivere* con lui. E ultimamente, non aveva nemmeno il desiderio di condividere il suo letto.

Era bello. Troppo bello. Aveva avuto difficoltà a respingere il suo desiderio occasionale di andare a letto con lei, soccombendo infine alle sue parole dolci e ai suoi tocchi gentili. E quello era il problema. Henry sapeva esattamente dove toccarla, esattamente cosa fare per convincerla ad accettare i suoi desideri. Ma era stata piuttosto insistente su come lui avrebbe preso il suo piacere, assicurandosi che lo facesse il più rapidamente possibile in modo che potesse alzarsi dal suo letto e tornare a Gisborn Hall. Non gli ha mai permesso di passare la notte nella sua camera da letto. E per quelle occasioni in cui Henry insisteva che lei e Nathan passassero la notte a Gisborn Hall, lei la trascorreva nel suo letto. Si è affrettata a congedarsi molto presto la mattina seguente, non desiderando fermarsi per una tazza di cioccolata, tanto meno per la colazione.

Ora che Henry era finalmente sposato e con una bella donna, Sarah aveva speranza per il proprio futuro. Ora, un altro uomo potrebbe chiedere la sua mano, un uomo che offra protezione e una casa diversa a molte miglia di distanza. Le avrebbe dato la rispettabilità che tanto desiderava. E forse bambini. Aveva sempre voluto più figli.

Aveva quasi trent'anni. Essere la donna, o *l'amante* di Henry Forster, come l'aveva appena descritta la contessa, non era più accettabile. Desiderava una vita da moglie e madre per i figli legittimi. «Sono anni che non vedo l'ora che Henry prenda moglie, Hannah. Non puoi sapere quanto mi rende felice sapere che finalmente l'ha fatto. Sebbene tu possa accettare che si prenda un'amante, non sarò più io. Se il conte viene aspettandomi di andare a letto, lo allontanerò e lo incoraggerò a onorare i suoi voti matrimoniali», disse Sarah con fermezza, le spalle dritte mentre si rialzava a sedere.

Hannah fissò Sarah sorpresa. «Ma Henry ti *ama*», disse di nuovo, con un tono lamentoso, le parole così semplici da suonare vuote. «Non lo ami?»

Sarah non avrebbe potuto prevedere una simile affermazione proveniente da Hannah. Né poteva aspettarsi una domanda così schietta. Scosse leggermente la testa. «Sono semplicemente la madre di suo figlio. Mi ama per questo. Niente di più», cercò di ragionare, la testa che tremava da una parte all'altra. «Per favore, Hannah». Il nome le sembrava difficile da dire. «Non pensare a me come alla sua amante. Se devi pensare a me, allora fallo solo come la madre di Nathan», implorò. «E insisti che ti porti a letto esclusivamente il più a lungo possibile».

Hannah fissò Sarah per diversi momenti, sorpresa dal consiglio della donna e se ne andò chiedendosi come facesse Henry a pensare che questa donna lo amasse.

Forse non ci pensava, però. Non aveva mai detto nulla sul fatto che Sarah ricambiasse l'affetto che provava per lei. Poteva forse sapere che non condivideva i suoi sentimenti? Che la loro relazione non fosse così reciproca come insinuava?

Hannah alla fine annuì. «Ha detto che sarebbe venuto a trovarmi tutte le sere finché non fossi rimasta incinta», ha ammesso Hannah con una voce appena al di sopra di un sussurro, trovando le parole facili da dire a Sarah. «Quindi, suppongo che ci vorranno almeno due o tre settimane, forse di più», ragionò, pensando a quando sarebbero dovuti i suoi corsi mensili nel caso in cui non avesse concepito prima di allora.

Sarah annuì lentamente, il suo sguardo si abbassò sulla sua tazza da tè. «Dovrebbe essere abbastanza tempo», mormorò, senza approfondire cosa intendesse con il commento. «Vuoi altro tè?» chiese poi, rendendosi conto che la sua tazza era vuota.

Hannah le rivolse un debole sorriso. «No grazie. Devo fare altre telefonate», disse piano. «Ho più pane da consegnare».

«Signora Canker, forse?» suggerì Sarah, con la testa piegata da un lato.

Hanna annuì. «Sì. E anche la signora Billingsly», aggiunse, sperando di avere il nome giusto.

Sarah ricambiò l'assenso. «Sono entrambi piuttosto vecchi e un po' infermi, ma sono anche molto acuti», ha detto mentre si indicava la fronte. «E la signora Canker sarà molto acuta nelle sue osservazioni, quindi non offenderti».

Sorridendo ai commenti di Sarah, Hannah si sporse in avanti. «Grazie per aver parlato con me. Non avrei mai pensato che sarebbe stato imbarazzante per te incontrarmi, e ovviamente lo è stato. Ma voglio che siamo amici. Per favore, accetta le mie scuse», disse, prendendo la mano di Sarah tra le sue.

La donna più anziana guardò la mano di Hannah che copriva la sua, il suo viso si illuminò di un sorriso. «Scuse accettate, ovviamente. Vieni a prendere il tè quando vuoi. E ti auguro tutta la felicità. Davvero», disse, con uno sguardo lontano sul viso.

Mentre Hannah recuperava il suo cesto di pane vicino ai gradini d'ingresso, salutò Sarah. Con Harold alle calcagna, si diresse verso le altre case descritte dalla signora Batey quel giorno.

La signora Canker era come Sarah ha descritto, facendo arrossire Hannah almeno due volte con le sue gentili nervature e commenti ribaldo. La signora Billingsly, una donna molto più tranquilla, ha fatto alcune lamentele per le articolazioni doloranti e ha espresso la sua sorpresa nel ricevere focaccine e pane da una contessa. «Era ora che ne avessimo uno qui», disse la fragile donna, agitando un dito storto in direzione di Hannah. «Henry ha bisogno di un erede».

Hannah sentì arrossire il viso almeno per la terza volta quel giorno. «E voglio disperatamente un bambino», ribatté lei con un sorriso imbarazzato. «Prima un maschio, spero».

«Allora per te sarà il minimo, signora mia», disse la signora Billingsly con un cenno del capo. «Su gomiti e ginocchia se vuoi un maschio e sulla schiena se vuoi una femmina». Il suo mento si sollevò leggermente, come per portare a casa il suo punto. Se considerava l'istruzione un po' imbarazzante, non lo mostrava nella sua espressione o nel suo comportamento.

Hannah sbatté le palpebre verso la vecchia. «Oh», ha risposto, non sapendo in quale altro modo rispondere ad un commento del genere. *La vecchia stava suggerendo...?* Certo, era così. Elizabeth aveva parlato di tali posizioni. Molte di esse, infatti. «Bene», disse Hannah mentre si guardava intorno nel cottage scarno e decideva che la signora Billingsly stava bene da sola. «Devo davvero congedarmi. Stai attento», mormorò mentre si dirigeva verso la porta e augurava una buona giornata alla signora Billingsly.

Mentre camminava, passava il tempo a pensare alle parole di Sarah e a meravigliarsi della strana impressione che aveva dell'amante... o *non* dell'amante.

Hannah si chiese se c'era altro sul motivo per cui Sarah non viveva a Gisborn Hall. In quanto madre del figlio del conte, a lei e al ragazzo avrebbero dovuto essere concesse stanze, almeno nell'ala degli ospiti. Sarah aveva detto di voler gestire la propria famiglia, ma a quale costo? Apparentemente non aveva domestici, il che significava che trascorreva buona parte delle sue giornate facendo i lavori di casa, il bucato e cucinando. La donna sembrava equilibrata, sembrava gestire una famiglia efficiente, quel poco che c'era, e sembrava amare suo figlio sopra ogni altra cosa. Allora perché non ha preso in considerazione l'invito di Hannah? Sarah non aveva detto che Henry lo proibisse. In effetti, da alcuni dei commenti che Henry aveva fatto, pensava che forse la madre di suo figlio era un po' testarda quando si trattava della sua indipendenza, come se accettare di vivere a Gisborn Hall l'avrebbe in qualche modo derubata di quell'indipendenza. E pensando al modo in cui Henry parlava di Sarah e del loro figlio, non avrebbe senso che li rimproverasse per il comfort della casa più grande e del personale della servitù (sebbene Hannah stesse cominciando a pensare che qualcuno in più potesse essere utile se hanno mai ospitato qualcuno).

Sarah Inglenook non desiderava essere l'amante di Henry. O padrona. Né lo amava, almeno, non nel modo in cui Hannah si aspetterebbe che la madre di suo figlio provasse nei confronti di un uomo che l'amava in modo così evidente.

Hannah pensò alla signora Batey. La governante era a Gisborn Hall da prima che Henry si stabilisse lì. Tutti sapevano che la servitù era la migliore fonte di pettegolezzi e della storia di una famiglia. Glielo avrebbe semplicemente chiesto. La signora Batey sapeva sicuramente perché Sarah aveva rifiutato l'invito.

Il suono dei piedi che correvano e la gentile "trama" di Harold la fecero uscire dalle sue fantasticherie. Si voltò e vide un ragazzo che correva nella loro direzione, un enorme sorriso stampato in faccia. Hannah si fermò e chiamò Harold al suo fianco, non volendo che il ragazzo avesse paura del grosso cane.

«Ciao!» gridò il ragazzo. Era ben vestito considerando la sua età apparente, con un cappotto scarlatto, camicia di lino bianca, calzoni con risvolto, calze pulite e scarpe comode. Sulla sua testa era appollaiato un cappello, sebbene fosse troppo corto per essere considerato un cilindro. «Il tuo cane è *enorme*, signorina», disse mentre si avvicinava a lei. Poi si inchinò, come se si fosse improvvisamente ricordato che avrebbe dovuto farlo prima di fare un commento sul cane. Harold colse l'occasione per scodinzolare in segno di saluto prima di sedersi obbedientemente accanto ad Hannah.

Hannah fece un inchino, rendendosi conto dai capelli scuri del ragazzo, dai profondi occhi azzurri e dai tratti severi del viso che doveva essere il figlio di Henry. La somiglianza era inquietante, come se vedesse una versione più giovane di suo marito. «Sono Hannah Forster, Lady Gisborn», disse mentre tendeva la mano destra, con l'intenzione di stringere la mano al ragazzo.

I profondi occhi blu si spalancarono mentre il ragazzo la guardava. Si fece avanti, le prese la mano guantata e la baciò rapidamente sul dorso, lasciando andare la presa come se la sua mano fosse in fiamme. «Nathan Forster, milady», riuscì a dire, con gli occhi ancora sbarrati. «Lieto di fare la tua conoscenza».

Concedendo un ampio sorriso, Hannah annuì. «E la vostra». Indicò Harold con un gesto della mano. «E questo è Harold MacDuff. È un Alpenmastiff», disse con orgoglio.

Come era stato addestrato a fare, Harold sollevò diligentemente una zampa. Nathan guardò dal cane fino ad Hannah, come se non fosse sicuro di cosa fare. «Puoi scuotere la sua zampa se vuoi», disse con una punta di incoraggiamento. *Dio santo, il ragazzo si chiedeva se avrebbe dovuto baciare la parte posteriore della zampa di Harold?*

Un sorriso apparve sul viso di Nathan, si inginocchiò e scosse la zampa di Harold. «Bravo ragazzo!» disse prima di alzarsi in piedi. Vedendo il pezzo di terra sulla strada sulle sue ginocchia, si chinò e lo spazzolò via con alcuni colpi. «Assomiglia a Maggie, solo molto... più grande», ha commentato. Il suo sopracciglio si inclinò, non diversamente da quello di suo padre quando stava considerando un problema e modificò il suo commento. «Più grandi. È *più grosso* di Maggie», disse con un deciso cenno del capo.

Hannah si chiedeva di Maggie, ricordando la menzione del cuoco di una Maggie, ma al momento era più interessata al ragazzo. «Sei appena tornato dalla casa del tuo tutore?» chiese, girandosi per dirigersi a sud. La casa della dote non era molto più in là lungo la strada; la passeggiata con Nathan le avrebbe permesso di conoscerlo.

Il ragazzo si affiancò, lanciandole uno sguardo sospettoso. «Come lo hai saputo?» chiese.

Alzando le spalle, Hannah pensò di dire qualcosa di irriverente, ma ci ripensò. «Ho preso il tè con tua madre questo pomeriggio», spiegò. «Ho chiesto di incontrarti, ma ha detto che eri a casa del tuo tutore. Spero che tu non debba camminare troppo lontano per le tue lezioni.»

Nathan continuò a guardarla, la sua espressione facciale rivelava il tumulto che stava accadendo nel suo cervello. «Non troppo lontano», ha risposto in modo disinvolto. «Sei *sposata* con mio padre?» finalmente riuscì a chiedere. La sua fronte si corrugò in una forma familiare. Henry sembrava proprio così quando si è interrogato su qualche problema.

«Lo sono», rispose Hannah con un cenno del capo, lanciando al ragazzo un'occhiata di sbieco, chiedendosi se sarebbe stato contento o no. Il suo commento è stato accolto dal silenzio del ragazzo. Continuò ad arrancare al suo fianco, lo sguardo diretto davanti a sé. Hannah non poté fare a meno di notare che i suoi modi diventavano più imbronciati, più tristi, come se il suo semplice riconoscimento avesse portato via ogni gioia che il ragazzo aveva provato nell'aver incontrato lei e Harold. «Spero che possiamo essere amici», ha offerto nel suo tono più leggero. «Non mi dispiacerebbe che tu pensassi a me come a una vecchia matrigna meschina».

Il ragazzo sembrò inciampare a quest'ultima affermazione. «Matrigna?» ha ripetuto. «Sei la mia matrigna?» La sua voce era appena un sussurro, ma Hannah poteva capire dalla domanda nella sua voce che non stava prendendo bene la notizia.

Cercando la leggerezza, lei annuì. «Tuo padre è abbastanza orgoglioso di te. Mi ha raccontato tutto di te la prima volta che mi ha portato a fare un giro ad Hyde Park.» Non aggiunse che era stata l'*unica* volta che l'aveva portata a fare un giro nel parco.

«Lui che fece?» ripeté Nathan, la sua faccia che sembrava ancora come se avesse perso il suo migliore amico. «Hyde Park non è a Londra?» chiese. «Sei di Londra?»

Annuendo, Hannah disse: «Sì, lo è, e sì, lo sono. Tuo padre ed io ci siamo incontrati e ci siamo sposati quando è venuto a Londra per acquisire Ellsworth Park.» Sperava che non sembrasse come se si fossero conosciuti solo pochi giorni prima di sposarsi.

Il ragazzo la guardò, ancora sospettoso. «Ha *acquisito* Ellsworth Park?» chiese, cercando di essere sicuro di usare la stessa parola di Hannah anche se non sembrava sapere esattamente cosa significasse.

«Lui fece. Lo aggiungerà ai suoi terreni agricoli non appena i canali di irrigazione saranno pronti». Si fermò a metà del gradino, rendendosi conto che erano arrivati alla passerella che conduceva alla porta d'ingresso della casa del dottore. «Devo tornare a Gisborn Hall, mastro Forster. È stato un piacere», ha detto.

Si chinò e gli prese la mano tra le sue, scuotendola con decisione.

Sorpreso, Nathan annuì. «Sì, signora», rispose. «Voglio dire, mia signora», si corresse. «Ciao, Harold». E poi stava correndo lungo le lastre di pietra fino a casa sua, senza voltarsi indietro, anche se era scomparso attraverso la porta d'ingresso.

Hannah osservò mentre il figlio di suo marito si dirigeva verso la casa della dote, meravigliandosi della strana reazione del ragazzo nei suoi confronti. Aveva paura di lei? Era preoccupato per sé? Usare il termine "matrigna" era stata certamente la parola sbagliata da usare per descrivere se stessa. Forse Henry potrebbe aiutare a sistemare le cose con il ragazzo. «Vieni, Harold. Andiamo in cucina», disse Hannah con un sospiro mentre percorreva il viottolo verso i terreni della tenuta.

Sentendo la parola "cucina", Harold rizzò le orecchie. Hannah pensava di aver aumentato un po' il suo ritmo lento. *È vecchio*, ricordò, accigliandosi mentre lo guardava prendere il comando e dirigersi verso il cancello e su per il sentiero acciottolato verso la casa. Invece di dirigersi verso la porta d'ingresso, Hannah fece il giro della Gisborn Hall fino all'ingresso della servitù fuori dalla cucina. Harold stava aspettando sulla porta, agitando freneticamente la coda.

Bussando un paio di volte prima di aprire la porta per sbirciare dentro, Hannah permise ad Harold di precederla e disse: «Resta, Harold», prima che la bestia avesse la possibilità di entrare nella cucina principale. Dopo il suo incontro iniziale con il cuoco, Hannah non voleva che Harold fosse impalato da una mannaia.

«Ciao», gridò, piegando la testa oltre la porta dal corridoio alla cucina.

«Lady Gisborn?» La signora Batey si alzò dal grande cavalletto al centro della stanza, una penna in una mano, mentre fece una rapida riverenza e guardò la contessa con sorpresa appena nascosta.

«Come va, signora Batey», disse con un cenno del capo. Si guardò intorno finché non vide le grandi braccia del cuoco che sollevavano una pentola di brodo sul fornello. «Come va, signora Chambers».

Il cuoco in realtà fece un inchino prima di dire: «Lady Gisborn». Tornò alla sua pentola, versando una ciotola di verdure tagliate in quella che apparentemente doveva essere la zuppa di quella sera.

«Mi chiedevo se potevo chiederle una cosa, signora Batey», disse Hannah. Si rivolse al cuoco. «Sarebbe permesso che Harold si unisse a noi?» lei chiese. «Forse hai degli avanzi di cibo di cui devi sbarazzarti. Mangerà qualsiasi cosa», aggiunse speranzosa.

La cuoca scambiò un'occhiata sorpresa con la governante, le guance arrossate in fiamme, apparentemente imbarazzata dal fatto che la padrona di casa fosse nella sua cucina. «Al momento ho solo delle bucce di patate, mia signora», si offrì la signora Chambers, indicando un tavolo di preparazione.

«Sarà splendido. Harold», Hannah si voltò verso la porta da cui era appena entrata. Harold, piuttosto attento ad entrare in una stanza da cui era stato scacciato sommariamente solo il giorno prima, fece due passi dentro e si sedette, con l'attenzione sulla sua padrona. «Signora Chambers dice che potresti avere le bucce di patate.» Hannah si avvicinò al tavolo di preparazione e, tirando fuori il guanto da una mano, spinse il pasticcio in una ciotola di latta e lo portò dove era seduto Harold. La sua coda si mosse due volte prima di andare a lavorare a divorare il pasticcio. Quando Hannah si voltò, la signora Chambers si fermò davanti a lei con una flanella bagnata.

«Non volevo che sua signoria lo facesse», balbettò il cuoco, tenendo la flanella pulita nella sua direzione.

«Oh, non ho problemi a toccare le bucce di patate, signora Chambers», disse Hannah con un sorriso. «Come unica ragazza a Devonville House, ho passato molto tempo in cucina con la servitù», disse con un cenno, sperando che la donna più anziana non la trovasse così fastidiosa come la vecchia cuoca irritabile. Suo padre lavorava da prima della nascita di Hannah. Prese la flanella dal cuoco e si asciugò le mani. «Grazie».

La signora Batey era tornata a sedersi al cavalletto, la penna d'oca che tracciava un elenco su un lungo foglio di carta. Alzò lo sguardo quando si rese conto che Hannah la stava osservando in silenzio. «Volevi chiedermi qualcosa, mia signora?» domandò, i suoi modi piuttosto nervosi.

Hannah annuì, notando che il cuoco era tornato ai fornelli. «Non voglio interrompere il tuo lavoro».

«Sciocchezze, mia signora», rispose la signora Batey. «Stavo solo mettendo insieme la lista per il mercato per la signora Chambers. I migliori venditori venderanno domani mattina, vedi, quindi cerchiamo di acquistare tutto ciò di cui abbiamo bisogno per la settimana».

Sedendosi di fronte alla governante, Hannah sorrise. «Sono sicura che dovrei fare i menu», ha offerto con un'alzata di spalle scusandosi. «Forse potrei farli per la prossima settimana in tempo perché tu faccia la tua lista?»

Gli occhi della governante si spalancarono. «Certo, mia signora». Poteva sentire il rapido sguardo di sorpresa del cuoco sulla schiena. «Sua signoria è piuttosto attenta ad alcuni dei suoi pasti» disse con cautela, chiedendosi se fosse il caso di rifiutare l'offerta della contessa.

«La pianificazione del menu è stata una delle due sole responsabilità che ho ricoperto a casa di mio padre da quando mia madre è morta», ribatté Hannah con calma. «E l'altra faceva da hostess ai nostri visitatori. Mi assicurerò di informarmi sulle simpatie e le antipatie del conte prima di pianificare i pasti», assicurò la governante.

La signora Batey sembrava così sollevata che Hannah pensò che sarebbe potuta cadere dal sedile a cavalletto. «Il tuo aiuto sarà apprezzato», disse la governante a bassa voce, come se stesse segretamente confidando che Gisborn Hall non aveva abbastanza aiuto. «Ora, che cosa volevi chiedere?»

Hannah sospirò. «Riguarda la signorina Inglenook». Una padella sbatté contro i fornelli, il suono che copriva a malapena il sussulto proveniente dal cuoco. Il viso della signora Batey, sebbene allenato a un livello di impassibilità che suggeriva che nulla potesse scioccarla, assunse un'aria scioccata. «C'è qualche ragione che conosci», ha continuato Hannah, chiedendosi alle loro reazioni, «Perché lei e Nathaniel non vivono qui a Gisborn Hall?» Anche senza guardare verso la stufa, Hannah sapeva che la signora Chambers la stava osservando con uno sguardo sorpreso.

La signora Batey si raddrizzò e prese fiato. «Vive nella casa della dote», rispose semplicemente, come se Sarah potesse vivere solo lì.

«Sì. Ma mi sembra che lei e Nathaniel dovrebbero vivere *qui*». La governante distolse lo sguardo per un momento, il suo viso assunse un rossore che Hannah capì essere d'imbarazzo. «Oh, signora Batey, sono abbastanza consapevole della relazione di Lord Gisborn con Sarah», assicurò Hannah alla donna, facendo aprire la bocca della governante, come se dovesse respirare attraverso di essa. «Lui la ama. Da allora ha... credo che abbia detto da quando erano nelle corde principali».

La cacofonia che esplose dai fornelli costrinse Hannah a voltarsi. Trovò il cuoco che la fissava incredula e diversi coperchi di pentole che rotolavano sulla sua area di lavoro.

«Devi sapere che gli uomini amano sempre e solo le loro amanti. La loro unica ragione per sposarsi è avere qualcuno che dia loro dei figli», ha dichiarato Hannah, con l'intenzione che entrambe le donne ascoltassero il suo commento. Il suo mantra, che aveva ripetuto a tutti i suoi amici e a suo padre in più di poche occasioni, sembrò cadere in una stanza improvvisamente molto tranquilla e tesa. Persino Harold sembrava aver smesso di ansimare, anche se c'era un accenno di lamento. Hannah si chiese se i suoi occhi stavano roteando. Lo ha fatto quando pensava che alcune cose fossero delle frottole.

La signora Batey stava scuotendo la testa, come se non potesse – o non volesse – credere a quello che aveva appena detto la padrona di casa. «Mia signora, io...» *Non so cosa dire*, fu il primo pensiero della governante.

Le cose erano andate così male a Londra che i signori non si erano più sposati per amore? O almeno affetto? Era stata in Inghilterra abbastanza a lungo per conoscere alcuni uomini e la loro propensione ad assumere puttane e amanti, ma per avere una signora del *ton*, figlia di un marchese, non meno, annunciava che gli uomini amavano solo le loro amanti e si sposavano semplicemente per avere figli legittimi, beh, questo è stato del tutto inaspettato. «Sono abbastanza sicura che Lord Gisborn non ti abbia semplicemente sposata per avere i suoi figli», tentò in tono ragionevole. Lady Gisborn era una bella ragazza. L'uomo probabilmente provava affetto per lei. Come potrebbe non farlo? Era il più piacevole possibile, eternamente felice e piuttosto gradevole. Non c'era stata una richiesta stridula, un oggetto d'arte lanciato, né una voce alzata dall'arrivo di Lady Gisborn.

Lo stesso non si può dire per Sarah Inglenook, tuttavia. Era come se la donna di Lord Gisborn avesse deciso di diventare il più irragionevole possibile, quasi come se Sarah non volesse più la protezione di Gisborn né le sue attenzioni.

E la povera ragazza si chiedeva perché Sarah Inglenook non risiedeva a Gisborn Hall?

«Oh, c'era una dote, ovviamente», dichiarò Hannah con un cenno del capo, come se quella fosse l'unica altra ragione per cui Lord Gisborn l'avrebbe sposata. «Abbastanza generoso, se devo credere ai commenti di mio padre sull'argomento». Quest'ultimo commento è stato fatto con un sorrisetto, costringendo la fossetta a comparire sulla guancia destra di Hannah.

Il commento non ha provocato una risposta illecita dalla direzione dei fornelli e la signora Batey sembrava non poter offrire nulla di più in risposta. Hannah si raddrizzò, rendendosi conto che i suoi modi schietti erano inaspettati. «Sono realista, signora Batey. So che a volte sembro uscita dalle pagine di una fiaba medievale, ma non sono una lattaia. Sposare Lord Gisborn è stata la mia migliore occasione per trovare la felicità come madre. Ha bisogno di un erede. E un ricambio. E gli altri miei corteggiatori sembravano volere solo che la mia dote pagasse i debiti di gioco.»

L'aria sembrò uscire dalla signora Batey mentre le sue spalle si piegavano. Anche la cuoca aveva rivolto la sua attenzione alla contessa, una mano a pugno ben piantata sull'ampia anca.

«Quindi, mi chiedevo. Perché Miss Inglenook e Nathaniel non vivono qui a Gisborn Hall?»

Prima ancora che la signora Batey potesse iniziare a rispondere, la signora Chambers si fece avanti. «Ti dirò perché», annunciò, uno sguardo piuttosto cupo sul viso.

«Signora Chambers!» la governante ha cercato di ammonirla.

«È troppo *indipendente*», continuò la cuoca, come se non avesse sentito la governante. «Lo è sempre stato.» Ebbene, non vivrebbe nemmeno nella casa della dote se non per il fatto che il vecchio conte le *chiedeva* di farlo fintanto che Nathan viveva con lei. Il vecchio conte adorava quel ragazzo.

Hannah guardò sorpresa la cuoca. «Ma dove vivrebbe se non avesse la casa della dote?»

La governante si sporse in avanti, mantenendo la voce molto bassa. «Sua signoria si occuperebbe di una casa per lei nel villaggio, naturalmente», osservò. «Ne avevano uno alla periferia di Bampton dopo la nascita del bambino».

«Sua signoria doveva tornare da Oxford ogni pochi giorni allora, per occuparsi della ragazza», aggiunse la signora Chambers, asciugandosi le mani con un asciugamano. «Ma si occupò ancora dei suoi studi, anche dopo la nascita del bambino. Finito vicino al primo della sua classe, lo ha fatto».

Ascoltare le due donne parlare della vita precedente di Henry ha portato un sorriso sul viso di Hannah. «Ha fatto bene a lei, almeno», ha offerto, chiedendosi perché il cuoco sembrerebbe arrabbiato con la vena indipendente di Sarah.

«E lui l'avrebbe sposata, ma la ragazza non lo avrebbe voluto. Pensavo fosse anche…»

«Signora Chambers!» La governante rivolse alla cuoca uno sguardo rassicurante. «Sono sicuro che la contessa è ben consapevole dei tratti di suo marito».

«Segna le mie parole. Sarah Inglenook se ne andrà non appena il figlio andrà a scuola», aggiunse la cuoca con un deciso cenno del capo. «Secondo me, è stata corteggiata da una città di Bampton».

Un forte sussulto emanò dalla governante. «Signora Chambers! Ti basterà!» La signora Batey annunciò con una voce che in realtà rimandò il cuoco ai fornelli.

Hannah ricordò lo strano commento di Sarah che implicava che due settimane sarebbero state *sufficienti*. Voleva dire qualcosa di diverso da quello che pensava inizialmente Hannah? Che le ci sarebbero volute due settimane o più per rimanere incinta? Forse intendeva dire che due settimane erano abbastanza. Abbastanza tempo perché lei si arrangi da sola. Forse per fidanzarsi. *Quindi Sarah deve aspettarsi un'offerta per la sua mano dalla città di Bampton!* Sarah potrebbe essere una donna sposata prima che Nathan partisse per la scuola di Abingdon.

Ciò lascerebbe Hannah con il conte per sé.

C'è stato un momento in cui il pensiero le ha portato un senso di calma, una sensazione di soddisfazione, come se avere Henry Forster tutto per sé fosse ciò che desiderava veramente. Forse l'ha fatto. Forse Henry avrebbe deciso di preferire una sola donna nella sua vita. E se no, poteva sempre prenderne un'altra come sua amante. Beh, Hannah non si aspettava che onorasse i suoi voti matrimoniali quando aveva accettato di sposarlo. Non c'era motivo di pensare che l'avrebbe fatto anche se Sarah fosse stata sposata con un'altra.

Una cosa era certa. Hannah avrebbe dovuto fare tutto il possibile per far sì che Henry passasse le notti nel suo letto. Era il minimo che potesse fare per Sarah finché la donna non fosse stata promessa in sposa al sicuro. Hannah ringraziò i domestici per la loro intuizione e si scusò per lasciare la cucina.

Mentre saliva le scale per cambiarsi per la cena, Harold la seguì, Hannah pensò ai consigli di Elizabeth su come mantenere felice un marito. Sentì che stava arrossendo mentre ricordava alcune delle descrizioni di Elizabeth di cose che aveva fatto nel letto matrimoniale, anche quando era incinta! Alcuni di quegli atti che non poteva immaginare di fare, ma alcuni di loro, beh, avrebbe potuto doverne impiegare alcuni se voleva tenere Henry a letto per altre due o tre settimane.

Una volta nella sua stanza, Hannah chiamò Lily e si diresse verso la sua toeletta. Lily sarebbe stata in grado di sistemarsi i capelli e aiutarla a indossare un abito da sera adatto. Quando la cameriera non si era presentata dopo dieci minuti, Hannah si mosse per suonare di nuovo il campanello. La sua mano si fermò, però, quando, senza fiato, Lily si precipitò nella stanza. «Mi scuso, mia signora», riuscì a fare uscire la sua cameriera mentre faceva un inchino. «Io... mi sono persa», disse la ragazza mentre il suo viso diventava di un rosso brillante. «Non so ancora come muovermi in questa casa».

Hannah sorrise e piegò la testa da un lato. «Va tutto bene, Lily. Ho solo bisogno di vestirmi per cena», ha detto mentre si metteva dietro lo schermo. «Penso all'abito di velluto dorato», mormorò, «e i miei capelli hanno un disperato bisogno di una riparazione».

Lily chinò la testa e corse nel camerino. *Dovrei dirglielo*, pensò mentre tirava fuori l'abito da un gancio. *Ma se lo faccio, potrei non essere mai in grado di lasciare Gisborn Hall.* Era tutta d'affari quando è uscita con l'abito e un paio di pantofole.

Trattenendo il respiro come se pensasse che qualcuno potesse sentirlo, Lily sgattaiolò lungo il corridoio fuori dalla sua stanza e si diresse verso la porta sul retro vicino alla cucina. Strinse la sua valigia, la borsa degli arazzi che conteneva ogni punto di abbigliamento che possedeva insieme ad alcuni ricordi. Se fosse riuscita a uscire dalla porta e aggirare Gisborn Hall senza disturbare un animale, sarebbe stata in grado di raggiungere il vicolo del villaggio e la strada per Bampton appena oltre.

Thomas sapeva che avrebbe lasciato la sua padrona per unirsi a lui quella sera. L'avrebbe aspettata da qualche parte lungo la strada oltre il villaggio. Avrebbe il suo calesse e un cavallo. Con un po' di fortuna e il chiaro di luna che si vedeva sulla strada, sarebbero stati sulla buona strada per Gretna Green prima che il cielo diventasse rosa all'alba.

Era abbastanza sicura di essere stata silenziosa mentre chiudeva la porta sul retro, posando la valigia in modo da poter tenere la maniglia e il chiavistello tirati indietro. Una volta che fu sicura che la porta fosse sistemata nello stipite, si chinò per prendere la sua valigia. Un'ombra cadde su di lei e rimase senza fiato.

«Dove pensi di andare?» sussurrò Billy, i suoi respiri si mostravano come sbuffi bianchi nell'aria intorno a loro.

«Oh, buon Dio, mi hai spaventata a morte!» Lily sibilò di rimando. Il battito del suo cuore già le rimbombava nelle orecchie.

Lo shock di Billy O'Conlin così vicino all'improvviso la lasciò senza fiato. «Cosa ci *fai* qui fuori?» sussurrò, rendendosi conto che lo sposo doveva essere già stato fuori.

Billy stava per rimproverarla per *averlo spaventato*, ma si rese conto che se l'avesse fatto sarebbe sembrato una femminuccia. «Stavo andando in cucina a mangiare un boccone», rispose, sembrando il più indignato possibile. «Stai partendo?» chiese allora, la sua voce si addolcì. «Lasciare la contessa?»

Era rimasto sorpreso quando l'altro ieri Lily Parker si era presentata nella vecchia carrozza del conte. Veniva da una fattoria fuori Witney, la sua famiglia era al servizio della nobiltà terriera che viveva nella casa principale lì. Quando era andata a Londra per prendere posto in casa di un aristocratico, Billy aveva pensato che non sarebbe mai tornata nell'Oxfordshire. Altri che erano partiti per Londra, in cerca di lavoro o fortuna, non sono più tornati a Bampton-in-the-Bush.

Lily fece un respiro profondo e lo lasciò uscire, il suo respiro era una bianca ondata tra di loro. «Non puoi dire niente a *nessuno*», sussurrò, rassegnata a dover ammettere il suo piano. «Devo incontrare Thomas vicino a Bampton. Ci sposeremo in Scozia», aggiunse, le mani nude serrate a pugno contro il cappotto. Faceva molto più freddo di quanto si aspettasse; non aveva guanti invernali e solo una sciarpa per coprirsi la testa.

«Sposerai quel cazzone?» chiese disgustato. «Lily, ti meriti di meglio di lui», sibilò. «*Sarei* meglio per te di lui», ha detto sottovoce, il suo commento intendeva sfidare la sua valutazione di Thomas Babcock. E, forse, farle credere che *sarebbe* stato migliore del suo ex migliore amico.

«Billy O'Conlin!» Lily lo ammonì, cercando di mantenere la sua voce un sussurro roco. «Come osi? Thomas ha una buona posizione a Bampton ed è un anno più grande di me».

«Il che significa che è, cosa? Diciotto?» ha replicato rapidamente. Se ci fosse stato qualcosa di più della semplice luce della luna da vedere, Lily avrebbe potuto vedere il dolore negli occhi di Billy. Aveva diciassette anni. L'aveva conosciuta dai tempi in cui aiutava con il raccolto, aveva sempre pensato a Lily come a qual-cuno da corteggiare una volta raggiunta una certa età. E poi Lily è partita per Londra e il suo posto a Devonville House. Billy pensava che non l'avrebbe mai più rivista e poi, meraviglia delle meraviglie, era scesa dall'antica carrozza del conte con un'aria così sofisticata, così sicura di sé nella sua fresca uniforme da cameriera. E si era innamorato perdutamente di lei.

«Ha diciassette anni. Lui... lui mi ama». Le parole furono pronunciate a bassa voce, come se stesse cercando di convincere se stessa quanto lui della convinzione del suo corteggiatore nei suoi confronti.

Lo sposo scrollò le spalle, rendendosi conto che non sarebbe stato in grado di farle cambiare idea. Cosa poteva offrirle? Un giorno sarebbe diventato il capo delle stalle o un lacchè, ma avrebbe sempre lavorato al servizio del conte.

Permise al suo sguardo di osservarla tutta, dalla parte superiore della sciarpa di lana che copriva i suoi capelli castano dorato fino alle sue scarpe robuste. «Non andrai lontano se congela la morte», ribatté Billy. «Vieni» disse mentre infilava le mani nelle tasche del caban e si dirigeva verso le stalle.

Sospirando, Lily lo seguì, non sicura di cosa avesse in mente. Oltrepassò la soglia poco illuminata e inalò l'odore del fieno e del letame di cavallo. Almeno faceva più caldo nelle stalle. Osservò Billy arrampicarsi su una scala di legno fino a una stanza sopra le bancarelle, sorpresa di rendersi conto che era la sua stanza. Scomparve e presto uscì portando un paio di guanti da lavoro. Costruiti per il lavoro invece che per la moda, i guanti grigi ben indossati erano almeno caldi. Lily li indossò e mosse le dita. «Non so se sarò in grado di restituirti questi», disse a bassa voce.

«Va bene», rispose Billy, la testa inclinata da un lato. «Il conte me ne ha procurato un nuovo paio quando mi ha promosso», disse con un pizzico di orgoglio, sperando che lei capisse che non era più il più basso dei servitori della casa di Gisborn.

Lily guardò lo sposo. Non poteva avere più di sedici o diciassette anni, pensò. «Grazie. Per favore, Billy, non dire niente», implorò, con un'espressione preoccupata che le apparve sul viso.

Billy scosse la testa. «Hai lasciato un biglietto per Lady Gisborn», ha detto più che chiesto. «O la signora Batey?»

Abbassando la testa, Lily la scosse. «Non riesco a scrivere molto bene», ha detto, i suoi occhi non incontrarono i suoi. Il suo viso arrossì all'ammissione. «E io... non conosco nessun altro nello staff direi...»

«Cristo». La parola uscì in un sussurro, Billy ovviamente non era contento della sua decisione di partire senza nemmeno salutarti. «Penserà che sei stata rapita o qualcosa di orribile», ribatté lui, irritato dal fatto che se ne sarebbe andata. «Manterrò il tuo segreto, Lily, ma solo finché qualcuno me lo chiederà direttamente, e poi lo dirò».

Lily si morse il labbro ma annuì. «Capito», concordò. Dopotutto, chi chiederebbe allo sposo se sapesse dove si trova la cameriera di una signora? Diede un colpo al braccio di Billy e chinò di nuovo la testa. «Grazie». Prima che potesse cambiare idea, prese la sua valigia e si voltò per lasciare le stalle.

La mano di Billy si allungò e le afferrò il gomito, costringendola a girarsi e ad affrontarlo. Le spostò un braccio intorno alla vita e un altro sul suo viso. «Oh, Lily», sussurrò, il suo viso pieno di dolore. E poi le sue labbra coprirono le sue, il suo bacio tanto urgente quanto pieno di passione.

Sorpresa ma incapace di respingere Billy, Lily permise l'assalto, una serie di stelle nitide e luminose che stordivano la sua vista. Chiuse gli occhi e gli permise di fare del suo peggio, le sue stesse labbra rispondevano alle sue prima ancora di rendersi conto che lo stava facendo. Un gemito le sfuggì dalla gola mentre il calore avvolgeva il suo intero corpo, riempiendola dall'interno.

Il suono lo spronò mentre riadattava il modo in cui la teneva contro di sé. Improvvisamente, le parti anteriori dei loro corpi si unirono come se si appartenessero, le curve di lei riempivano i suoi vuoti e gli angoli acuti e i muscoli di lui si annidavano nella morbidezza del suo corpo.

Un leggero movimento della sua mano sulla sua schiena, e lei lo stava premendo più forte, non sicura se stesse spingendo o se lui la stesse semplicemente attirando più vicino. Un brivido di piacere le attraversò tutto il corpo, seguito da una tensione che segnalava un pericolo. E poi, proprio come era iniziato, Billy staccò le sue labbra dalle sue.

«Non andare, Lily», sussurrò, la fronte premuta contro la sua.

Gli occhi di Lily si spalancarono. *Cosa ho fatto?* Questo era Billy O'Conlin! Quello non era Thomas Babcock, il ragazzo di cui si era innamorata tanti anni prima. Premendo i palmi delle mani contro il petto di Billy, spinse forte, afferrò la valigia e corse fuori dalle stalle, a malapena consapevole di ciò che la circondava o del freddo improvviso che le infuse il corpo mentre si dirigeva verso il viottolo e il villaggio al di là.

La passeggiata si rivelò corroborante; il gelo si fece più intenso mentre passava tra le case coloniche sparse che costituivano il villaggio del conte. Cercò invano di non pensare al bacio di Billy, di non pensare a quanto si fosse sentita calda, a come i loro corpi si erano combinati insieme, a quanto fosse sembrato veramente privato quando aveva appreso che stava lasciando la casa di Gisborn.

Ma adesso non riusciva a pensare a lui. Stava andando incontro al suo vero amore. Tommaso. Avrebbe aspettato con un cavallo e una carrozza da qualche parte vicino a Bampton.

Solo un animale, o meglio, un intero lotto dello stesso tipo di animale, fece eccezione alla sua passeggiata di mezzanotte quando passò davanti alla casa dei Cavenaugh. I cani piagnucolavano e uno abbaiava, la sua "trama" bassa più un avvertimento che una minaccia. Aumentò il passo finché il suono dei cani non raggiunse più le sue orecchie.

Era quasi a Bampton quando vide un piccolo veicolo parcheggiato lungo la strada, una vecchia baia nel giogo. Al suono del suo avvicinarsi, la forma rannicchiata in cima alla scatola si voltò ed esalò una nuvola bianca. «Lily?» sentì prima di vedere la forma raddrizzarsi. Il movimento spaventò il cavallo, ma era stato zoppicato e sbuffò.

«Thomas?» ribatté lei, affrettandosi a raggiungere il concerto. E poi Thomas scese dalla scatola e la avvolse tra le braccia, il naso seppellito nello spazio tra la sua spalla e il collo mentre il suo viso premeva contro il suo petto. «Oh, Thomas, mi sei mancato così tanto», mormorò, felice per il calore del suo corpo e per la coperta che aveva drappeggiato sulla schiena.

«Finalmente», rispose, con una punta di fastidio nella voce. «È tutto quello che hai?» chiese il ragazzo, indicando la sua valigia.

«Sì», rispose con un'alzata di spalle. «Tutto quello che possiedo», aggiunse, spostandogli una mano guantata sul viso. Era più vecchio di quanto lei ricordasse, i piani del suo viso più dritti, le sue guance un po' più incavate, le sopracciglia tagliate sulla fronte; dovette rimproverarsi per aver pensato che sarebbe stato esattamente lo stesso di quando aveva lasciato Bampton più di due anni prima.

Thomas le prese la valigia e la sollevò nel calesse. Poi si voltò e la sollevò, un braccio dietro le sue ginocchia e uno dietro le sue spalle. Emise uno squittio di sorpresa, ma gli concesse coraggiosamente la scorrettezza. Si occupò del cavallo prima di prendere le redini e, una volta sistemati con la coperta avvolta intorno a entrambe le loro schiene, si rannicchiarono vicini mentre partivano per le contee settentrionali.

CAPITOLO 12

HANNAH INCONTRA
UNA RANA

*D*opo aver trascorso la tarda mattinata a fare un'escursione nei terreni agricoli, Henry e Nathan tornarono a casa. Nathan chiacchierava di come fosse riuscito ad arrivare quasi al fiume prima di sentire la chiamata di sua madre per la cena la sera prima. Lanciando un'occhiata di sbieco a suo figlio, Henry pensò di correggerlo. Il ragazzo non era stato da nessuna parte vicino al fiume e aveva istruzioni precise di non *avvicinarsi* all'acqua a meno che Henry non fosse con lui. «Cosa può esserci di così affascinante nel fiume che vorresti camminare fino in fondo?» chiese, arruffando velocemente i capelli di suo figlio.

Nathan si staccò. «Voglio solo vederlo», ribatté lui, alzando la testa. «L'ultima volta che ci sono stato, era ghiacciato». Il sole faceva brillare i suoi capelli scuri con riflessi rossi, proprio come quelli di Henry. Fu in quei momenti che capiva perché così tanti nel villaggio pensavano che suo figlio gli somigliasse. Ad un certo punto, si chiese se non si sarebbero assomigliati ancora di più. «Sarebbe bene per me andare al fiume se qualcun altro fosse con me?» chiese poi, fermandosi un secondo per raccogliere un sasso multicolore. Lo sollevò perché Henry lo guardasse, il conte rigirandolo più volte nella sua mano per determinare se poteva valere qualcosa.

Gettò la pietra a Nathan. «Finché qualcuno è con te, suppongo che tu possa andare al fiume», concordò Henry, con una punta di riluttanza nella voce. Se non fosse stato così impegnato con il lavoro sull'impianto di irrigazione, avrebbe portato suo figlio nel primo pomeriggio.

Salirono i gradini della casa. La porta d'ingresso si aprì ancor prima che raggiungessero il pianerottolo in cima. «Il pranzo viene servito nella sala da pranzo, mio signore», dichiarò Parkerhouse mentre chiudeva la porta alle spalle di Nathan. «La signorina Inglenook si unirà a noi?»

Henry scosse la testa. «Non oggi». Diede a Nathan una leggera gomitata alla spalla. «Vieni. Laviamoci le mani».

Un urlo davvero agghiacciante proveniva da qualche parte vicino alla cima delle scale seguito da un «Oh!» che non dava assolutamente alcuna indicazione sullo stato della persona che aveva appena urlato.

«Hannah!» Henry era già sulle scale, li stava prendendo due alla volta mentre Nathan si arrampicava dietro di lui. Chiedendosi solo per un secondo se doveva prima bussare alla porta della camera da letto della contessa, invece l'ha semplicemente aperta, pensando che Hannah fosse in una specie di pericolo mortale. Si fermò di colpo, però, Nathan che gli si precipitava addosso da dietro e poi si riposizionava al fianco di suo padre mentre il conte fissava sua moglie.

Hannah era piuttosto alta e molto bella, pensò Henry mentre la osservava con un braccio piegato in vita e tenendo nella mano tesa quella che sembrava essere una massa verde muschio. «Mia signora», riuscì a dire prima che l'attenzione di Hannah si rivolgesse a lui e Nathan, i suoi occhi alludevano al divertimento. «Stai bene?» chiese, fissando la sua mano.

«Nastro!»

Il suono proveniva dal grumo verde, che sembrava pulsare mentre

Hannah lo teneva in mano. «Sto abbastanza bene, mio signore», rispose con un cenno del capo, tenendo ancora la rana davanti a sé. Poi l'altra mano tesa in modo che un dito potesse accarezzare la rana lungo la schiena. Gli occhi di Nathan sbalorditi alla vista di Hannah che reggeva la sua preziosa rana. «Tuttavia, questa povera rana era nel mio cestino da cucito», continuò Hannah, avvicinando la creatura al suo corpo in modo che fosse quasi annidata tra i suoi seni.

Per un momento, Henry si ritrovò piuttosto geloso del piccolo anfibio. *Potrei essere una rana. Baciami, Hannah, e diventerò un principe.* Scosse la testa allo strano pensiero.

«Non riesco a capire come sarebbe entrato lì dentro», la sua espressione del tutto innocente mentre guardava in direzione di Nathan. «Non permetterò mai a nessuna delle *mie* rane di entrare nel mio cestino da cucito. Potrei stare male se una si infilzasse con uno spillo o un ago!» ragionò scuotendo la testa.

Gli occhi di Nathan si spalancarono. «Hai delle rane?» domandò, il timore reverenziale nella sua voce inconfondibile.

Hannah gli lanciò un'occhiata che suggeriva che la sua domanda non poteva giustificare una risposta. «Beh, certo. Non tutti?» chiese scuotendo la testa. «Beh, dovrei modificare questa affermazione, ovviamente», disse mentre avanzava, portando ancora la rana al petto. «Non ho portato la mia con me da Londra», spiegò mentre guardava Henry e gli faceva l'occhiolino. Consegnò la rana a un Nathan ancora sbalordito. «Non è proprio *appropriato* che una contessa tenga le rane come animali da compagnia», sussurrò.

Nathan allungò una mano per riprendersi la sua preziosa rana. «Il suo nome è Signor Snotball, per via del suo aspetto…»

«Nathan!» lo interruppe Henry, gli occhi al cielo mentre si rendeva conto di cosa era successo. Di tutti gli scherzi subdoli, crudeli e insoliti che il ragazzo poteva fare alla sua nuova matrigna…

«Una palla di neve!» Hannah finì per lui, il suo entusiasmo fin troppo accomodante. «Allora, allora deve essere tua», disse con un certo umorismo, distribuendo la rana in modo che Nathan potesse recuperarla.

«Si Mia signora». E poi, come se si rendesse conto del suo errore nell'aver ammesso la proprietà della rana errante, Nathan aggiunse: «Deve essere scappata e ha pensato che il tuo cestino da cucito fosse il cestino in cui la tengo a casa».

Hannah dovette reprimere un sorriso d'intesa, i suoi occhi di tanto in tanto lanciavano un'occhiata nella direzione di Henry. «Be', speriamo che non commetta più quell'errore. Odierei che diventasse un cuscino per spilli», ha detto con un sopracciglio arcuato.

«Oh, no, mia signora», disse Nathan scuotendo velocemente la testa. «Lo sa meglio ora».

Henry guardò Hannah al cielo e con un ritrovato rispetto per il suo modo di fare con i bambini. «Il pranzo viene servito nella sala da pranzo», disse a titolo di invito. «Stavamo... stavamo solo andando a lavarci le mani, vero?» chiese mentre guardava suo figlio piuttosto felice. «E il signor Snotball *non è* invitato a unirsi a noi per il pranzo», dichiarò con voce piuttosto ferma.

Nathan sembrava adeguatamente castigato, ma poi le sue sopracciglia si corrugarono, un'espressione che corrispondeva perfettamente a quella di suo padre. «Attesa. Se avete delle rane, mia signora, allora perché avete urlato proprio in quel momento?» chiese, aggrottando le sopracciglia ancora più in profondità.

Henry ha quasi colpito Nathan per la sua impertinenza, ma Hannah gli ha dato una rapida scossa della testa.

«Mi ha chiesto di *baciarlo*!» rispose con un'espressione che suggeriva di essere stata piuttosto offesa. «Ha affermato che si sarebbe trasformato in un principe se l'avessi fatto!» Quest'ultimo pezzo è stato consegnato con abbastanza incredulità che Nathan ha rivolto la sua espressione di soggezione alla sua rana.

Henry si limitò a roteare gli occhi, non del tutto sicuro se avrebbe dovuto ammonire sua moglie per la sua bugia o prenderla tra le braccia e baciarla senza senso per aver mostrato una grazia così perfetta di fronte all'assalto di una rana. Decidendo di poterla baciare senza senso prima di cena quella sera, si mise le mani sui fianchi. «Dovete lavarvi entrambe le mani prima di poter scendere a mangiare», annunciò, con voce molto professionale.

Il portamento di Hannah tornò rapidamente a quello di una signora. Fece un cenno a Nathan e si precipitarono nella sua stanza da bagno. «Puoi lasciare la rana nella mia vasca da bagno», Henry sentì suggerire Hannah mentre sua moglie e suo figlio scomparivano dietro la porta. «Assicurati solo di venire a prenderlo dopo pranzo. Ad Harold piacciono molto le rane e non dovrei volere che signor Snotball diventi il suo prossimo pasto», stava spiegando con calma.

«Ewww!» sentì rispondere Nathan. Henry si portò le mani ai lati della testa, scuotendola incredulo.

La visita di Nathan e il cielo terso spinsero Hannah a fare una passeggiata. Harold le si affiancò mentre si dirigeva lungo il viottolo verso il villaggio. Immersa nei pensieri sull'episodio di Nathan con la rana e chiedendosi a Lily – quella mattina non era venuta nella sua stanza per aiutarla a vestirsi – Hannah fu piuttosto sorpresa quando Sarah fu improvvisamente accanto a lei.

«Posso unirmi a voi?» chiese la donna più anziana, uno scialle tirato intorno alle sue spalle.

Hannah sorrise all'ex di suo marito amante. «Certo. Ho pensato di camminare per strada».

«Nessuna destinazione particolare?» chiese Sarah, allungando una mano per scostarle dal viso alcuni peli randagi. I suoi capelli strettamente avvolti erano coperti da un comodo cappellino.

Scuotendo la testa, Hannah guardò la donna che camminava al suo fianco. «Nessuno. Mi dispiace un po' per me ». Al sopracciglio inarcato di Sarah, ha continuato: «La mia cameriera è scomparsa senza nemmeno una parola o un biglietto».

Sarah sembrò sorpresa dal commento. «È venuta con te da Londra?» chiese, aggrottando le sopracciglia. Perché una cameriera dovrebbe fare il viaggio da Londra all'Oxfordshire e poi scomparire?

«Sì, ma era originaria di Witney. Penso che potrebbe avere dei parenti lì, e ho motivo di credere che ci sia un ragazzo, qualcuno di nome Thomas Babcock, forse?» Hannah sentì il respiro di Sarah e si voltò a guardarla. «Lo conosci?»

Portandosi una mano sulla bocca, Sarah sospirò. «La tua cameriera deve essere Lily Parker». Al cenno sorpreso di Hannah, sospirò di nuovo. «Quei due volevano sposarsi da anni. Il signor Babcock è impiegato dal signor McDonald nella sua locanda vicino a Bampton. Il ragazzo è stato appena promosso a sovrintendere alla taverna.

Immagino che la sua promozione gli renda possibile permettersi di prendere moglie».

Hannah sospirò, rendendosi conto che la sua paura quasi peggiore si era avverata. La cosa peggiore era stata che a Lily era successo qualcosa di vile, che era stata portata via nella notte da un bandito o da qualcuno determinato a farle del male. «Mi mancherà. È sempre stata in grado di gestire i miei capelli», ha detto con un cenno verso la testa. «Ed era una brava lavandaia».

Sarah ha fatto un commento sul fatto che un buon aiuto è difficile da trovare. «Ma, sicuramente, c'è qualcuno a Gisborn Hall che può diventare il tuo abigeato», disse, le braccia incrociate sul petto, come se lo scialle non fosse abbastanza per scongiurare il freddo primaverile.

Scuotendo la testa, Hannah rispose: «Non ne sono così sicura. Raramente vedo servitori in giro. Comincio a pensare che ci siano solo pochi membri del personale. O quello, o si stanno nascondendo tutti da me!» I due hanno condiviso una risatina prima che Hannah si ricordasse della rana e raccontasse a Sarah cosa era successo nella sua camera da letto. Più raccontava la storia, più il suo viso s'illuminava dall'umorismo, più l'espressione di Sarah diventava angosciata e inorridita.

«Avresti dovuto farlo picchiare dal conte fino all'insensato», affermò Sarah, con evidente indignazione sui suoi lineamenti.

«Era solo una *rana*», rispose Hannah con un'alzata di spalle, sorpresa dall'improvvisa rabbia di Sarah. «Ho un fratello maggiore che mi faceva questi scherzi. Tuo figlio non ha una sorella da tormentare...»

«Grazie al cielo», sussurrò Sarah, stringendo lo scialle intorno alle sue spalle. «Mi *dispiace tanto*. Non posso crederci –»

«Penso che si senta un po' minacciato dalla mia presenza», lo interruppe Hannah, sperando che potesse far capire a Sarah il comportamento di Nathan e andare piano con il ragazzo. «Ho cercato di assicurarmi che Lord Gisborn trascorra con voi due tanto tempo quanto prima del mio arrivo, ma non posso fare a meno di pensare che sia a Gisborn Hall più del solito. È così... è così?»

Con le mani che legavano le estremità dello scialle in un nodo, Sarah rivolse ad Hannah un'occhiata di sbieco. «Non è cambiato nulla al riguardo», disse Sarah, quasi come se lo volesse. Sospirò e si fermò a metà passo. «Posso... vorrei parlare liberamente, milady, ma vorrei una certa sicurezza che le mie parole non raggiunge-ranno le orecchie di sua signoria», disse, come se stesse per dare una notizia che il conte avrebbe trovato offensiva.

Hannah si accigliò mentre guardava la madre di Nathan. «Oh. Certo... certo. Ti assicuro che non condividerò i tuoi commenti con nessuno. Dopotutto, con chi li condividerebbe?» Non era come se qualcuno dei suoi amici fosse disponibile per il tè pomeri-diano e gli ultimi pettegolezzi. Un senso di colpa interruppe il suo pensiero. Solo perché Lady Bostwick non era disponibile a passare ogni mattina con lei in salotto, perché non poteva invitare Sarah a farlo? O altre signore del villaggio? Apparentemente c'erano diversi membri della nobiltà terriera da qualche parte vicino a Bampton. Potrebbe invitarli a Gisborn Hall per il tè.

«Sembravi piuttosto sorpreso dal fatto che non fossi particolar-mente turbato dal fatto che Gisborn avesse preso moglie».

Hannah piegò la testa da un lato. «Lo ero», ha riconosciuto Hannah. Ci pensò un momento, decidendo che poteva essere sincera con Sarah. «Sapevo che era partito per Londra sperando di comprare un terreno, e invece è tornato con la dote di un'altra donna e me come sua moglie. Mi aspetto che ti arrabbi. Per sentirsi tradito».

Lì.

Aveva pronunciato le parole ad alta voce, per sé e per Sarah. Era un modo piuttosto duro di vedere la situazione, ma quando si è arrivati al punto, era esattamente quello che pensava sarebbe successo.

Con le sopracciglia aggrottate mentre considerava lo strano commento di Hannah, Sarah scosse la testa. «Non ho sentito nessuna di queste cose. In effetti, *sollievo* sarebbe una parola migliore per descrivere la mia reazione nel sentire che Gisborn aveva finalmente preso moglie», affermò con fermezza. «Significava che ero libera di farmi la vita». Dopo una pausa, la sua fronte si corrugò. «La dote di un'altra donna?»

Annuendo, Hannah scrollò le spalle. «Suppongo di sentirmi come se fossi il suo terzo». Si fermò, pensando a qualcosa di tanto tempo fa. «No, la sua *quarta* scelta», mormorò, una pesantezza che la assaliva.

Sarah aggrottò le sopracciglia mentre considerava il commento. «Come hai potuto essere la sua quarta scelta?» chiese, confusa. «Chi altro avrebbe sposato Gisborn?»

Hannah si voltò per affrontare Sarah direttamente. «Prima tu. Ti ama. Lo fa da quando eravate bambini. Gli hai dato un figlio…»

«Non sono *mai stata* una scelta disponibile per lui, e lo ha sempre saputo», ha detto Sarah con tale convinzione che Hannah ha fatto un passo indietro. «Gisborn potrebbe essere un conte, ma è prima di tutto un agricoltore. Ho vissuto in questa zona per tutta la mia vita, mia signora. Mi sono ripromessa che non sarei *mai* diventata la moglie di un agricoltore», affermò con fermezza. «Non voglio quella vita per me né per i miei figli», ha aggiunto la testa che tremava da una parte all'altra.

Stupita dalla confessione di Sarah, Hannah dovette sbattere le palpebre diverse volte. *Questo è quello che sono. La moglie di un contadino.* Henry lo aveva chiarito in biblioteca il suo primo giorno a Gisborn Hall. *Anch'io sono una contessa.* Non era stata a Gisborn Hall da molto tempo, ma non riusciva a trovare da ridire sulla vita lì. Sì, suo marito trascorse lunghe ore all'aperto, occupandosi delle trincee d'irrigazione, di una serra che si costruiva, e dei braccianti nei campi. Ma non pensava a lui come a un contadino. Ma Sarah ovviamente sapeva del duro lavoro richiesto per mantenere una fattoria, il lavoro richiesto durante ogni ora di luce del giorno per assicurarsi che i raccolti fossero piantati, annaffiati, raccolti e venduti. Conosceva i disastri che potevano rendere una fattoria un fallimento: siccità, insetti, malattie. «Eri la figlia di un contadino», disse piano Hannah quando capì perché Sarah non avrebbe voluto la vita per se stessa.

La testa di Sarah sussultò come se fosse stata schiaffeggiata in faccia. «Lo ero», ha riconosciuto. «Mi sono ripromesso di sposare un uomo che possedeva un'impresa. Voglio che i miei figli vivano in una città, con altri bambini con cui giocare. Non voglio che per tutta la loro esistenza si occupino di faccende domestiche e vedano animali macellati e preghino per un clima migliore, perché una brutta stagione può mandare un contadino nella prigione dei debitori».

Fu il turno di Hannah di sembrare come se fosse stata schiaffeggiata. «Stai per sposare qualcuno, vero?» sussurrò, i suoi respiri arrivavano più veloci. La signora Chambers aveva avuto ragione con i suoi pettegolezzi in cucina.

Sarah inspirò e trattenne il respiro per diversi passi, come se stesse cercando di decidere se poteva ammettere il suo segreto alla contessa. «Non puoi dire *nulla* a Gisborn, ma sì, sono corteggiato. Il signor McDonald, l'uomo che possiede la locanda di Bampton dove lavora il signor Babcock, lui... è un brav'uomo. Un vedovo. Lo conosco quasi da quando conosco Gisborn, e lui prova *affetto* per me. E io per lui, a dire il vero», mormorò, facendo apparire un debole sorriso. «Con un po' di fortuna, ci sposeremo più o meno quando Nathan andrà a scuola. Ad un certo punto, una volta che il signor McDonald sarà pronto, racconterò a Gisborn i miei piani.» Fece un respiro profondo, come se dare voce ai suoi pensieri l'avesse incoraggiata. Tornò alla precedente preoccupazione di Hannah. «Ora, dal momento che non potrei mai essere una scelta per la moglie di Gisborn, questo ti lascia come terza. Il che è ridicolo. Chi ti avrebbe preceduto?» chiese, con i suoi modi piuttosto severi.

Hannah considerò il commento di Sarah. Non avrebbe saputo di Lady Jennifer? Il fidanzamento di Gisborn con la defunta ragazza Wainwright era noto nei salotti di Londra, soprattutto perché aveva quasi quindici anni più di lei. Alcuni sostenevano che avesse incontrato la ragazza solo una volta, quando era piuttosto giovane, e non sapeva ancora che un giorno sarebbe diventato un conte. Suo zio doveva essere stato dietro l'accordo. «Era fidanzato con Lady Jennifer Wainwright», ha offerto infine Hannah. «Anche se non ha detto nulla sulla sua morte nell'incendio dell'anno scorso».

Sarah annuì alla menzione della figlia del duca di Chichester. «Anche se le voleva bene, non credo che Gisborn avesse mai avuto intenzione di *sposarla*. Non aveva nulla a che fare con l'accordo, anche se era presente quando il defunto conte e Wainwright hanno firmato i documenti», ha detto Sarah con una punta di tristezza nella voce. «Sarebbe stata come una sorella minore per lui. Niente di più». Guardò di nuovo Hannah, come se avesse messo fuori gioco quella scelta. «Chi altro?»

Respirando profondamente, Hannah lo emise lentamente. «Lady Charlotte Bingham. La figlia del conte di Ellsworth.» Hannah poteva dire dalla reazione di Sarah che non era a conoscenza del fidanzamento che Ellsworth aveva organizzato per conto di sua figlia, l'altra migliore amica di Hannah. «Parte della sua dote era Ellsworth Park...»

«Non l'ha *comprato*?» Sarah lo interruppe, il suo viso assunse un'espressione stupita mentre si fermava a metà passo, ricordando il precedente commento di Hannah su Gisborn che tornava a casa con la dote di un'altra donna.

«No», rispose lei scuotendo la testa. «Ellsworth aveva già

ceduto la terra a Gisborn prima ancora di raggiungere Londra. Gisborn ha accettato l'accordo... conosce Lady Charlotte...»

«Giocavamo con lei, quando i Bingham venivano da Londra per le estati», disse Sarah, gli occhi vitrei. «Era una ragazza molto bella», sussurrò a bassa voce. «Sono sempre stata un po' gelosa di lei», ha aggiunto, il viso arrossato per l'ammissione. «Ha avuto una buona influenza su Gisborn. Avrebbe fatto qualunque cosa gli avesse detto di fare. Ho passato un'intera settimana a pensare che Gisborn l'avesse baciata e...» S'interruppe, i suoi occhi sfrecciarono quando si rese conto del suo errore nell'ammettere che, una volta, aveva provato dei sentimenti per l'uomo.

«Lo ami, vero?» Hannah parlò a bassa voce, cercando di ignorare l'altro commento su Gisborn che faceva qualunque cosa Charlotte gli avesse detto di fare. «È perfettamente comprensibile. Mi aspettavo che tu...»

«L'ho fatto. Allora. Ero molto giovane. Molto ingenuo. Era già abbastanza bello. Ma sono cresciuto. Sono *invecchiata*», dichiarò Sarah con fermezza. Tirò su col naso, come se stesse trattenendo le lacrime. In silenzio per alcuni istanti, i suoi pensieri ovviamente sul passato, Sarah si raddrizzò. «Cos'è successo con il fidanzamento con Lady Charlotte?» chiese, aggrottando le sopracciglia. La notizia che Gisborn si era impadronita della proprietà come dote di Lady Charlotte era ancora una sorpresa per lei. Si chiese se si sarebbe sentita più gelosa se Gisborn avesse sposato Charlotte invece della donna che camminava al suo fianco.

Hannah scrollò le spalle. «Charlotte ama Joshua Wainwright, il nuovo duca di Chichester. Era stata fidanzata con il suo defunto fratello sin da quando era bambina. Ma, secondo Gisborn, Chichester intendeva sposarla. E lo fece. Si sono sposati poco dopo che Gisborn aveva lasciato il Sussex». Non ha aggiunto che la data del loro matrimonio era la stessa della sua.

Sarah scosse la testa, sorpresa nell'apprendere che c'erano altre donne che sarebbero dovute essere la moglie di Henry Forster. «Allora, com'è che è venuto a sposarti?»

Sorridendo infine, Hannah sospirò. «Lady Charlotte gli ha

detto di chiedermi la mia mano», ha detto, con le lacrime che sgorgavano. «E, come hai detto, fa tutto ciò che Charlotte gli dice». Estrasse un fazzoletto da una tasca dell'abito, imbarazzata. Agitando una mano davanti al viso, come se potesse scacciare le lacrime, Hannah si sentiva così in conflitto che non sapeva cosa pensare o cosa fare. *Charlotte era responsabile del fatto che Henry fosse venuto da lei. Charlotte era la ragione per cui aveva chiesto la sua mano. Charlotte era la ragione per cui si erano sposati.*

Per un momento non seppe se ringraziare la sua migliore amica o disprezzarla per il suo coinvolgimento. Certamente la sua amica aveva buone intenzioni. Di certo aveva detto a Gisborn perché avrebbe dovuto considerare Hannah. «Un uomo ama sempre e solo la sua amante e ne sposa un'altra in modo che ci sia una madre per i suoi figli». *Dannazione!* Come avrebbe mai potuto credere a quel mantra? Come poteva credere che non avrebbe mai amato un uomo? *Non vuoi mai che lui la ami? Sono stato uno sciocco!*

Sarah guardò le emozioni contrastanti di Hannah attraversarle il viso, vide le lacrime. «Anche se tiene in grande considerazione Lady Charlotte, dubito che ti abbia sposato perché gliel'ha *detto lei*», ribatté Sarah, la testa che tremava. Un movimento in lontananza attirò la sua attenzione, ma solo per un momento. Nathan si stava dirigendo nella loro direzione, il suo pomeriggio con il conte ovviamente era giunto al termine. Doveva tornare alla casa della dote e occuparsi della cena. Prendendo il braccio di Hannah, li fece girare e si diresse a sud verso la casa della dote e Gisborn Hall.

Harold, avendo deciso che le donne sarebbero rimaste in mezzo alla strada per il resto del pomeriggio, si era sistemato in un vicino prato e stava dormendo piuttosto rumorosamente. Al movimento improvviso della sua padrona, si alzò e si avvicinò a lei. Quando notò Nathan, il suo ritmo accelerò e corse incontro al ragazzo.

«Allora perché? Perché ha scelto me?» chiese Hannah, le sue lacrime sotto controllo. *Santo cielo!* Si era resa ridicola proprio in quel momento. Ma le parole di Sarah erano state così vere. Aveva anche ammesso che Charlotte gli aveva detto di cercare Hannah. Come poteva essere stata così cieca quando lui è venuto a corteggiarti?

Cieca.

L'amore è cieco, pensò distrattamente. E sordo e muto.

Lo amo.

«Penso che ti ami», disse Sarah con un'alzata di spalle prima di alzare una mano per salutare Nathan.

Sbalordita, Hannah ricambiò lo sguardo su Sarah. Sbatté le palpebre, sperando che le lacrime si fossero calmate così rapidamente come erano apparse. Sentì di nuovo le parole di Sarah nella sua mente, sbalordita dal fatto che la donna pensasse una cosa del genere. *Come poteva sapere come si sentiva Gisborn?*

Hannah finalmente lasciò che il suo sguardo si spostasse sul ragazzo la cui rana l'aveva spaventata quel pomeriggio. Il ragazzo che aveva gli occhi di suo padre. Il ragazzo che poteva sembrare severo e serio come suo padre. Il ragazzo che aveva il perfido senso dell'umorismo di suo padre. Sarebbe stato addosso a loro in qualsiasi momento, Harold abbaiando e saltando intorno a lui mentre saltava lungo la strada. «È sbagliato per me volere che lo faccia? Voglio che mi ami», ha finalmente ammesso. «Così tanto».

Sarah le diede uno strattone rassicurante al braccio. «Ha bisogno di te, signora. Potrebbe non saperlo ancora, perché può essere testardo, prepotente e orgoglioso, ma ha bisogno di te. Quindi, amalo e alla fine lo risolverà. Gli uomini impiegano sempre più tempo per rendersi conto di queste cose», aggiunse strizzando l'occhio mentre staccava il braccio da quello di Hannah in modo da poterlo avvolgere intorno alle spalle di suo figlio e salutarlo.

E Hannah guardò mentre madre e figlio si abbracciavano, il cuore che le si stringeva mentre considerava le parole di Sarah.

· · ·

«*S*ei stata brillante questo pomeriggio», disse Henry in un sussurro, il suo braccio tirava il corpo di Hannah sopra il suo mentre rotolava via da lei e nel materasso. Era entrato nella sua suite dalla porta del camerino, la vestaglia non legata nemmeno in vita, per trovarla davanti al camino a leggere un libro. Aveva avuto un grande piacere nello slacciare i lacci della sua veste, anche se si chiedeva perché sarebbe stata ancora vestita quando erano passate le dieci. Quasi si aspettava di trovarla addormentata.

Ci fu una risatina femminile da qualche parte vicino alla sua ascella. Sentì le sue labbra su uno dei suoi capezzoli e inspirò bruscamente. Stava diventando piuttosto brava a dargli piacere, anche quando lui sosteneva che non poteva sopportarne di più al riguardo.

«Ho adorato l'espressione del suo viso quando l'ho convinto che avevo le mie rane», sussurrò Hannah, le sue labbra che tornavano al suo capezzolo e poi alla pelle morbida lungo il lato del suo petto. Pensò brevemente al suo colloquio con Sarah quel pomeriggio. In quel preciso momento, poteva credere a ciò che aveva affermato la donna più anziana.

Ti ama.

«Il che, ovviamente, non l'hai fatto», ribatté lui, il suo sorriso più dovuto alle cure del labbro di lei che al suo commento. Quando non ci fu risposta, alzò la testa. «Ora sarebbe il momento di concordare con la mia brillante deduzione», azzardò, il suo cervello post-coitale finalmente schiarito per consentire un pensiero ragionevole.

Hannah si fermò nella sua esplorazione delle costole di Henry. «Ricorda, avevo un fratello maggiore», ribatté lei prima che le sue labbra prendessero un'altra costola e allattassero scherzosamente.

«Oh, Dio», espirò Henry, il petto ansante per le parole.

«Era peggio delle sue rane», ha aggiunto prima di cogliere l'occasione per afferrare il suo cazzo semi-duro in una mano e accarezzarlo dalla base alla punta e all'indietro dall'altro lato.

«Sei cattivo!» la ammonì prima che la sua risatina scoppiasse da sotto il suo braccio.

Quando si svegliarono la mattina dopo, la stanza inondata di una luce rosa dorata, Hannah si ritrovò avvolta dal corpo di Henry, la schiena piegata contro la sua fronte, le ginocchia di lui dietro le sue e le braccia avvolte intorno a lei in un bozzolo protettivo.

«Quanto tempo prima che arrivi la tua cameriera?» le chiese, baciandole i capelli con le labbra.

Hannah sospirò. «Non sono sicura che verrà mai», sussurrò di rimando.

Ci fu silenzio per un momento mentre Henry sembrava digerire le informazioni. «Che dici?» chiese, il suo corpo teso.

Hannah si girò tra le sue braccia, la spalla contro il suo petto. «Mi ha assistito l'altro ieri sera, ma ieri non l'ho vista affatto, né la signora Batey. Credo che abbia lasciato la casa, forse per sposarsi.»

Henry si sollevò su un gomito, aggrottando la fronte. Nessun servitore ha appena lasciato il suo impiego! Di solito dicevano qualcosa, si rassegnavano o almeno lasciavano un biglietto. «Sposare chi?» chiese, i suoi modi piuttosto severi.

Hannah ha ricordato il nome sul biglietto che Lily aveva lasciato per essere spedito e dalla sua discussione con Sarah. *Thomas Babcock*. Secondo Sarah, pensava che Babcock e Lily avessero programmato di sposarsi da tempo. «Conosci Thomas Babcock?»

Fissandola, il viso di Henry si indurì. «Oh, Cristo», giurò. All'improvviso si alzò dal letto, afferrando la vestaglia. «Ha parlato con qualcuno?» chiese, la sua ira evidente.

Sorpresa dalla sua improvvisa rabbia, Hannah si alzò fino a sedersi sul bordo del letto. «Non che io sappia. L'ho chiesto solo alla signora Batey. E poi Sarah mi ha detto…»

Ma le sue ultime parole furono pronunciate nel nulla mentre

Henry era fuori dalla sua camera da letto, attraverso il camerino e nel suo.

«Che cos'è?» chiese Hannah, alzandosi in piedi e affrettandosi nella stanza di suo marito. A differenza di lui, lei non prese un vestito ed entrò nella sua stanza completamente nuda.

«Thomas Babcock è un *libertino*», disse Henry con tono arrabbiato. Era in piedi davanti al suo ragazzo, tirando fuori un paio di cassetti. Si voltò e trovò Hannah che lo fissava, il suo corpo svestito una distrazione che non poteva affrontare in quel momento. Con i suoi lunghi capelli che le coprivano solo parzialmente i seni, le punte increspate nell'aria fresca della stanza, sembrava una ninfa dei boschi.

Prese la vestaglia e si mosse per avvolgerla. «Per quanto *adoro* vederti in questo modo, e mi creda, mia signora, tu, *nuda*, è probabilmente la cosa che preferisco vedere, specialmente la prima cosa al mattino, devi davvero coprirti, o diventerai la cosa *che Murphy* preferiva vedere. Sta salendo mentre parliamo», spiegò Henry mentre accompagnava sua moglie attraverso lo spogliatoio e nella sua camera da letto.

Ignorando il suo commento, Hannah si voltò e gli prese il braccio. «È in pericolo con questo Babcock?» chiese, il suo viso mostrava la sua preoccupazione.

Henry non osava condividere la sua impressione iniziale. La sua cameriera sarebbe stata certamente rovinata; oltre a ciò, non era sicuro di cosa avrebbe fatto Babcock. «Non lo so. Lo scoprirò, però», ha giurato. E poi l'ha lasciata quando ha sentito Murphy entrare nella sua camera da letto.

Henry rifletté su cosa avrebbe dovuto fare al libertino dopo quello che Babcock aveva fatto con la ragazza Coley l'anno prima. Babcock aveva rapito la ragazza del villaggio nel cuore della notte. Le aveva promesso un matrimonio a Gretna Green. Ma la coppia non è mai andata così lontano. La seconda notte durante il lungo viaggio, l'aveva convinta a passare una notte in una locanda di Stratford, ma senza abbastanza soldi per occupare due stanze, aveva convinto la ragazza a condividere una camera da letto. Dopo aver preso la sua virtù, aveva lasciato la stanza ed era tornato nell'Oxfordshire, sostenendo che la ragazza aveva trovato lavoro presso la locanda. Quando suo padre l'ha ritrovata giorni dopo, stava davvero lavorando alla locanda, ma solo perché Babcock l'aveva lasciata senza soldi. Era bloccata, cercando di guadagnare abbastanza fondi per tornare a casa.

Avvolgendo le braccia intorno alla parte anteriore del suo corpo, Hannah lottò per rimanere calma. Il profumo della colonia di Henry le raggiunse le narici mentre raccoglieva intorno a sé il tessuto della sua vestaglia. Inspirando profondamente, trovò conforto nell'ormai familiare profumo. Lily conosceva Babcock. Di certo non sarebbe partita con lui se avesse pensato di essere in pericolo. Lily starebbe bene.

Hannah si guardò intorno nella sua stanza, rendendosi conto che quella mattina si sarebbe vestita di nuovo da sola. Con Lily scomparsa, non aveva nessuno che la aiutasse a vestirsi per la cena, ma se Henry avesse intenzione di inseguire la giovane coppia, probabilmente non sarebbe stato a casa per cena. Forse la signora Batey poteva mandare una serva ad assisterla, anche se il personale domestico sembrava già piuttosto scarso. Poteva farcela, decise, fino a quando non fosse stato possibile prendere accordi per una sostituzione. Ieri si era fatta i capelli da sola; potrebbe farlo di nuovo oggi.

E nel frattempo, suo marito sembrava abbastanza abile a toglierle le forcine dai capelli e a spogliarla prima di andare a letto. Sperava che sarebbe tornato per quell'ora.

Henry ha parlato in frasi concise con Murphy. «Cosa sai di Thomas Babcock in questi giorni?»

Murphy si irrigidì mentre teneva un panciotto per far scivolare il suo padrone. «Io... ho sentito che è stato promosso al The Romany Inn. Credo che sia lui il responsabile della taverna», lo informò il suo cameriere. C'era una formalità nelle sue parole, ma una netta impressione di disgusto sotto il commento.

Henry osservò il suo cameriere mentre l'uomo gli porgeva il soprabito. «Cosa sai di Lily Parker?»

Murphy fissò Henry per diversi secondi, incerto sul suo significato. «Ho guidato con lei da Londra, ovviamente. Abbiamo parlato molto poco, anche se ha detto che non vedeva l'ora di tornare nell'Oxfordshire. Non l'ho più vista da... dall'ultima sera a cena, in cucina», disse aggrottando le sopracciglia. «Ieri sera a cena si è parlato di dove si trovasse, ma la signora Batey pensava di essere a Witney per visitare la sua famiglia. È successo qualcosa?» chiese, lisciando il tessuto del soprabito sulle spalle di sua signoria.

Henry sbuffò. «Senza dubbio. Potrebbe essere andata via con Babcock, ma non lo so per certo».

Murphy fissò il suo padrone. «Se se ne andava, doveva farlo nel cuore della notte», ha osservato.

«Chi l'avrebbe vista partire?»

Il cameriere considerò le possibilità. La maggior parte dei domestici erano nelle loro stanze prima di mezzanotte; la famiglia sembrava mantenere le ore mattutine, le ore della fattoria, per niente come le famiglie di Londra. «Nessuno del personale domestico, se non voleva essere vista», disse mentre considerava le possibilità.

Annuendo, Henry fece un rapido controllo allo specchio prima di lasciare la stanza. «Qualcuno doveva averla vista», ribatté lui mentre si dirigeva verso il corridoio e scendeva i gradini.

«Cosa sai della partenza di Lily Parker dalla famiglia?» Henry era andato direttamente alle scuderie, immaginando che se qualcuno nella tenuta di Gisborn avesse saputo qualcosa dell'andirivieni del personale, quello sarebbe stato il suo sposo appena promosso. A tutti gli effetti, Billy O'Conlin era ancora un ragazzo stabile, ma Henry aveva dei piani per lui.

Billy fissò il conte con un sopracciglio arcuato. Stava trasportando un secchio d'acqua destinato a Thunder. Aveva promesso a Lily che due sere prima non avrebbe raccontato a nessuno del suo viaggio clandestino, a patto che nessuno gli facesse una domanda diretta. Lui sospirò. Henry Forster glielo stava chiedendo direttamente. «Se n'è andata verso mezzanotte l'altro ieri, mio signore», rispose, mettendo l'acqua nella stalla con Thunder.

Henry fissò lo sposo. «Perché non l'hai fermata?» chiese, aggrottando le sopracciglia.

Billy chinò la testa prima che la sollevasse e riflettesse su come rispondere. «Provai. Credimi», disse con una specie di esasperazione che Henry prese per l'incapacità del giovane di trattare con un membro del sesso opposto.

«Cristo! Dov'era diretta?» chiese Henry, la sua ira evidente. «Mia moglie è preoccupata da morire», disse, anche se, a pensarci bene, Hannah non sembrava particolarmente preoccupata. Si è solo rassegnato ad aver perso la sua cameriera. Ma Billy non aveva bisogno di saperlo. «Pensa che potrebbe essere scappata per sposarsi».

Le sopracciglia dello sposo si alzarono al commento. «Le ho chiesto se ha lasciato un biglietto per sua signoria, e lei ha detto che non l'aveva fatto perché non sapeva scrivere bene», ha detto, il suo disgusto per la situazione evidente nel tono della sua voce. «Doveva incontrare Thomas Babcock da qualche parte sulla strada per Bampton. E lei ha detto che sarebbero andati in Scozia per sposarsi».

Con le spalle accasciate, Henry guardò Billy e sospirò in maniera udibile. L'ultima cosa per cui aveva tempo era un viaggio a nord alla ricerca di una giovane coppia intenta al matrimonio a Gretna Green. Anche se Babcock probabilmente non aveva intenzione di arrivare così lontano. «Cristo!» imprecò, con le narici dilatate alla notizia. «Pensavi che forse *qualcuno* dovrebbe sapere cosa ti ha detto?» chiese, la sua rabbia aumentò.

Ma Billy non si è tirato indietro dal confronto del conte. «Sì, mio signore. Sì, l'ho fatto. Mi ha fatto promettere di non dirlo a nessuno a meno che... a meno che qualcuno non me lo chiedesse direttamente. E ci è voluto più di un giorno, maledizione, perché qualcuno venisse qui e me lo chiedesse direttamente», imprecò, la rabbia che aumentava. Era evidente che aveva dimenticato che si stava rivolgendo a un conte. «Pensi onestamente che l'avrei lasciata andare se avessi pensato di poterla fermare?» chiese retoricamente. Non era arrabbiato con il conte. Era arrabbiato con se stesso. Arrabbiato per non aver impedito a Lily di andarsene quella notte.

Con le sopracciglia aggrottate per lo sfogo di Billy, Henry fissò il giovane per diversi secondi. «Provi affetto per lei, vero?» ribatté, la sua voce si addolcì con la consapevolezza.

Gli occhi di Billy si chiusero e si tenne molto immobile. «Da allora... sì, da molto tempo», riconobbe, abbassando la testa.

Henry pensò di aver sentito un singhiozzo provenire dal ragazzo, si chiese cosa fosse successo tra lui e Lily quando se ne era andata. Si leccò le labbra. «Sella in sella la tua scelta di un cavallo», ha ordinato. «Caricate le vostre bisacce con grano e mele. Vado a vedere cosa posso ottenere dalla cucina».

Billy alzò la testa, il viso mostrava la sua confusione. «Mi scusi, mio signore?» chiese, restaurando la sua cortesia verso il conte.

«Li inseguiamo», replicò Henry, voltandosi per lasciare le scuderie. «Vedrò del cibo per la strada. Fatti sellare il tuo cavallo e Thunder, e saremo in viaggio. Con un po' di fortuna, dovremmo riuscire a raggiungerli prima che arrivino a Stratford on Avon». Si voltò per andarsene, ma l'urlo di Billy lo fece voltare prima di raggiungere la porta sul retro della Gisborn Hall.

«Perché?» Billy aveva gridato, la bocca aperta per lo stupore.

Henry scrollò le spalle. «Perché Thomas Babcock è un coglione e Lily Parker merita di meglio», rispose con un'alzata di spalle.

Per la prima volta in due giorni, Billy sorrise. «Sì, mio signore», mormorò in risposta. E poi è andato a sellare due cavalli e a prendere il suo giaciglio.

CAPITOLO 13
TUTTO IN UNA GIORNATA DI LAVORO

«Tornerò tra due... tre giorni al massimo», disse Henry mentre teneva Hannah contro il suo petto. La notizia del viaggio che lui e Billy stavano facendo per recuperare Lily fu una tale sorpresa per Hannah, che poteva solo fissare, a bocca aperta, suo marito. «Dubito che tornerò in tempo per... condividere il tuo letto stanotte», balbettò, sentendo una fitta allo stomaco che lo sorprese. «Ma, con un po' di fortuna, potremmo tornare domani tardi o il giorno dopo. Non possono essere andati lontano in un concerto», ha ragionato. «E probabilmente non hanno molti soldi...»

«Ha una banconota da dieci sterline», ha dichiarato Hannah, il suo viso che mostrava il senso di colpa che provava. *Avrei dovuto dire qualcosa sull'assenza di Lily,* si rese conto. Ma pensava che la ragazza fosse semplicemente andata a trovare i parenti a Witney, che non era molto lontana. Fu solo quando Sarah ebbe detto qualcosa sul fatto che Babcock fosse un fidanzato che pensò che Lily potesse essere andata via per sempre. «Mio padre gliel'ha regalato dopo il nostro matrimonio, come compenso e una sorta di regalo di ringraziamento, credo», spiegò, il viso teso per la preoccupazione.

Henry abbassò la testa in modo che la sua fronte toccasse la sua. «Dannazione», sussurrò. Quel tipo di denaro significava che avrebbero potuto cambiare il cavallo, stare in una locanda, mangiare bene. *Muoviti più veloce.* «Prega per lei. Torno in fretta», sussurrò, catturando le sue labbra con le sue in un bacio urgente e sincero. Tirò fuori un biglietto dalla tasca del panciotto. «Il più presto possibile stamattina, queste istruzioni devono pervenire a Frank Coley, il mio uomo sul campo. Murphy sa di venire con te. Farai in modo che vengano consegnati?» chiese, la sua fronte ancora premuta contro la sua.

Hannah prese il biglietto, alzando gli occhi per incontrare i suoi in questione. «Certo, ma il tuo caposquadra non si aspetterebbe che il tuo cameriere li consegni al tuo posto?»

Henry chiuse gli occhi, le sue labbra si assottigliarono. «Frank Coley non ha riguardo per Murphy. È un servitore. Agisci come la mia contessa e Coley ti guarderà, ti rispetterà», spiegò rapidamente. «Lui... apprezza la classe e tiene a cuore le tradizioni. Puoi fare questo per me?»

Annuendo, Hannah toccò la nota. «Certo, mio signore», rispose, con una stranezza sulle labbra. «Forse rimarrò persino a guardare gli uomini lavorare», aggiunse alzando un sopracciglio.

«Sei d'accordo!» Henry ribatté, pensando che lo stesse prendendo in giro. Il suo viso assunse di nuovo un'espressione seria, però, e sospirò.

«Mi manchi già», sussurrò Hannah, alzandosi in punta di piedi in modo da poterlo baciare di nuovo sulle labbra e sulla guancia. «Stammi bene».

Henry sospirò e annuì. Poi se n'era andato.

Armata delle istruzioni di Henry per i lavoratori di quel giorno, Hannah era felice di avere qualcosa da fare oltre ai menu e al ricamo.

Essendo riuscita a vestirsi con l'abito da equitazione, si affrettò verso le scuderie. Un lacchè la aiutò a sellare un piccolo cavallo prima di preparare un cavallo per Murphy, sostenendo che il conte avrebbe avuto la sua testa se le avesse permesso di cavalcare fino al confine occidentale della tenuta senza il beneficio di un accompagnatore. Ben presto, Murphy si sedette su uno stallone e Hannah fu appollaiata su un castrone grigio, il biglietto infilato in una tasca.

Le istruzioni sembravano abbastanza semplici, anche se c'era anche un disegno e dei graffi lungo il lato che probabilmente erano una leggenda di qualche tipo. Hannah pensò di chiedere a Murphy di loro, ma decise che il tempo era più importante della comprensione del diagramma di suo marito. Decollarono per il confine occidentale della contea poco prima delle nove. Ci sono voluti solo quindici minuti per raggiungere la squadra di lavoro. Pale e picconi furono maneggiati con una buona dose di entu- siasmo mentre gli uomini scavavano il terreno argilloso, la trincea già larga parecchi piedi dove si sarebbe collegata al fiume una volta che l'ultimo pezzo di terra fosse stato scavato.

Cavalcando il più alto possibile sulla sella laterale, Hannah fece cenno a Murphy di stare indietro. Alzò gli occhi al cielo ma si tirò su, permettendole di muoversi di nuovo al trotto mentre osservava gli operai. Alcuni guardarono nella sua direzione, i loro sguardi suggerivano di apprezzare ciò che vedevano, ma la maggior parte continuava a riempire le pale e a sollevare la terra su una serie di cumuli crescenti dietro di loro. Hannah si è assicurata di stare alla larga da loro mentre tirava fuori le istruzioni dalla tasca e le rileggeva. Ora che vedeva in prima persona il lavoro svolto, poteva comprendere meglio le istruzioni di Henry e il diagramma. Capì anche l'enormità del piano di Henry. I fossati erano ampi e la loro lunghezza era l'intera distanza dal fiume al bordo anteriore dei terreni agricoli: la squadra che scavava era composta da almeno cinquanta persone. Non c'era da stupirsi che fossero stati in grado di fare la trincea sul lato est in una settimana.

«Signora?» gridò un uomo dall'alto di un cavallo. Vestito con un soprabito di lana e calzoni di pelle di daino, non assomigliava per niente agli operai. Spronò il suo cavallo e si fece strada al suo fianco.

«Signor Coley?» Hannah parlò, mantenendo la voce ferma. Doveva ammettere di sentirsi fuori dal suo elemento. Al timido cenno del capo dell'uomo, lei tese la mano. «Hannah Forster, contessa di Gisborn», disse con fermezza.

Gli occhi di Frank Coley si spalancarono. «Mia signora», rispose, prendendole goffamente la mano. Hannah gli diede due energiche strette di mano, sperando che si sentissero fermi al caposquadra come intendeva trasmettere con la sua stretta di mano.

«Il conte ha chiesto che agissi al suo posto oggi», ha detto Hannah mentre porgeva le istruzioni scritte. «Hai notizie o messaggi che devo trasmettere a Gisborn?»

Il caposquadra prese il biglietto e lo aprì, studiando il messaggio criptico e i disegni. La sua espressione ebbe un po' di apprezzamento, le sopracciglia inarcate mentre considerava il biglietto. «Posso chiedere... avete letto questo, mia signora?» chiese, socchiudendo gli occhi mentre guardava a est, il sole quasi lo accecava.

«Certo, signor Coley», rispose Hannah con un cenno del capo, mantenendo la sua espressione il più impassibile possibile. «Avevi una preoccupazione? O un messaggio che volevi che trasmettessi al conte?» ripeté, sperando che non facesse domande a cui non poteva rispondere.

«No, mia signora», rispose infine. «Il conte è abbastanza chiaro con le sue istruzioni», ha detto, indicando il biglietto.

Hannah pensò di chiedere se poteva restare a guardare i progressi, ma poi si rese conto che chiedendo il permesso si sarebbe messa in balia dell'opinione del caposquadra. Era una contessa; poteva semplicemente restare a guardare se le andava bene.

Le andava bene.

Prese le redini e guidò il suo cavallo in modo che galoppasse dietro una fila di operai sul lato ovest della trincea, portandola quasi al bordo del fiume. La linea di galleggiamento qui era alta, senza dubbio a causa del deflusso primaverile; l'inverno aveva portato più neve del solito, ma il movimento del fiume era lento.

Hannah immaginò cosa sarebbe successo quando i cancelli fossero stati aperti per la prima volta. L'acqua si precipitava nella trincea, rimbalzando a ondate quando colpiva per la prima volta la sponda occidentale, rimbalzando per schizzare contro la sponda orientale prima di stabilizzarsi in un flusso più fluido mentre riempiva il fossato. Ciò significava che i lati della trincea più vicini al fiume sarebbero stati in pericolo di speleologia. La parte mediana delle pareti della trincea sarebbe stata scavata dagli scrosci d'acqua quando le porte sono state sollevate e l'acqua si è precipitata a riempire il fossato, erodendo i sostegni per i bordi della trincea. Prese mentalmente nota di chiedere a Henry come sarebbero stati rinforzati i muri della trincea.

«C'è qualche problema?»

Hannah quasi trasalì al suono della voce di Murphy. Era salito a cavallo per raggiungerla sulla sponda del fiume.

«Non ancora», rispose Hannah scuotendo la testa. «Parlerò con Gisborn delle mie preoccupazioni», disse, tenendo il mento più alto che poteva.

«Il signor Coley potrebbe desiderare di ascoltarli prima, mia signora, in modo da poter apportare correzioni», ribatté Murphy, rendendosi conto di essere stato impertinente nel suo suggerimento. «Chiedo perdono», aggiunse poi, le sue labbra si assottigliarono.

Hannah osservò il cameriere di suo marito, chiedendosi quanto lui sapesse dei progetti per i canali di irrigazione. «Non mi sono offeso». Si voltò a guardare dove il fossato si sarebbe intersecato con il bordo del fiume. «Ho visto il piano di Gisborn su come verranno costruiti i cancelli, ma i disegni non mostravano quest'area appena oltre i cancelli. È possibile che abbia già specificato qualche tipo di rinforzo nel muro delle trincee».

La fronte di Murphy si corrugò. «Rinforzi?» ripeté, non capendo perché lei avrebbe pensato che ci sarebbe stato bisogno di un terreno che fosse per lo più argilloso così vicino al bordo del fiume.

Determinata a non mostrare alcuna esitazione nella sua risposta, Hannah scrollò le spalle. «L'impeto dell'acqua del fiume sarà senza dubbio abbastanza forte contro quel bordo», indicò il lato ovest della trincea, «quando il cancello sarà aperto. Allora l'acqua si alzerà», fece cenno con la mano, «E colpirà duramente la sponda orientale», la sua mano si incurva e si inarca per mostrare il movimento dell'acqua, «Finché il flusso non si uniforma. La sponda occidentale subirà l'erosione e potrebbe far crollare il bordo superiore verso l'interno e creare una diga, impedendo all'acqua di entrare nel fossato».

Murphy la fissò. Sbatté le palpebre. «Come fai a saperlo, mia signora?» chiese, aggrottando le sopracciglia. *Sua signoria parlava proprio come sua signoria!*

Hannah sollevò un sopracciglio e guardò il cameriere di suo marito. «Non ha mai giocato in acqua, signor Murphy?» chiese con una punta di divertimento. «Con le tue rane e girini?»

Il cameriere fissò Lady Gisborn, così sbalordito dalla sua domanda che sbatté di nuovo le palpebre. *Rane?* Prima che potesse riguadagnare la sua espressione normalmente impassibile, Hannah mosse le redini e diresse il suo cavallo lungo la trincea, rallentando quando raggiunse i lavoratori. Nel breve lasso di tempo in cui era stata vicino al fiume, avevano esteso il fosso di altri cinque piedi a nord. La montagna di terreno sul lato ovest della trincea ha continuato ad allungarsi, creando una diga di terra per un lato della trincea. L'acqua sarebbe quindi costretta a inondare i campi a est.

«Gisborn sarà contenta dei progressi dei tuoi uomini», disse Hannah mentre si accostava al caposquadra.

Frank Coley la guardò con una punta di diffidenza. «Grazie, mia signora», disse in segno di riconoscimento.

Alzando la voce in modo che potesse essere ascoltata da molti dei lavoratori più vicini a loro, disse: «Assicurati che agli uomini sia data la possibilità di bere acqua e fare una pausa adeguata per le undici e l'ora di pranzo», ha detto, più come una un suggerimento che un ordine. «Ti lascio al tuo lavoro. Buona giornata, signor Coley».

Le sopracciglia di Coley si alzarono. C'è stata una frazione di secondo in cui ha pensato di contrastare il suo suggerimento e invece ha tenuto a freno la lingua. «Sì, mia signora», mormorò, osservando sorpreso mentre la moglie del conte annuiva e si congedava dalla squadra di lavoro. Coley non aveva dubbi che sarebbe tornata, probabilmente almeno un'altra volta quel giorno.

Hannah tenne a freno il suo sorriso finché non fu oltre il bordo del campo e quasi alle scuderie. Non si era mai comportata in quel modo prima, recitando in tutto e per tutto la moglie del conte con i suoi commenti al caposquadra. Senza aver effettivamente guardato gli uomini che avevano ascoltato il suo suggerimento sulla pausa pranzo, sapeva che erano sorpresi, piacevolmente sorpresi. E senza dubbio si sforzerebbero di più se la loro sete fosse placata e la loro fame repressa. Si chiese che tipo di prelibatezze la signora Chambers potesse preparare in tempo per un pasto pomeridiano.

CAPITOLO 14
UNA SORTA DI SALVATAGGIO

Almeno per la quarta volta quel giorno, Billy O'Conlin era sicuro di aver visto la schiena di Lily Parker in un concerto lento. E per la quarta volta, si sentì disperato quando scoprì che non era lei. Lui ed Henry avevano già superato Stow, ma sembrava che le miglia stessero andando troppo lentamente mentre si dirigevano verso nord.

«Pazienza», parlò Henry dalla sua sinistra. Aveva permesso a Thunder di raggiungere la cavalcatura di Billy, sapendo che al cavallo piaceva essere in testa. Se Henry fosse interessato ad allevare cavalli da corsa, Thunder sarebbe probabilmente un buon stallone. «Hanno un'intera giornata su di noi».

Lo sposo guardò il suo padrone. «Ma se Babcock guida quel carretto per cani che usa per trasportare la legna, e se usa il ronzino che chiama cavallo, a quest'ora potremmo averli raggiunti».

Henry era solito essere d'accordo; era possibile che la coppia avesse intrapreso un percorso completamente diverso verso la Scozia, ma non avrebbe senso prendere le strade meno battute. La minaccia dei banditi o il danneggiamento delle ruote dei cani ha imposto che seguissero le strade principali. Indagini discrete lungo la strada suggerivano che la coppia si fosse fermata vicino a

Widford e avesse fatto un pisolino sul carro mentre il cavallo beveva da un ruscello. Quella era stata la mattina prima.

Un altro account ha avuto una coppia che ha chiesto delle stanze in una locanda appena a sud di Stow ieri sera tardi. Henry ricordò la reazione tesa di Billy. La ragazza Coley era stata rovinata in una locanda molto più in là sulla strada. Poteva solo sperare per il bene di Billy – e per quello di Lily – che Thomas Babcock stesse resistendo finché non fossero stati troppo lontani da Bampton perché qualcuno li seguisse e si aspettasse di catturarli.

Erano appena passati da Moreton quando Henry vide una figura solitaria sul ciglio della strada. Le sue sopracciglia si corrugarono mentre sforzava gli occhi, non sicuro se la persona fosse vecchia o giovane. Billy catturò il suo sguardo e lo seguì. Il suo respiro si fermò quando si rese conto che doveva essere Lily.

Il suo cavallo era pronto per la gara con Thunder. Qualsiasi ragazza si sarebbe spaventata a morte vedendo due cavalli sfrecciare nella sua direzione, chiaramente intenti a seguire un percorso che si interseca con il punto in cui arrancava lungo il ciglio della strada. Ma mentre rallentavano le loro cavalcature, Billy fermava a malapena la sua prima di smontare, Lily non diede alcuna indicazione di averle notate.

«Lily!» gridò, correndo verso di lei. All'inizio, non diede alcun segno di riconoscerlo, i suoi passi erano appena abbastanza grandi da farla avanzare. La fissò, allungandosi finalmente per fermarla. «Lily», disse più piano. Alzandole il mento con un dito, sussultò quando vide le sue labbra screpolate, la macchia di sporco su una guancia interrotta da macchie di lacrime. I suoi occhi erano vuoti, distanti. E poi, come se fosse stata svegliata, i suoi occhi si schiarirono.

«Billy?» sussurrò, la voce rotta.

Ancora sulla sua cavalcatura, Henry si avvicinò alla coppia e guardò indietro verso nord, chiedendosi da quanto tempo Lily fosse a piedi. Dov'era il carrello del cane? Dov'era Babcock? La ragazza indossava ancora la sua livrea, ma il grembiule bianco non era più bianchissimo e l'abito nero era macchiato di fango. Se aveva indossato un berretto, era sparito da tempo. I suoi capelli color miele erano sciolti. «Cristo!» mormorò Henry. Smontò da cavallo e tirò fuori una borraccia da una bisaccia. «Lily, bevi questo», ordinò, spingendo la borraccia verso la ragazza.

Billy lo prese e lo tenne mentre Lily beveva un lungo sorso e sputacchiava. «Facile», disse, tirandolo via in modo che non potesse bere troppo in una volta. Quando alla fine indicò che ne aveva avuto abbastanza, si voltò a guardare il conte. All'improvviso, i suoi occhi si riempirono di lacrime.

«Io... penso di averlo ucciso», mormorò, un singhiozzo che interrompeva la sua affermazione.

Billy la fissò, rendendosi subito conto che si riferiva a Babcock. «Dove?» chiese, stordito dalle sue parole. Nelle ultime venti miglia, aveva voluto fare proprio questo a Thomas Babcock. Era stato così preoccupato per Lily, così arrabbiato con Babcock per aver organizzato la sua scomparsa nel cuore della notte da Gisborn Hall. Sentì il sibilo di Gisborn e un'altra maledizione, era consapevole che il conte era montato a cavallo. Vedendo le sue lacrime, cercò in tasca un fazzoletto e glielo porse. Sembrò sorpresa dal gesto e, sebbene gli avesse preso il fazzoletto di lino, si limitò a fissarlo con sguardo assente.

«Resta con lei. Se puoi, portala a cavallo e vai a casa», ordinò Henry. «Vi aggiornerò. Avremo stanze alla locanda White Hart a Stow», ha detto prima di spronare Thunder a dirigersi a nord.

Billy annuì, mettendo un braccio intorno alle spalle di Lily mentre lui parlava a bassa voce. «Va tutto bene, Lily. Sono qui. Non ti lascerò partire mai più», mormorò piano. La aiutò a salire in sella, lasciandole le gambe penzoloni da un lato mentre montava e la teneva contro la parte anteriore del suo corpo. «Aspetta», la esortò lui, prendendo una delle sue braccia inerti e avvolgendola intorno alla vita e alla schiena. Le posò la testa e la cinse con un braccio. Una volta che fu sicuro che sarebbe rimasta a cavallo, diede una rapida occhiata a nord. Non era sorpreso che il conte e il suo cavallo non fossero più visibili. Fu tentato di seguirlo, tentato di conoscere il destino del libertino che aveva preso la ragazza che amava. Gisborn aveva detto di dirigersi a sud, però, così Billy fece scattare le redini e lo fece, cullando Lily mentre stabiliva un ritmo che li avrebbe tenuti entrambi seduti.

Quando Henry non tornò entro la mezzanotte di quella notte, Hannah finalmente si mise a letto. Si aggrappò al cuscino su cui di solito finiva Henry dopo le notti passate a fare l'amore, il suo profumo di muschio indugiava nel tessuto della fodera. Inspirò profondamente, traendo conforto dall'odore. Era stanca. La preoccupazione – per Lily e per Henry là fuori da qualche parte alla ricerca della cameriera – oltre al suo primo giorno attivo come contessa, aveva avuto il suo tributo.

Il progetto di irrigazione stava procedendo più velocemente di quanto avrebbe creduto possibile. Su richiesta di Hannah, la signora Chambers aveva sfornato dozzine di biscotti, riempiendo un cesto che Hannah avrebbe portato al posto di lavoro nel tardo pomeriggio. Gli uomini erano rimasti sciocciati nel vederla tornare, e ancora più sbalorditi quando smontò da cavallo e portò il cesto a tutti gli uomini, tenendolo fuori in modo che potessero aiutarsi da soli. I loro occhi diffidenti, lanciando di tanto in tanto uno sguardo al caposquadra, le rivolgevano profondi cenni del capo e mormorii di ringraziamento. Quando tutti gli operai ebbero l'opportunità di prendere un biscotto, offrì il cestino a Frank Coley. Il caposquadra le fece un cenno con la testa e si servì dell'ultimo biscotto. «Grazie, mia signora», disse con cautela, i suoi modi piuttosto seri. «Se posso parlare liberamente», disse a bassa voce. Senza aspettare che Hannah fosse d'accordo, proseguì: «Se gli uomini si fermano per il tè e i biscotti, fanno meno lavoro».

Inarcando un sopracciglio verso il caposquadra, Hannah rivolse lo sguardo verso il punto in cui gli uomini erano allineati lungo il bordo occidentale del fossato. La maggior parte stava scavando con rinnovato vigore, molti emettendo un canto mentre riempivano le pale e sollevavano la terra dietro di loro. «Mi sembra che stiano facendo di *più*, signor Coley», ribatté. «Posso solo chiedermi quanto farebbero di più se ci fosse davvero il tè». Detto questo tornò al suo cavallo, ricordando solo allora che non aveva un blocco di montaggio su cui stare in piedi. Stava per salire sulla staffa e sollevarsi sulla sella laterale quando un uomo corpulento fu improvvisamente lì, tendendo le mani. Aveva intrecciato le dita in un passo. «Perché, grazie», disse mentre gli metteva lo stivale in mano e gli permetteva di sollevarla finché non si era seduta.

«Mi fa piacere, Lady Gisborn», disse l'uomo. Inclinò il cappello e si inchinò prima di prendere la pala e tornare al lavoro.

L'ultimo atto di un uomo oberato di lavoro la fece quasi piangere mentre tornava alle stalle. E ora, ha scoperto che i suoi nervi erano irritati. Aveva passato fin troppo tempo a interrogarsi su Lily, a preoccuparsi per Henry, a rimproverarsi per non aver menzionato la scomparsa della cameriera. Se l'avesse fatto quando si fosse resa conto per la prima volta che Lily era scomparsa, Henry avrebbe potuto mandarle dietro un lacchè o Billy e non se ne sarebbe andato lui stesso.

Poiché Henry aveva inseguito Lily, Hannah si rese conto che non lo stava facendo perché glielo aveva chiesto lei – ovviamente pensava che Lily fosse in qualche modo in pericolo a causa del ragazzo Babcock. Hannah si chiese cosa sapesse.

Cosa aveva fatto Thomas Babcock in passato per costringere Henry a inseguire la coppia?

La signora Batey lo saprebbe? In caso contrario, la signora Chambers lo saprebbe di certo. La cuoca sembrava conoscere i pettegolezzi del villaggio e sembrava disposta a condividerli quando le veniva chiesto. Troppo tardi per cercarla stasera, Hannah decise che sarebbe andata a far visita in cucina come prima cosa al mattino. Aveva in programma, comunque, di assicurarsi che la cuoca avesse abbastanza brodo a disposizione per cuocere un altro giro di biscotti per gli operai. Fu l'ultimo pensiero coerente che ebbe prima di sprofondare nelle lenzuola. «Harold, alzati» mormorò.

Il cane si accostò pesantemente al lato del letto e vi si spinse sopra, sistemandosi in una massa raggomitolata sul lato del letto dove di solito dormiva Henry. Con il peso di Harold nel letto, Hannah si addormentò rapidamente.

Henry percorse almeno un altro miglio prima di arrivare a un carretto abbandonato, una ruota rotta e il cavallo scomparso. Smontando, guidò Thunder intorno al carro mentre osservava il danno. La valigia di Lily era ancora sul retro. Guardandosi intorno, osò sbirciare dentro. Una volta confermato che era solo pieno di cose da donna, principalmente vestiti, lo sollevò dal carrello e lo attaccò alle borse della sella su Thunder. Poi è ripartito, diretto a nord.

Se avesse lasciato a Thunder le briglie piene come sembrava volere il cavallo, essendo stato nutrito con un po' di grano e una mela, Henry avrebbe mancato il corpo disteso nell'erba lungo il ciglio della strada. Invece, era quasi passato prima di guidare Thunder per fermarsi accanto ad esso. Henry sapeva già prima di smontare che il ragazzo era ancora vivo; c'era un continuo salire e scendere della parte superiore del suo corpo mentre respirava. Nel campo più in là, un vecchio cavallo con una pronunciata oscillazione lo stava osservando. Come se fosse stato convocato, il cavallo iniziò a muoversi verso la strada, fermandosi infine quando Henry si chinò per girare il corpo di Babcock.

Ci fu un lamentoso gemito quando il viso del ragazzo apparve nel crepuscolo crescente. Il suo naso sanguinava e un livido violaceo si vedeva intorno a un occhio, sembrava che Thomas Babcock avesse preso diversi pugni in faccia, e il modo in cui una mano gli andò al petto fece pensare a Henry che avrebbe potuto essere preso a calci anche lui. «Puoi stare?» chiese Henry mentre guardava il ragazzo.

Accigliato e finalmente facendo lo sforzo di alzarsi su un braccio, Babcock si alzò a sedere.

«Forster?» il ragazzo è riuscito a uscire, una goccia di sangue si è formata dove il suo labbro era spaccato. Allungò il dorso della mano per asciugarlo.

Henry si irrigidì. «Sarebbe *Lord Gisborn* per te», ribatté lui, lasciando che un po' di fastidio colorasse la sua voce. «Dov'è Lily Parker?» chiese, chiedendosi se il rastrello avrebbe ammesso quello che era successo. Se Billy avesse seguito i suoi ordini, lo sposo e la cameriera avrebbero potuto essere a Stow ormai. Aveva detto che avrebbero passato la notte al White Hart; con un po' di fortuna, Billy sarebbe stato in grado di mettere al sicuro le stanze prima dell'arrivo di Henry. I cavalli avevano bisogno di riposare e sapeva che Lily aveva bisogno di un bagno e di un letto comodo.

Babcock lo fissò, un'espressione di stupore sul viso martoriato. «Io... non lo so. Lei... se n'è andata», balbettò, i suoi occhi sfrecciarono come se fosse sorpreso di non essere nelle vicinanze.

«Se n'è andata?» ripeté Henry, i suoi modi diventavano più impazienti. «L'hai... l'hai *rovinata*?» chiese, la sua ira aumentava mentre fissava il ragazzo.

«No!» Babcock rispose, aggrottando le sopracciglia. «No», disse di nuovo, la sua voce più calma. «Non mi ha permesso di avvicinarmi a lei», aggiunse, abbassando gli occhi. Aveva tirato su un ginocchio e aveva un braccio appoggiato su di esso. C'erano graffi sul suo avambraccio.

Henry osservò Babcock per diversi secondi, chiedendosi se il libertino avrebbe ammesso qualcosa. «E perché era quello?» spronò, chiedendosi se Babcock gli avrebbe detto cosa era successo.

«Non avevo abbastanza contundenti per il viaggio», sibilò Babcock. «Pensavo che ne avesse un po', ma ha affermato di no, e quando le ho detto che avremmo dovuto fermarci e guadagnarne un po', lei... si è arrabbiata».

Mordendosi il labbro nel tentativo di soffocare la sua crescente impazienza, Henry inspirò. «E come ti aspettavi di guadagnare qualcosa, Babcock?» ha ribattuto. Un momento prima, aveva provato pietà per il ragazzo, pensando di aiutarlo a cavalcare il vecchio ronzino che stava pascolando lì vicino. Ora, provava un tale disprezzo per Babcock che non aveva intenzione di prendersi cura del suo benessere.

Era impossibile ignorare la rabbia nella voce di Henry. Babcock si preparò. «Quando siamo arrivati a Moreton, le ho suggerito di offrirsi a un gentiluomo nel pub dove abbiamo cenato», ha spiegato, la sua voce che si faceva più forte mentre trasmetteva i dettagli. «Visto che comunque avrebbe rinunciato alla sua virtù per me in pochi giorni, ho pensato che avrebbe potuto fare un bel soldo: uomini come le vergini. Potrebbe guadagnare abbastanza per portarci in Scozia.»

Il dorso della mano di Henry colpì Babcock così forte sulla mascella che fece arretrare il ragazzo. L'ululato del ragazzo trafisse la crescente oscurità della notte. Quando il suono svanì, Henry fece un altro respiro profondo. «Se anche solo *toccherai* un'altra ragazza della mia contea o anche di Witney, ti farò squartare nella pubblica piazza», giurò, avendo difficoltà a mantenere la voce equilibrata, «E permetterò a Lily Parker a fare gli onori di casa», aggiunse, asciugandosi il sangue dal dorso della mano con il fazzoletto. Si rallegrò per lo sguardo di spavento che riempì gli occhi di Babcock, il cenno che il ragazzo fece dalla sua posizione a terra.

Detto questo, Henry montò su Thunder e fece volare il cavallo a sud verso Stow.

CAPITOLO 15
BILLY DICHIARA LE SUE
INTENZIONI

Mentre Lily dormiva contro il suo corpo, Billy non poteva fare a meno di chiedersi cosa avesse fatto per farle credere di aver ucciso Thomas Babcock. Lo sguardo senza vita dei suoi occhi quando l'aveva trovata per la prima volta lo perseguitava. Era come se la sua anima avesse lasciato il suo corpo.

Sulla strada per Stow, aveva ripreso conoscenza alcune volte, una di quelle volte chiedendo se poteva girarsi in sella e guidare nella direzione opposta. Billy aveva rapidamente frenato la sua cavalcatura, aiutandola a girarsi e mettersi il più a suo agio possibile. Si aggrappò a lui mentre lui aumentava il passo, la testa appoggiata alla sua spalla. Non volendo essere sorpreso a viaggiare dopo il tramonto, Billy fu sollevato quando le luci apparvero davanti a loro. Una volta che fu di fronte al White Hart, riuscì a smontare mentre una mano stabile si precipitava a salutarli. Billy aiutò la cameriera a scendere, tenendola su quando all'inizio le sue gambe si rifiutarono di farlo.

«Il conte di Gisborn arriverà a breve» disse Billy allo stalliere. «Ci sono due stanze disponibili?» chiese. Pescò dalla tasca una moneta, quella che gli aveva regalato Henry il giorno prima quando aveva riportato il cavallo dai campi. «Fino ad allora, ecco tutto quello che ho».

Lo stalliere intascò la moneta e gli fece un cenno del capo. «Vai dentro e vedi il signor Fisher».

«Grazie», rispose Billy. Condusse Lily all'ingresso, sperando che l'albergatore non facesse troppe domande. L'uomo si affrettò ad incontrarli sulla porta, il suo viso mostrava dispiacere quando vide un viaggiatore stanco e una ragazza che sembrava essere stata portata via dalla casa di un gentiluomo. «Il conte di Gisborn sta arrivando. Questa qui è una delle cameriere di Gisborn Hall. È stata rapita», ha affermato prima che l'uomo avesse la possibilità di chiedere. «Ci servono due stanze, per favore, e un bagno per la signora».

«Oh, mio Dio», rispose il signor Fisher mentre si girava per chiamare un altro dipendente. «E tu chi sei?» chiese mentre riportava la sua attenzione su Billy.

«Billy O'Conlin. Sono uno sposo alla Gisborn Hall. Questa è Lily Parker. È la cameriera della nuova contessa. Non era nemmeno in casa due giorni prima di essere rapita», disse scuotendo la testa. Sebbene Lily sembrasse completamente sveglia, non offrì ulteriori informazioni né confutò ciò che stava dicendo al signor Fisher. La stanchezza ha sopraffatto Billy. «Sono sicuro che potrebbe usare del tè e qualcosa da mangiare», aggiunse, il suo stesso stomaco che ringhiava al pensiero di un pasto decente.

L'oste deve aver notato. Alla fine ha agito, conducendoli in una stanza al secondo piano. Un servitore con una lattina di acqua fumante entrò nella stanza davanti a loro, versando l'acqua in una malandata vasca di rame davanti al focolare. Un fuoco era già stato appiccato e riscaldava la stanza. Un altro servitore lo seguì, versando altra acqua nella vasca mentre la moglie dell'oste si presentava con flanelle, lenzuola e una palla di sapone. «È vero che stasera staremo dal conte?» chiese, con gli occhi accesi per l'eccitazione.

Billy le fece un leggero sorriso e un cenno del capo. «Henry Forster, conte di Gisborn», ha riconosciuto. «Dovrebbe essere qui da un momento all'altro. Aveva affari appena a nord di Moreton. Ha detto che ci avrebbe incontrati qui al White Hart.»

La signora Fisher sorrise raggiante. «Preparo subito la mia camera migliore», si offrì, allontanandosi dalla stanza. «E la cena sarà pronta tra un'ora». I domestici uscirono e l'oste gli rivolse un'ultima occhiata sospettosa prima che anche lui lasciasse la stanza.

Lily sembrò perdere tutta la forza che aveva, crollando contro di lui. «Bagno», sospirò.

Prendendo il suo significato, Billy si rese conto che non sarebbe stata in grado di spogliarsi se fosse stata mezza addormentata. Guardandosi intorno, la spostò sul bordo del letto e si mise al lavoro slacciandole le chiusure del grembiule e della vestaglia. Si inginocchiò davanti a lei e le tolse le scarpe, notando i buchi sul fondo di entrambe le suole, chiedendosi da quanto tempo fossero lì. Facendo scivolare le mani sui suoi polpacci, attento a non alzare le gonne troppo in alto, si accinse a slacciare i lacci della giarrettiera. Poi iniziò ad arrotolarle le calze lungo le gambe, cercando di ignorare la sensazione della sua pelle mentre lo faceva. Alzandola in piedi in modo che la schiena fosse davanti a lui, le tolse il grembiule e le sbucciò il corpino del vestito lungo il corpo, cercando di sembrare disinvolto nel togliersi i vestiti. Non indossava un corsetto, solo una sottoveste. Soffocò un sussulto alla vista del suo corpo nell'indumento traslucido. Attraverso il tessuto, ha lottato con la chiusura dei suoi cassetti mentre cercava di distogliere lo sguardo. Se il suo sguardo si fosse soffermato troppo a lungo, Lily avrebbe pensato che la stesse osservando, e non voleva che pensasse che stava cercando di trarne vantaggio, specialmente dopo il suo calvario. Le sue dita presto sostituirono le sue e i cassetti scivolarono sul pavimento.

«Dovrei lasciare il tuo vestito?» chiese, la sua voce appena al di sopra di un sussurro.

Stanca, Lily si appoggiò a lui. «Si bagnerà», rispose con voce debole. «Toglilo e basta», ha detto. Le lacrime le scorrevano negli occhi, come se avesse perso tutte le forze e ogni senso di modestia.

«Shh», sussurrò Billy, tenendola su mentre scioglieva le cravatte e si toglieva la sottoveste. «Non sto guardando», disse mentre si allungava per afferrare la parte posteriore delle sue ginocchia con un braccio prima di sollevarla nella vasca. Poi la abbassò con cautela, cercando di distogliere lo sguardo e scoprendo che semplicemente non poteva. Era bellissima alla luce della lampada, la sua pelle bianco latte, i suoi capelli color miele e castano che luccicavano. Con la maggior parte del suo corpo immerso nell'acqua, si concentrò sul suo viso. «Mi è permesso...?» Si guardò intorno e trovò la palla di sapone sopra le flanelle. Sollevandolo di fronte a lei, continuò: «Lavo?»

Le lacrime scorrevano ancora sul viso di Lily mentre distoglieva lo sguardo e annuiva. Billy si avvicinò e le baciò la fronte, riconoscendo il suo rossore per quello che era. «Andrà tutto bene, Lily. Torneremo alla Gisborn Hall domani», promise, immergendo una flanella nell'acqua prima di lisciarla e strofinare il sapone su un braccio. Lo seguì delicatamente con una flanella piena d'acqua, sciacquandole il braccio mentre lo sollevava dall'acqua. Avvicinò la spalla di più a lui prima di spostarsi all'estremità della vasca per farle la schiena. «Spingiti in avanti», sussurrò. Lo fece, avvolgendo le braccia intorno alle gambe, appoggiando la guancia sulle ginocchia. Un singhiozzo occasionale le devastò il corpo mentre le passava il sapone sulla pelle liscia, strofinando delicatamente la schiuma viscida con i palmi delle mani prima di sciacquare via le bolle.

Si era spostato sull'altro braccio quando si udì un lieve bussare alla porta. Prima che lui o Lily potessero reagire, il conte sbirciò dentro. Consapevole di essere tutto solo in una stanza con Lily Parker, con Lily Parker nuda, Billy deglutì.

Almeno la schiena di Lily era del conte.

Henry guardò il suo sposo con un sopracciglio inarcato, chiedendosi solo per una frazione di secondo se il ragazzo avesse assistito al bagno che aveva fatto con la contessa solo poche notti prima. «Sta bene?» chiese in un sussurro. Voleva chiedere molto di più, tipo come diavolo era riuscito Billy a spogliare completamente la ragazza e a metterla in una vasca senza che entrasse in coma, ma si morse la lingua.

Billy lanciò un'occhiata al viso di Lily, si rese conto che stava sonnecchiando. «Lo sarà, quando avrà qualcosa da mangiare, mio signore», sussurrò.

Il conte annuì. Si sentiva privato di non poter condividere il letto con Hannah quella notte. Aveva pensato a lei molto più di quanto si aspettasse durante quel viaggio. Cristo, la conosceva solo da una settimana e già stava consumando i suoi pensieri! Il che, supponeva, era il motivo per cui capiva perfettamente cosa stava passando Billy, pensando che la ragazza che amava fosse persa per lui.

«Avevi intenzione di stare con lei stanotte?» chiese Henry, la sua voce era un sussurro roco. «Posso organizzare per te un'altra stanza». Era sicuro che Lily fosse rimasta con la sua virtù intatta, non grazie a Thomas Babcock, ma avrebbe chiesto al ragazzo di sposare la cameriera di sua moglie se condividevano una stanza. Pensava che forse Billy sapeva dannatamente bene che ci si aspettava che si sarebbe offerto per Lily.

«Non sarà necessario», replicò Billy. «Dormirò su una sedia. Io... non voglio perderla di vista, mio signore. E ho tutte le intenzioni di farla mia moglie quando posso permettermi di farlo.»

Con gli occhi spalancati a questo annuncio, Henry rivolse a Billy uno sguardo di ammirazione. «Suppongo che Lily non abbia voce in capitolo in merito», scherzò mentre faceva scivolare la valigia di Lily attraverso l'apertura. Le sue braccia si incrociarono mentre continuava a sbirciare attraverso la fessura della porta.

Billy non rispose, ma scosse la testa al conte.

«Chiedi a Lily se ha ancora la sua banconota da dieci sterline» chiese Henry, con i suoi modi di nuovo seri. Era preoccupato che Babcock potesse averla rubata o giocato d'azzardo la prima notte in viaggio.

Inclinando la testa da un lato, sbalordito nel sentire che la cameriera avrebbe avuto quel tipo di schiettezza, Billy guardò la sua futura sposa.

Lily sollevò la testa dalle ginocchia e sussurrò: «È sicuro».

Billy rivolse la sua attenzione al conte, annuendo.

«È un sollievo», sussurrò Henry. Allontanandosi dallo stipite della porta, aggiunse: «Non indugiare. La signora Fisher porterà la cena in salotto tra pochi minuti». Poi chiuse la porta.

Sorridendo al commento del conte, Billy continuò a lavare Lily, le sue carezze gentili, specialmente quando si mosse per appoggiarla con la schiena contro la vasca in modo da poterle lavare i capelli. Con gli occhi chiusi e il respiro lento, Billy si rese conto che si era addormentata. Quando ebbe finito di sciacquarle i capelli, si spostò davanti a lei. Risvegliandosi lentamente, Lily si calmò, sbalordita nel trovare le mani insaponate dello sposo che le lisciavano il seno, la parte anteriore, le costole e la parte anteriore delle cosce. E altrettanto accuratamente, ha usato la flanella per risciacquare le aree che si innalzavano al di sopra dell'acqua. Poi si spostò sulle sue gambe, le sue cure lente e deliberate, così attente e riverenti, che lei pianse. Finì con i suoi piedi, strofinando le suole dove le sue scarpe si erano consumate. Alzandosi, prese la biancheria e la spiegò. «Dammi la mano», sussurrò, tenendo due lembi della biancheria in modo che pendesse davanti a lui.

Lily alzò lo sguardo e tornò a guardare l'acqua. Si alzò e sentì la sua mano afferrare la sua. Si tenne l'altro sul petto, rendendosi conto quasi subito che era troppo tardi per essere modesta. Non solo Billy aveva visto il suo intero corpo svestito, ma aveva toccato quasi ogni centimetro di lei con le sue mani insaponate!

Una volta che fu in piedi, Billy avvolse la biancheria intorno al suo corpo e poi la sollevò dalla vasca nello stesso modo in cui l'aveva messa lì, suscitando uno squittio di sorpresa da Lily. La posò sul letto e si affrettò a prenderle un'altra flanella dal mucchio. Avvolgendolo intorno ai suoi capelli, la trovò che lo fissava con gli occhi pieni di lacrime. «Va tutto bene, Lily», disse. La baciò sulla fronte prima di recuperare la sua valigia da dove l'aveva lasciata il conte. «Posso aiutarti a vestirti, se vuoi», si offrì.

«Posso farcela, Billy», mormorò, annuendo mentre faceva la richiesta. Spinta all'azione, aprì la sua valigia e iniziò a rimuovere diversi oggetti. Quando Billy non accennò a girarsi, lei inarcò un sopracciglio verso di lui. «Mi vesto da sola ogni giorno», suggerì, tendendo il dito e girandolo per indicare che avrebbe dovuto girarsi e darle un po' di privacy.

«Oh!» ha riconosciuto mentre si allontanava da lei. «Sai, però, che quando ci sposeremo, sarò più che felice di aiutarti con i tuoi bottoni, lacci e... chiusure», offrì debolmente. Quando Lily non ha risposto subito, ha continuato: «Penso che il conte ci concederebbe un alloggio più ampio nella casa principale, ora che sono uno sposo», ha aggiunto, un pizzico di orgoglio che colorava la sua voce quando ha menzionato la sua promozione. Quando ancora non aveva detto niente dopo un'altra lunga pausa, lui sospirò. «Certo, mi rendo conto che non hai ancora accettato di sposarmi».

Le braccia di Lily furono improvvisamente intorno alla sua vita, la sua parte anteriore premuta contro la sua schiena mentre posava una guancia contro la sua spalla. «Nemmeno io, finché non me lo chiedi in modo appropriato, sfigato», sussurrò.

Billy si irrigidì, chiedendosi se fosse ancora avvolta nella flanella o se fosse nuda. Si girò tra le sue braccia, sollevato e forse un po' deluso nel trovarla completamente vestita. «Lo farò, Lily, non appena avrò un anello giusto e il permesso di tuo padre», promise, tenendo il suo corpo forte contro il proprio.

«Billy», mormorò Lily dopo un momento.

«Sì?» rispose, allontanandosi da lei in modo da poterla guardare in faccia.

«*Hai* bisogno di un bagno. Ora», disse, indicando la vasca. E prima che potesse protestare, lei gli stava slacciando i bottoni e togliendogli i vestiti dal corpo.

*E*ra mezzogiorno, sotto un cielo grigio plumbeo, quando Henry salì a cavallo fino a Gisborn Hall. Da qualche parte più indietro sulla strada, Billy e Lily stavano cavalcando in un calesse trainato da un unico cavallo da tiro. Hannah vide Henry dalla finestra del secondo piano di una stanza degli ospiti che si affacciava sulla strada che portava dal villaggio. Stava guardando dalla finestra dalle dieci di quella mattina, sapendo che poteva passare un altro giorno o più prima che avrebbe assistito all'arrivo di suo marito dalla sua missione di salvataggio. E vedendo Lily cavalcare, a braccetto con il giovane stalliere, si rese conto che era stato più di un semplice salvataggio riuscito. Dopo quello che aveva appreso dalla signora Chambers riguardo a Thomas Babcock e quello che aveva fatto alla ragazza Coley l'anno scorso, Hannah era fuori di sé dalla preoccupazione. Vedendo il giovane sposo e la sua cameriera felici di essere in compagnia l'uno dell'altro, poteva solo sperare che potessero avere un futuro insieme. Un futuro alla Gisborn Hall.

Scendendo di corsa le scale e uscendo dalla porta d'ingresso, corse finché Thunder non superò i cancelli principali e portò il suo cavaliere verso le scuderie. Vedendo Hannah, però, Henry tenne a freno la sua andatura e si fermò davanti a lei. Saltando giù, la catturò tra le sue braccia e la fece girare su se stessa finché lei non rise di gioia. Harold era ai suoi piedi, la coda scodinzolante così forte da creare una leggera brezza contro le loro gambe.

«Sono stata così preoccupata», sospirò Hannah, senza rilasciare la presa su suo marito.

Henry la fissò, il suo sorriso vacillante. «Lily sta bene», le assicurò.

«Lo so. Ho visto dalla finestra del piano di sopra. Ma ero ancora preoccupata per te», riuscì a uscire, il viso che assumeva il rossore rosa. «Hai preso almeno una stanza?» lei chiese. «Cenare in una locanda decente?»

Chiudendo gli occhi per un momento, Henry annuì. «Sì, certo», rispose lui, abbracciandola rassicurante. «Ho anche fatto il bagno, anche se ora non lo sapresti», disse con un sorriso.

«Non mi interessa», rispose Hannah scuotendo la testa. «Solo così sei *tornato*». Camminarono in silenzio fino alla casa, con Henry che guidava Thunder finché uno stalliere non uscì per recuperare il cavallo. Prima che potessero entrare, il curricle è passato attraverso i cancelli. Hannah sorrise mentre guardava Lily con un gesto esitante nella sua direzione. Lei rispose con la mano. «La signora Chambers sta cuocendo biscotti per gli operai. Li porterò fuori alle quattro. Ti piacerebbe unirti a me quando andrò a controllare i loro progressi?» lei chiese. «È un viaggio meraviglioso. Stamattina ero là fuori poco dopo le nove e proprio stamattina avevano completato quasi sei metri di trincea.» Si fermò un momento e aggiunse: «Quando le ho chiesto se il signor Coley avesse dubbi o domande da sottoporre alla sua attenzione, ha detto di no».

Henry la fissava. «Cosa hai detto dei biscotti?» chiese, aggrottando la fronte.

Presa alla sprovvista dalla domanda, Hannah tornò sobria. «Sto facendo cuocere i biscotti dalla signora Chambers per la pausa delle quattro di questo pomeriggio», ripeté mentre entrava in casa. «Beh, non è proprio una *pausa*, dal momento che tutto ciò che fanno è prendere un biscotto dal cestino e mangiarlo mentre continuano a spalare la terra, ma sembra davvero risollevarli, e dopo sembrano lavorare un po' più duramente.»

Parkerhouse si stava togliendo il cappotto dalle spalle mentre Henry considerava le parole di sua moglie. «E tu lo sai... *come* fai a saperlo?» chiese, i suoi modi troppo seri. Era stato via per poco più di un giorno e mezzo e sua moglie stava dando da mangiare *biscotti alla sua squadra di lavoro*? Pensò ad alcuni degli uomini che erano stati assunti per quel lavoro, pensò a loro che osservavano sua moglie mentre lei portava loro dei biscotti.

Quando ha attraversato i cancelli per la prima volta e ha visto Hannah correre verso di lui, ha pensato di portarla nella sua camera da letto e fare a modo suo, ma ha pensato che avrebbe dovuto risalire a cavallo e trovare il signor Coley.

L'uomo non aveva detto niente per fermarla? *Biscotti?*

«Beh, perché l'ho fatto ieri», rispose Hannah, i suoi modi incerti. «Il signor Coley non concede molto tempo agli uomini per pranzare, e non si fermano per il tè, dal momento che non c'è il tè, e, beh, sembrava proprio la cosa giusta da fare...»

«Mia signora, sono una squadra di *lavoro*», ribatté Henry, seccato nella voce. Era stanco, era dolorante e l'ultima cosa che voleva affrontare era un problema nel progetto di irrigazione a ovest. «Non si fermano per tè e biscotti!» quasi urlò, la sua voce suonava troppo dura. Prendendo fiato, Henry lo trattenne per un momento, si passò le dita tra i capelli e guardò il soffitto sopra di loro. Non aveva intenzione di castigarla così duramente, ma le lacrime che rigavano gli occhi di Hannah rendevano evidente che l'aveva fatto. Abbassando la testa, la scosse. «Mi dispiace. Io –»

«Va tutto bene. Pensavo... pensavo solo che quando mi hai chiesto di portare le istruzioni al tuo caposquadra, volevi anche che controllassi i loro progressi e l'ho *fatto*», ha detto, calpestando un piede in pantofole mentre le lacrime le rigavano le guance.

Lacrime! Dannazione! Non sapendo cos'altro fare, Henry le sollevò il mento con un dito e le baciò le labbra. Non fu un bacio lungo, nemmeno un bacio appassionato. Solo un semplice bacio nel tentativo di migliorare le cose. «Grazie», disse in un sussurro. La baciò di nuovo.

«Prego». Lei tirò su col naso e lui tirò fuori un fazzoletto. «Grazie», mormorò mentre lo prendeva e si asciugava le lacrime.

«Sai quanto hanno...?»

«Duecentonovanta piedi ieri», riuscì a tirarsi fuori tra un raffreddore e l'altro. Singhiozzò di nuovo, rendendosi conto che non aveva idea se fosse un buon progresso o meno.

Henry la fissava. «L'intera larghezza?»

Lei annuì. «E un po' di più al fiume».

«E oggi?»

«Ne avevano altri venti quando ero lì alle nove di questa mattina». Osò alzare lo sguardo verso di lui, chiedendosi se fosse contento o scontento. L'espressione sbalordita sul suo viso non indicava un modo o l'altro, ma avrebbe potuto giurare che avesse detto qualcosa sul lato est che richiedeva una settimana per essere completato. Il lato ovest sarebbe stato fatto molto prima.

Henry sbatté le palpebre. Sbatté di nuovo le palpebre. E poi la baciò, forte, e le accarezzò il viso con entrambe le mani. «Dannazione!» è uscito mentre si allontanava da lei.

Hannah scosse la testa, ancora incerta se fosse contenta o no. «È brutto?» chiese con voce debole.

Le sue braccia furono improvvisamente intorno alle sue spalle, tirando forte il suo corpo contro il proprio. Emise uno squittio di sorpresa prima di sentire un brontolio di risate prorompere da lui. Poi la prese tra le braccia e la portò su per i gradini, il suo viso uno studio di gioia. «Mia signora, avremo bisogno di altri biscotti», annunciò mentre spalancava la porta della sua camera da letto e la gettava sul letto.

Dopo essere rimbalzata un paio di volte, con le gonne che si alzavano in modo da mostrare le gambe con le calze, Hannah fissava suo marito. Gli rivolse un sorriso incerto. «Allora, non sei arrabbiato con me?» lei sussurrò.

Henry si sedette sul letto accanto a lei, la testa che tremava da una parte all'altra. «No, mia signora», mormorò. «Solo pazzo per te». E poi le sue labbra catturarono le sue in una serie di baci che non finirono fino quasi alle quattro.

*M*entre si allacciava l'abito da equitazione di Hannah, Henry permise alla sua mente di vagare. *Dovrei andare a trovare Sarah. Dovrei fare una visita a Nathan. Devo controllare lo stato delle serre.* Ma, in quel momento, esausto dai suoi viaggi e tuttavia in qualche modo rinvigorito dall'appuntamento pomeridiano, decise che tutto poteva aspettare fino a dopo aver controllato la squadra di lavoro.

Henry aveva permesso a Murphy di vestirlo, ma pensava che Hannah avrebbe dovuto aspettare fino a tarda sera prima di chiedere a Lily di occuparsi di lei, forse di vestirla e pettinarsi per cena. Aveva dato il permesso a Billy di occuparsi del reinsediamento di Lily; sapeva che era piuttosto imbarazzata per l'intera prova con Thomas Babcock. Non avevano discusso di niente durante la cena alla locanda. Nonostante avesse fatto il bagno, Lily sembrava ancora smarrita e fuori di testa. Fu solo quella mattina, quando aveva detto che Babcock non era il benvenuto nelle sue terre che Lily si rese conto che il rastrello era ancora vivo.

«Non è morto?» chiese mentre teneva un pezzo di pane tostato secco, considerandolo come se potesse farla ammalare se lo avesse mangiato. «Ero sicuro –»

«Sei tu quello che gli ha dato la lucentezza?» chiese allora Henry, ricordando l'aspetto che aveva il ragazzo quando lo aveva rigirato.

Il rossore che colorava il viso di Lily gli diede la risposta che si aspettava. Si rivolse a Billy. «Non far arrabbiare mai questa ragazza», ordinò con solo un pizzico di umorismo. «Può romperti il naso, spaccarti il labbro e lasciarti con un occhio nero».

Sorridendo ora mentre ricordava lo sguardo a bocca aperta di ammirazione e rispetto di Billy, Henry spiegò che sarebbe tornato a cavallo a Gisborn Hall, ma che avrebbero viaggiato su un mezzo noleggiato. Una volta arrivati, uno stalliere poteva restituirlo alla locanda e recuperare il cavallo di Billy. Sebbene Billy si fosse offerto volontario per il dovere, Henry gli disse che non poteva andare: doveva provvedere al conforto di Lily e iniziare a sistemare la loro stanza nella casa principale. Ora che "Bill O'Conlin" era uno stalliere, avrebbe dovuto rinunciare alla sua stanza nelle stalle.

Billy era stato così sorpreso dalla proclamazione del conte, dal fatto che il conte lo chiamasse "Bill" invece di "Billy", poté solo ringraziare l'uomo e dare a Lily un'alzata di spalle quando vide il suo sguardo sorpreso.

«La tua cameriera si sposerà presto», disse Henry a bassa voce mentre spingeva Hannah a girarsi.

Gli occhi di sua moglie si spalancarono per la sorpresa, un lampo di preoccupazione le toccò la fronte. «Stai chiedendo al signor Babcock di...?»

«Dio, no», la interruppe Henry. «Sposerà Billy O'Conlin. Avranno una stanza insieme qui nell'ingresso della servitù nella casa principale», spiegò, prendendole la mano e conducendola giù per le scale.

«Ma lui è... è così giovane!»

«Lui e Lily hanno la stessa età. E dato quello che è successo in questo viaggio, beh, credo che sia meglio che i due si siano sistemati insieme». Percorsero il corridoio in cucina, con Hannah in testa, in modo che potesse recuperare il cesto dei biscotti, e Harold che lo seguì ai piedi di Henry.

Lo stava guardando, la sua sorpresa era ancora evidente. «L'ha rovinata?» lei sussurrò. I suoi occhi si allargarono. «O il ragazzo Babcock?» Si fermò sui suoi passi, costringendo Henry a fermarsi di colpo e la testa di Harold a sbattere contro la parte posteriore delle sue ginocchia. Henry quasi cadde all'indietro su Harold, ma Hannah allungò una mano e lo afferrò per un braccio, aiutandolo a riprendere l'equilibrio. Vide il lampo di rabbia negli occhi di Henry ancor prima che la sua maledizione riempisse il minuscolo corridoio.

«Dannato cane!» ha urlato. Si era voltato, pensò Hannah, forse per prendere a calci Harold, ma il cane si era ritirato frettolosamente in fondo al corridoio e si era seduto a testa bassa.

«Henry!» Hannah lo ammonì, con gli occhi sbarrati per lo shock per quella che considerava un'offesa minore da parte di Harold.

«Dannazione, Hannah! Quel cane sarà la mia morte», imprecò di nuovo Henry, la sua ira del tutto evidente.

Indietreggiando al grido come se fosse stata schiaffeggiata, Hannah fissò suo marito. Raramente la chiamava "Hannah" – diceva quasi sempre "mia signora" quando si rivolgeva a lei – eppure imprecava abbastanza facilmente usando il suo nome di battesimo. Doveva sforzarsi di non respirare, di non permettere alle lacrime che le pungevano gli angoli degli occhi di formarsi in gocce e di colarle lungo il viso. «Sarò certa che non sarà *mai più* sulla tua strada, *mio signore*,» sibilò, prima di voltarsi e farsi strada attraverso la cucina, afferrando il cesto mentre varcava la porta sul retro. Nonostante la sua improvvisa rabbia, provò un'ondata di sollievo quando si rese conto che la signora Chambers non era in cucina ma era appollaiata su uno sgabello appena fuori dalla porta sul retro a strappare piume a un pollo.

«Hannah!» Henry la chiamò, sbalordito dal suo rimprovero. Osò guardare indietro ad Harold e poteva giurare che il cane gli stava scuotendo la testa, come per dire che aveva commesso un grosso errore e che è meglio che faccia tutto il possibile per sistemare le cose.

Appoggiato al muro del corridoio, fece due respiri profondi prima di uscire con calma dalla porta sul retro e raggiungere le scuderie. Il cavallo di Hannah era già sellato; era sul blocco di montaggio e stava mettendo i piedi nelle staffe quando fece cenno allo stalliere di prendere il suo cavallo.

«Mia signora», disse mentre girava il blocco di montaggio e si fermò a un lato della testa del suo cavallo. «Desidero scusarmi e chiederti per favore di perdonarmi per il mio sfogo laggiù», disse con voce molto calma.

Seduta più in alto che poteva in sella, con l'attenzione sul cesto che stava posizionando per la corsa verso il canale di irrigazione ovest, Hannah lottò per tenere a bada le lacrime. Alla fine lo guardò, sbalordita nello scoprire che, anche se era montata su un cavallo, lui era quasi all'altezza di lei. Poi si rese conto che aveva salito uno dei gradini del blocco di montaggio.

«Oh, Henry», sussurrò, ancora lottando per evitare che si formassero le lacrime. «Mi hai *maledetto*», sussurrò con voce roca.

«Non ti ho maledetto, Hannah», replicò Henry troppo in fretta. «Ho maledetto il *cane*». Anche se ha fatto il chiarimento, ha ricordato che il cane scuoteva la testa da una parte all'altra e avrebbe voluto non aver appena fatto il commento. *Cristo, il cane stava diventando la sua coscienza adesso?* L'espressione di Hannah non era cambiata di una virgola. In effetti, era abbastanza sicuro che sarebbe scoppiata in lacrime.

«Quel cane mi *ama*, Henry. Finché non avrò un bambino, lui è l'unico *essere* su questo pianeta oltre a mio padre che lo fa!»

Le parole di Hannah furono come uno schiaffo in faccia a Henry. La fissò, le sopracciglia aggrottate in una combinazione di shock e vergogna. «Chiedo perdono, Hannah», disse con una voce molto calma, molto controllata, la sua bocca a pochi centimetri dal suo orecchio. «Potrei amare un altro, ma...» Scosse la testa, le labbra premute insieme come se temesse quello che avrebbe potuto dire. «Provo *affetto* per te, mia signora», sussurrò. Allungandosi fin dove osava dato il suo precario trespolo sul blocco di montaggio, la baciò sulla guancia. «Ho pensato a te per distrazione durante questo viaggio. Mi sei mancato terribilmente.»

Il respiro di Hannah si fermò. Non osò guardarlo in quel momento per paura che diventasse un annaffiatoio e scivolasse giù dalla sella e tra le sue braccia. Data la sua posizione precaria sul blocco di montaggio, era sicura che sarebbero caduti a terra proprio di fronte alla signora Chambers.

Allora avrebbe senza dubbio imprecato di nuovo.

Sarebbe stata tra le sue braccia, ma ha deciso che la dimostrazione di affetto non valeva le conseguenze.

«Prometto che non maledirò mai più Harold. Nemmeno tu», sussurrò con urgenza. «Dimmi... dimmi cosa posso fare per farmi perdonare», si offrì, il ricordo di Harold che scuoteva la testa all'improvviso nella sua mente. Osservò come Hannah sembrava pensare molto alla sua offerta, e iniziò a preoccuparsi. *Dovrei offrire un ciondolo di diamanti? O una collana e orecchini abbinati con zaffiri?* Forse avrebbe dovuto porre un limite a ciò che era disposto a fare, a ciò che era disposto a spendere.

«Portami a letto, e solo io, ogni notte per altre tre settimane», sussurrò, consapevole che lo stalliere aveva appena portato Thunder fuori dalla stalla.

Henry sbatté le palpebre. Sbatté di nuovo le palpebre, non del tutto sicuro di aver sentito sua moglie correttamente. «Ti rendi conto che non considero metterti a letto una forma di *punizione?*» ribatté lui, la testa che tremava.

Lo sguardo di Hannah incontrò il suo proprio in quel momento, e si morse il labbro inferiore. Se era nel suo letto, allora non era in quello di Sarah. Questo è tutto ciò a cui riusciva a pensare: era quello a cui aveva pensato ogni giorno nell'ultima settimana e che probabilmente avrebbe pensato per la settimana successiva, perché quel pomeriggio gli aveva strappato solo una promessa di due settimane in carrozza sulla strada per Gisborn Sala. E più a lungo lo teneva fuori dal letto di Sarah, più era probabile che Sarah avesse il tempo di accettare un'offerta di matrimonio e che Henry non sarebbe mai più stato accolto nel suo letto. «Allora, sei d'accordo?» chiese, il labbro inferiore tremante.

Sbattendo di nuovo le palpebre, Henry si chinò e le baciò la guancia. L'aveva ferita con la maledizione, lo sapeva. E sapeva che Harold era importante per lei. Quindi pensava che lo stesse lasciando andare troppo facilmente. Cosa doveva fare se non essere d'accordo? «Dio, sì», sussurrò. «Prometto». Detto questo, saltò giù dal blocco di montaggio e salì rapidamente su Thunder, sapendo che lei lo osservava mentre lo faceva. Quando incrociò di nuovo il suo sguardo, lei gli stava rivolgendo un sorriso brillante.

«Sei cattivo!» gridò mentre la guardava partire verso ovest, il suo appoggio sul piccolo cavallo che rendeva molto evidente che era una contessa ... *la mia contessa.*

Thunder colmò il divario tra loro molto prima che raggiungessero il confine occidentale e il gruppo di uomini che stavano spalando al ritmo di una canzone di lavoro. Tirò il suo cavallo vicino alla cavalcatura di Frank Coley mentre Hannah continuava la sua corsa verso il gruppo di uomini più lontano. Osservò con stupore mentre smontava da cavallo e portava il suo cesto tra le file di uomini, porgendolo in modo che ogni uomo potesse servirsi un biscotto. Si inchinarono e sorrisero come se lei fosse il punto più luminoso della loro giornata, tornando al lavoro con rinnovato vigore.

«Devo ammettere che lei sa cosa sta facendo», ha offerto il signor Coley quando Henry non ha detto nulla a titolo di saluto.

Henry scosse la testa. «Vi assicuro che non ero contento della situazione quando me l'ha spiegato per la prima volta», ha ribattuto, sentendo una nuova canzone scoppiare tra i lavoratori che avevano preso i biscotti. Un uomo ha gridato le parole mentre gli altri le hanno ripetute. Riusciva a distinguere qualcosa su "le quattro" e "biscotti" e "la contessa di Gisborn" e "la più bella del paese", ma non molto altro. Una volta che ogni uomo fu aiutato, Henry osservò mentre Hannah tornava al suo cavallo. Due uomini si erano affrettati ad avvicinarsi al suo cavallo, uno con le mani intrecciate a formare un gradino mentre l'altro teneva le redini. Quando fu seduta, gli uomini si inchinarono e tornarono in fretta alle loro pale.

«Cristo! La amano», mormorò Henry, non del tutto sicuro di come si sentisse quando sua moglie riceveva tanta attenzione dal gruppo di lavoratori. La osservò in silenzio mentre si dirigeva verso di lui, il suo cesto di nuovo appollaiato in cima al pomello di fronte a lei.

«La via per il cuore di un uomo», disse il signor Coley scuotendo la testa. E poi Hannah era lì a offrirgli uno degli ultimi biscotti prima che la sua cavalcatura tornasse al galoppo al fianco di Henry. Gli porse il cesto. Un biscotto è rimasto sul fondo.

«Grazie, mia signora», disse mentre abbassava la testa e si serviva del biscotto. Il pensiero di qualcosa da mangiare gli ricordò che era passato troppo tempo dal suo ultimo pasto alla locanda di Stow. «Posso chiedere cosa c'è per cena questa sera?» chiese poi, mantenendo la voce abbastanza bassa in modo che solo Hannah potesse sentire.

Un accenno di panico attraversò Hannah. Non sapeva se la cena fosse stata programmata poiché il conte non era sicuro che sarebbe tornato dal suo viaggio. Ma si ricordò della signora Chambers che spennellava un pollo fuori dalla porta sul retro mentre si dirigevano verso le stalle. «Stiamo mangiando il pollo, mio signore», rispose, lanciandogli uno sguardo che suggeriva che tutto andava bene tra loro due.

Gli occhi di Henry si spalancarono. «Il mio preferito!» ha risposto felicemente.

Il sorriso di Hannah vacillò. Non lo diceva a ogni cena? Gli fece un cenno del capo e poi si allontanò di nuovo, osservando il lato est della trincea per l'intera distanza fino al fiume prima di voltarsi e tornare al galoppo verso la squadra di lavoro. Henry la osservò mentre restava ben lontana dall'apertura, i suoi occhi osservavano tutto ciò che era stato realizzato dall'ultima volta che era stata là fuori quella mattina. Quando raggiunse la fine della trincea, fece un cenno alla squadra di lavoro e tornò alle stalle attraverso i campi.

Henry la osservò andarsene, un accenno di orgoglio che gli saliva nel petto. Hannah si stava rivelando la contessa perfetta, una brava moglie e una compagna di letto molto disponibile.

Avrebbe dovuto inviare una nota a Charlotte Bingham Wainwright, la duchessa di Chichester, per farle sapere quanto fosse felice della sua raccomandazione.

CAPITOLO 16
NATHAN INTERPRETA IL PIRATA

«*V*enga con me!» Il lamento di Nathan risuonò di nuovo. «Possiamo fingere che la nostra nave sia ormeggiata al molo e stiamo caricando un nuovo tesoro!»

Andrew alzò gli occhi al cielo e si guardò intorno nel cortile, la sua impazienza per il suo migliore amico crebbe. Nathan si era presentato più di dieci minuti prima, con Harold alle calcagna, sostenendo che era ora di andare al fiume. «Te lo dico io, non posso! Mio padre vuole che aiuti ad accatastare la legna da ardere. Se non sarò qui quando tornerà, lo sentirò sul fondoschiena per la prossima settimana!»

Il cielo era quasi senza nuvole, in realtà si era riscaldato per essere una confortevole giornata primaverile, il suo tutore lo aveva scusato presto perché doveva essere a Bampton per un incontro e Nathan aveva deciso che questo era il giorno. Suo padre aveva detto che poteva andare al fiume purché *qualcuno* fosse con lui. Andrew certamente contava come qualcuno.

«Beh, quanto tempo ci vorrà?» chiese Nathan, una mano che gli andò all'anca. Aveva visto suo padre assumere una posa simile con grande efficacia, anche se doveva ammettere che era più efficace su un corpo che non indossava pantaloni corti.

Andrew fece un cenno al carro parcheggiato nel vialetto

davanti al fienile. Era caricato con legna tagliata che giaceva in ogni direzione. A quanto pare, Andrew e suo padre avrebbero impilato la legna fino a quando il campanello della cena non avesse suonato.

«Oh», disse Nathan sconsolato. «Tutto ok. Bene, allora andrò da mio padre», disse, tornando sulla strada. Harold lo seguì. Il cane aveva preso l'abitudine di trascorrere le sue giornate con Nathan, un compagno costante mentre il ragazzo frequentava le lezioni con il suo tutore e giocava con Andrew finché la chiamata di sua madre gli ricordò che era ora di cena.

I due erano arrivati ai margini della tenuta di Gisborn, appena oltre la casa della vedova, quando iniziò a prendere forma un'idea. *Harold era qualcuno.* Era, infatti, più grande della maggior parte degli altri. Ed era certamente disposto e in grado di unirsi a Nathan nella sua ricerca per vedere il fiume. Facendo una rapida deviazione, Nathan si diresse verso il sentiero che gli operai avevano creato scavando il canale di irrigazione a est. Tutto quello che doveva fare era seguire il percorso. È stato un colpo diretto al fiume. «Andiamo, Harold», esortò il cane, che sembrava esitare prima di cedere finalmente e seguire Nathan. «Andiamo al fiume!»

Harold fece una rapida "trama" e seguì il figlio del suo padrone.

Nathan non si aspettava che la distanza dal fiume fosse così grande. Poteva vedere la macchia di alberi che fiancheggiava il fiume Iside in rapido movimento da dove iniziava il sentiero. In quella che sembrava un'eternità (ma probabilmente erano solo trenta minuti), Nathan e Harold camminarono fino a quando finalmente non superarono una collinetta. In cima, Nathan guaì felicemente. Proprio sotto di lui, il fiume scorreva su rocce e alberi abbattuti, il suono era così forte che riusciva a malapena a sentire se stesso gridare. Harold emise una "trama" e si diresse verso il bordo del fiume, le zampe anteriori che affondavano nelle rive fangose mentre abbassava la testa verso l'acqua. Ben presto stava bevendo acqua come se non avesse bevuto tutto il giorno. Il che, Nathan realizzò tardivamente, era probabilmente il caso.

Il ragazzo seguì il cane fino al bordo dell'acqua, senza prestare attenzione al modo in cui i suoi stivali affondavano nel fango. Si inginocchiò accanto al cane, facendo penzolare la mano nell'acqua gelata. Frammenti di ghiaccio erano ancora attaccati ad alcuni degli alberi abbattuti, ma si poteva vedere l'acqua scorrere veloce sotto gli strati traslucidi.

Nathan fu presto impegnato a esplorare il tronco cavo che si estendeva su parte dell'acqua, i suoi rami lo tenevano sospeso sull'acqua dove finiva nel mezzo del fiume. Arrampicandosi su una delle radici, si arrampicò su di essa fino a trovarsi a diversi piedi sopra Harold. «Sono un pirata e questa è la mia nave!» Nathan gridò felicemente, le braccia tese.

Harold sollevò la testa dall'acqua, la sua attenzione sul ragazzo. Abbaiò e balzò in avanti, le sue zampe si posarono nel fango molle.

«Io sono il capitano di questa nave e tu sei il mio...» Lottò per pensare a cosa potesse essere Harold sulla sua nave. Il cane era certamente troppo grande per essere il suo pappagallo. E non poteva parlare. «Il mio primo ufficiale! Sì, amico!» gridò trionfante. Si voltò e corse fuori sul tronco, a malapena consapevole che il suo comportamento impulsivo aveva spaventato Harold. Il cane balzò fino all'estremità del tronco, le sue zampe anteriori sollevarono il suo corpo così si fermò contro il lato del tronco mentre continuava ad abbaiare al ragazzo. «Prendi il volante mentre guardo la passerella!» Nathan gridò, il viso pieno di gioia mentre si girava e allargava di nuovo le braccia.

Harold si calmò, osservando il ragazzo attentamente. Nathan lo fissò di rimando, la sua faccia che diventava seria. «Cattivo cane», ha detto. «Dovresti prendere il volante e tenere la mia nave lontana dal nemico». E poi Nathan si voltò e, tendendo le braccia su entrambi i lati del corpo, iniziò a camminare più lontano sul tronco. L'acqua scorreva sotto il tronco in decomposizione, la sua forza faceva oscillare e spostare il tronco sotto di lui. Nathan ha continuato a fischiare e urlare di gioia mentre si dirigeva verso il punto in cui un ramo sporgeva dritto fuori dal tronco. «L'albero si sta per rompere», gridò, afferrando con la mano il ramo mentre tentava di aggirarne la base.

L'improvviso cambiamento del suo peso sul tronco fece ruotare l'intero albero e, in pochi secondi, si era spostato così Nathan era sospeso sull'acqua gelida, una mano ancora aggrappata al ramo mentre l'altra si agitava in aria. Nessuno dei suoi piedi poteva raggiungere il tronco. «L'albero si è rotto, amico!» urlò, la sua voce indicava ancora gioia.

Ma l'emozione è stata rapidamente sostituita dall'orrore quando si è reso conto di cosa c'era sotto di lui.

«Harold!» ha chiamato. «Aiuto!» Riuscì ad alzare l'altra mano e ad aggirare il ramo in modo da rimanere sospeso sull'acqua in rapido movimento. «Aiuto! Padre!» gridò, il suono della sua voce inghiottito dal ruggito dell'acqua impetuosa.

Harold si staccò dal tronco e saltò in acqua, il suo corpo massiccio ben al di sopra della superficie dell'acqua per diversi gradini. Rimase a fissare Nathan per alcuni secondi, come se si stesse chiedendo se doveva andare in acqua. Nathan emise un grido di puro panico quando una mano perse la presa sul ramo. Harold si tuffò nella corrente, nuotando con movimenti giganteschi e barcollanti finché non fu sotto il ragazzo.

«Aiuto!» Nathan gridò ancora una volta prima di perdere completamente la presa e cadere nell'acqua tonificante. L'aria gli uscì dai polmoni all'impatto con l'acqua fredda. L'ultima cosa che sentì prima di essere coperto dalla coltre ghiacciata fu Harold che abbaiava.

La bocca di Harold si strinse sul cappotto di Nathan e rimase stretta mentre cercava di negoziare la corrente veloce. Pagaiando con tutte le sue forze, trovò un terreno solido, ma non prima di aver percorso una certa distanza dall'albero abbattuto, e solo perché la corrente era rallentata a causa di un'altra serie di alberi caduti. Fu nel vortice creato da quella diga che Harold riuscì a nuotare fino al bordo dell'acqua e trascinare il corpo di Nathan verso il bordo. Ansimando mentre afferrava con i denti la manica del cappotto del ragazzo, Harold tirò finché il ragazzo non fu completamente fuori dall'acqua. Quando Nathan non rispose al suo naso curioso né alla sua lingua, Harold si fermò su di lui e abbaiò. Tirò i vestiti fradici del ragazzo, trascinandolo più lontano sulla riva fangosa, abbaiando tra i pantaloni. Tuttavia, Nathan giaceva prono e insensibile.

Harold si affrettò su per la riva, attraverso gli alberi e sopra la collinetta che si affacciava sul fiume, correndo attraverso il campo appena arato verso Gisborn Hall. Nella luce del tardo pomeriggio, il suo corpo sarebbe potuto apparire come un grosso coniglio mentre saltava i solchi, i suoi latrati non erano stati ascoltati da nessuno vicino alla casa. Troppo vecchio per tenere il passo, diminuì la sua corsa, ansimando forte quando finalmente arrivò alle scuderie.

La sua padrona stava salutando il conte. Billy aveva appena preso le redini del suo cavallo e lo stava conducendo alle scuderie quando Harold aumentò il passo e si lanciò verso la coppia.

«Cosa ti porta qui fuori a quest'ora del giorno?» chiese Henry mentre raggiungeva Hannah che si trovava vicino alle scuderie.

«Tu, certo», rispose con un sorriso imbarazzato. Un rossore rosa le stava sbocciando sul viso. «Speravo che potessi unirti a me per il tè».

«Trama!»

Il conte si voltò nella direzione del suono che aveva appena sentito. «Un invito che sono ben disposto ad accettare, mia signora», rispose, aggrottando le sopracciglia.

Notando la sua preoccupazione, Hannah si voltò nella direzione del suono per vedere il suo cane che zoppicava verso di loro. «Harold?» parlò, la sua voce che registrava l'allarme.

Harold corse da Henry. Abbaiò e poi saltò nella direzione da cui proveniva. «Che cos'è?» chiese Henry ad Hannah.

Hannah incrociò le braccia. «Non è il momento di giocare, Harold», ammonì il cane, riconoscendo la familiare tecnica di avanzamento e schivata che usava quando voleva giocare. Dopo quello che era successo l'ultima volta che Harold aveva infastidito

Henry, Hannah voleva assicurarsi che il suo cane non disturbasse mai più il conte.

Harold si alzò e abbaiò diverse volte. Corse da Henry e gli morse lo stivale. Poi è scappato nella direzione opposta.

«Harold MacDuff!» Hannah gridò, sorpresa dal comportamento del suo cane.

«Dannato cane!» disse Henry sottovoce mentre tendeva lo stivale, attento a essere sicuro che Hannah non potesse sentirlo maledire il cane. Non c'era alcun segno di danno, ma il cane aveva chiaramente messo i denti intorno alla maggior parte di esso. Harold si voltò e corse in tondo, abbaiando incessantemente.

«Qualcosa non va», disse Hannah con una voce che richiamava l'attenzione. Si rese conto che il pelo del suo cane era bagnato, il che poteva solo significare che era stato nel fiume.

«Sono d'accordo. Credo sia ora che il tuo cane prenda il suo posto nelle stalle», disse Henry con una buona dose di rabbia. Hannah stava scuotendo la testa, però, dirigendosi lentamente verso il cane.

«No, Henry. Qualcosa non *va*», ripeté. Cominciò a muoversi il più velocemente possibile, seguendo Harold mentre si girava e si dirigeva verso il campo.

«Hannah!» gridò Henry, allarmato dal comportamento della moglie. *Che diavolo*? Ma lui aveva sentito l'allarme nella sua voce, sentito una sfumatura di panico, e ora stava correndo sui solchi del campo, seguendo il suo dannato cane mentre balzava sul campo appena arato. «O'Conlin!» gridò Henry, voltandosi per affrettarsi verso le scuderie.

Billy emerse appena dentro la porta, le sue mani ancora aggrappate alle redini di Thunder. «Sì, mio Signore?» chiese sorpreso.

«Credo di non aver ancora finito con lui», disse Henry con un profondo sospiro mentre strappava le redini allo stalliere. Era montato su Thunder e correva dietro sua moglie e Harold prima ancora di essersi adeguatamente sistemato in sella. Nonostante la velocità di Thunder, rimase sbalordito da quanto terreno Hannah avesse già percorso mentre correva dietro al suo cane.

«Hannah!» gridò, rallentando la sua cavalcatura finché non fu al suo fianco. Si chinò e le fece cenno di afferrargli il braccio. Con gli occhi sbarrati, Hannah allungò la mano e, con un movimento rapido e spaventoso, si alzò in volo e poi si sedette saldamente di fronte a suo marito.

«Dove diavolo sta andando?» gridò Henry al di sopra del suono degli zoccoli di Thunder mentre pestava i solchi.

Hannah lottò per riprendere fiato, la testa premuta contro il petto di Henry. «Il fiume, credo. È bagnato!» riuscì a uscire, rendendosi conto che il percorso di Harold seguiva quello che aveva già percorso attraverso il terreno appena sverginato. Poteva vedere più avanti dove aveva rotto il bordo superiore dei solchi fino al bordo del campo. Oltre a ciò, c'era una macchia di alberi che si affacciava sul fiume. «Oh, Gesù», sentì dire da Henry.

Thunder aveva raggiunto Harold, ma Henry spronò il suo cavallo a spostarsi oltre il cane, seguendo le tracce chiaramente segnalate davanti a lui. Una volta superati i campi, potevano sentire Harold abbaiare dietro di loro mentre si facevano strada tra gli alberi e verso la riva del fiume. Nella crescente oscurità del crepuscolo, Hannah cercò invano un segno di qualcosa, qualcuno.

Harold fece irruzione tra gli alberi a diversi metri a ovest della loro posizione, abbaiando mentre lo faceva.

«Là!» gridò, indicando dove giaceva un corpo sulla sponda del fiume. In un attimo, fu afferrata in mezzo e fu calata sulla sponda fangosa. Le sue pantofole affondarono nel fango morbido mentre cercava di raggiungere il ragazzo che giaceva senza vita vicino all'acqua. «Nathan!» ha sentito da qualche parte a lato.

Henry si era inginocchiato accanto a suo figlio, spostando la mano sotto la testa del ragazzo per cullarlo. I suoi vestiti e i suoi capelli erano fradici. «Nathan!» gridò di nuovo.

Ansimando forte, sbavando che gli gocciolava dalla bocca, Harold le diede una gomitata al braccio. «Oh, Harold», mormorò, avvolgendo un braccio attorno al collo del cane. «Buon cane», disse mentre permetteva al cane di leccarle la guancia. Pensò a quanto tempo era passato da quando Harold aveva trovato il ragazzo. Ma Harold era umido. Ovviamente anche lui era stato nel fiume. «Non poteva essere qui a lungo. Harold sarebbe scappato per tutto il tragitto», disse disperata.

Osservò Henry sollevare Nathan dal terreno fangoso. «È vivo», disse, con un sibilo di sollievo mentre prendeva un respiro profondo.

«Portalo a cavallo» ordinò Hannah, avvolgendo l'altro braccio attorno al collo di Harold. Henry le rivolse uno sguardo interrogativo. «Posso tornare indietro con Harold», aggiunse, i suoi respiri ancora affannosi, come lo erano quelli di Harold. «Andare!» disse, un po' troppo duramente.

Regolando la presa su suo figlio, Henry fece un cenno a sua moglie.

Sollevò suo figlio in sella e poi montò su Thunder. Se ne andò, cullando il corpo del ragazzo davanti a sé. Si voltò più volte mentre il suo cavallo tornava di corsa verso la casa, cercando invano Hannah e Harold. Prima che potesse confermare che lo stavano seguendo, era di nuovo a casa, Billy correva ad aiutare, e la signora Batey chiamava Parkerhouse per mandare un dottore, e la signora Chambers portava asciugamani caldi per avvolgere Nathan.

*H*enry non aveva idea di quanto tempo fosse passato da quando aveva lasciato Hannah e Harold sulla riva del fiume a quando il dottore era arrivato e si prendeva cura di suo figlio.

Freddo, bagnato e disorientato, Nathan si svegliò e trovò un gruppo di persone che lo fissavano. Sorrise. «Ho camminato sulla passerella», ha detto con orgoglio, i suoi occhi azzurri tutti maliziosi.

Suo padre lo fissò con uno sguardo a metà tra preoccupazione e rabbia. «Vuoi dire che sei uscito *dalla* passerella», ribatté.

Il ricordo di ciò che aveva fatto poco prima che il tronco si attorcigliasse di lato fu sostituito dall'incubo di essere sospeso sul fiume ghiacciato. «Ho provato a resistere», disse Nathan, la voce improvvisamente debole. «Ma ho afferrato la presa». Alzò la testa per guardarsi intorno nella stanza, tra le persone che componevano la folla che aleggiava su di lui. «Dov'è Harold?» squittì. «Era il mio primo ufficiale», ha detto, cercando di far sembrare che tutto andasse bene. Sicuramente è andato tutto bene.

«Oh, dannazione», disse Henry, allontanando la mano dalla testa del figlio. Si guardò intorno nella stanza, aspettandosi di trovare Hannah tra quelli nel salotto. Quando si è reso conto che non c'era, ha lasciato il figlio e si è precipitato nel corridoio. «Hannah!» gridò, dirigendosi verso le scale. Di certo era arrivata a casa sana e salva. Harold era con lei.

Aveva avuto tutte le intenzioni di tornare dietro a lei, tutte le intenzioni di portare con sé un mantello per avvolgerla. La serata era già diventata fredda anche prima che tornasse con suo figlio. Se fosse ancora là fuori.

«Ecco», sentì la sua voce calma. Henry si voltò e la vide seduta sul pavimento del vestibolo, l'enorme corpo ansimante di Harold disteso sul pavimento piastrellato di marmo. Hannah aveva le braccia avvolte intorno al suo collo, proprio come aveva fatto quando l'aveva lasciata sulla riva del fiume. Il pelo del cane era ancora umido per la nuotata nel fiume.

«Hannah!» disse mentre si precipitava al suo fianco, mettendosi in ginocchio. «Buon Dio, mi dispiace tanto. Io —»

«Come è lui?» lo interruppe, il viso rigato di lacrime. Il fango foderava l'orlo delle sue gonne ed era imbrattato sulla maggior parte del resto del suo vestito da quando si era calata sulla riva del fiume. Le sue pantofole, rovinate dal fango e dall'acqua e dalla passeggiata di ritorno a Gisborn Hall, erano state abbandonate vicino alla porta d'ingresso. «È vivo?»

«Starà bene», rispose Henry. «È un Forster. Troppo stupido per morire di esposizione», ha detto nel modo più autoironico che potesse gestire. «Stava camminando sulla passerella e apparentemente è caduto», ha detto a titolo di spiegazione. «Dice che non ricorda nulla dopo essere caduto in acqua».

Harold alzò la testa e gemette.

«Harold deve averlo ripescato», disse piano Henry.

Annuendo, Hannah abbassò il viso sulla testa di Harold. «Buon cane», sussurrò mentre si concedeva un debole sorriso.

«La cuoca ha detto che gli avrebbe preparato una cena speciale», disse Henry con un sorriso corrispondente. «Vieni», disse alzandosi e tendendo la mano.

Proprio in quel momento, la porta d'ingresso si spalancò. Sarah si precipitò dentro, senza fiato e piuttosto agitata. I suoi occhi volarono su Henry. «Lui è qui?» ha praticamente gridato. «Oh, Henry, ti giuro che faresti meglio a passare a lui...» La sua voce si spense mentre osservava la contessa di Gisborn seduta sul pavimento piastrellato con la metà superiore del suo cane infangato cullato su di lei. «Oh», riuscì a uscire, offrendo un goffo inchino.

Hannah dovette reprimere un sorriso. *Devo guardare uno spettacolo nel mio abito rovinato, il mio viso macchiato di lacrime.* «Come va, Sarah. Nathan è qui e, a quanto pare, è in via di guarigione», disse piano, pensando che qualcuno fosse stato mandato a prendere la madre del ragazzo.

Gli occhi di Sarah si spalancarono di nuovo mentre guardava tra Hannah ed Henry. «Cosa è successo?» chiese, il suo sguardo finalmente posato su Henry. «Doveva essere a casa prima che facesse buio», affermò con una voce che sembrava non riuscire a decidere se fosse in preda al panico o arrabbiato. Hannah pensò che forse fosse un po' di entrambi.

Dal suo punto di osservazione privilegiato sul pavimento, Hannah osservò Henry tendere un braccio a Sarah. La sua spalla era improvvisamente sotto la sua mentre lui le avvolse un braccio intorno alla schiena e la condusse in salotto, spiegandole per tutto il tempo cosa era successo con voce calma, la sua testa inclinata in modo che la sua guancia fosse quasi appoggiata sulla sommità della sua testa.

Sbalordita dalla facilità con cui Sarah aveva suscitato la sua simpatia, dalla rapidità con cui Henry l'aveva presa sotto la sua ala... letteralmente! Hannah provò una fitta di... *rabbia*?

No.

Come poteva provare rabbia? Sarah era la madre di Nathan. Henry l'amava. Certo, avrebbe fatto tutto il possibile per calmarla, per rassicurarla che tutto sarebbe andato bene.

Tirando su col naso, Hannah riconobbe l'emozione che provava come gelosia. Henry stava per offrire il suo aiuto per aiutarla a rimettersi in piedi, e poi, all'improvviso, si è occupato di Sarah.

Trattenendo un singhiozzo, Hannah abbracciò Harold così forte che emise un gemito di lamentela. Il che ha solo fatto piangere di più Hannah. «Oh, Harold», sussurrò, affondando il viso nel suo collo.

Quando finalmente ebbe versato l'ultima lacrima, Hannah riuscì ad alzarsi in piedi e a dirigersi verso la sua camera da letto, lasciando Harold a dormire nel vestibolo.

CAPITOLO 17
HAROLD SCOMPARE

La signora Batey canticchiava mentre spolverava il tavolo rotondo vicino all'ingresso, il berretto bianco di traverso e le guance più rosse che Hannah avesse mai visto. Nonostante l'insistenza del calendario sul fatto che fosse aprile, Hannah indossava un abito invernale e le sue calze di seta più spesse. Aveva persino indossato un'altra sottoveste per proteggersi dal freddo nell'aria. L'alba di quella mattina era stata di un rosa glorioso e rubino e prometteva una giornata limpida e calda. Era stato tutt'altro.

«Sei stata fuori, signora Batey?» chiese Hannah mentre passava davanti alla governante, gli occhi fissi sulle finestre dell'ingresso principale. Poteva giurare di aver visto qualcosa proprio in quel momento cadere dal cielo. Troppo lento per essere una goccia di pioggia, pensò che potesse essere neve.

«Santo cielo, no, signora. Fa troppo freddo», rispose la donna più anziana, un debole accento della contea del nord che le tingeva la voce.

Hannah era in piedi davanti alle finestre a fissare una scena piuttosto grigia. Stava nevicando. Questo era il tipo di tempo per cui era nato Harold, pensò, ricordando il racconto di suo padre di aver acquistato il cane da alcuni monaci delle Alpi italiane. Harold allora era un cucciolo, abbastanza grande da lasciare la tana ma non ancora addestrato a cercare i viaggiatori in difficoltà. Aveva svolto un lavoro magnifico nel salvarli e nell'avvertirli di Nathan, tuttavia, e lei era molto orgogliosa che fosse stato lui a guidarli dal povero ragazzo.

Ricordò l'espressione sul viso di suo marito quando Harold era andato da lui, abbaiando freneticamente e tirando su Gisborn finché non aveva dovuto spiegare che qualcosa non andava. Harold non si sarebbe mai comportato in quel modo a meno che qualcuno non fosse nei guai o avesse bisogno di aiuto. E una volta che Nathan era stato al sicuro a casa con sua madre e Gisborn aveva finalmente, molto tardi, preso congedo dalla sua amante e dal loro figlio, era andato direttamente da lei e l'aveva ringraziata per aver insistito affinché Harold si unisse a loro a Gisborn Hall.

Rivendicazione, ricordò di aver pensato al nome del suo cane. Ma sentiva ancora quella fitta di gelosia. Si era chiesta se fosse successo qualcosa di più a casa della vedova oltre a loro due che avevano infilato Nathan nel suo letto. Aveva messo a letto Sarah? Aveva detto alla madre di suo figlio che l'amava ancora? Aveva quasi raccolto abbastanza coraggio per chiederglielo.

Ma Henry la baciò. Dolcemente, dapprima, e poi con più forza, la sua bocca si impossessò della sua, la sua lingua le apriva le labbra per depredare la sua bocca e renderla del tutto indifesa. Si era aggrappata a lui, ricambiava il bacio meglio che poteva, emettendo i silenziosi miagolii che lui sembrava intendere come il permesso di prenderla. Un semplice bacio avrebbe fatto il trucco, pensò, perché il tocco delle sue labbra sulle sue faceva sembrare che le sue viscere prendessero una caduta e un calore liquido per accumularsi tra le sue cosce. In pochi istanti, era stata matura e pronta per essere impalata da lui. Eppure, si era preso il suo tempo per slacciare i bottoni sul retro del suo vestito rovinato, aveva passato un tempo insopportabilmente lungo a rimuoverlo e il suo corsetto, e sembrava per sempre prima che si togliesse la sottoveste dal corpo. Aveva continuato a baciarla mentre la stendeva sul letto, coprendo il suo corpo con il proprio, anche se indossava ancora la camicia di lino e i calzoni. Le sue labbra erano passate dalla sua bocca al collo e alle orecchie e alla lunga colonna della gola prima di fare presa su ogni capezzolo. A quel punto, le sue dita si erano avvolte nei suoi folti capelli scuri, la loro guida gentile gli tirava il viso verso il basso in modo che i suoi seni fossero coperti dai suoi morsi, leccate e baci.

Quando le sue grida di gioia e piacere finalmente svanirono, era sicura che lui si sarebbe spogliato e l'avrebbe presa in quel momento. Sentì il suo battito frenetico nel profondo, il suo nucleo che pulsava in attesa di lui. Ma si spostò semplicemente più in basso nel letto, più in basso del suo corpo per muovere le labbra sulla morbida carne bianca delle sue cosce e poi sui ricci scuri. Non era stata cosciente di allargare le gambe per lui, di inclinare i fianchi in modo che la sua lingua potesse girare tra le sue pieghe gonfie e stuzzicare la sua femminilità. *Ma devo averlo!* Perché quando l'estasi l'aveva presa, si ricordò di aver gridato il suo nome, di come tutto il suo corpo avesse finalmente ceduto alle onde represse di piacere che semplicemente la investirono in continuazione finché non ebbe sospirato.

Le sue mani erano ancora nei suoi capelli, si rese conto allora. Accarezzandogli la testa con la punta delle unghie, sentì un brivido attraversarlo mentre si allontanava dalla sua femminilità. Non era consapevole della sua maglietta che si staccava dal suo corpo, dei suoi pantaloni che erano stati rimossi o di qualsiasi altra cosa finché non l'aveva coperta di nuovo con il suo corpo. Sapendo cosa fare, aveva le cosce avvolte intorno alla sua schiena anche prima di sentire la punta umida della sua virilità congestionata entrare nella sua guaina bagnata.

L'improvvisa sensazione di pienezza la fece inspirare bruscamente, e lui si fermò, rimanendo molto immobile, aspettando che lei facesse la prossima mossa. Inclinando di più i suoi fianchi, il suo movimento lo costrinse più a fondo. Era consapevole del suo sussulto allora, del suo gemito, mentre si tenne fermo per un momento molto lungo. E poi si stava tirando fuori, lentamente, finché non fu sicura che stesse lasciando il suo corpo.

Non proprio sicura di cosa avrebbe dovuto fare per fermare la sua ritirata, si strinse a lui, avvolse le braccia intorno al suo busto e tirò. Ci fu un gemito strozzato, e lui era di nuovo dentro, profondo e duro e la riempiva, la sensazione piuttosto piacevole. Il ritmo dei suoi movimenti accelerati era facile da abbinare, i suoi fianchi si sollevavano per incontrare i suoi mentre lui si seppelliva dentro di lei ancora e ancora. E poi la tensione che era arrivata a rendersi conto che era l'eccitazione e il massimo piacere la sopraffece. Si strinse forte su di lui mentre l'orgasmo prendeva tutto il suo corpo in un piacere ondulato.

Il ringhio che emanava da lui iniziò basso nel suo corpo ed esplose mentre il suo corpo si contraeva violentemente contro di lei, dentro di lei e sopra di lei. E poi fu premuto contro di lei, la testa seppellita nello spazio tra il collo e la spalla di lei, il corpo che la circondava, avvolgendola di calore, i battiti del cuore che battevano contro il suo seno proprio come lei sapeva che il suo doveva battere contro il suo petto.

Giacevano così per molto tempo.

Quando alla fine ha tentato di lasciare il suo corpo, lei si era aggrappata a lui, il suo "No!" l'unico suono oltre al suo respiro irregolare vicino al suo orecchio. Quindi aveva avvolto le braccia attorno al suo corpo e si era girato sulla schiena, prendendola sopra di sé mentre prendeva le lenzuola e le copriva entrambe. Prima che il sonno la prendesse, era consapevole delle sue labbra sulla sua fronte, del battito del suo cuore sotto il suo palmo che rallentava ad ogni respiro, del suo sospiro soddisfatto mentre il sonno lo prendeva.

Hannah si chiese se gli fosse piaciuto. Gli avrebbe chiesto se si fossero svegliati insieme. Ma quando aveva aperto gli occhi alle sfumature rosse dell'alba di quella mattina, Henry non era più nel suo letto. Sul cuscino dov'era stata la sua testa c'era una piccola borsa di velluto. Hannah la fissò a lungo prima di sollevarla tra due dita e studiarla.

La coulisse di corda di raso, tesa all'apertura, si allentava quando lei tirava le arricciature. Una catena d'oro con un ciondolo di rubino scivolò come un liquido sulle lenzuola. Sorpresa, Hannah toccò il metallo caldo con un dito e studiò la pietra dal taglio rotondo nella sua montatura dorata. Il rubino luccicava nella strana luce del mattino, proiettando le sue sfumature rosse da una parte e dall'altra.

Guardando indietro dove aveva trovato la borsa, vide una pergamena piegata in un minuscolo quadrato.

Per mia moglie, per la mia contessa, un rubino ti do, per tutto quello che hai fatto, Henry.

Hannah ha riletto più volte lo scarabocchio maschile, si è commossa per il fatto che Henry Forster le avrebbe donato un tale gioiello prima ancora che lei gli avesse dato alla luce un bambino.

La sua mano raggiunse il suo ventre, accarezzandolo in modo protettivo. Il suo seme aveva messo radici? Potrebbe essere già incinta? Un sorriso apparve sul suo viso mentre pensava a un bambino che giocava con Harold, a quanto sarebbe stato paziente con un bambino che gli afferrava una manciata di capelli e lo supplicava di cavalcarlo come un cavallo. Harold sarebbe stato bravo con il loro bambino, pensò.

Dove era lui?

Non aveva visto la bestia quella mattina. «Hai visto Harold?» chiese, voltandosi dal vetro della finestra del vestibolo dove il suo respiro aveva creato intricati motivi di brina sul vetro. Il suo pollice e l'indice accarezzarono distrattamente il ciondolo di rubino all'incavo del suo collo.

La signora Batey si fermò a spolverare il palmo in vaso nell'ingresso, come se avesse dovuto riflettere a lungo sulla domanda prima di rispondere. «No, signora. Non l'ho visto oggi. Se ha un po' di buon senso, però, era stato in cucina dove fa caldo».

Hannah guardò per un momento la governante. «Dubito piuttosto che la signora Chambers gli avrebbe permesso di passare troppo tempo lì dentro», ribatté, ricordando come ha reagito la cuoca dopo aver incontrato l'Alpenmastiff il primo giorno in cui era stata a casa. Almeno la cuoca lo accettava di più ora che sapeva che mangiava gli avanzi. Le ha evitato di doverli smaltire.

Con l'aumentare dell'allarme, Hannah superò la governante e scese il corridoio fino alle scale della servitù sul retro, con le pantofole che picchiettavano sulla pietra. Stava quasi correndo quando raggiunse la cucina, il suo tepore confortante in contrasto con il resto della casa.

La signora Chambers alzò lo sguardo sorpresa al suo arrivo dall'ingresso della servitù.

«Hai visto Harold?» chiese Hannah, senza fiato per la corsa dalla casa.

La cuoca si asciugò la fronte con un braccio mentre considerava la domanda di Hannah. «No. Be', non da stamattina presto. Gli ho lanciato un garretto dalla pancetta mattutina proprio fuori da quella porta là», si corresse mentre indicava con la mano la porta sul retro. «Penso piuttosto che la bestia sarebbe terribilmente affamata, visto che non ha mangiato la scorsa notte», ha aggiunto.

Corrugando le sopracciglia, Hannah ricordò la stanchezza del cane. Quando erano tornati dal fiume, Harold era appena entrato in casa prima di crollare sul pavimento del vestibolo. Una volta che Sarah ed Henry erano entrati nel salotto, si era finalmente alzata da terra e aveva incoraggiato Harold a seguirla nella sua stanza. L'aveva fatto, ma sembrava che ci volesse un grande sforzo per salire le scale. Una volta sdraiato sul tappeto, ai piedi del letto, si era sistemato e si era subito addormentato.

Nel frattempo, dal momento che non poteva slacciare le chiusure del suo abito rovinato, Hannah trascorse del tempo nella vasca da bagno, lavando via i resti di fango dal suo corpo e dall'abito mentre rifletteva su cosa sarebbe potuto succedere a Nathan. Srotolò le calze e le pantofole incrostate di terra, chiedendosi se Lily sarebbe stata in grado di rimetterle a posto. Togliendosi le forcine dai capelli, se li spazzolò via, chiedendosi se a Henry piacesse anche il profumo di caprifoglio che aleggiava intorno a lei.

Hannah pensò di passare il resto della notte in biblioteca a leggere un libro. Ma poi Henry era tornato a casa e aveva fatto l'amore con lei in quel lento, squisito... lei si scrollava dalla mente i pensieri carnali.

Correndo verso la porta sul retro, Hannah l'aprì e diede un'occhiata al cortile laterale, chiamando finalmente il nome di Harold. Quando lui non apparve, si tirò di nuovo dentro.

Dannazione! Stava facendo freddo e c'erano più fiocchi di neve che turbinavano. Dove potrebbe essere andato? Non sarebbe stato con Henry: il conte stava visitando gli inquilini per spiegare meglio i canali di irrigazione e di controllo delle inondazioni e le serre che erano già completamente incorniciate sul terreno incolto vicino alle scuderie. Quel giorno non c'erano nemmeno operai che lavorassero alla roggia; il freddo aveva tenuto tutti in casa.

Nathan! Forse era tornato a casa di Sarah. Correndo in camera sua, indossò un altro paio di calzini e mezzi stivali prima di infilarsi la sua pelliccia più calda. Di ritorno nel vestibolo, afferrò i guanti e il mantello e un manicotto che trovò tra i vestiti appesi ai ganci, maledicendo silenziosamente Harold per essere scomparso in una giornata così fredda. Poi uscì dalla porta e si diresse il più velocemente possibile da Sarah.

La casa della madre sembrava deserta; un bussare alla porta d'ingresso non ha avuto risposta. Ha chiamato il nome di Harold, ma il cane non si trovava da nessuna parte.

«Lady Gisborn?»

Hannah si girò di scatto per trovare Sarah al braccio di un uomo che non riconosceva. Alto e solo un po' corpulento, aveva un viso amichevole e indossava abiti che facevano pensare che fosse un cittadino benestante. *Questo doveva essere l'uomo di cui parlava Sarah, l'uomo che doveva chiederle la mano in matrimonio!*

Hannah non fu in grado di rivolgere all'uomo più di un lieve cenno del capo al suo generoso inchino. «Oh, Sarah, stavo per chiamarti», disse, il suo stato di affanno che fece corrugare le sopracciglia di Sarah.

«Cosa c'è che non va, signora?» chiese Sarah, consapevole della crescente angoscia di Hannah. Voleva presentare la sua scorta ad Hannah, ma si rese conto che la contessa non era dell'umore giusto per i convenevoli. Sarah ha dato la chiave della sua casa al gentiluomo. Girò intorno ad Hannah per aprire la porta.

Hannah scosse la testa. «Io... Harold è scomparso», disse infine, realizzando all'ultimo secondo che la sua preoccupazione suonava sopraffatta anche alle sue stesse orecchie. Era un cane. Era ricoperto di una folta pelliccia e allevato per un tempo come questo. *Perché sono così preoccupata?*

La bocca di Sarah si aprì, come se intendesse rispondere con una banalità. Ma era consapevole di ciò che Harold aveva fatto il giorno prima, consapevole che suo figlio avrebbe potuto perdersi se il cane non fosse venuto in suo aiuto e poi avesse portato i soccorritori dal povero ragazzo.

E vide l'angoscia di Hannah.

«Non lo vedo da ieri sera, milady», rispose con cautela. «E stamattina non è venuto a casa. Nathan è con il suo tutore», aggiunse, agitando una mano guantata lungo il viottolo verso il villaggio. «Sicuramente tornerà a casa quando avrà fame?» quasi chiese, sperando di placare la preoccupazione della nobildonna.

Anche infagottata contro il gelo crescente, la signora di Gisborn era bellissima, pensò Sarah. Bella nell'aspetto e nello spirito. Era stata più generosa e tollerante di quanto Sarah avrebbe mai potuto immaginare di essere una signora del *ton*. Si comportava come se Sarah, in quanto primo amore di Henry, avesse i primi diritti sull'uomo. La donna non si rendeva conto di quanto Gisborn fosse cresciuto per prendersi cura di sua moglie? Avrebbe potuto richiedere una spinta nella giusta direzione, ma di certo Lady Gisborn era abbastanza perspicace da rendersi conto che Gisborn provava affetto per lei.

Hannah scosse la testa. «Suppongo», rispose alla fine, sentendosi ridicola per aver reagito in modo esagerato a un cane scomparso. «Chiedo scusa. Ti sto trattenendo dal caldo e dal tè. Per favore, scusami», implorò mentre si inchinava e si affrettava lungo il viottolo.

Sarah osservò la contessa congedarsi mentre l'oste si muoveva per prenderla per un braccio e condurla nella casa della dote.

«Credi che ami il cane più di quanto ami suo marito?» chiese Tad McDonald in un sussurro, una sfumatura di canzonatura nella sua voce.

La sua futura sposa scosse la testa. «Allo stesso modo, dovrei pensare», rispose Sarah con un sopracciglio inarcato. Rendendosi conto che Tad si era fatto da parte per permetterle di entrare in casa prima di lui, lanciò un'altra occhiata alla figura di Lady Gisborn in ritirata prima di precipitarsi nella casa calda.

Un ragazzino, che caricava dei mattoni su un carro di legno, si fermò quando vide Lady Gisborn avvicinarsi a lui. Si inchinò in modo piuttosto appropriato considerando la sua faccia sporca e le brache infangate. Hannah gli fece una rapida riverenza prima di chiedere di Harold. «Sì, l'ho visto». Il ragazzo indicò in direzione di Gisborn Hall. «Subito dopo pranzo. Stava uscendo da quella parte. In quel campo lungo il nuovo canale di irrigazione», disse prima di riportare la sua attenzione sui mattoni.

Hannah si voltò per seguire la direzione indicata dal suo dito. «Grazie», rispose con un cenno del capo, provando sollievo nel sapere che il cane non era diretto verso Bampton. Quel villaggio era a quasi due miglia di distanza! Tornando arrancando verso Gisborn Hall, Hannah seguì il sentiero che costeggiava il canale di irrigazione orientale. Piante morte scricchiolavano sotto i suoi mezzi stivali mentre si faceva strada. Di tanto in tanto il suo sguardo scrutava l'orizzonte alla ricerca della bestia pelosa marrone e bianca.

Il suo allarme si era trasformato da tempo in un crescente fastidio per il cane scomparso. *Come potrebbe?* Aveva dimostrato il suo valore solo il pomeriggio prima, e ora era scappato e l'aveva fatta preoccupare al punto da quasi ammalarsi. La neve cadeva a grandi fiocchi bagnati. Ignara del freddo fino al momento in cui non ha notato i fiocchi di neve più grandi, Hannah si è resa conto che il sole sarebbe presto tramontato e il crepuscolo avrebbe fatto diventare grigi tutti i colori. Se non avesse trovato Harold prima del tramonto, avrebbe... cosa avrebbe fatto? Piangere, certo. *Mi sembra di fare troppo di questo ultimamente*, si ammonì.

Harold era la sua migliore amica, la sua *unica* amica qui a Gisborn Hall. Le sue amiche adesso erano sposate. *Innamorata dei loro mariti*, pensò, con la mente che tornava alla notte precedente, quando Henry era stato così affettuoso. Il suo cuore si strinse proprio in quel momento.

Avrebbe mai provato per lei quello che provava per Sarah? Avrebbe mai pensato a lei solo quando facevano l'amore? Pensare solo a lei la mattina quando erano nella sala colazione? Pensare solo a lei quando stavano prendendo il tè, quando lui allungava la mano e le dava un bacio veloce sulla guancia mentre lei versava? L'aveva fatto proprio l'altro ieri. E poi Harold dovette alzare la testa grossa e pelosa e guardare il suo povero marito con quello sguardo che suggeriva che sarebbe meglio lasciare in pace la sua amante.

Harold!

Era lui? Si affrettò verso una massa marrone e bianca annidata contro una piccola collinetta all'estremità del campo. I suoni dell'acqua corrente provenivano da oltre la collina. *Il fiume?* si rese conto, sorpresa di essere arrivata così lontano. Il fiume segnava il confine posteriore delle terre del conte! Era molto vicino al luogo in cui avevano trovato Nathan. Quasi correndo, chiamò il nome di Harold. Uno sbuffo di bianco si schiarì davanti al suo viso quando finalmente si inginocchiò accanto alla bestia pelosa. «Oh, Harold, è *qui* che sei stato tutto il giorno?» chiese esasperata, la mano guantata accarezzando i lunghi capelli. «Nathan sa che è meglio che tornare qui da solo», lo rimproverò.

Quando Harold non si mosse, strisciò fino al punto in cui la sua testa era appoggiata a terra. Non c'erano prove di traumi, nessun segno che fosse stato ferito. Ma il suo corpo non si mosse. Non apparivano sbuffi bianchi vicino alla sua testa. «Oh, Harold, no», sussurrò, mentre le lacrime cominciavano a sgorgare ancor prima di rendersi pienamente conto di cosa era successo. *Perché non si è mosso? Perché è venuto qui?* Era *vecchio*, ovviamente. Molto più vecchio di qualsiasi cane della sua taglia che avesse il diritto di essere. Ma qui? *Adesso?* Non poteva sopportare di credere che Harold se ne fosse andato.

Hannah si tolse un guanto dalla mano, affondando le dita nel pelo lanuginoso del suo collo. Non poteva essere morto a lungo, pensò. Era ancora caldo. Crollando sul suo corpo, una mano che gli accarezzava l'orecchio, scoppiò in lacrime. «No», gridò, un singhiozzo interruppe la sua richiesta. Continuò a piangere mentre i singhiozzi le scuotevano tutto il corpo.

Come poteva morire la sua unica amica al mondo? Non si era mai sentita così sola. Non riusciva a ricordare di aver provato tanta disperazione quando sua madre era morta, ma doveva averlo fatto, pensò. Anche quando un minimo di buon senso le disse che era una contessa e non doveva essere prona sul corpo del suo cane defunto, Hannah ha continuato a piangere fino a quando la stanchezza e il freddo hanno avuto il loro tributo. In poco tempo, cadde in un sonno agitato.

«Prego che domani non piova, signora Batey», disse Henry con un sorriso mentre permetteva al suo cameriere di aiutarlo a togliersi il pastrano. «Con un po' di fortuna, inizieremo meglio sul canale di irrigazione centrale». Aveva il naso rosso per l'aria gelida, ma era ovviamente felice dei progressi che la squadra di operai aveva fatto quel giorno sulle serre.

Il conte sembrava così di buon umore che la governante pensò di tenere per sé la sua preoccupazione per la contessa. Ma Henry Forster sapeva che qualcosa non andava anche prima che lei rispondesse al suo saluto. «Che cos'è? Che è successo?» chiese, con una punta di urgenza nella voce.

La signora Batey strinse le mani. «Potrebbe essere niente, milord», rispose scuotendo la testa. «Ma... Lady Gisborn non è tornata. E dall'aspetto del tuo cappotto, è diventato ancora più freddo là fuori. Una raffica di fiocchi di neve era scesa dal cappotto di Henry mentre Murphy se lo toglieva dalle spalle.

Henry guardò la governante con un sopracciglio arcuato. «Non è tornato da... da dove?» chiese. Hannah non aveva detto niente riguardo alle telefonate. Non conosceva ancora molte persone della zona. E faceva troppo freddo per essere fuori a consegnare cibo alle due donne malate a cui aveva fatto consegne solo pochi giorni prima.

«Non lo so», rispose la signora Batey, le sue mani ora tese su entrambi i lati del suo corpo grassoccio. «Stava cercando il cane, vedi, e quando non riusciva a trovarlo in casa, si vestiva per andarsene via. E nessuno l'ha vista tornare». La vecchia sembrava sul punto di piangere.

Il panico attanaglia Henry. Se fosse stata *con* Harold, non sarebbe stato eccessivamente preoccupato per Hannah, ma se fosse stata fuori a cercare *il* cane, dove sarebbe andato Harold?

Da Sara.

Henry prese il suo pastrano da Murphy sorpreso e se lo gettò sulle spalle, i mantelli vorticavano mentre si sistemavano sul suo corpo. «Penso di sapere dove sono andati. Dì a Billy di tenere il mio cavallo sellato, però», ordinò prima di affrettarsi attraverso il vestibolo e uscire dalle porte principali. Si sta facendo buio. Sicuramente Hannah ne avrebbe saputo abbastanza per tornare a casa prima che l'oscurità calasse sulla tenuta, ed il freddo e le nevicate peggiorassero.

Costringendosi a mantenere la calma, Henry si limitò a dirigersi verso la casa di Sarah, i suoi passi più lunghi del normale. Le finestre erano illuminate dalla luce di una lampada e dal camino che emetteva un ricciolo di fumo intriso di profumo di erbe. Sebbene fosse suo diritto entrare semplicemente nella casa della dote, bussò, chiamando il nome di Sarah. Quando aprì la porta, con un accenno di sorpresa sul viso, fece un inchino. «Non hai ancora trovato il cane?» chiese, dicendo le parole prima di fargli segno di entrare.

Henry scosse la testa, rendendosi conto proprio in quel momento che la ricerca del cane da parte di Hannah probabilmente era iniziata alla casa della dote. «In realtà, stavo cercando Lady Gisborn. Lei è qui?» chiese, pensando che suonasse come un marito geloso che non voleva che sua moglie e il suo amante socializzassero.

Gli occhi di Sarah si spalancarono allarmati. «Oh, Gisborn», sussurrò, una mano che si portò al petto. Nathan apparve accanto a lei, il suo viso si illuminò quando si rese conto che suo padre era venuto a chiamarla.

«Ciao, figliolo», disse Henry tendendo la mano destra. Il ragazzo la prese scuotendola con decisione.

«Lady Gisborn ha trovato Harold?» chiese il ragazzo. «Andrew ha detto che era molto preoccupata quando ha chiesto dove fosse andato». C'era una punta di eccitazione nella sua voce. «Pensavo che potesse essere qui quando sono tornato a casa dal mio tutor, ma mamma dice che oggi non è venuto a trovarci».

«Zitto, Nathan», disse Sarah, allungando la mano per tenersi sulla spalla del figlio.

«Dove è andato Harold?» domandò Henry, la sensazione di panico lo attanagliava di nuovo. Presto sarebbe buio. Stava diventando più freddo e cadeva altra neve.

«Andrew ha detto che stava attraversando il campo. Come se stesse andando dove stavo giocando ieri», ha aggiunto con un sorriso colpevole. «Posso venire con te?»

Sarah si aggrappò alla spalla di suo figlio più saldamente, le sue nocche sbiancarono per la pressione. «Resta qui, Nathan. Non uscirai con questo tempo», disse più a Henry che a suo figlio.

Prima ancora che Sarah finisse la sua dichiarazione, Henry si congedò dalla casa della dote e se ne andò di corsa, tornando verso le stalle. Da quanto tempo Hannah era stata via? Se aveva trovato Harold, perché non era tornato a casa? O era inciampata? Si è fatta male alla caviglia in una tana di coniglio? Era sdraiata nel campo da qualche parte, coperta di neve e congelata a morte?

Billy stava tenendo le redini del suo cavallo, il suo corpo magro che tremava nell'oscurità crescente. «Buona sera, capo», disse lo stalliere mentre Henry lo salutava con un cenno del capo, afferrava le redini e montava Thunder tutto in una mossa fluida. E poi se ne andò, spronando il suo cavallo nel campo. Nonostante il grigiore del crepuscolo e la leggera coltre di neve, riusciva a distinguere il sentiero che avevano seguito attraverso il campo appena arato il giorno prima.

Di tanto in tanto, fermandosi per chiamare il nome di Hannah e scrutare l'orizzonte in cerca di segni di lei o di Harold, Henry sentiva il suo panico trasformarsi in paura. *Cosa può essere successo?* Era quasi al fiume. Di certo non sarebbe andata al fiume.

A meno che non stesse scappando.

No, non poteva. Non lo avrebbe lasciato. Ne era sicuro. Non dopo ieri sera. Non dopo la notte trascorsa insieme. Non dopo il modo in cui lei aveva risposto ai suoi baci, al modo in cui aveva fatto l'amore con lei, al modo in cui l'aveva abbracciata in seguito come se fosse la cosa più importante del suo mondo.

Quale era.

A malapena consapevole del suo ultimo pensiero, Henry scorse un arco nero corvino contro il bianco candido della neve che copriva il lato della collinetta che separava il campo dagli alberi sulla sponda del fiume. Rallentava la sua andatura, permettendo al cavallo di farsi strada con cautela verso il tumulo.

Buon Dio! Era sceso da cavallo e si era inginocchiato accanto ad Hannah prima ancora di essere abbastanza sicuro che fosse lei. Una delle sue mani sembrava incastonata in qualcosa; nell'oscurità crescente, gli ci volle un momento per rendersi conto che Harold era sotto di lei. Lui alzò il corpo contro il suo, sollevato nel sentire il calore sul lato anteriore del suo corpo ma consapevole che la sua schiena era stata esposta al freddo per un po' di tempo. «Hannah, amore mio», sussurrò, le sue labbra che cercavano la sua gola. Sentì il polso lì e respirò con sollievo.

«Harold», sentì in un debole sussurro. Le palpebre di Hannah erano bagnate, come se avesse pianto. Henry osservò per un momento la massa di pelo. Troppo fermo per dormire, Harold giaceva su un fianco con gli occhi chiusi. Henry era consapevole di quello che doveva essere successo ancor prima di sentire il cane in cerca di segni di vita. Harold era tornato sul tumulo per morire. *Torna al luogo molto vicino a dove aveva salvato Nathan. Dove Nathan era quasi morto.*

Rendendosi conto che non poteva fare nulla per il cane, Henry cullò Hannah tra le sue braccia. I suoi occhi erano ancora chiusi, il suo corpo troppo freddo e il suo respiro così lieve che sembrava senza vita. Tenendola stretta contro la parte anteriore del suo corpo, montò con cautela sul cavallo. Le avvolse il cappotto meglio che poteva prima di affondare i talloni nel cavallo. Lo stallone partì di corsa, seguendo il sentiero attraverso il campo e tornando alle stalle. Senza aspettare che Billy reclamasse le redini del suo cavallo, Henry smontò da cavallo, stringendo Hannah alla parte anteriore del suo corpo mentre lo faceva. E poi correva, correva in casa e attraverso il vestibolo. Non sentì il sussulto della signora Batey o il "Caro Dio" di Parkerhouse mentre passava accanto a loro.

«Dov'è il più grande incendio?» chiese Henry, rallentando appena mentre si dirigeva verso le scale.

«La stanza di Lady Gisborn, milord», rispose Parkerhouse mentre osservava il suo padrone fare i passi due alla volta.

«Parlerò con te più tardi», chiamò Henry, scomparendo nella stanza di Hannah con la moglie ancora infagottata nel suo cappotto, l'orlo del suo mantello fluttuante sotto. Si sistemò sulla sedia più grande davanti al fuoco scoppiettante, posizionando Hannah in modo che la sua schiena fosse sulle fiamme e la sua parte anteriore fosse accoccolata contro il suo corpo. Le sue braccia erano avvolte nel suo pastrano, l'indumento ancora avvolto stretto attorno al suo corpo. Henry le accarezzò una guancia con la mano, toccandola in modo che si appoggiasse alla sua spalla.

«È malata, mio signore?»

Henry sapeva che avrebbe dovuto aspettarsi la governante, ma era ancora sorpreso dal suono della sua voce. «È viva», rispose, sorpreso dal sollievo che sentiva nella sua voce. «Harold non lo è, però. Puoi fare in modo che il cuoco prepari del tè e del cioccolato, per favore? E chiedi a Murphy di portare il brandy dalla biblioteca. Nella sua mente si stava formando un elenco di compiti, ma in quel momento voleva riscaldare e svegliare Hannah. Avrebbe potuto scoprire cosa era successo più tardi.

La signora Batey si precipitò fuori dalla stanza, emettendo a malapena un «Sì, milord», mentre lo faceva.

Respirando profondamente, Henry si rese conto che probabilmente era il primo dopo tanto tempo. La paura che aveva provato pensando di aver perso Hannah era stata palpabile. Come poteva una donna che conosceva da solo un paio di settimane avere un tale effetto su di lui? Sì, era bellissima, ma la sua bellezza fisica non aveva nulla a che fare con il modo in cui la sua semplice presenza in una stanza sembrava renderla molto più luminosa. O come il suo semplice bacio sulla sua guancia lo facesse sentire così felice di essere a casa quando tornava da una giornata di lavoro nei campi. Non vedeva l'ora di ricevere quel bacio quella sera, si rese conto, il pensiero lo sostenne dopo le battute d'arresto che i suoi operai avevano incontrato mentre lavoravano al nuovo fosso. Non avevano nemmeno lavorato quel giorno a causa del freddo.

Inconsciamente, la sua presa su Hannah si strinse e le baciò distrattamente la sommità della testa mentre rifletteva su come sarebbe stata la vita senza di lei. Sarah stava diventando distante, quasi come se non lo volesse più come suo amante e protettore. Presto suo figlio sarebbe andato ad Abingdon. *Vuota*, pensò, le sue labbra tornavano alla testa di Hannah. Solo che lei aveva inclinato la testa verso l'alto, e il suo bacio le cadde sulla fronte, il calore della sua pelle che gli bruciava le labbra. La tirò via dal suo corpo, sorpreso nel vedere le sue guance rosse. *Febbre*!

«Mio Signore?» Murphy era in piedi vicino alla porta, incerto se doveva entrare nella camera da letto della signora. Una caraffa di cristallo pendeva da una mano mentre nell'altra c'erano due bicchieri.

«Vieni», gridò Henry, riposizionando Hannah in modo da potersi togliere il cappotto dal suo corpo. «Aiutami a toglierle questo. Penso che abbia la febbre», disse con una voce che suonava come quella con cui aveva dato ordini ai soldati.

Murphy era lì in un istante, dopo aver depositato il brandy e i bicchieri su un tavolo vicino. Il cameriere si tolse abilmente il mantello, mettendolo sopra un braccio. Poi si inginocchiò e slacciò i lacci dei suoi mezzi stivali, sfilandoli mentre alzava lo sguardo per incontrare quello di Henry. «Dovrei far chiamare il dottore da Parkerhouse, mio signore?» chiese Murphy, aggrottando le sopracciglia. Gli stivali di Lady Gisborn erano rigidi per il freddo, anche se notò che indossava qualcosa di più delle calze di seta sotto di essi.

Henry ha preso in considerazione la domanda. Con la neve e il freddo crescente nell'aria, sarebbe stato crudele richiedere al medico di fare il viaggio di due miglia da Bampton. Per non parlare del povero cameriere che avrebbe dovuto fare il viaggio a Bampton. «No. Spero piuttosto che il brandy funzioni abbastanza. Ne verseresti un po'? E dov'è la cameriera di Lady Gisborn?» chiese quando notò che il cameriere teneva ancora gli stivali e il mantello di sua moglie.

«La signorina Parker non è in residenza, mio signore», si fermò il cameriere mentre rifletteva su come dire al suo padrone che era il giorno libero della cameriera. «Sta visitando i suoi genitori a casa di Coley», disse infine. Allo sguardo incredulo di Gisborn, aggiunse: «La signorina Parker dovrebbe tornare domattina presto».

Sbalordito, Henry trattenne una risposta arrabbiata. Lily era appena tornata dal suo viaggio con Babcock e ora era partita per Bampton. Prima lei e Billy si sposavano, meglio era.

Murphy fece un respiro profondo. «A rischio di sembrare impertinente, mio signore, Lady Gisborn ha... ha menzionato qualcosa sulla mancanza di personale qui?» chiese, mantenendo la voce bassa. «Mi rendo conto che questo non è il momento migliore per sollevare la questione», ha detto a titolo di scusa.

Henry scosse la testa. Non solo Hannah non aveva menzionato alcuna preoccupazione che avrebbe potuto avere per la mancanza di cameriere e aiuto in cucina, non aveva detto una parola di lamentela quando Lily era scomparsa. Si era persino vestita da sola e si era sistemata i capelli. Quale altra figlia di un aristocratico avrebbe accettato tanto tali condizioni? E non esprimere una parola di lamentela? Gli anni di comportamento avaro di suo zio avrebbero potuto lasciare la contea piena di fondi, ma il costo per correggere gli anni di – come aveva detto Lord Bostwick? – *mantenimento differito* – avrebbe prosciugato le casse se Henry non fosse stato attento. Be', c'era sicuramente abbastanza per assumere più personale, almeno più cameriere. «Ho sentito che gli Steward hanno una figlia che sta cercando un lavoro», ha dichiarato Henry a titolo di suggerimento.

Il sopracciglio di Murphy si inarcò. «Vuoi che informi Parkerhouse?»

«Sì», disse Henry con fermezza. «Abbiamo bisogno di un'altra o due domestiche in questa casa».

«Molto bene, mio signore», disse Murphy, porgendo un bicchiere di brandy a Henry mentre lo faceva. Lasciò l'altro sul tavolo accanto al suo padrone e si congedò dalla stanza.

Henry portò il bicchiere vicino alle labbra di Hannah, pensando che l'odore sarebbe stato sufficiente per svegliarla. Anche se non si mosse, Henry sentì il suo debole sussurro di «Harold».

Oh, come avrebbe voluto che lei dicesse il suo nome come ha fatto il nome di quel dannato cane!

Stava per rimproverarsi per il suo pensiero poco caritatevole – dopotutto Harold aveva salvato suo figlio – quando sentì sussurrare il suo nome.

E suonava come una preghiera. Come se avesse sentito i suoi pensieri. «Hannah?» lui ha sussurrato. Posò il bicchiere e la scosse dolcemente, le accarezzò una guancia con il dorso di un dito. Le sue ciglia sbatterono e poi si aprirono. «Grazie a Dio», sussurrò, stringendola più forte contro il suo corpo.

Hannah fissò Henry, la mente confusa, come se non sapesse dire dove si fermava un sogno e dove iniziava la realtà. «Henry?» sussurrò in risposta. Tentò di allontanarsi dal suo corpo, di guardarsi intorno. «Dove? Che cosa?» mormorò.

Rilassando il corpo teso, Henry la riposizionò in grembo e le baciò la tempia e la fronte. «Pensi di poter prendere del brandy?» si offrì, avvicinando il bicchiere alle sue labbra. Hannah gli lanciò un'occhiata suggerendo che non avrebbe dovuto offrirle l'alcol, ma ne sorseggiò un po', non meno infastidita dal sapore forte o dal bruciore che sentiva quando le arrivava in fondo alla gola. «Hai avuto un terribile shock», sussurrò.

Le parole sembravano riportarla alla realtà. Sentì il suo corpo teso, vide i suoi occhi blu fiordaliso spalancarsi prima che le lacrime vi sgorgassero dentro. «Harold è morto», sussurrò, coprendosi la bocca con una mano guantata.

«Lo so, io... ti ho trovata con lui. È tornato nello stesso posto in cui lui e Nathan erano stati ieri». Non sapeva cos'altro dire, quindi si limitò a tenerla per qualche minuto in più, convincendola a bere più brandy. Quando ebbe scolato il bicchiere, Henry lo mise da parte e poi con due dita cominciò a tirare i guanti, un dito alla volta, dalla mano di Hannah.

«Era vecchio, sai», sussurrò Hannah prima che un singhiozzo le distruggesse il corpo. «Sono passati almeno dieci anni da quando mio padre l'ha portato dall'Italia», spiegò, mentre le lacrime si calmavano quasi con la stessa rapidità con cui erano iniziate. «Allora era ancora un cucciolo. Il padre fu autorizzato a portarlo via dalla tana perché generoso con il suo sostegno ai monaci che vivevano sulle Alpi. Hanno salvato il suo amico, vedi. Il signor Aldenwood è stato ferito in un passo di montagna...»

Il nome fece trasalire Henry. Aveva appena tolto un guanto e stava per iniziare con l'altro. «Aldenwood? L'avventuriero?» lo interruppe Henry, ricordando come suo padre aveva descritto l'uomo noto per aver viaggiato per il mondo. L'uomo che ora rivendicava gli effetti di un vulcano avrebbe reso questa stagione di crescita particolarmente difficile nel Nord Europa. Henry non aveva ancora deciso cosa piantare, e nemmeno se avrebbe dovuto dare credito alla previsione di Aldenwood secondo cui l'estate sarebbe stata troppo fredda e piovosa per sostenere un raccolto decente. Se riuscissero a far scavare l'ultimo canale di scolo, potrebbero almeno incanalare l'acqua in eccesso nel fiume. Ma anche il grano richiedeva la luce solare per crescere. Era in costruzione una grande serra. C'era abbondanza di legname per erigere il telaio della seconda serra. Aveva già parlato con il vetraio di

Bampton delle lastre di vetro. Se l'uomo non era in grado di produrne abbastanza per una o due serre, al suo posto si poteva usare la tela cerata.

La mente di Henry stava correndo quando si rese conto che Hannah stava ancora parlando.

«Sì», Hannah annuì. «Aveva una grave distorsione alla caviglia, quindi mio padre ha continuato senza di lui fino a quando non ha individuato un Alpenmastiff sul sentiero. Il cane aveva delle provviste: era stato mandato dai monaci per aiutarli, vedete», spiegò in un sussurro, «E una delle femmine aveva partorito una cucciolata un paio di mesi prima. I monaci non potevano permettersi di tenere tutti i cani, ovviamente, quindi a mio padre fu permesso di prendere Harold». Fece un respiro profondo e sospirò, rintanandosi contro Henry, combattendo i singhiozzi che sentiva provenire proprio dal centro del suo corpo.

La signora Batey si precipitò nella stanza con un vassoio di tazze e due pentole. «Tè e cioccolata, mio signore», disse mentre posava il vassoio sul tavolo più vicino al caminetto. «Com'è lei?»

Henry diede un'occhiata superficiale alla governante. «Penso che abbia la febbre, ma sembra almeno tutta intera». Sua moglie si era addormentata, i suoi occasionali sussulti e tremori suggerivano che il suo sonno fosse pieno di incubi. «Potresti aiutarmi a metterla a letto?» sussurrò, alzandosi lentamente per stare in piedi con il corpo inerte di Hannah tra le sue braccia.

«Certo, mio signore», rispose la signora Batey con un cenno del capo, affrettandosi ad abbassare le lenzuola. «Vedrò se non riesco a trovare un binario notturno…»

«Dietro il cuscino», disse Henry mentre indicava con la testa la parte anteriore del letto. Dovette combattere il rossore improvviso che sentì colorargli il viso. Quanti mariti sapevano dove le loro mogli tenevano le lenzuola? Certo, era lì perché era lì che l'aveva imbottita dopo averla rimossa dal suo corpo le due sere prima, nascondendola a lei in modo che non potesse insistere per tirarsela indietro dopo che avevano fatto l'amore.

Pensò a quella mattina, a quanto fosse stato difficile congedarsi da lei e dal letto caldo, a quanto fosse stata dura la sua erezione anche mentre si faceva strada attraverso la stanza fredda verso la sua. Era stato quello strano strattone al cuore che gli aveva fatto lasciare il ciondolo e la catena di rubini sul cuscino quando era tornato nella sua stanza per darle la buona notte.

Facendola sedere sul letto, Henry notò il ciondolo di rubino che catturava la debole luce della lampada, con strisce rosse che lampeggiavano da dove si trovava nell'incavo della sua gola. *Lo sta indossando!* Appoggiò la parte anteriore del suo corpo contro il suo mentre si chinava per slacciare la serie di bottoni lungo la sua schiena. Era consapevole del sussulto a malapena contenuto della signora Batey mentre la sollevava in posizione eretta e le abbassava il corpetto e le maniche. «Puoi...?» suggerì, tenendo Hannah alzata mentre la governante si faceva avanti e spogliava sua moglie del vestito e delle sottogonne.

«Almeno ha indossato più sottogonne», ha commentato la signora Batey mentre si toglieva la terza. «Dovrei lasciarle le calze addosso, mio signore?» chiese poi, incerta se il conte si aspettasse che togliesse il corsetto e la sottoveste di sua moglie mentre lui era ancora nella stanza.

«Sono asciutti?» chiese, distogliendo con riluttanza la sua attenzione dalle spalle nude di Hannah e dalla curva del suo collo. Un rapido ricordo della schiena di Lady Charlotte, con la sua serie di punti neri che le sfilavano tra le scapole, le venne spontaneo. Laddove Charlotte avrebbe avuto cicatrici da quei punti – dalla ferita messa lì da una frusta – per il resto della sua vita, Hannah avrebbe avuto una pelle liscia e cremosa che si sarebbe modellata magnificamente sulle scapole sensuali e sui delicati rigonfiamenti della sua colonna vertebrale. Ci voleva ogni fibra del suo essere per non accarezzare quella pelle liscia in quel momento, per non appoggiare il palmo della sua mano contro quello spazio tra le ossa triangolari e semplicemente godersi il tocco di lei, nel permettere al calore della sua mano di filtrare dentro di lei.

«Un po' umido, credo», rispose la signora Batey scuotendo la testa. «E freddo», aggiunse sottovoce, la testa che tremava come se non riuscisse a capire la strana incursione della contessa. Tolse le calze e i calzini dai piedi di Hannah prima di allentare i lacci del corsetto. Lanciando uno sguardo interrogativo al conte, aspettò che Henry annuisse.

«Lei è mia moglie. L'ho vista tutta, signora Batey. Non devi preoccuparti della correttezza».

La governante doveva chiudere la bocca in fretta o rischiare di sembrare una stupida al suo datore di lavoro. Alcuni strattoni e un fruscio della seta fine della sua sottoveste, e Hannah rimase nuda. Con il calore del tessuto rimosso da lei, la pelle di Hannah si trasformò in pelle d'oca. La signora Batey si affrettò a infilare la camicia da notte sopra la testa di Hannah mentre Henry la aiutava a lisciarla intorno al suo corpo. Soddisfatto che fosse pronta per andare a letto, Henry la sollevò. «Parkerhouse ha conservato il brandy. Potresti riempire il suo bicchiere? E mi servirebbe una tazza di tè», mormorò, pensando che questo doveva essere il massimo che aveva chiesto alla governante da quando si era trasfe-rito a Gisborn Hall dopo la morte di suo zio. «E potresti portare su la cena quando è pronta? Insieme a un mattone caldo? I piedi della mia signora stanno gelando», aggiunse poi, togliendosi gli stivali e le calze.

La signora Batey annuì nervosamente, non abituata al conte che si spogliava davanti a lei. Si affrettò verso il servizio da tè, versando una tazza mentre cercava di non guardare mentre Henry si arrampicava sul letto, sistemandosi in modo che si sedesse contro la testiera imbottita prima di tirare Hannah tra le sue braccia e le lenzuola su entrambi. E poi, con il viso di un rosso vivo, la signora Batey gli diede il tè, lasciò il bicchiere di brandy sul comodino e fece una breve inchino prima di lasciare la stanza.

Henry si mise un cuscino di piume dietro la schiena e ne tirò un altro per sostenere il braccio che teneva Hannah. Bevendo il tè, si chinò su Hannah per appoggiare la tazza sul comodino. Mormorò qualcosa di incomprensibile, una sfumatura di tristezza nella sua voce.

Percepì all'improvviso la macchia crescente di umidità nella biancheria della sua camicia sotto il punto in cui la sua testa riposava. *Sta piangendo*. Il suo cuore si strinse, un improvviso bisogno di confortarla lo sopraffece.

Sospirando, Henry desiderò piuttosto aver finito di spogliarsi, anche se ciò avrebbe scandalizzato la povera signora Batey. Decidendo che poteva almeno togliersi i pantaloni, spostò Hannah al suo fianco e li spinse via sotto le coperte, gettandoli oltre il lato del letto.

Anche prima che potesse riposizionare Hannah tra le sue braccia, lei si era girata su un fianco, il suo corpo si era aggrappato alla sua coscia nuda, un braccio piegato in modo che la sua mano fosse appoggiata vicino alla sua virilità e la sua testa appoggiata sul suo fianco. Dovette soffocare una risatina. In quel momento, quella zona era la parte più calda del suo corpo. Ma se avesse aperto gli occhi, avrebbe potuto non apprezzare la vista della sua virilità a pochi centimetri da lei.

Sollevandola di nuovo sul suo corpo, la tenne stretta, le sussurrò tra i capelli e le spruzzò baci di piume lungo la parte superiore del viso, dicendo a se stesso che stava controllando la febbre. Era calda e il peso del suo corpo raggomitolato fece soccombere Henry alla sonnolenza che all'improvviso avvolse tutto il suo corpo. In pochi istanti, era profondamente addormentato.

CAPITOLO 18
HANNAH SI INNAMORA DI SUO MARITO

*H*annah fissava fuori dalla finestra, i gomiti appoggiati sul davanzale e il mento sulle mani. Si era svegliata e aveva trovato la casa tranquilla e Henry si era allontanato dal letto. Era sicura che fosse stato lì, tenendola, accarezzandole il braccio e baciandole la tempia mentre piangeva e tremava.

O l'aveva sognato?

Aveva passato l'intera notte nel suo letto? Ricordava di essersi sentita protetta. Il pensiero le ricordò perché aveva provato un tale dolore.

Harold. *Povero Harold.*

L'eccitazione dell'altro ieri, quando aveva salvato Nathan dal fiume, era stata ovviamente troppo per il suo cuore invecchiato e il suo vecchio corpo. Aver scelto di morire così vicino al punto in cui Nathan aveva quasi perso la vita, però, forse lo aveva fatto perché sapeva che lei lo avrebbe cercato lì.

Si chiese se poteva chiedere a Gisborn di far seppellire il suo corpo dove giaceva. Penserebbe che la sua richiesta fosse sciocca? Non sopportava il pensiero di Harold sdraiato sulla collinetta in quel modo. Una lacrima le sfuggì con la coda dell'occhio. Pensando che avrebbe dovuto cancellarlo, invece lo ignorò e continuò a fissare le terre di Gisborn a sud. Se avesse strizzato gli occhi, avrebbe potuto distinguere le cime degli alberi che fiancheggiavano la sponda del fiume.

Il terreno agricolo arrivava fino al fiume e si estendeva ad est e ad ovest oltre la sua linea di vista. Invece delle tipiche strisce di terreno agricolo di un acro che circondavano Bampton, Gisborn era riuscito a combinare i suoi tratti in diversi grandi campi agricoli per i suoi inquilini.

Il fatto che abbia lavorato con i suoi inquilini per migliorare la loro situazione sembrava fuori dall'ordinario per un conte. Invece dei sette penny al giorno che un tipico contadino di Bampton poteva guadagnare, Henry era determinato che coloro che coltivavano le sue terre avrebbero guadagnato otto penny al giorno o più. Era così diverso dagli altri uomini del *ton!* Non conosceva nessun altro conte che lavorasse nei suoi campi: la maggior parte aveva gestori immobiliari per supervisionare tali dettagli, e anche quegli uomini non si sarebbero sporcati le mani con l'effettiva lavorazione della terra. Ma Gisborn si alzava presto ogni giorno, cavalcando il suo cavallo dove il prossimo progetto non era finito. Era un proprietario terriero responsabile, si rese conto. Un uomo buono.

Lui è mio marito.

Sospirò mentre continuava a guardare fuori dalla finestra.

Henry entrò nell'atrio, lanciando un'occhiata alle varie stanze mentre le passava davanti, sperando di trovare Hannah sveglia e vestita e fare tutto ciò che le contesse dovevano fare ogni giorno.

Ma la casa era stranamente silenziosa.

Forse era andata a far visita agli abitanti del villaggio, sperava. Trovò la signora Batey che spolverava le statue in salotto. «Buongiorno, signora Batey», la salutò, non volendo spaventarla con la sua improvvisa presenza per paura che il busto del padre di suo zio cadesse dal suo trespolo su un piedistallo di legno.

«Oh! Mio signore, non vi ho sentito entrare!» rispose lei, agitata. Dal modo in cui non riusciva a incontrare il suo sguardo, Henry pensò che senza dubbio si stesse ricordando di averlo visto spogliare la moglie la sera prima. O forse lo aveva visto dormire mentre teneva Hannah quando lei aveva consegnato il vassoio della cena più tardi quella notte.

Prima che potesse dire di più e nel tentativo di evitare ulteriore imbarazzo, Henry chiese di Hannah. «Lady Gisborn sta facendo telefonate?» Dal modo in cui gli occhi della governante saettarono immediatamente, capì che Lady Gisborn *non stava certo* telefonando. «Cosa c'è, signora Batey? Lei è qui?» *Buon Dio, sarebbe scappata di nuovo?* In tal caso, Henry sperava che non sarebbe tornata dove era morto Harold. Aveva fatto in modo che due dei lavoratori recuperassero il cadavere, anche se non sapeva ancora dove lo avrebbe seppellito.

«È ancora nella sua camera da letto, mio signore», rispose la governante, le mani che si torcevano nervosamente nel grembiule. «Le ho portato la cioccolata alle dieci, ma quando l'ho ricontrollata alle undici, non l'aveva toccata. Lei guarda fuori dalla finestra, mio signore. È ancora in camicia da notte, ma deve essere gelata».

Henry era fuori dal salotto e stava facendo i passi due alla volta prima che la signora Batey potesse finire la frase. Quando non ci fu risposta al suo bussare alla porta della camera da letto di Hannah, la aprì leggermente e sbirciò oltre l'apertura. «Mia signora?» La sua prima occhiata fu al letto, ma era stato truccato e sembrava che non fosse stato dormito. Poi la sua attenzione si rivolse all'unica fonte di luce nella stanza. Come temeva, Hannah stava ancora fissando fuori dalla finestra, gli avambracci appoggiati sul davanzale e il mento appoggiato su un braccio. Non indossava una vestaglia e nemmeno una coperta per proteggersi dal freddo: sarebbe stata sicuramente gelata fino alle ossa.

Del tutto ignara di non essere più sola, Hannah sospirò. Cosa farebbe senza Harold? Era stato il suo compagno costante per quasi dieci anni. Ad un certo punto, avrebbe avuto un bambino di cui prendersi cura, un bambino con cui giocare e da nutrire, mettere a letto e amare. Ma sarebbero passati almeno nove mesi! Cosa farebbe nel frattempo?

«Mia signora?»

Oh, quindi ora sento delle cose, pensò con derisione.

Dovrei vestirmi. Dovrei prendere qualcosa da mangiare. Dovrei...
«Hannah!»

Sorpresa, si alzò a sedere e si voltò per trovare Henry che la fissava, la preoccupazione così evidente nei suoi occhi da pensare che fosse successo qualcosa di orribile. Ma cosa potrebbe esserci di più orribile della morte di Harold? Un'altra lacrima le scese con la coda dell'occhio. «Mio Signore?» alla fine rispose, rendendosi conto che il conte era davvero reale e forse un po' impaziente e stava in piedi piuttosto vicino. Poteva sentire il calore irradiarsi dal suo corpo.

«Buon Dio, Hannah, ti *congelerai* seduta lì così!» Improvvisamente le sue braccia la circondarono, sollevandola dalla sedia e tirando il suo corpo rigido contro la parte anteriore del suo. Il calore le penetrò, risvegliando i suoi altri sensi. Stava tremando, anche se non ne era stata consapevole fino a quando il calore del corpo di suo marito non era diventato evidente. La sua mente sembrava lenta, incapace di formare un pensiero coerente. Dov'era? E dov'era Lily? La cameriera della sua signora non dovrebbe essere qui per vestirla?

«Hannah».

Il suo nome fu pronunciato con un sospiro mentre era vagamente consapevole di essere stata sollevata e portata a letto. Un mucchio di lenzuola le copriva improvvisamente il corpo, anche se si aggrappava alla fonte di calore che ancora la tratteneva. «Sei congelata!»

Apparentemente le parole erano state dette per ammonirla, ma Hannah non riusciva a capire perché.

«Da quanto tempo sei stata seduta lì in quel modo?» chiese Henry in un sussurro, le sue labbra che scendevano sulla sua fronte.

Le piacevano molto quelle labbra, ricordò. Erano morbide, sode, energiche e indulgenti e...

«Hannah, amore mio», disse di nuovo la voce, solo che questa volta non c'era nessun ammonimento. *Il mio amore.* Che cosa molto bella sentire quella voce che trovava così confortante. Proveniente da un corpo così caldo e così duro e così molto maschile. Profumava di muschio e acqua di colonia con solo un pizzico di spezie.

Allora perché in questo momento dovrebbe pensare ad Harold? Harold era caldo. Ma era anche peloso. Sbavava. A volte puzzava come un cane. Ma era così... *era stato* così devoto. Un'altra lacrima scese da un occhio e le scese lungo la guancia. Non è andato lontano, però. Perché la punta della lingua di Henry si protese e la catturò prima che le sue labbra premettessero contro la sua guancia.

«Hannah. Per favore. Dì qualcosa», la esortò, una mano a coppa l'altra guancia per costringerla a girare la testa verso di lui.

Gli occhi di Hannah si spalancarono. «Oh, Henry. Povero Harold. È morto e...»

Le labbra di Henry coprirono le sue, interrompendo qualsiasi altra cosa stesse per dire sul cane. Hannah cercò di ricambiare il bacio come meglio poteva, ma tremava così tanto che sembrava non avere il controllo su nessuno dei suoi arti. O le sue labbra.

Quando Henry si allontanò, lei emise un suono di delusione. Un piccolo sorriso apparve sulle sue labbra prima che la baciasse di nuovo. «Ho visto Harold», disse infine, sperando che non fosse così confusa da fraintendere le sue parole.

Hannah era improvvisamente molto consapevole di dove si trovava e di chi le stava parlando. «Lo seppelliremo?» chiese, sperando che fosse quello che intendeva. Lei tirò su col naso.

«Mmm», rispose Henry con un cenno del capo, le sue labbra tornarono giù sulla sua fronte. «Credi che potresti essere in grado di bere un po' di cioccolata adesso?» le chiese, scostandole una ciocca di capelli dalla fronte.

Hannah sorrise. «Il cioccolato ha un suono meraviglioso. Sono così affamata», aggiunse, spostando la mano sulla pancia. Guardò in direzione dell'orologio sul caminetto e i suoi occhi si concentrarono sull'ora. Riportò la sua attenzione su Henry. «Mezzogiorno?»

«Temo di sì», rispose, baciandole di nuovo la fronte.

Le piaceva molto quando lo faceva. La faceva sentire amata. Il suo cuore si strinse. Henry non poteva amarla. Amava un'altra. Amava Sara. *Ho bisogno di proteggere il mio cuore*, ricordò. Se suo marito avesse continuato come stava facendo in questi ultimi giorni, si sarebbe ritrovata piuttosto innamorata dell'uomo. Ma il suo cuore era chiaramente posseduto dalla donna che gli diede suo figlio. Hannah avrebbe potuto tenerlo nel suo letto, ma non avrebbe mai avuto il suo cuore.

Hannah si chiese quando avrebbe trovato del tempo da trascorrere con Sarah. Sembrava sempre che lavorasse o fosse qui a Gisborn Hall. Forse con la promessa di portarla a letto per qualche altra settimana, aveva deciso di rinunciare alle visite a Sarah. *Dovrebbe essere a letto con me tutte le sere, quindi quando avrebbe l'opportunità di passare una notte con Sarah?*

Di certo non ieri sera.

La scorsa notte, era stata piuttosto priva di vita, facendo di sé un annaffiatoio per la perdita di Harold. Ma Henry era stato al suo fianco per tutta la notte, tenendola stretta a letto e confortandola ogni volta che piangeva. Il pensiero del suo corpo caldo sopra il suo le venne spontaneo. Aveva bisogno di dargli un erede. Dovrebbero fare l'amore. Prima gli avesse dato un figlio, prima avrebbe avuto qualcosa da amare.

Qualcosa per sostituire Harold.

«Harold». Il nome venne fuori in un sussurro. Le lacrime sono ricominciate.

Un sospiro frustrato sfuggì a Henry. Era su e fuori dal letto e fuori dalla porta della camera da letto. Hannah ascoltò i suoi passi pesanti mentre scendevano le scale. La porta d'ingresso sbatté.

Harold!

Henry si rimproverò ancor prima di essere fuori dalla porta principale. Harold era stato il compagno costante di Hannah per dieci anni. Lady Charlotte lo aveva avvertito, gli aveva detto che se avesse voluto Lady Hannah, avrebbe dovuto accettare anche Harold. Ebbene, accettò.

Pensava di averlo fatto, almeno.

Come poteva competere con un cane per l'affetto di Hannah? *Un cane morto, nientemeno.*

Affetto?

Il pensiero lo fece venire meno. Che diavolo stava pensando? Perché dovrebbe aspettarsi che Hannah provi affetto nei suoi confronti? Sarah era il suo amore. Hannah era sua moglie. Hannah sarebbe semplicemente la madre dei suoi figli legittimi.

Lo ha sposato sapendo questo. Lo sposò sapendo che gli uomini amavano sempre e solo le loro amanti e avevano solo mogli per dare loro i loro eredi.

Allora, perché improvvisamente bramava l'affetto di Hannah?

Forse perché provava affetto per lei? *lo sono?* Perché, se lo era, doveva interrogarsi su Sarah. Sicuramente l'amava. Era così da oltre dieci anni. *Posso amare due donne?*

Hannah e Sarah erano così diverse l'una dall'altra. Sarah era pratica, forte e indipendente. Non potrebbe mai essere una serva da latte come tante delle debuttanti del *ton*. Faceva parte di ciò che lo attraeva. Parte di ciò che trovava così tenero in lei. Eppure, ultimamente, aveva mostrato scarso interesse per lui o per la sua vita. Continuò come se non fossero mai stati una coppia di innamorati, quasi come se non fossero stati i genitori di un ragazzo abbastanza grande per frequentare la scuola. Cosa sarebbe successo se Nathan fosse andato ad Abingdon in autunno? Sarah si ritirerebbe di più? O sarebbe tornata al suo sé amorevole, un partner disponibile nel suo letto? Un confidente e un amico?

Sentendosi perso, Henry rifletté sul suo futuro con Sarah. Poi pensò ad Hannah, a come sarebbe stata quando avrebbe portato in grembo suo figlio: una ninfa dal ventre arrotondato, i capelli intrecciati avvolti in una corona biondo argento in cima alla testa, riccioli che le danzavano sulle tempie, una mano appoggiata in modo protettivo sul proprio diaframma mentre l'altro le teneva un fiore al naso. Poteva sentire la sua risata, il suono melodico che arrivava in risposta ad Harold mentre abbaiava e balzava ai suoi piedi. Sorrise al pensiero del suo viso delicato illuminato dal bagliore della maternità imminente. Pensò a lei che teneva il loro bambino tra le braccia, a come sarebbe apparso tenendolo al seno gonfio mentre banchettava con lei, i suoi piedi infilati sotto Harold mentre lui dormiva davanti alla sedia a dondolo. Poteva quasi provare gelosia a quel pensiero, che suo figlio sarebbe stato tenuto così vicino e Harold sarebbe stato sempre al suo fianco. Gelosia e... quasi inciampò mentre pensava all'immagine che aveva creato di lei, del loro bambino e di *Harold*.

Harold era nella sua mente, ma non sarebbe stato lì con Hannah e il loro bambino. Non poteva esserlo.

Henry cercò di nuovo di immaginare Hannah sola con il bambino e scoprì che non poteva. Harold era parte di lei da quando l'aveva incontrata. Era stato il suo compagno costante per molto tempo.

Scuotendo la testa, Henry si rese finalmente conto di dove era diretto. Il cottage di Tom Cavenaugh, si rese conto. Tom aveva quello che gli serviva da dare ad Hannah. Avrebbe avuto bisogno di qualcosa per sopravvivere l'anno successivo, fino a quando non avrebbe dato alla luce il loro primo figlio e avrebbe avuto qualcosa di suo, di loro, da amare.

Si chiese se l'avrebbe mai amato. *Dio, cosa sto pensando?* L'ha sposata perché avrebbe tollerato Sarah. E, a quanto pareva, aveva trovato Sarah così simpatica, che aveva chiesto alla donna di trasferirsi a Gisborn Hall!

Cosa stava pensando?

Non si rendeva conto che non poteva ospitare il suo amante sotto lo stesso tetto di sua moglie? *Un atto così disinteressato, però*, pensò. Quale altra donna del *ton* non solo lo sposerebbe sapendo che aveva una donna che amava, ma anche un figlio bastardo? La maggior parte sarebbe troppo scandalizzata anche solo per considerare la sua causa. Eppure Hannah lo aveva fatto sapendo che avrebbe potuto essere ostracizzata dal *ton* se più di loro avessero scoperto il suo segreto.

Lo avrebbero fatto, di sicuro. Probabilmente in autunno, dopo che Nathan si era iscritto ad Abingdon. Si sarebbe sparsa la voce che il figlio bastardo del conte di Gisborn frequentava la scuola. E la matrigna del ragazzo era la contessa di Gisborn, figlia del marchese di Devonville. Avere un padre come marchese non poteva che andare così lontano per alleviare il *ton*.

Padrona.

Henry trasalì all'etichetta. Non aveva mai pensato a Sarah in quei termini fino alle ultime due settimane. Gli aveva dato un figlio. L'amava. Ma lei lo amava ancora? Il suo cuore si strinse di nuovo quando una strana sensazione lo attraversò, una sensazione che era sicuro di non aver mai provato prima. Forse si sarebbe fermato al cottage di Sarah. Solo per dare un'occhiata a lei e Nathan. Ci vorranno solo pochi istanti. Avrebbe potuto dire dalla reazione di Sarah se i suoi timori fossero infondati o meno.

Da uno dei camini della residenza di Sarah Inglenook usciva un ricciolo di fumo. Almeno era a casa, pensò. Si avvicinò alla porta d'ingresso e bussò al legno dipinto. «Sarah?» ha chiamato. Una rapida occhiata alla proprietà gli fece capire che Nathan doveva essere dentro o a casa del suo tutore: il cortile era deserto tranne che per due polli che beccavano per terra.

Il suono di un fulmine lo fece voltare. Un altro momento, e Sarah apparve sulla porta appena aperta. I suoi occhi erano spalancati per la sorpresa. «Mio Signore?» disse con un accenno di domanda, le gambe piegate in un inchino. Aprì di più la porta ma non si fece da parte per permettergli di entrare.

Henry la guardò per un momento, sbalordito da quanto fosse diversa. I suoi capelli, normalmente avvolti in uno stretto chignon dietro la testa e talvolta coperti parzialmente da un mob, erano arrotolati in un elegante chignon. I riccioli le circondavano il viso. Il suo solito abito da giorno di mussola, marrone o grigio e sormontato da un grembiule, è stato sostituito con un abito rotondo blu intenso e indossava guanti bianchi. Henry fece un inchino con la testa. «Buon pomeriggio, mia signora», disse, l'apprezzamento nella sua voce evidente. «Stai per effettuare chiamate?» chiese, non avendo mai visto il suo vestito così bello a meno che non fosse diretta in chiesa.

Sara arrossì. «No, mio signore...»

«Henry», insisté, aggrottando le sopracciglia al suo indirizzo formale. Non lo ha mai chiamato con il suo titolo onorifico. Le aveva espressamente proibito di farlo.

«Henry», sibilò, facendosi da parte e usando una mano per invitarlo a entrare. «Non è corretto che tu mi chiami qui. Adesso sei un uomo sposato», sussurrò con voce roca.

Il fastidio ha sostituito il senso di soddisfazione che ha provato vedendo Sarah così intelligente. Si chiese se l'abito fosse nuovo. L'aveva acquistata con i soldi della spilla che le dava ogni settimana? O l'aveva realizzata con un tessuto acquistato a Bampton? «Sei la madre di mio figlio. Ti chiamerò quando lo desidero», rispose più duramente di quanto intendesse. Abbassò la testa come per scusarsi. «Dov'è Nathan?» chiese, aspettandosi che suo figlio sarebbe uscito dalla sua stanza quando avesse sentito la voce di suo padre.

Tesa per il modo severo con cui parlava, Sarah abbassò lo sguardo. «È con il suo tutore, naturalmente» rispose con un profondo sospiro. Non era affatto contenta dell'aspetto del conte. Se non se ne fosse andato presto, l'uomo che doveva portarla a fare un giro a Bampton si sarebbe fatto vivo per reclamarla, e poi lei avrebbe dovuto dire a Henry chi era e perché sarebbe andata a fare un giro con lui. «Sono sicuro che al signor Thomas non dispiacerebbe che tu facessi una visita. E sono certo che Nathan non si opporrà.» Disse l'ultimo con un sorrisetto forzato, sperando di alleggerire l'atmosfera.

Henry sembrava distratto e irascibile. Le cose tra lui e la sua nuova moglie erano già tese? Hannah aveva deciso che non le importava dei modi arroganti di Henry?

O era qualcos'altro?

Era venuto aspettandosi di andare a letto con lei? *Non ora, Henry*, pensò mentre stringeva le labbra. «Come sta Lady Gisborn? Immagino che abbia trovato il cane?» fece una mezza domanda, sperando che il cambio di argomento gli ricordasse che era sposato. *Onora i tuoi voti matrimoniali,* implorò in silenzio.

«Temo che Lady Hannah sia piuttosto angosciata», replicò

Henry, ricordando la ricerca che aveva svolto prima di deviare verso la casa della dote. «Il cane è morto ieri. Vicino a dove è stato trovato Nathan».

Entrambe le mani guantate di Sarah le coprirono la bocca e i suoi occhi erano spalancati. Entrando nel salotto, rimase immobile per un momento. «Cosa... cosa è successo?» sussurrò mentre il suo viso si contorceva per il dolore.

Sorpreso dalla sua reazione, Henry si chiese se forse la perdita di Harold fosse più grave di quanto avesse immaginato. «Era *vecchio*. Tutta l'emozione del giorno prima». Entrò nella stanza e osservò una lacrima che si raccoglieva con la coda dell'occhio di Sarah. *Oh, non anche lei,* pensò, chiedendosi se tutte le donne del villaggio avrebbero pianto per la bestia defunta. «Era solo un *cane*, Sarah» disse, stringendo i denti.

Gli occhi di Sarah si spalancarono, un lampo di rabbia inconfondibile nelle loro profondità verde fumo. «Come puoi *dirlo*?» chiese, i pugni che si trasformavano in palle ai suoi lati. Una le teneva i guanti: sarebbero stati terribilmente spiegazzati se li avesse tenuti così per molto più tempo.

Henry si appoggiò al divano con le braccia tese, la testa leggermente girata di lato. «Che cosa? Che è un *cane?*» ha ribattuto. «Una bestia buona a nulla che...»

Non avendo la sua attenzione su Sarah, Henry non riusciva a capire perché la sua guancia improvvisamente gli bruciasse per un dolore acuto e la sua vista fosse compromessa da una serie di stelle che danzavano sui suoi occhi. Perché, fino a quando non ha colpito il lato della sua faccia, era del tutto ignaro del piatto della mano di Sarah mentre si inarcava nell'aria.

«*Culo!*» esclamò Sarah.

Non si preoccupò di provare a stringerle la mano. Lo shock dell'impatto doveva averle causato tanto dolore quanto le aveva inflitto. Henry sapeva che doveva aver fatto male. Potrebbe anche essersi rotta un osso o due. Ma la rabbia sul suo viso rendeva abbastanza evidente che sarebbe passato del tempo prima che fosse consapevole di qualcosa che non fosse la sua rabbia verso di lui.

Indietreggiando sia per il dolore del suo schiaffo che per la sua ira, Henry la fissò incredulo. «Sarah», fu tutto ciò che riuscì a dire mentre la fissava.

«Sei un *asino*, Gisborn!» sputò fuori, la testa che tremava avanti e indietro. «Non posso credere che una donna dolce e bella accetterebbe di essere tua moglie quando sei una *bestia così insensibile e indifferente!*» Con le mani tornate a stringere i pugni, si avvicinò al camino e si voltò, con la rabbia ancora evidente sul viso. «Quel cane ha salvato la vita a nostro figlio…»

«Sono abbastanza consapevole…»

«Quel cane è il motivo per cui tuo *figlio* è riuscito a svegliarsi stamattina…»

«E lo apprezzo…»

«Quel cane è il motivo per cui abbiamo ancora *un* figlio!»

«Capisco il…»

«Quel cane era l'unico amico di Lady Gisborn!»

Henry fissò Sarah, il viso contorto in uno sguardo di sorpresa incredulità. Non aveva mai alzato la voce in quel modo. Non l'aveva mai sfidato. Anche se l'aveva preso a pugni quella volta, quando l'aveva lasciata sola su sua richiesta (gli aveva *chiesto* di farlo, come lo ricordava). E qualche altra volta in gioventù, ma di solito perché aveva iniziato a litigare.

«Quel cane era come un *bambino* per Lady Gisborn. Era tutto ciò che *aveva* in questo mondo!» sussurrò con voce roca, un gesto della mano che indicava che la sua definizione di "mondo" era la contea di Gisborn. «E ora è *morto*, probabilmente perché ha salvato la *vita a tuo figlio*. E hai il *coraggio* di affermare che è solo un *cane?* Come *osi?*» Ad un certo punto, le lacrime erano salite ai suoi occhi e ora molte sono scappate per macchiarle le guance. «Come osi?» Quest'ultimo è uscito come un sussurro.

Incerto su come rispondere e ancor più sconcertato dalle lacrime di Sarah, Henry fece un respiro profondo. E poi ha fatto quello che ha fatto quando sono state coinvolte le lacrime. Si avvicinò e avvolse le sue braccia intorno alle sue spalle, attirando Sarah contro il suo corpo, volendo fornire conforto e calmare la sua rabbia, specialmente per calmare la rabbia che era diretta interamente contro di lui. Le sue spalle erano tese, spietate, però. La sua testa non si seppellì nella sua spalla per trovare conforto lì. Dopo un momento, Sarah emise un lunghissimo sospiro, le sue spalle finalmente cedettero e tutto il suo corpo si rilassò sotto la sua presa. Pianse piano sulla sua spalla.

Le sue parole riecheggiavano ancora nella sua mente.

Quel cane era come un bambino per Hannah.

Beh, pensava che avrebbe dovuto trattare Harold come un... come un figliastro, allora. Il cane *aveva* salvato la vita a suo figlio.

Henry rifletté sul da farsi. Cosa fare per placare Sarah e per onorare la bestia pelosa. *Dategli una degna sepoltura.* Seppellitelo nel terreno di famiglia sul lato est della proprietà. Ordina una lapide dal muratore locale. Consenti ad Hannah il suo lutto. Essendo stata recentemente in lutto per sua madre e sua sorella, la donna doveva certamente sapere come piangere.

«Sto andando al Cavenaugh», disse infine Henry, la voce morbida contro i suoi capelli. «Voglio chiedere della cucciolata che la loro cagna ha dato alla luce prima che partissi per il mio viaggio a Londra».

Alla menzione dei cuccioli, Sarah tirò su col naso. Alzando la testa, guardò il suo protettore. «Sono adorabili, Henry. Se potessi permettermi di nutrire un cane grande come sarà tra un anno, vorrei che tu ne scegliessi uno anche per me», ha affermato, il suo viso illuminato dalla dichiarazione. Si stava asciugando furiosamente le lacrime con un fazzoletto che doveva aver tirato fuori da una tasca dell'abito. Henry si rese conto tardivamente che non aveva offerto il suo.

Se potessi permettermi di nutrire...

Cosa voleva dire con questo? L'ha sostenuta. Potrebbe certamente permettersi del cibo per un cane! «Ci penserò io», dichiarò con un rapido cenno del capo. Quando vide la sua espressione sorpresa, si meravigliò di nuovo dei suoi bei vestiti e dei suoi capelli. «Stavi per fare una chiamata?» chiese allora, una sensazione spiacevole che si insinuò nella sua consapevolezza. «O qualcuno sta per chiamarti?»

Con gli occhi chiusi per un momento, Sarah deglutì. Lei abbassò la testa. «L'ultimo. Il signor McDonald si è offerto di portarmi a Bampton. Per fare acquisti», aggiunse, sperando che l'arrangiamento non suonasse così scandaloso come pensava. «Ha un programma di studi molto veloce, quindi non dovrei stare via a lungo, e Nathan sa che andrà a casa di Andrew quando avrà finito gli studi».

Henry aveva pensato che il suo schiaffo fosse piuttosto doloroso, ma ora le parole di Sarah erano come un colpo allo stomaco. Un *uomo* la stava chiamando. Un altro uomo. Un uomo per il quale era vestita piuttosto bene. Era carina, pensò. Certamente non come Hannah, perché Hannah era molto più giovane e più bella nel suo modo da principessa delle fiabe da ninfa.

Ma anche se Sarah oggi avrebbe fatto girare la testa, era ancora *sua*. Avrebbe comunque bisogno del suo permesso per fare il viaggio. Non era come se McDonald stesse considerando qualcosa oltre a essere un autista per lei. L'uomo sapeva certamente che Sarah era sua. Aveva un'età per cui non aveva più bisogno di un accompagnatore. E non penserebbe di prendere un amante. Non poteva. Era la madre di suo figlio.

«Immagino che il signor McDonald debba arrivare da un momento all'altro», disse Henry, le sue orecchie stavano rilevando i rumori dei cavalli che risalivano il viottolo. Sarah meritava un pomeriggio di shopping, si rese conto. Non poteva invidiarle quel semplice piacere. «Portagli i miei saluti e goditi il viaggio», aggiunse mentre si chinava e baciava Sarah sulla guancia. Sorpresa dal suo commento, Sarah lo baciò, un rapido bacio inteso come riconoscimento della sua benedizione e forse come scusa per averlo schiaffeggiato. Raramente lo baciava.

«Grazie, Henry, davvero», disse in un sussurro, aprendo gli occhi per incontrare i suoi. Era sicuro di aver visto lì la sorpresa, forse anche il sollievo. Lui annuì e le diede un rapido bacio sulla fronte.

Prima che potesse cambiare idea, Henry lasciò la casa della dote. Ha quasi corso per tutto il sentiero fino alla corsia, evitando il percorso di Tad McDonald's perché aveva preso il vialetto circolare lungo il lato della casa. L'uomo possedeva una vicina locanda e taverna, i cui profitti fecero di McDonald uno degli uomini più ricchi della zona di Bampton.

Henry supponeva che se Sarah fosse stata vista in compagnia di McDonald's, avrebbero spettegolato. Ma tutti entro due miglia da Gisborn Hall sapevano che Sarah era la sua... la sua *amante*. Fece una smorfia. La parola sembrava così sbagliata per ciò che avevano condiviso. Sarah era più di una donna con cui andava a letto quando sentiva il bisogno di essere liberata. L'aveva amata per quasi tutta la sua vita. Sarebbe stata sua moglie, la sua contessa, se non fosse stata così dannatamente testarda!

Scosse la testa e si ricordò perché all'inizio aveva intrapreso questo viaggio. Perché non aveva pensato di cavalcare Thunder? Il cavallo era probabilmente ancora sellato vicino alla stalla. A quest'ora avrebbe potuto essere al Cavenaugh's e tornare a casa.

Infilandosi una mano in tasca, cercò delle monete e ne estrasse diverse. Quanto vorrebbe Cavenaugh per un cucciolo, si chiese? L'uomo era così orgoglioso della sua bestia dai capelli lunghi marrone e bianco, sostenendo che era stato un regalo di un amico che era tornato da un Grand Tour d'Europa. Apparentemente, la cagna era incinta quando è arrivata in Gran Bretagna, anche se non si è detto nulla sulla razza del cane o se i cuccioli fossero stati generati da un cane della stessa razza o meno.

Non era sicuro di cosa aspettarsi, esattamente. Aveva sentito solo storie dal suo cameriere e dalla signora Batey che i cuccioli erano marroni e bianchi come la loro madre ed emettevano "adorabili miagolii", quest'ultimo un commento fatto dalla signora Batey, non dal signor Murphy.

Se il signor Murphy avesse fatto una simile affermazione, Henry pensò che avrebbe dovuto licenziarlo.

Erano trascorse almeno sei settimane dalla nascita dei cuccioli; forse ora sarebbe in grado di portarne uno a casa da Hannah.

Avvicinandosi alla piccola fattoria di Cavenaugh, sentì i cani molto prima di vederli. E quando lo fece, dovette ammettere di sentirsi scioccato, perché almeno tre delle bestie sembravano versioni in miniatura di Harold. Be', non così in miniatura, si rese conto quando si avvicinò alla penna. Diversi stavano saltellando, afferrandosi l'un l'altro per la coda e saltando l'uno sulla schiena dell'altro. Gli "adorabili miagolii" erano stati sostituiti da guaiti e ululati. La "trama" che aveva sentito era venuta dalla cagna, che si era premuta contro uno dei pali di legno del recinto e stava osservando il caos con uno sguardo distinto di fastidio. A un esame più attento, Henry pensava che somigliasse abbastanza ad Harold da essere della stessa razza. Se l'amico di Cavenaugh aveva fatto il Grand Tour of Europe, senza dubbio aveva incluso le Alpi nel suo viaggio e si era imbattuto negli stessi monaci che il suocero di Henry aveva conosciuto durante il suo tour lì dieci anni prima.

«Mio Signore!» Tom Cavenaugh chiama fuori dal limite del suo campo. Trotterellò davanti alla sua proprietà e fece un inchino al conte prima di tendere la mano destra.

«Signor Cavenaugh. Vedo che sei il proprietario di un asilo nido piuttosto grande», disse Henry con un sorriso mentre indicava il recinto pieno di cuccioli. Erano quattro? O cinque? Non stavano fermi abbastanza a lungo da essere contati, ed erano sicuramente più grandi di quanto Henry si aspettasse per cani che non potevano avere molto più di sei settimane.

Il contadino alzò gli occhi al cielo. «Quando il vecchio MacLeod ha lasciato Maggie, qui», indicò la madre della nidiata, «ho pensato che sembrava più grande di quanto avrebbe dovuto essere. Ha pensato che fosse una buona idea portare una cagna incinta dalle Alpi, la balia. Ma l'uomo non ha posto dove tenere una tale bestia. E mi sono piuttosto affezionato a lei. È una brava cacciatrice di topi», affermò con un orgoglioso cenno del capo.

Un topo? Bene, vista la taglia dei cani, pensava che dovessero essere in grado di mangiare qualsiasi cosa. Forse uno dei cani sarebbe stato utile per qualcosa di più di un compagno per

Hannah, pensò Henry. «Sono questi... Alpenmastiff?» chiese mentre salutava i cuccioli.

«Ne ho sentito parlare, vero?» commentò Tom sorpreso. «Sono rari, a quanto pare. Alcuni uomini in una caverna di montagna...»

«Monaci di S. Bernardo», lo interruppe Henry.

Le sopracciglia di Tom si alzarono. «Sai allora la storia?» domandò, colpito dall'apparente mondanità del conte.

«Fino alla sua morte ieri, Lady Gisborn ne aveva uno», spiegò rapidamente Henry. «Harold MacDuff aveva dieci anni. Lei è abbattuta per la sua perdita. Speravo di poterne comprare uno o due di questi da te.» Conosceva solo quello di Hannah, un maschio le cui macchie di marrone chiaro e bianco corrispondevano di più a quelle di Harold. Sebbene fosse piuttosto turbolento, Henry pensava che forse il piccolo mostro si sarebbe sistemato con l'invecchiamento.

Poteva solo sperare.

Tom Cavenaugh rivolse al conte uno sguardo sorpreso. «Comprarne uno?» ripeté, uno sguardo di meraviglia sul viso. «Chiedo scusa, mio signore, ma puoi scegliere. Maggie ha finito di dar loro da mangiare e di certo non posso permettermi di tenerli tutti», ribatté lui, con un'espressione molto seria. «Potresti dare a Lady Gisborn le mie simpatie? Se avesse avuto dieci anni, probabilmente era come un bambino per lei. Mia moglie, che riposi in pace, probabilmente avrebbe permesso a Maggie di dormire nel nostro letto, nientemeno sotto le lenzuola», aggiunse, con un'espressione cupa.

Henry si chiese se forse Maggie stesse già dormendo nel letto di Cavenaugh, se non altro per ottenere un po' di pace e tranquillità dai suoi rumorosi cuccioli. Ha lanciato una moneta a Tom. «Voglio quello», ha detto indicando la versione ridotta di Harold MacDuff. «E se la signorina Inglenook ne vuole uno, come dice, la farò scendere e sceglierne un altro».

Tom afferrò la moneta, uno sguardo di sorpresa sul volto quando assunse la denominazione. *Un sovrano! Per un cane?* Seguì la direzione del dito di Henry. «Bella scelta. Non è stato il primo a uscire, ma non è nemmeno il più debole». Il contadino entrò nel recinto e raccolse la palla di pelo. Quando Tom arrivò al punto in cui Henry si trovava presso il muro del recinto, tenne la massa contorta al conte.

Henry si bloccò.

Non aveva mai tenuto un cane prima.

Possedeva cani. Due di loro. Spaniel per la caccia. Ma non li aveva mai tenuti in braccio né trattati come animali domestici. Improvvisamente, aveva in mano un fascio piuttosto pesante, dimenante e caldo di lanugine marrone e bianca. Enormi occhi marroni lo fissarono prima che uno sbadiglio rivelasse una bocca piuttosto grande, una lingua molto lunga e file di denti aguzzi e bianchi. Orecchie flosce, zampe enormi e una coda che si muoveva da un lato all'altro... nonostante sapesse come sarebbe stato da adulto, Henry non poteva fare a meno di trovare il piccolo bastardo *carino*. E prima che Henry avesse la possibilità di riadattare il modo in cui teneva il cucciolo, si addormentò.

«Lo fanno», commentò Tom mentre osservava il conte cercare di posizionare il cane per un facile spostamento. «Sono occupati come possono essere, e poi si rilassano e dormono per qualche minuto».

Posizionando la bestia addormentata in modo che la testa poggiasse sulla sua spalla, Henry tenne una mano sotto il sedere del cane. Sperava di non sembrare troppo ridicolo. È stata una lunga passeggiata per tornare a Gisborn Hall. «Grazie, Cavenaugh», disse mentre salutava il contadino.

«Ne terrò uno buono per la signorina Inglenook», promise il contadino mentre salutava.

Il cagnolino non rimase addormentato a lungo, e quando gli artigli affilati ebbero fatto del loro meglio sul soprabito, nel tentativo di arrampicarsi sulla sua spalla o di scendere da essa, Henry alla fine lasciò cadere il cane. Il cucciolo lo fissò e guardò indietro da dove erano venuti. «Vieni, Harold», ordinò Henry mentre si dirigeva verso Gisborn Hall. Anche se all'inizio il cucciolo sembrava insicuro, presto correva e camminava al fianco di Henry, lanciando di tanto in tanto uno sguardo interrogativo al suo nuovo padrone mentre percorrevano la stradina sterrata. Poco prima che raggiungessero la porta d'ingresso di Gisborn Hall, Henry si voltò a guardare il cucciolo.

Stava pisciando su uno dei cespugli di rose della signora Batey.

Bene, il cespuglio era molto lontano dalla fioritura, e se la previsione di Aldenwood sulla stagione di crescita di quest'anno si fosse rivelata vera, allora probabilmente non ci sarebbero state rose. Henry si chinò e raccolse il cucciolo dalla sua esplorazione di un bosso. «Vieni, Harold», disse, rimettendo il cane sulla sua spalla. Harold si dimenò un po', ma sembrò rendersi conto che l'unico modo per scendere era molto lungo. Apparentemente decidendo che gli piaceva stare sulla spalla del conte, Harold leccò l'orecchio di Henry.

Stordito e non troppo contento di essere leccato dal cucciolo, Henry stava per rimetterlo a posto. Ma colse lo sguardo che la bestiola gli stava lanciando. Uno sguardo dannatamente familiare. Era come se si fossero già conosciuti, e Harold gli stava ricordando che era meglio non fare una torta di quello che stava per fare.

«Sto aggiustando le cose con mia moglie», disse Henry con fermezza, quasi rimproverandosi quando si rese conto di aver parlato ad alta voce al cane. «Farai meglio a fare la tua parte. E non scherzare su di lei».

Harold si comportava come se stesse ascoltando Henry, con gli occhi piuttosto sbarrati e attenti, quindi il conte continuò. «Devi essere uno scaldapiedi, uno scaldaletto e un topo, e devi proteggere Hannah e tenerla al sicuro quando non posso essere lì».

Una lingua rosea intersecò la sua guancia, l'abrasività contro la sua barba pomeridiana una sorpresa. Chiudendo gli occhi, Henry non poté fare a meno di sorridere alle buffonate del cucciolo. Tuttavia, si guardò intorno per essere sicuro che nessuno avesse visto la sua reazione.

Henry sperava piuttosto che l'ingresso fosse vuoto. Voleva portare Harold su e nella stanza di Hannah prima che qualche servitore lo vedesse portare la piccola bestia in quel modo. Non riusciva a immaginare il discorso sotto le scale se fosse successo.

Grazie al cielo Parkerhouse non era al suo posto. Henry salì le scale il più in fretta possibile e si affrettò alla porta della moglie. Bussò una volta. Quando non ha sentito una risposta, ha sbirciato dentro. Il letto era vuoto. Scrutando la stanza, vide Hannah dove l'aveva trovata quella mattina, le sue braccia appoggiate sul davanzale mentre guardava le sue terre. *Almeno ha una coperta sulle spalle*, pensò tristemente Henry. E il camino era acceso e riscaldava quella parte della stanza.

Harold si contorse al punto che Henry lo fece cadere a terra. Anche prima che il cucciolo potesse ottenere la sua trazione sulle assi di legno dove non c'era il tappeto Aubusson, se ne andò e corse goffamente verso Hannah, scodinzolando così forte che Henry pensò che avrebbe potuto rovesciare un mobile. Si affrettò sulla scia del cucciolo, volendo vedere la reazione di Hannah quando lo notò.

Non era deluso. All'improvviso si *innamorò*.

«Oh!» Hannah gridò, un suono così gioioso che avrebbe voluto sentirlo ancora e ancora. Il suo viso era cambiato all'istante da uno di infinita tristezza a pura gioia. Il cucciolo aveva le zampe anteriori sulle ginocchia di Hannah, la lingua protesa per leccare qualunque cosa di Hannah potesse raggiungere. Hannah si voltò e trovò Henry che la fissava, un sorriso esitante stampato in faccia. «Dove come?» chiese mentre si abbassava per catturare il cucciolo e portarlo in grembo. Ora che aveva pieno accesso alla sua amante, Harold le stava leccando il collo e il mento mentre Hannah rideva di gioia. Le sue mani stavano lisciando il pelo ai lati del cane mentre continuava a mostrare la sua eccitazione e affetto.

«Fa l'imbecille», l'avvertì Henry.

«Oh, lo fanno», rispose Hannah con un'alzata di spalle, apparentemente indifferente che Harold potesse sporcare il suo bellissimo baldacchino notturno.

«Sua madre abita a circa un miglio da qui. Ne ha almeno altri tre e sembrava abbastanza felice di rinunciare a lui», ha detto in risposta alla sua precedente domanda. Non poteva davvero essere sicuro che l'espressione sul muso del cane fosse quella di felicità. Sollievo, forse. Era davvero difficile dirlo con i cani.

«Qual è il suo nome?» chiese, cullandolo in modo che la sua pancia fosse rialzata. Lo stava sfregando con un paio di dita mentre la coda del cucciolo si agitava sopra il suo pigiama.

Sorpreso dalla domanda, Henry si morse il labbro inferiore. «L'ho chiamato Harold mentre tornavo a casa. Mi ha seguito quando non lo stavo trasportando», ha detto con un'alzata di spalle.

«Harold», ripeté, alzando il viso per regalare a suo marito un sorriso brillante. «Sembra davvero molto simile a lui», mormorò, prendendo il cucciolo tra le braccia e appoggiandolo contro la sua spalla. «È perfetto, Henry».

Si alzò dalla sedia, la coperta le cadde dalle spalle. Con un sorriso pensieroso sul viso, si alzò e gli baciò la guancia.

A Henry è stato brevemente ricordato il precedente bacio di Sarah, ma ha scoperto che lo apprezzava di più.

«Grazie, Henry», sussurrò. E poi il suo braccio libero gli avvolse il collo mentre si allungava per baciarlo sulle labbra.

Henry le avvolse le braccia intorno alla vita, tirandola su e contro le parti dure del suo corpo. Nonostante il cucciolo gli impedisse di abbracciarla forte come voleva in quel momento, il contorcersi del cucciolo cessò quando ricambiò il bacio. La sua lingua socchiuse dolcemente le sue labbra fino ad assaporare i suoi denti e la sua lingua.

Il suo dolce gemito lo spronò in modo che approfondisse il bacio. Attraverso il tessuto sottile della sua camicia da notte, poteva sentire le curve del suo corpo morbido mentre le sue mani premevano sulla parte bassa della sua schiena prima di scendere per prenderle il sedere e su per afferrare una spalla. Il calore delle sue mani la ustionò alla schiena mentre lo faceva.

Un altro debole gemito le sfuggì quando Henry cercò di allontanarsi. Aveva infilato la mano libera tra i loro corpi per premere il palmo della mano contro il rigonfiamento crescente dei suoi calzoni. Un ringhio emanò da Henry, ma lui riprese le sue labbra e la baciò forte prima di allontanarsi con un sussulto. Hannah stava già slacciando i bottoni del suo panciotto, le sue abili dita si facevano strada lungo l'indumento prima di passare all'allacciatura dei suoi calzoni.

«Hannah». Riuscì a malapena a pronunciare la parola quando notò Harold che dormiva profondamente sulla sua spalla. La vista sembrava in qualche modo giusta, come se il cucciolo dovesse dormire sulla spalla della moglie alle tre del pomeriggio. Ma non è giusto visto quello che gli stava facendo in quel momento.

Hannah aveva fatto scivolare la mano lungo la caduta allentata dei suoi calzoni e attraverso i suoi cassetti. Il suo cazzo gonfio era nella sua mano, il suo pollice accarezzava la parte superiore del bulbo bagnato mentre le sue dita lo afferravano. Imprecando dolcemente, lottò per mantenere l'equilibrio.

Cosa stava facendo? Era giorno, per l'amor di Dio. Aveva chiuso a chiave la porta? Si stava abbassando davanti a lui, e la sua mano lasciò il suo cazzo per un momento solo per tornare ad afferrarlo e accarezzarlo più forte di prima. L'altra mano di lei era scivolata dietro le sue natiche per tirargli giù i calzoni e le mutande.

Quando guardò in basso, vide Harold che dormiva sul tappeto sottostante, ben lontano da dove si trovava. Un brivido di piacere percorse il suo corpo, costringendo la sua attenzione a tornare su quello che stava facendo Hannah. La sua lingua stava scivolando lungo tutta la sua virilità!

Come faceva a sapere di provare una cosa del genere?

Un misto di orrore e ammirazione offuscava i suoi pensieri mentre realizzava cosa stava per accadere. «Hannah». Disse di nuovo il suo nome nella speranza che si fermasse. Quando non lo fece, Henry fece un passo indietro. La presa su di lui svanì, si sforzò di riprendere fiato mentre guardava Hannah lottare per ritrovare l'equilibrio.

Il suo viso si voltò verso di lui, il suo corpo appollaiato sulle anche, i piedi nudi che facevano capolino dietro la sua sbarra da notte. «Ho... ho sbagliato?» lei sussurrò. Sembrava sul punto di piangere.

«No», sospirò Henry, allungandosi per agganciare le mani sotto le sue braccia e tirarla su. «Al contrario, in realtà», riuscì ad uscire prima di togliersi il panciotto. La sua camicia lo seguì rapidamente, facendogli chiedere quando avesse avuto il tempo di slacciargli la cravatta. O ne aveva persino indossato uno?»

I suoi stivali emisero un *tonfo* sul tappeto prima che le sue braccia avvolgessero Hannah e la spostassero sul letto. Si stava fermando sul bel prato della balaustra notturna quando lui gliela tolse semplicemente dal corpo. I suoi capezzoli erano già duri sassolini, la sua pelle arrossata dal desiderio, le pupille dei suoi occhi così dilatate che i suoi occhi azzurri erano quasi neri. Baciando un capezzolo, impastò l'altro con un pollice impaziente finché non sentì il suo corpo tremare.

Dio, è bella alla luce del giorno, pensò mentre il suo sguardo passava sulla sua corporatura snella.

La sollevò sul letto e la seguì per librarsi su di lei mentre lei si spostava al centro e lasciava una gamba piegata. Con i suoi capelli sparsi sui cuscini e il suo corpo sotto di lui come un banchetto, Henry fece scorrere lentamente la lingua lungo la parte anteriore di lei, accarezzandole i capezzoli, la pancia, i fianchi e infine l'interno delle sue cosce bianco crema prima di accarezzarle il sedere nelle sue mani e inclinandole i fianchi in modo che la sua lingua potesse leccare e stuzzicare la sua femminilità congestionata.

Il suo silenzioso miagolio aumentò mentre il suo petto si inarcava. Una delle sue mani strinse le lenzuola, come per ancorare il suo corpo al letto. Una delle sue mani si mosse per abbracciarle il seno, il capezzolo saldamente piantato nel palmo della sua mano mentre iniziava le lente rotazioni che corrispondevano a quelle che stava facendo con la sua lingua. La sua estasi arrivò forte e veloce, il grido del suo nome smorzato dall'altra mano che copriva la bocca.

Hannah non aveva mai pensato che qualcosa potesse essere così piacevole come quello che le aveva appena fatto. Si chinò per agganciare le mani sotto le sue braccia e tirarlo su e sopra il suo corpo. Henry non aveva bisogno dell'invito: affondò il suo cazzo indurito nella sua guaina bagnata con un rapido movimento, seppellendosi fino all'elsa. Il suo ringhio riempì la stanza prima di calmarsi. E poi iniziò a muoversi, tirandosi fuori e spingendosi indietro dentro di lei con un ritmo lento e metodico.

Hannah non ne avrebbe avuto. Si strinse forte su di lui quando fu sepolto in lei. Quando lui si tirò fuori, lei si strinse di nuovo. La sua spinta successiva dimostrò la sua rovina, poiché lei si chiuse su di lui con tale forza, che non poteva che permettere il suo rilascio. Anche mentre il suo seme si riversava in lei, dondolava il corpo ancora una volta prima di posare la testa accanto alla sua sul cuscino. Il suo corpo crollò sul suo, e lui emise un sospiro molto forte. «Sei minaccioso», le sussurrò all'orecchio. Baciò il lobo dell'orecchio mentre ascoltava la sua risatina di gioia.

«Non potevo aspettare», sussurrò in risposta, la sua voce suonava seducente contro il suo orecchio.

«Per quello?» Le sue parole erano piene di sorpresa.

«Per tenerti così». Le sue braccia gli avevano avvolto la parte bassa della schiena, una mano appoggiata sul suo fondoschiena mentre un'altra si prendeva cura delle sue costole inferiori. «Grazie, Henry», sussurrò, baciandogli l'orecchio e lo spazio sottostante.

Grazie? Lo stava ringraziando per averla messa a letto? Permise a una risatina di gorgogliare. «Prego, mia signora. In qualsiasi momento, in realtà. Devo ammettere che non sono mai stato sedotto nel bel mezzo della giornata. Mi hai colto abbastanza di sorpresa.» Alzò la testa, che sembrava pesare cento pietre. «Qualunque cosa ti ha posseduto per farlo?» chiese, il suo sguardo viaggiava sul suo corpo nudo. *E chi le ha detto come si fa?* Aveva già tenuto l'organo di un uomo? O aveva visto delle illustrazioni? O litografie di attività sessuali?

Stava immaginando Hannah in un grande letto con la lingua stordita su quella di un duca in sovrappeso... Scosse la testa per liberarsi dell'immagine offensiva. Fino a quando non aveva preso la sua virtù due settimane prima, era vergine. La sua reazione alla sua nudità, al modo in cui la teneva e l'accarezzava... solo il sangue della sua testa di vergine spezzata sulle lenzuola da bagno ne era stata una testimonianza.

Il sole tramontava basso dietro le nuvole rese rosse e rabbiose dalla polvere nell'aria; la luce del tardo pomeriggio lasciava Hannah dorata. I suoi seni sodi erano ancora sormontati da capezzoli gonfi. Allungò la mano con la lingua e i denti e ne mordicchiò uno. «Comunque sapevi di farmi questo?» chiese con voce più neutrale che poteva. Anche se il suo cazzo era ancora saldamente dentro di lei, poteva sentirsi scivolare fuori a poco a poco.

Prendendosi il labbro inferiore con un dente, si voltò a guardarlo. Il suo viso aveva cominciato a arrossire per la domanda. «Lady Bostwick. Mi ha consigliato di provarlo con la persona che ho sposato».

Con un sopracciglio piegato in un arco acuto, Henry la fissò. *Lady Bostwick?* Si ricordò di Lord Bostwick al ballo di Attenborough. Non c'era da stupirsi che l'uomo fosse sembrato così felice. Era sposato con una donna sfrenata! «E cos'altro ti ha raccomandato di farmi Lady Bostwick?» chiese. La sua voce assunse un tono provocatorio ora che i suoi timori che lei avesse passato del tempo a letto con qualche altro uomo erano chiaramente infondati.

Il viso di Hannah divenne di quel rosa acceso che trovava così attraente. «Lei... Dice che dovrei usare la mia immaginazione», si protese, non volendo diventare troppo specifica. «E lei dice che dovrei chiedere a mio marito di portarmi a letto ogni giorno, anche quando sono incinta».

Henry considerò le sue parole. «Lo fa adesso? Immagino che George debba essere un uomo molto esausto», disse, non esattamente per scherzo. *E molto felice.* «Risponde davvero alle richieste di sua moglie?»

Lei annuì, la testa ancora sul cuscino. «George Bennett-Jones adora Elizabeth», rispose Hannah con una punta di malizia. «Farà *qualsiasi cosa* per lei. L'ha amata dal momento in cui l'ha vista per la prima volta», disse con una voce che si era ridotta a un sussurro.

Henry fissò Hannah per molto tempo. «Quel *cane!*» disse infine, un sorriso che smentiva il suo commento. «Come ha fatto un uomo con un gatto così brutto a ottenere una bellezza come Lady Elizabeth?» chiese sottovoce. È scivolato fuori completamente da Hannah. Non poté fare a meno di sorridere al suo gemito di delusione. «A proposito, sei più bella di lei», aggiunse, sperando che Hannah non si sarebbe offesa per il suo commento su Lady Elizabeth.

Muovendo le braccia sopra la testa e allungando il corpo in quello che a Henry sembrò un gesto sfrenato che si contorceva, Hannah represse un sorriso. «George è piuttosto bello quando sorride. O almeno così dice Elizabeth. Quando sono tornati in città per la stagione, Elizabeth ed io ci siamo incontrati ogni giorno e lei mi ha raccontato tutto della sua vita con lui».

Un sopracciglio inarcato sulla fronte di Henry. «Sembra che ti abbia detto troppo se stesse descrivendo come ha fatto piacere a suo marito», ribatté con uno sbuffo. «Spero che non sia andata *troppo nei* dettagli». Quando tornò a guardare la faccia piena di sensi di colpa di Hannah, notò che il rossore rosa era tornato. Sembrava coprisse tutto il suo corpo, in effetti. «Vedo».

Ogni accenno di umorismo sul viso di Hannah era scomparso, sostituito da un'espressione che suggeriva che avrebbe potuto piangere da un momento all'altro. «Se non me l'avesse detto, non saprei cosa... cosa *fare*, mio signore», ragionò, «me *l'avresti* detto?»

Henry la fissò sorpreso. «Henry», la corresse, mentre cercava di decidere come rispondere al meglio alla sua domanda. «Non so se sia *appropriato* che una moglie faccia una cosa del genere», disse infine. Ricordava che Sarah ci aveva provato una volta, molto tempo prima, ma lui si era tirato indietro, pensando che solo le gonne leggere e le cortigiane si sarebbero impegnate in tali pratiche. Ma come faceva a saperlo? Non aveva mai assunto nessuna donna per la notte. Non aveva voluto da quando lui e Sarah avevano sperimentato il loro primo accoppiamento.

Pensare a Hannah che usava la sua lingua su di lui era così fuori contesto rispetto a quello che si aspettava da una principessa delle fate verginale: anche il fatto che condividesse un letto con lui sembrava strano, come se la donna che aveva sposato fosse adatta solo per essere mostrata nelle pagine di un fiaba. Eppure provava *lussuria* per lei. Ogni giorno, da quella prima volta, l'aveva vista giocare con Harold, in effetti. Anche allora avrebbe voluto andare a letto con lei.

«Ti è piaciuto?»

Alzando la testa di scatto per guardare Hannah, Henry aggrottò le sopracciglia. «Che cosa?» chiese, la sua mente ancora sui suoi pensieri su di lei come una principessa verginale. «Oh, ehm. Sì», ha ammesso con un cenno del capo. «Molto, in realtà».

Dannazione! Ora che sapeva com'era, probabilmente l'avrebbe pregata di farlo la prossima volta che sarebbero stati insieme.

Hannah sospirò felice prima di lasciare che il sorriso svanisse dal suo viso. «So che non eri contento di me. Eri arrabbiato, però?»

Henry alzò la testa, chiedendosi perché avesse chiesto una cosa del genere.

«Per quello che è successo ad Harold», aggiunse in un sussurro. «La mia reazione, voglio dire».

Corrugando le sopracciglia, Henry rotolò via dalla parte superiore del suo corpo e si sollevò su un gomito. «Eri in lutto», dichiarò semplicemente. «Non riuscivo a trovare difetti in questo», ragionò, cercando di impedire alla sua voce di tradire come si era sentito all'inizio di quel giorno.

Aveva ragione nel dire che il suo lutto gli aveva causato molta preoccupazione. Si chiese se, quando fosse morto, l'avrebbe pianto come aveva pianto Harold? Era rimasta seduta per ore in una finestra piuttosto fredda, piangendo, mettendo a rischio la propria vita. Avrebbe potuto prendersi un terribile raffreddore. O l'influenza. O la febbre. Forse stava già portando in grembo suo figlio, nel qual caso lo stava mettendo in pericolo. «Sei con un bambino?»

La domanda la sorprese. «Io... non lo so», rispose con un'alzata di spalle. Non si era sentita diversa durante le due settimane in cui era stata alla Gisborn Hall, ma come si faceva a sapere se eri incinta quando non era ancora l'ora dei tuoi corsi mensili? Vedendo la sua genuina preoccupazione, gli portò una mano al viso. «Lo saprò presto, però».

Un tonfo e un miagolio risuonarono da qualche parte lungo il fondo del letto. Sbirciando oltre il materasso, Henry si trovò faccia a faccia con il cucciolo, che si era allungato più in alto che poteva con le zampe anteriori in cima alla gonna del letto. Le sue zampe posteriori cercarono di spingere il suo corpo in alto sul letto, ma era ancora troppo piccolo per fare il salto. Ridacchiando, Henry si avvicinò e catturò la palla di pelo, tirandola sul letto. Il cucciolo eccitato salì sopra e sopra il corpo di Henry, incitando una serie di "oofs" e "ows" a Henry mentre si dirigeva verso Hannah, che ridacchiava mentre la bestiola si rannicchiava in uno spazio tra il suo corpo e il suo braccio, la sua lingua fuori e il suo corpo ansimante per lo sforzo.

Henry si sedette sul bordo del letto. «Probabilmente ha sete e sta morendo di fame», disse mentre prendeva la maglietta. «E ha bisogno di un bagno».

Il pavimento era cosparso dei loro vestiti rimossi frettolosamente. Era piuttosto contento che Murphy non sarebbe entrato nella camera da letto di Hannah. Il suo cameriere avrebbe avuto un attacco se avesse visto il modo in cui i vestiti di Henry erano stati sparpagliati.

Mentre Henry si infilava la maglietta, quasi si rimproverò per il tempo perso a lavorare nella tenuta. Ma la vista della moglie nuda sdraiata, sazia e prona sul letto, con la pelle tutta dorata alla luce del sole del tardo pomeriggio e il cucciolo ansimante contro il suo corpo, gli fece rapidamente dimenticare quel pensiero. «Se lo desideri, verrò da te più tardi stasera», suggerì. Aspettarsi di andare a letto due volte in un giorno sembrava egoistico? Anche adesso, la sua virilità si stava indurendo al pensiero. Si infilò i pantaloni e le mutande il più velocemente possibile, sperando che lei non se ne accorgesse.

Ha notato.

«Mi piacerebbe», fece le fusa, un sorriso suggestivo che le illuminava il viso. «E, se sei così incline, sei il benvenuto a stare con me quando avremo finito», aggiunse, sperando che non suonasse così sfrenata come le sue parole la facevano sembrare.

Cosa le stava succedendo? Era come se non volesse altro che stare a letto con suo marito e fare l'amore tutto il tempo!

Se era nel suo letto, significava che non era nel letto di Sarah.

Deglutì a fatica a quel pensiero. *Custodisci il tuo cuore*, si avvertì. L'ultima cosa che poteva permettere che accadesse era innamorarsi di suo marito. Eppure, a dire il vero, era abbastanza sicura di averlo già fatto.

«Penso che sarò così incline», ha risposto Henry strizzando l'occhio. «Suppongo che tu non sappia cosa c'è per cena?» chiese allora, abbottonandosi il panciotto.

Gli occhi di Hannah si rabbuiarono mentre ricordava il menu per la cena di quella sera. «Zuppa di cipolle, pollo arrosto, carote, fagioli, panini, crostate al limone», contò, la voce che si affievoliva. Alzò lo sguardo su Henry, il cui viso era spaccato da un enorme sorriso. Chinandosi su di lei, diede un rapido bacio a un capezzolo. «Il mio preferito!» affermò, e poi si congedò dalla moglie piuttosto sorpresa.

CAPITOLO 19
SARAH FA UN ANNUNCIO

U na settimana dopo

Erano le dieci passate da tempo. Dove potrebbe essere Henry? Aveva detto che sarebbe uscito dopo cena per una visita veloce con Nathan. Ma lo faceva quasi ogni notte. E tornava sempre prima delle nove. Sarah insisteva abbastanza che suo figlio fosse a letto per le nove. Allora dove potrebbe essere Henry?

Due settimane, pensò Hannah. Quindici giorni. Le aveva promesso due settimane prima di tornare al letto di Sarah. Ma poi gli aveva fatto promettere di andarla a trovare a letto ogni notte per altre tre settimane come punizione per aver maledetto Harold. Il suo stomaco fece una capriola, minacciando di mandare all'aria la meravigliosa cena che avevano condiviso solo poche ore prima. Perché dovrebbe sentirsi così priva? Amava Sarah. L'ha avuto per molto tempo. Allora perché il pensiero che lui condividesse il suo letto portava una tale sensazione di vuoto?

La mano di Hannah le andò alla pancia almeno per la decima volta quella notte. Aveva un ritardo di tre giorni. *Devo essere incinta!* Il pensiero la scaldò, anche se c'era ancora un dolore nel suo cuore. Forse era solo in ritardo. Forse si sarebbe svegliata la mattina per trovare... No, non l'avrebbe nemmeno pensato. Non riusciva a pensare nient'altro che la migliore notizia in questo momento. Fu tutto ciò che la sollevò mentre ascoltava la porta d'ingresso.

Voci. Si sedette dritta sul letto, spaventando abbastanza Harold che il cucciolo alzò la testa e la guardò sorpreso. Si era addormentata? No, l'orologio della mensola del camino sopra il camino segnava le undici. Ma sulle scale risuonarono dei passi familiari. Non aveva mai provato un tale sollievo. E, anche se si fermarono solo per un secondo fuori dalla sua porta, proseguirono più in fondo al corridoio. Poi ha sentito la sua porta chiudersi, forse troppo forte, e il chiavistello è scattato in posizione.

Trattenendo il respiro per un momento, Hannah pensò che forse intendesse solo spogliarsi e mettersi una vestaglia. Poi sarebbe venuto da lei attraverso la porta del camerino. Ma dopo altri dieci minuti, quando la casa era ancora stranamente tranquilla, si alzò di soppiatto dal letto, infilandosi la vestaglia. Aveva chiuso a chiave la porta del suo ingresso, ne era certa, ma forse la porta comunicante sarebbe stata ancora aperta.

Fece cenno ad Harold di restare sul letto ed andò nello spogliatoio. Una scheggia di luce si intravedeva sotto la sua porta, ma non c'erano movimenti, né ombre mutevoli nella luce. Appoggiando l'orecchio alla porta, ascoltò per un momento. Il suono del suo battito cardiaco quasi soffocava gli strani suoni che sentiva dalla sua stanza.

Singhiozzando? Non potrebbe essere giusto. Testando la maniglia della porta, l'ha trovata sbloccata. Quando ha sbirciato oltre il bordo della porta, è rimasta sbalordita nel trovare suo marito seduto sul bordo del letto, i gomiti sulle ginocchia, una mano che copriva il viso mentre piangeva. Chiedendosi se avrebbe dovuto fargli sapere della sua presenza, si rimproverò immediatamente anche solo per essersi fermata a considerare cosa fare.

Qualcosa *non andava*. Suo marito era sconvolto.

Anche se non c'era niente che potesse fare per lui, avrebbe dovuto almeno dimostrare di essere preoccupata. Correndo al suo fianco, gli mise una mano su un lato del viso e gli baciò la tempia. «Henry, cosa c'è che non va?» Si è allarmata quando ha capito che le sue lacrime potevano essere per suo figlio. «Nathan è malato?» Cosa poteva esserci di così terribile da ridurre Henry Forster alle lacrime?

A malapena consapevole del fatto che Hannah fosse in qualche modo accanto a lui, la vestaglia slacciata e la camicia da notte slacciata in alto, Henry lasciò che la testa gli cadesse contro il seno. Il profumo di caprifoglio aleggiava dal suo corpo, avvolgendolo in un comfort familiare mentre le sue braccia gli avvolgevano le spalle. *Da dove veniva?* Era tardi. Dovrebbe dormire.

Sentì il suo bacio su un lato della sua faccia e girò la testa in quella direzione. Le sue labbra trovarono le sue per un bacio veloce, ma un singhiozzo interruppe quello che doveva essere un bacio molto più completo.

«Per favore, dimmelo, Henry», sussurrò. Aveva sciolto il nodo della sua cravatta e stava lavorando per allentare la biancheria prima che le sue dita si spostassero sul suo panciotto. Si era spogliato del soprabito, ma nella stanza non c'era traccia.

Henry permise alla sua testa di rotolare all'indietro sul suo seno. Poteva sentire il battito del suo cuore che tuonava sotto il suo orecchio, il battito troppo veloce. *Hannah!*

«Cosa c'è che non va, Henry?» chiese con un po' più di urgenza.

Gli occhi di Henry si schiarirono. Si guardò intorno, rendendosi conto che erano nella sua stanza. La porta di collegamento con lo spogliatoio era aperta e Harold si sedette sulla soglia, con la testa piegata da un lato come se anche lui si chiedesse cosa c'era che non andava. «Sarah ha accettato un'offerta di matrimonio».

Le parole uscirono di piombo, la sua voce così roca che non la riconobbe come propria. I colpi di Hannah lungo le sue braccia e sulla schiena cessarono mentre calmava tutto il suo corpo. Ma il suo cuore continuava a battere, forse aumentò di velocità, mentre lui lasciava la testa dov'era.

Una cacofonia di emozioni attraversò Hannah in quel momento. Sollievo, che non c'era niente che non andasse in Nathan. Dolore per conto di Henry, perché sapeva che lui amava

Sarah. Felicità per Sarah, perché sapeva segretamente che la donna non era più soddisfatta di essere ciò che era per Henry. Speranza per se stessa, perché in quel momento sapeva di portare in grembo suo figlio. Lei doveva. Quella notizia da sola avrebbe aiutato Henry a riprendersi dallo shock e dall'agonia.

Non è vero?

«Le hai dato il permesso di farlo?» Hannah sussurrò la domanda, le sue mani iniziarono le loro dolci carezze sulla sua schiena e giù per le sue braccia mentre lo teneva. Le sue lacrime erano penetrate nel bel prato del suo vestito, intonacando il tessuto traslucido contro il suo seno.

«Mmm», rispose, annuendo con la testa. «Anche se non ha chiesto tanto quanto dirmelo». La sua voce ora era più chiara.

«Ti ha detto *chi* deve sposare?» Hannah mantenne le sue parole tranquille e morbide, consapevole che la tensione nel suo corpo era tesa e poteva districarsi in qualsiasi momento.

Henry rimase immobile per diversi minuti. «Tad McDonald».

Anche se il nome sarebbe dovuta essere una sorpresa per Hannah, si sentiva in colpa. Lo sapeva anche prima che lui pronunciasse il nome. Sarah era piuttosto infatuata l'ultima volta che Hannah le aveva fatto una visita, il giorno in cui Sarah aveva descritto il suo prossimo viaggio a Bampton per fare acquisti come se fosse il giorno più importante della sua vita. Forse lo era stato. Forse era stato quel giorno che il signor McDonald aveva chiesto la sua mano. Forse aveva saputo quel giorno in cui aveva parlato con Hannah: era sembrata sul punto di scoppiare di felicità sapendo che Henry era sposato. Aveva accolto Hannah così calorosamente, sembrava così intenta a raccontarle tutto, anche se la donna non poteva ammettere esattamente di essersi innamorata di un altro uomo. Non quando il conte era il suo protettore e il padre di suo figlio. Ma c'era stata quella luce sul suo viso, quel bagliore che la diceva lunga su come si sentiva una donna.

«Ti ho mentito», la voce di Henry irruppe nella sua fantasticheria, le parole così inaspettate che quasi rimase senza fiato. «Non sono andato da Sarah solo per passare del tempo con Nathan. Sono andato lì...»

Hannah poteva percepire la tensione nel suo corpo aumentare, come se rabbia e tradimento avessero improvvisamente sostituito il suo dolore.

«Sono andato lì per... a letto Sarah. È passato più di un mese da quando io... e volevo solo rinnovare i miei rapporti con lei». Il suo respiro era accelerato e la sua testa non era più premuta contro di lei. «Lei è mia, dopotutto. È un mio diritto!»

Hannah lasciò andare la sua presa su di lui, non sapendo come rispondere alla sua rivelazione né alla sua rabbia crescente. O il suo stesso lampo di... era quella gelosia che provava proprio in quel momento? Fece un respiro profondo e ricordò a se stessa che Sarah ne stava per sposare un'altra. «Lo immaginavo quando non sei tornato prima», si offrì Hannah, sperando che il suo tono conciliante lo calmasse. Le parole sembravano avere l'effetto opposto, però. Si alzò dal letto, i pugni serrati lungo i fianchi.

Hannah osò dare loro un'occhiata prima di riportare il suo sguardo sul suo viso, cercando di non lasciare che la paura si mostrasse nei suoi occhi. Henry colse lo sguardo, però, e seguì la rapida occhiata di Hannah. Aprì i pugni. Mordendosi il labbro, si guardò intorno come se volesse prendere a pugni qualcosa. «*Dannazione* a lei!» sussurrò con voce roca.

Partendo dalla sua maledizione, gli occhi di Hannah si spalancarono. Dovrebbe dirglielo adesso? *No, non quando era così arrabbiato*. Forse un altro approccio. Era andato da Sarah aspettandosi di andare a letto con lei. *Quindi portami a letto invece*, pensò velocemente. Nonostante la sua rabbia e il suo dolore, il pensiero di lui su di lei in quel preciso momento le fece provare un brivido attraverso il suo corpo. Lo spazio tra le sue cosce iniziò a pulsare di bisogno, i suoi capezzoli si indurirono e da qualche parte nel suo nucleo, il desiderio sbocciò. «Prendi me invece», ordinò, con il mento proteso in fuori. «Fai finta che io sia Sarah. Mettimi a letto come fai con lei».

La sfida sembrava coglierlo di sorpresa. Le sue sopracciglia si corrugarono. La guardò con uno sguardo di traverso e scosse rapidamente la testa.

«La spogli o si toglie i vestiti?» chiese allora Hannah, alzandosi in ginocchio sul letto. Fece scivolare la vestaglia dal suo corpo e la gettò di lato. «Ti toglie i vestiti?» Allungò una mano per catturare le estremità della sua cravatta. Gli strappò la biancheria dal collo e si mosse per togliergli la camicia dai calzoni. Si allontanò, togliendosi la maglietta dal corpo con un rapido movimento, il respiro affannoso. Le sue mani stavano slacciando le chiusure dei suoi calzoni, i suoi occhi penetrarono nei suoi per tutto il tempo. Non indossava stivali né calze; doveva esserseli tolti quando è entrato per la prima volta nella stanza. Con un rapido strattone, i suoi pantaloni erano fuori dal suo corpo. In piedi davanti a lei, nudo, il suo cazzo duro e diritto, il suo petto ansante per il respiro troppo veloce, Henry sembrava ogni centimetro un predatore.

La sua preda era ancora in ginocchio sul letto, le labbra socchiuse e gli occhi fumanti, sfidandolo a fare del suo peggio. Il contorno dei suoi capezzoli eretti mostrati attraverso la sua camicia da notte, lo spazio scuro sopra le sue cosce visibile attraverso il tessuto traslucido.

Hannah trattenne il respiro mentre lui avanzava, un braccio come l'acciaio che le avvolgeva la vita per forzare le ginocchia da sotto di lei. Mentre cadeva sul letto, lui teneva tra i pugni la parte anteriore della sua vestaglia, il panno che si strappava mentre lo staccava dalla parte superiore. Soffocò il grido di allarme che stava per prorompere quando sentì il tessuto stracciato svolazzare ai lati, le braccia ancora avvolte nelle maniche gonfie. Il suo corpo discese sul suo. Capì immediatamente che non ci sarebbero stati preliminari, nessun bacio gentile, carezze o leccate. Henry era incline al rapporto sessuale, duro e veloce.

E, in quel momento, il bisogno di Hannah corrispondeva al suo.

Aprendo le gambe mentre il suo corpo cadeva, si mosse per avvolgere le braccia attorno al suo collo. Li catturò entrambi e li costrinse sopra la sua testa, bloccandole i polsi con una presa di ferro mentre la sua virilità indurita tornava a casa con una spinta dura e spietata, riempiendola all'istante. La parte superiore del suo corpo si sollevò in reazione, i suoi occhi dalle palpebre pesanti si spalancarono prima di tornare al loro bagliore fumante. «Sì», sibilò, non sapendo cos'altro dire a un assalto così frenetico. L'inclinazione del suo mento lo sfidò a farlo di nuovo, e lui accettò la sfida, tirandosi fuori completamente dal suo corpo prima di tuffarsi di nuovo in lei mentre le sue gambe si avvolgevano intorno alla sua schiena, le sue caviglie ancorate l'una all'altra alla sua schiena. I suoi fianchi si sollevarono per incontrare la sua spinta, costringendo un ringhio a scappare mentre incontrava l'inaspettata controspinta e sentiva la gabbia delle sue gambe attorno al suo corpo.

«Hannah», sibilò di rimando, la bocca che scendeva su uno dei suoi seni, le labbra e i denti che succhiavano e mordevano così forte che era sicura che le sarebbero rimasti dei lividi.

Il suo petto si sollevò in risposta, Hannah sussultò, i suoi fianchi incontrarono di nuovo i suoi nel ritmo duro e veloce che aveva rapidamente stabilito. Sebbene pensasse che avrebbe dovuto provare paura per il suo comportamento animalesco, provava invece eccitazione. Risveglio. Lussuria primordiale. Con solo un'altra spinta, avrebbe raggiunto il picco, avrebbe raggiunto la cresta, e le onde del piacere sarebbero precipitate a cascata intorno a lei e lei sarebbe stata persa. Ma che dire di lui? «Adesso!» gemette, il suo petto si sollevò di nuovo, la sua schiena si incurvò mentre lui la riempiva.

La bocca di Henry si staccò dal suo seno. «Non *verserò* il mio seme su questo letto», ringhiò in risposta. «Mai più!» Il suo cazzo ha lasciato il corpo di Hannah e l'ha arata ancora una volta, questa volta il suo fodero si è stretto su di lui così forte che è stato costretto ad avere un orgasmo, costretto a permettere al suo seme di riversarsi dentro di lei, costretto a concedere un'ondata di piacere acuto e improvviso per afferrarlo e scagliarlo violentemente e lasciarlo senza fiato e cercando tregua nel corpo morbido che giaceva sotto di lui, il corpo che era preso nei suoi stessi spasmi di piacere così violenti che dovette lasciarle andare i polsi per poterlo trattenere solo per un momento in più.

Rilasciato dalla sua presa, le braccia di Hannah si allargarono su entrambi i lati del suo corpo, le maniche bianche e gonfie della sua camicia da notte rovinata la facevano sembrare come se portasse ali d'angelo. I suoi capelli, sparsi su entrambi i lati della testa, formavano un alone sui cuscini. Ma i suoi occhi erano ancora neri, neri di desiderio, neri di *furia?*

Sarah non gli ha permesso di prendere il suo piacere mentre era dentro di lei? Henry doveva sempre ritirarsi e versare il suo seme nel suo letto?

Doveva averlo fatto, quando Sarah ha detto: «Ora». Hannah lo intendeva solo come un avvertimento del suo imminente orgasmo, non come una richiesta che lui si ritirasse da lei. E poi Hannah si ricordò delle parole di Sarah. *So che non avrò mai un altro figlio con Henry. Ne sono sicura.* Tutti quegli anni trascorsi da Henry con Sarah, eppure non avrebbe mai potuto averla come aveva fatto con Hannah nelle ultime settimane. Non avrebbe mai potuto condividere il piacere di un orgasmo reciproco, della sensazione di essere lacerato in uno splendido sfogo e ricomposto pezzo per pezzo con le dolci ondulazioni del luogo segreto di una donna.

Lo sguardo di Henry si schiarì lentamente mentre il suo corpo si ricomponeva. Lui era ancora sospeso su di lei, la parte superiore del corpo tenuta sui gomiti che minacciavano di cedere da un momento all'altro. E fece scorrere lo sguardo sul corpo sotto di sé. Hannah sembrava l'angelo in ogni sua parte, i suoi seni si sollevavano e si abbassavano ancora con ogni respiro affannoso, i suoi occhi fumanti si schiarivano per incontrare finalmente i suoi in un riconoscimento reciproco.

«Oh, buon Dio, cosa ho fatto?» è uscito mentre cercava di sollevarsi dal suo corpo. Le sue gambe erano ancora avvolte attorno alle sue natiche, però, impedendo al suo corpo esausto di sollevarsi da lei. Crollò a terra, affondando la testa nel cuscino vicino alla sua testa, il braccio disteso sotto la sua clavicola. «Oh, Hannah», sussurrò, la sua voce suonava come se potesse piangere.

«Shh», rispose, girando la testa in modo che le sue labbra potessero catturare il suo orecchio e baciarlo dolcemente. Rimasero così per diversi minuti, finché le gambe di Hannah non furono troppo stanche per resistere ancora. Le abbassò lentamente lungo la parte posteriore delle sue cosce prima di permettere alle sue caviglie di sbloccarsi e ai suoi piedi di prendere piede sulla coperta.

«Perché, Hannah?»

La semplice domanda la colse alla sprovvista, costringendola a fissare il soffitto, un soffitto che si rese conto di non aver mai visto prima. Avevano sempre condiviso solo il suo letto.

Pensò per un momento, cercando di decidere come rispondere alla sua semplice domanda. «Sono tua moglie. Non potevo restare a guardare e non fare nulla quando avevi bisogno di *questo*», ha risposto tranquillamente, trasalendo con la sua spiegazione. Avrebbe potuto restare a guardare la sua agonia. Avrebbe potuto tornare nella sua stanza e lasciarlo al suo lutto. Un giorno si sarebbe ripreso, si sarebbe reso conto di avere una moglie di cui aveva bisogno per andare a letto ogni notte se voleva davvero un erede. Non gli avrebbe mai negato il suo corpo.

Lo sapeva anche lui.

Almeno, ora lo sapeva di certo.

«Ci siamo baciati di rado».

Sorpresa dallo strano commento, Hannah dovette trattenere un sussulto. Posò la mano libera sulla parte posteriore della sua spalla. «Perché mai no?» chiese con un sussurro gentile.

Henry girò la testa sul cuscino in modo che il suo viso fosse molto vicino al suo lato. «Lo trovava troppo intimo. Troppo... eloquente», suppongo.

Sospirando, Hannah deglutì. «Che tristezza», rispose, la sua voce calma, il tono corrispondente alla parola. Forse Sarah troverebbe il bacio più appropriato con Tad McDonald. Quando erano marito e moglie, la società l'avrebbe accettata come qualcosa di diverso dall'amante del conte. «Mi piace piuttosto quando mi baci», ha aggiunto Hannah, sospirando quando ha sentito il suo "mmm" in risposta.

«Non avevo idea che mi sarebbe *piaciuto* tanto», ribatté, la sua voce che suonava assonnata. Il suo corpo sembrava iniziare proprio in quel momento. Si sollevò per librarsi sopra Hannah prima che le sue labbra scendessero sulle sue. Il bacio era morbido e caldo, diverso da qualsiasi cosa avessero condiviso quella notte. Quando si è allontanato, ha detto: «Non voglio che nostro figlio sia stato concepito questa notte», ha detto, tirandosi fuori da lei. Sussultò quando vide cosa avevano fatto i suoi denti a uno dei suoi seni. «Oh, Hannah, mi dispiace così tanto», mormorò, lo sguardo che passò tra il suo viso e il suo seno contuso. «Io... Sarah richiede... lei può solo...» Si fermò e fece spallucce impotente. «È quasi impossibile portarla all'estasi a meno che non ci sia un po' di... un po' di dolore», disse infine, la sua frustrazione per il suo ex-amante abbastanza evidente.

Hannah si sentiva vuota mentre lasciava il suo corpo, ma con la sua spiegazione era contenta di essere probabilmente già incinta. Non c'era da stupirsi che il suo amore fosse stato così violento. Aveva pensato che fosse semplicemente arrabbiato per la decisione di Sarah di sposarsi. Una decisione che Sarah aveva ovviamente preso senza prima chiedere la sua benedizione.

Al ricordo che Henry non avrebbe più condiviso il letto di Sarah, Hannah gli mise una mano sulla guancia. «Cercherai un'altra che sia la tua amante?» chiese, sperando che la sua domanda non lo facesse arrabbiare. «So che la amerai per sempre. È la madre di tuo figlio».

«No», sussurrò, girando il corpo in modo da sdraiarsi sulla schiena. «Credo che sia ora di concentrarsi su cose più importanti».

Hannah si girò su un fianco, annidando la testa nella parte bassa della sua spalla. «Cosa potrebbero essere?» chiese assonnata, pensando che si riferisse ai miglioramenti alla proprietà o alle attrezzature agricole o al restauro di Ellsworth Park.

Henry le baciò la testa. «Tu ovviamente. E farti avere un

bambino», disse con un sorriso pallido. Come tutto sarebbe stato più semplice d'ora in poi, si rese conto. Come poteva pensare di poter soddisfare Sarah quando non poteva offrirle nient'altro che una vita da amante? Aveva preso da tempo la decisione di non essere sua moglie nonostante ogni sua apertura. Era ora che la lasciasse andare per farsi una vita.

Sentì la mano di Hannah tirargli il polso, muovendo la sua mano in modo che si posasse sulla sua pancia. Ci aveva messo la sua piccola mano sopra, le sue dita si erano sistemate tra le sue prima di rivolgergli un sorriso incandescente. Al suo sguardo scioccato e al movimento improvviso che l'aveva lasciata distesa sulla schiena e lui su un fianco con la mano ancora appoggiata sulla sua pancia, Hannah ridacchiò.

«Non sono ancora positivo». Cercò di uscire prima che le sue labbra prendessero piede su uno dei suoi capezzoli. «Oh!»

«Ma?» Henry riuscì a uscire mentre spostava le labbra sull'altro capezzolo, baciandolo più dolcemente. L'aveva morso troppo forte prima.

«Sono in ritardo di tre giorni con il mio…»

Le sue labbra erano sulle sue ancor prima che potesse finire la frase. Quando finalmente si staccò per morderle il lobo dell'orecchio, sussurrò: «Mi hai reso l'uomo più felice d'Inghilterra. Anche se non sei ancora incinta».

Hannah sorrise, il suo cuore pieno di gioia più di quanto potesse mai immaginare di provare. «Assicuriamoci che lo sia, allora».

Henry la guardò per un momento e poi finalmente annuì. «Come desideri, mia signora».

CAPITOLO 20

IL PICCOLO HAROLD FA UNA SCOPERTA

«La trincea principale lungo la linea occidentale è completa, mio signore», annunciò il caposquadra mentre Henry cavalcava Thunder per rivedere i progressi degli operai. Nonostante le temperature più fresche, diversi uomini stavano sudando mentre si appoggiavano alle pale e bevevano dalle mense.

Henry smontò da cavallo e osservò il fossato che ora si estendeva dal fiume al margine nord del campo. Scese nella trincea e guardò verso il fiume. L'ultima diga di terra era ancora al suo posto, anche se una volta costruite le porte, sarebbe stata scavata per consentire all'acqua del fiume di allagare la trincea. Poteva solo sperare che la trincea non avesse troppi punti bassi che potrebbero intrappolare l'acqua, o punti alti che impedirebbero all'acqua di riempire la trincea per tutta la sua lunghezza. «Ottimo lavoro, signor Coley. Se questo tempo regge, il signor Perkins e il suo equipaggio dovrebbero poter aprire il cancello domani. E il tuo equipaggio può trasferirsi nella trincea centrale.»

Frank Coley annuì. «Molto bene, mio signore», rispose, asciugandosi la fronte con il dorso del braccio. «La posta in gioco che segna il canale è a posto, ovviamente, e il signor Filbert si occuperà di picchettare le aperture dei cancelli non appena tornerà da Bampton».

Filbert era il geometra responsabile di assicurarsi che i segnali di guida per le trincee fossero installati in linea retta perpendicolare al fiume. Aveva anche fatto in modo che una sezione del campo orientale fosse stata arata in modo che ci fossero guide finali per lo scavo da seguire mentre gli operai scavavano il fossato centrale. Henry poteva solo sperare che la disposizione del terreno fosse sufficientemente livellata perché tutto funzionasse una volta che le trincee fossero state allagate.

«Farò portare a Cavenaugh i suoi buoi e l'aratro dopodomani. Con gli aratri qui e nel villaggio, il resto dei solchi può essere fatto in tre o quattro giorni», pensò, sperando di non aspettare troppo a lungo per mettere i semi. Voleva che l'infrastruttura per l'irrigazione fosse pronta prima di fare piantare il prezioso seme. Se il tempo fosse rimasto troppo freddo, però, non sarebbe servito a nulla piantare troppo presto.

La costruzione delle serre procedeva. Se ciò che Aldenwood aveva predetto si fosse avverato e non ci fosse stata l'estate, Henry voleva che le serre fossero installate e producesse tutto ciò che poteva essere piantato sotto la loro protezione, preferibilmente frutta e verdura. Una squadra di costruzione aveva completato l'inquadratura per la seconda serra il giorno prima. Un vetraio di Bampton avrebbe iniziato l'installazione dei vetri non appena il telaio fosse stato completato. Non c'era abbastanza vetro in tutta questa parte di Bampton per coprire entrambe le serre, ma con il vetro sui tetti e sui muri esposti a sud, si poteva usare tela cerata sulle altre superfici per mantenere calde le strutture.

Henry ha tirato un sospiro di sollievo quando si è reso conto che la prima serra potrebbe essere pronta in poche settimane.

Rimontò a cavallo e inclinò il cappello al caposquadra. «Manda questi uomini a casa loro, signor Coley, ma pagali per un giorno intero». Quando gli uomini a lui più vicini hanno sentito il suo annuncio ai capisquadra, hanno iniziato ad applaudire. Diede libero sfogo a Thunder e si diresse verso le scuderie dietro Gisborn Hall.

La posta di quel giorno aveva portato la notizia della dote di Hannah da suo padre. Il marchese di Devonville aveva disposto che fosse depositato sul conto bancario di Henry. Con più che sufficienti per pagare gli edifici e la costruzione dei cancelli, Henry si sentiva generoso. *Le Porte di Hannah*, pensò con un sorriso.

Henry era quasi alle scuderie quando Harold balzò verso di lui da nord. Il cucciolo abbaiava, il suono era più profondo del suo primo giorno a Gisborn Hall. Pensando che il cane lo stesse semplicemente salutando, Henry gli fece un cenno del capo e proseguì verso le stalle. Ma presto Harold corse davanti al cavallo al galoppo, girando in tondo e poi correndo indietro verso sud-est. Quando il cane si voltò e vide che Henry non lo stava seguendo, Harold abbaiò di nuovo.

Henry osservò il cane girare in cerchio e correre indietro verso di lui. Quando il cane raggiunse l'area di fronte a dove Thunder stava per calpestare, Harold si voltò e abbaiò di nuovo. Thunder è stato costretto a fare un passo di lato e alla fine si è fermato quando Henry ha tirato le redini.

Arrabbiato per lo strano comportamento del cagnolino, imprecò Henry. Fissò Harold, con l'intenzione di rimproverarlo. Ma il cane corse di nuovo verso sud-est, fermandosi e girandosi come se si aspettasse che Henry lo seguisse.

Curioso del comportamento del cane e ricordando il comportamento simile del defunto Harold quando stava cercando di portare Henry al fiume, Henry spronò Thunder a seguire il cane. Ben presto Harold balzò sui solchi che erano stati scavati all'inizio di quel giorno, la sua pelliccia bianca e marrone appariva e scompariva mentre saltava su ciascun bordo del solco e atterrò nella depressione nel mezzo.

A un certo punto, Henry si rese conto che Thunder era andato troppo oltre. L'abbaiare di Harold proveniva da dietro di loro. Girando il cavallo, Henry vide il cucciolo, la parte anteriore del suo corpo e la testa che sbirciavano oltre il bordo superiore di un solco mentre ricominciava ad abbaiare.

Chiedendosi se il cane fosse coinvolto in qualche forma di gioco, Henry permise a Thunder di tornare indietro verso la bestiola. Imprecò leggermente al pensiero che alcuni dei solchi venissero calpestati non solo dal suo cavallo ma da Harold. Smontò da cavallo quando si rese conto che Harold non si stava muovendo dal punto in cui era di guardia.

Con le mani sui fianchi, Henry fissò Harold. «Cosa c'è dentro...?» Le sue parole sbiadirono quando si rese conto che Harold era in piedi in un punto in un solco dove aveva ovviamente scavato qualcosa al di là di ciò che l'aratro aveva compiuto quel giorno.

Sparse sulla terra appena rivoltata c'erano diverse monete. Chinandosi, Henry ne raccolse una e la spazzolò per togliere lo sporco. Il sovrano brillava alla luce del sole pomeridiano. Si inginocchiò e recuperò molte altre monete, tutte sovrane.

Scodinzolando furiosamente, Harold balzò sull'altro bordo del solco e fece uscire un piccolo *frammento*.

Henry si voltò a guardare il cucciolo. «In effetti», rispose, chiedendosi se Harold avesse visto le monete mentre venivano lasciate cadere da chiunque guidasse il cavallo dell'aratro. Ma poi ha notato i resti di cartone in decomposizione. Mentre tirava fuori dal terreno diversi pezzi di cartone, apparvero altre monete.

Harold era improvvisamente nel mezzo del pasticcio, le sue zampe scavavano rapidamente per separare ulteriormente i resti. Con un altro colpo basso, seppellì il muso nel terreno.

«Harold», disse Henry scuotendo la testa. «La tua padrona non sarà felice quando vedrà quanto sei riuscito a sporcarti».

La testa di Harold apparve dal buco, i suoi denti scoperti mostravano la sua ultima scoperta. Henry fissò il cane prima di guardare la collezione di monete.

Il ricordo di suo figlio che gli raccontava del tesoro perduto dei pirati gli venne in mente in un lampo quando Harold lasciò cadere un oggetto incrostato di terra nella mano tesa di Henry. Poi il cane tirò le zampe posteriori sotto di sé e si mise a sedere, con la testa piegata da un lato mentre Henry toccava l'oggetto finché le piccole zolle di terra cedettero per rivelare l'oro e il rubino del suo anello con sigillo.

«Che io sia dannato», sussurrò, tenendo l'anello sollevato davanti ad Harold. «Il mio anello. Hai trovato il mio anello, Harold».

Alzandosi brevemente in piedi e girandosi in un cerchio stretto, Harold scosse la coda prima di tornare alla sua posizione seduta. Henry gli diede una pacca sulla testa prima di raccogliere le monete. «Hai trovato il tesoro sepolto! Questi sono di Nathan», disse mentre strofinava via lo sporco da molti dei sovrani, mostrando ognuno di loro al cane come se volesse capire. Erano nove in tutto; Henry non poteva essere sicuro se suo figlio avesse seppellito qualcosa di più di quello nella scatola di cartone che componeva lo scrigno del tesoro che lui e Andrew avevano creato quel giorno poco più di un anno prima.

Scuotendo la testa, Henry spinse il tesoro in una pila d'oro. «Buon cane», disse con un cenno del capo. «Portiamo questi a casa». Detto questo, Henry cullò le monete e batté una mano contro la parte anteriore del suo corpo mentre montava Thunder. Diresse il cavallo verso le scuderie mentre Harold correva di lato, agitando la coda dietro di lui.

Henry si chiese come avrebbe dovuto dire a suo figlio del ritrovamento. Forse li avrebbe semplicemente impacchettati in una scatola di cartone e li avrebbe dati a Nathan più tardi quella sera quando lo sarebbe andato a trovare. Suo figlio sarebbe stato entusiasta di scoprire che i suoi regali di compleanno erano stati trovati, e probabilmente ancora più entusiasta di scoprire che erano stati trovati dal piccolo Harold.

O forse li avrebbe tenuti fino all'undicesimo compleanno di Nathan e poi glieli avrebbe dati.

Tuttavia, l'eccitazione che provava per aver trovato il tesoro era troppo da sopportare. Quando smontò, consegnò le redini di

Thunder a uno stalliere e si precipitò in casa attraverso la porta sul retro della cucina.

Si chiese cosa potesse pensare Hannah. Sarebbe stata certamente addolorata nel vedere le zampe anteriori di Harold ricoperte di terra come lo erano in quel momento. Poteva immaginare sua moglie che ammoniva il povero cucciolo anche se i due si avvicinavano alla porta della cucina.

«Mio Signore?» La voce del cuoco sembrò sorpresa come quella di Henry solo pochi istanti prima.

«Sì, signora Chambers, sono solo io. E cosa ha deciso Lady Gisborn, che mangeremo a cena questa sera?» chiese, sperando che il cuoco non si accorgesse che Harold lo seguiva in casa. Era consapevole che c'era stato un problema con il defunto Harold e la sua prima visita in cucina.

«Chiedo scusa, mio signore, ma Lady Gisborn dice che se ve lo chiedeste, dovevo dirvi che è una sorpresa e non dirvelo. Ma ti piacerà, se capisci il mio significato», disse, ammiccando con un occhio mentre si asciugava le mani sul grembiule sporco.

Henry fece al cuoco il suo miglior sorriso e fece cenno ad Harold di seguirlo.

Harold si fermò e rivolse al cuoco uno sguardo implorante. «Oh, guarderesti quello piccolino. Si è cacciato nei guai adesso, vero?» parlava con voce bonaria, non suonando minimamente arrabbiata.

«In realtà, oggi ha tirato *fuori mio figlio da* un bel po' di guai», ribatté Henry. «Se riesci a trattenere la lingua, te ne sarei molto grato», disse mentre tendeva la mano non guantata. L'anello con sigillo, ancora incrostato di terra, mostrato dal suo quarto dito.

Il cuoco diede un'occhiata più da vicino. «Beh, va bene!» disse, alzando le mani per coprirsi la bocca. «Harold l'ha trovato, vero?» sussurrò, ovviamente impressionata dal cucciolo.

«Lo ha fatto, davvero. Ma se n'è andato e si è sporcato nel processo».

«Oh, non ti preoccupare di questo, mio signore», rispose la signora

Chambers con un cenno della mano. «Posso fare in modo che Billy lo pulisca subito». Si voltò e urlò nella sua più fastidiosa imitazione di una lattaia gallese. «Billy! Metti il tuo sedere dispiaciuto qui subito!»

Henry dovette trattenersi dal roteare gli occhi mentre Harold gli lanciava un'occhiata esitante e il cuoco si mosse verso la porta da cui lui e Harold erano entrati dalle stalle. Il giovane sposo si precipitò in cucina, senza fiato. «Sì signora?» si offrì, il berretto che gli si staccava dalla testa e il corpo piegato in mezzo mentre si inchinava al conte. «Mio signore», mormorò, la faccia che diventava di un rosso scarlatto.

«Billy», rispose Henry, facendo un cenno al giovane. «Sei già incatenato alle gambe?» chiese, mantenendo la voce il più seria possibile.

Lo sposo scosse la testa. «La seconda lettura delle pubblicazioni è questa domenica, mio signore. Il padre di Lily mi ha dato il permesso di chiederle la mano la domenica dopo che l'abbiamo riavuta, e lei ha accettato di sposarmi», disse, con il petto gonfio solo per la notizia.

Henry fece un cenno allo sposo. «E ti sei già sistemato nel tuo nuovo alloggio?»

Billy osò dare un'occhiata al cuoco prima di alzare le spalle. «Mi sono trasferito, ma visto che non siamo ancora sposati, Lily è ancora nella sua stanza, mio signore», rispose, il viso arrossato come se Lily potesse già condividere il suo letto.

Il conte si ricordò della notte in cui aveva visto Billy fare il bagno a Lily e si chiese se avrebbe dovuto provvedere a una licenza speciale per la coppia. Ma dal momento che stavano organizzando il loro matrimonio secondo il percorso più tradizionale, Henry scoprì di non poter discutere su come stessero andando le cose. E poi il pensiero lo colpì: se lui e Hannah avessero aspettato che le pubblicazioni venissero lette per tre settimane prima del loro matrimonio, non si sarebbero comunque sposati!

«Dove si terrà la cerimonia?» chiese allora il conte, chiedendosi se lui e Hannah sarebbero stati invitati a partecipare.

Scambiando sguardi con la signora Chambers, Billy prese fiato e disse: «La cappella di Bampton, mio signore. Lily ed io speravamo che tu e la tua contessa foste presenti. Cioè, se non hai nessun altro posto devi essere quel giorno», aggiunse, facendo chiedere a Henry se lo sposo volesse davvero che partecipasse.

«Ci saremo», disse Henry con un cenno del capo. Guardò Harold. «Sono sicuro che ti starai chiedendo perché sei stato chiamato», disse, facendo un cenno del capo in direzione del cuoco.

La signora Chambers ha preso spunto. «Fai scaldare dell'acqua e fai il bagno al cucciolo. Usa la vasca che hai usato per il grande Harold l'ultima volta che l'hai fatto. E fai in modo che abbia una sorpresa». Si rivolse al conte. «Gli ho conservato il prosciutto di ieri sera», disse, facendo un'altra strizzatina d'occhio a Henry.

«È stato molto premuroso da parte tua», le offrì, desiderando che lei sapesse che poteva continuare a fare cose del genere pensando al cane.

La grande donna sorrise raggiante, le sue guance rosee arrossate per l'imbarazzo. «Grazie, mio signore». Riportò la sua attenzione sullo sposo e, come se non fosse stata solo la cosa più dolce per il conte, disse: «Ora vattene!»

Billy corse via, chiamando Harold a seguirlo. Harold guardò Henry, come se stesse chiedendo il permesso di seguire lo sposo. Henry annuì e gli fece cenno di allontanarsi. Il cucciolo emise un breve "miagolio" e corse via dietro al giovane.

«Grazie, signora Chambers», disse con un altro cenno prima di uscire dalla cucina e salire le scale della servitù. Non era andato molto lontano prima che Parkerhouse uscisse dai suoi alloggi.

«Mio Signore?» disse, ovviamente sorpreso di trovare il conte sulle scale della servitù.

«Sì, Parkerhouse. Ci sarebbe una scatola di cartone così grande», tese una mano per indicare una piccola dimensione, «In cui potrebbe entrare un dono di monete?»

Il maggiordomo gonfiò il petto mentre considerava la domanda del conte. «Credo che ce ne sia uno nel tuo studio, mio signore. Il tuo ultimo libro è arrivato la scorsa settimana. E c'è una lettera per la contessa sulla tua scrivania.»

Henry considerò quale libro avrebbe potuto essere. Uno sull'agricoltura, senza dubbio. «Dovrebbe bastare, Parkerhouse. Provvedi alla sua collocazione sulla scrivania del mio studio. Ne avrò bisogno subito dopo cena».

Pensò di dare le monete a Parkerhouse perché le pulisse e le mettesse nella scatola, ma alcune cose erano troppo importanti per essere fatte da un domestico. Si congedò dal maggiordomo e continuò su per le scale, chiedendosi se avrebbe potuto intravedere Hannah prima che si cambiasse per cena. Aprendo la porta che conduceva al salone principale, la vide conversare con la governante. Teneva in mano un lungo foglio di pergamena e Hannah e la signora Batey lo stavano studiando. Il suo cuore si strinse mentre guardava il suo viso illuminarsi per la gioia per qualcosa che la governante aveva appena detto.

Continuò a guardare, appoggiando il suo corpo alto contro lo stipite della porta.

In un attimo, la contessa sembrò intuire che qualcuno la stava osservando. Si voltò lentamente per trovare il conte, le sue braccia incrociate sul petto e un piede incrociato sull'altro, facendo proprio questo. «Mio Signore!» parlò con una punta di sorpresa. Si scusò e si mosse per stare davanti a lui mentre la governante si affrettava ad andarsene con la pergamena. Sul punto di inchinarsi, Hannah fu improvvisamente tirata forte contro la parte anteriore del suo corpo. «Oh!» riuscì a uscire prima che le labbra di Henry si posassero sulle sue.

Sebbene l'avesse baciata spesso senza preambolo nelle loro camere da letto, non l'aveva mai fatto sfacciatamente dove qualcuno poteva assistere alla loro indiscrezione. Hannah finalmente raggiunse le sue mani sul suo collo e ricambiò il bacio, un leggero lamento che svanì prima che Henry alla fine la liberasse.

«Buon pomeriggio, mia signora», sussurrò, sfiorandole con il naso la tempia e la fronte prima che le sue labbra toccassero la sua fronte.

«E a te, mio signore», sussurrò Hannah in risposta. Si guardò rapidamente intorno, pensando che un lacchè o una domestica potessero essere testimoni del loro appuntamento.

«C'è una lettera per te nel mio studio. E nessuno ci ha visto», sussurrò Henry, le braccia che le avvolgevano la vita e la stringevano forte contro la sua fronte. «Ho la certezza che qui non c'è nessuno tranne noi», mormorò. Il suono di uno schiarirsi la gola fece afferrare Hannah per stringerla di più a sé mentre si muoveva per proteggerla dal loro intruso.

«Mi scusi, mio signore», disse Parkerhouse nel suo tono più annoiato. Il maggiordomo si mosse dalla coppia e si diresse verso lo studio, scomparendo nella stanza senza voltarsi indietro verso il conte e la contessa.

Chiaramente mortificata, Hannah dovette muovere una mano per coprirsi la bocca. «Henry!» è riuscita a uscire prima che suo marito la lasciasse andare.

Per niente imbarazzato per essere stato trovato per errore, Henry sorrise. «Vieni, mia signora. Ho qualcosa da mostrarti», disse con una punta di malizia.

Il viso di Hannah divenne di un rosa acceso.

«Non *quello*, mia signora», disse quando si rese conto che la sua virilità aveva creato un rigonfiamento nei suoi pantaloni di pelle di daino. «Questi», disse mentre tendeva la sua manciata di monete.

Con gli occhi spalancati alla vista delle monete incrostate di terra, Hannah gli rivolse uno sguardo curioso. «Dove li hai trovati?» chiese, un lungo dito spingendo da parte quello in alto per rivelarne un altro sotto. Ha pensato che ce ne doveva essere almeno una mezza dozzina nella pila.

«Non l'ho fatto. Harold l'ha fatto», disse mentre si girava e le offriva il braccio. Hannah ci mise sopra la mano e camminò al suo fianco mentre spiegava cosa era successo nel campo appena arato l'anno prima. «Parkerhouse mi sta procurando una scatola adesso. Una volta che li avrò ripuliti, farò in modo che vengano restituiti a Nathan.»

La bocca di Hannah formò una "o". «Sarà così sollevato nell'apprendere della loro scoperta» sussurrò. «Ma che mi dici del tuo anello con sigillo? Non era nella stessa scatola del tesoro che ha seppellito?»

Henry sorrise mentre alzava l'altra mano. Il rubino catturò la luce di una candela vicina. «Sano e salvo, anche se ha bisogno di una buona pulizia», annunciò con orgoglio. «Come fa Harold. Billy se ne sta occupando proprio ora.»

Hannah si fermò, un'espressione di orrore sul viso. «Che cos'è?» chiese Henry, aggrottando le sopracciglia.

Hannah scrollò le spalle ma non ricambiò lo sguardo del conte. «Sei arrabbiato con lui?» chiese, con voce molto calma mentre entravano nel suo studio. La scatola di cartone era già sulla sua scrivania, con il coperchio appoggiato su un lato.

Le sopracciglia di Henry continuavano a mostrare preoccupazione. «Ovviamente no. Ha trovato il tesoro, Hannah» disse con un'alzata di spalle, come se il comportamento di Harold potesse essere scusato perché ne era venuto fuori qualcosa di buono. «In realtà è un ottimo cane. Leale come il suo predecessore e un po' più bello, devo dire.» Trovò la lettera menzionata da Parkerhouse e stava per consegnargliela.

A quel punto, un sorriso brillante apparve sul viso di Hannah. Il cuore di Henry sembrò stringersi a quella vista, ma ricordò a se stesso che stavano parlando del suo animaletto proprio in quel momento. La immaginò fare quel sorriso brillante quando gli fu detto che uno dei loro figli aveva fatto qualcosa di buono. «Ora, voglio solo ripulire queste monete prima di impacchettarle in questa scatola», ha detto, dandole un bacio sulla guancia. «E poi mi vesto per cena». La guardò di nuovo, il suo sguardo fisso su di lei quando notò uno sguardo di malizia sul suo viso. «Che cos'è?» chiese. Scaricando le monete sulla sua scrivania, si mosse per avvolgere le braccia intorno alla sua vita.

«Penso che dovresti lasciarli così come sono, con i loro frammenti di fango secco», mormorò a bassa voce. «Il modo in cui i veri pirati potrebbero trovarli». Lo guardò attraverso le ciglia abbassate.

Henry ridacchiò. «E cosa, per favore, conosci i veri pirati, mia signora?» la prese in giro, dandole un bacio sulla fronte.

«Solo quello che leggo nelle storie, ovviamente», rispose con un sopracciglio arcuato. «Solo perché sembrò uscito dalle pagine di una fiaba non significa che abbia letto solo quel tipo di libri».

Incuriosito dal suo commento, Henry si avvicinò un po', spostando un braccio sulla sua spalla. «E a quale storia potresti pensare in questo preciso momento?» sussurrò, le sue labbra fecero presa sulla sua tempia.

Hannah inspirò bruscamente, pensando in fretta di inventare la storia più eccitante a cui potesse pensare. Adesso era certa di essere incinta, ma una volta che l'ha detto a Henry, ha temuto che non sarebbe più venuto in camera sua ogni notte. Le aveva promesso di andare a letto con lei ogni notte solo per altre due settimane. Il pensiero di passare le sue notti da sola la faceva sentire abbastanza priva, persino vuota. «Lady Godiva», sussurrò, muovendo le labbra per lasciare il segno lungo la sua mascella. Sentì il corpo di Henry irrigidirsi e poi si chiese se avrebbe dovuto inventare una storia diversa.

«Non tasserò i miei inquilini oltre la loro capacità di pagare», sussurrò Henry, i denti che le catturavano il lobo dell'orecchio. «In effetti, non li tassa affatto», ha aggiunto, con un tono di voce come se si fosse offeso per il suo suggerimento di essere un leader auto-cratico.

Hannah emise un leggero squittio. «Pensavo a te più come al nobile destriero», chiarì, inarcando le sopracciglia quando Henry colse il suo sguardo cattivo. «Sai. Il cavallo che ha cavalcato così veloce e così forte mentre stava protestando».

Henry la fissò per cinque secondi molto lunghi. Poi si guardò intorno nella stanza come in preda al panico. «Beh, io... non posso portarti molto bene sulla scrivania», mormorò, spostando la sua attenzione su varie sedie, tavoli e persino il camino.

Avvicinandosi alla porta, Hannah portò a casa il chiavistello, si voltò e appoggiò la schiena al pannello. Con le mani dietro la schiena e la testa appoggiata al pannello della porta, guardava il marito sconvolto con quella fronte arcuata. «Lady Godiva *montò* a cavallo, Henry. Non il contrario», disse con una voce così vellutata che non la riconobbe come sua.

Si fece avanti, si tolse una pantofola usando la punta dell'altra pantofola e sollevò il piede verso il bordo della scrivania. Con una mano, sollevò la gonna appena oltre il ginocchio, rivelando un vitello formoso racchiuso in una calza di seta trasparente. «Dovrai prima fare la cameriera della mia signora, naturalmente. E poi il cavallo».

Henry deglutì. «Posso farlo», disse, la sua voce che non sembrava avere il minimo controllo. Si spostò dall'altra parte della scrivania, le sue mani protese per appoggiarsi sulla sua gamba. Fu allora che notò i contorni chiari dei capezzoli induriti sotto il suo corpetto. Era eccitata, non c'era dubbio. Il fatto che i suoi capezzoli fossero evidenti significava che non indossava un corsetto!

E poi dovette ricordare a se stesso che se n'era andato quella mattina prima di aiutarla a vestirsi. Ma Lily era tornata ad essere il suo abigeato. Il che significava... *aveva programmato questo incarico?* Aveva scelto di non indossare un corsetto in attesa di sedurlo? Il pensiero lo eccitava, lo confondeva così profondamente che si ritrovò del tutto disposto a fare qualunque cosa lei gli chiedesse.

Facendo scivolare un dito sotto il bordo della seta, riuscì a far scivolare la calza lungo la sua gamba. Quando le spuntò dalla punta dei piedi, sollevò l'altra gamba e gli diede un'espressione di finta noia. Si tolse rapidamente la calza su quella gamba, piuttosto orgoglioso di essere stato in grado di farlo senza impigliare la seta.

Abbassando la gamba dalla sua scrivania in modo da stare a piedi nudi, Hannah attese pazientemente mentre Henry la guardava con una lussuria a malapena controllata.

«Lady Godiva era *nuda*, Henry» sussurrò, chiedendosi perché la stesse fissando con un'espressione così infatuata sul viso. Non riusciva a credere a quello che stava facendo, ma Elizabeth era stata piuttosto insistente sul fatto che la recitazione teatrale fosse un bene per una relazione. *Fallo indovinare, Hannah. Tienilo interessato. Fallo divertire.*

Sbattendo le palpebre, Henry si mosse per mettersi dietro Hannah. Le sue mani furono sulle sue spalle in un istante, le sue dita armeggiarono per slacciare i bottoni sul retro del suo abito. «Posso farlo», disse di nuovo, la sua voce che suonava roca. «Sono diventato molto bravo in questi ultimi giorni», ha detto, riferendosi alle sue frequenti richieste di assistenza quando si spoglia per andare a letto. A testimonianza delle sue parole, l'abito, insieme alla sua sottoveste, sono stati sollevati e tolti dal suo corpo.

Inspirando bruscamente, Hannah si rese conto di essere completamente nuda. Voltando solo la testa, poté sentire gli occhi di Henry che le infestavano il fondoschiena prima di vederlo alzarsi per premere la parte anteriore del suo corpo contro la sua schiena. Le sue mani si erano alzate per abbracciare i suoi seni, le sue labbra per premere contro la sua tempia.

Hannah resistette all'impulso di permettergli semplicemente qualunque cosa pensasse di fare. Allungandosi dietro di lei, slacciò le chiusure dei suoi calzoni, sapendo di averli liberati con successo quando il suo cazzo turgido balzò in avanti per premere contro la sua spina dorsale. Le sue mani si mossero per afferrare manciate della sua maglietta e sollevarle dai suoi pantaloni. Un brivido la percorse quando sentì il suo ringhio, anche se probabilmente era dovuto alle sue dita che le provocavano il caos sui capezzoli e sui seni. Girò il corpo per affrontare il suo, le sue mani che premevano sui suoi pantaloni.

Rendendosi conto che i suoi seni non erano più nelle sue mani, Henry sbatté le palpebre e fece in modo di togliersi la maglietta. In un attimo anche lui si trovò nudo nello studio.

Hannah gli rivolse un sorriso brillante, il viso arrossato mentre lo faceva. «È ora della mia corsa», disse, posando il palmo della mano contro il suo petto e guidandolo all'indietro verso una sedia senza braccioli. Senza fiato, Henry si sedette, duro, e si appoggiò allo schienale, guardando attraverso gli occhi dalle palpebre pesanti mentre Hannah gli posava le mani sulle spalle e gli faceva oscillare una gamba ben fatta in grembo, mettendosi a cavalcioni su di lui. I suoi seni gonfi furono improvvisamente di fronte alla sua bocca, la sua guaina bagnata che scendeva sulla sua erezione. In un istante, la fece impalare e tremante mentre le sue mani le afferravano il sedere e la sua bocca si aggrappava a un capezzolo.

«Temo che questo possa essere un viaggio molto breve», sussurrò Hannah tra un respiro e l'altro mentre la sua virilità la riempiva. Era così eccitata che ci sarebbe voluto solo un momento prima che l'estasi la mandasse nell'oblio. Le sue braccia gli avvolsero il collo. Ha tenuto duro mentre si alzava e si abbassava sulle punte dei piedi. Poi si rese conto che le mani di Henry, che le stavano marcandoo il sedere e i fianchi con il loro calore, stavano alzando e abbassando anche lei.

Improvvisamente Henry fu profondamente dentro di lei come non lo sarebbe mai stato. Si strinse forte su di lui, desiderando disperatamente che la sua estasi corrispondesse alla sua. «Henry!» gridò, afferrandogli la schiena con tutte le sue forze. Il gemito corrispondente di Henry inviava vibrazioni a entrambi i loro corpi. La sua bocca lasciò andare il suo seno per pronunciare il suo nome in una preghiera senza fiato mentre tutto il suo corpo si contraeva in un puro piacere che lo fece quasi oscillare dalla sedia. Si calmò e seppellì ancora una volta il viso nella morbida pelle bianca del suo seno.

Disossata e senza fiato e piuttosto scioccata per quello che aveva fatto, Hannah si accasciò contro il petto di Henry, il lato del viso che si abbassò per appoggiarsi alla sua spalla.

«Mi trovo molto geloso dei cavalli», mormorò Henry, le parole attutite contro la sua pelle.

Una risatina gorgogliò da Hannah. «Non è necessario che tu lo sia», ribatté lei scherzosamente.

Henry alzò la testa per guardarla, un sorriso ancora sulle labbra. Svanì leggermente quando vide il suo corpo arrossato, così sfrenato, lussureggiante e adorabile. Si rese conto che avrebbe dovuto togliere le forcine dai suoi capelli, in modo che la massa di seta potesse formare una tenda intorno a loro. «Cosa... di cosa si trattava?» chiese, aggrottando le sopracciglia. Fece una mossa come per sollevarla da sé, ma Hannah si strinse forte sulla sua virilità mentre le sue mani si aggrappavano al suo collo.

«No, per favore», lo implorò. «Non lasciarmi ancora».

Accigliandosi alla sua risposta, Henry le strinse la schiena con un braccio mentre alzava una mano per accarezzarle un lato del viso, meravigliandosi del suo improvviso sguardo di paura. «Hannah, cos'è?»

Rabbrividendo, Hannah scosse la testa. Si era formata una lacrima all'angolo di un occhio. Sbatté le palpebre diverse volte nel tentativo di impedirgli di scappare, ma lo fece comunque, lasciando una scia bagnata lungo la sua guancia.

Allarmato, Henry si raddrizzò sulla sedia, la sua presa su di lei più forte. «Hannah!» Si asciugò la lacrima con il pollice. «Sei ferita? Ti ho fatto male?»

Hannah stava scuotendo la testa, però, e gli stava spruzzando la sommità della testa di baci urgenti. «No, no, niente del genere», sussurrò, abbassando la testa in modo da poter vedere i suoi occhi. «Ho ricevuto una lettera da Sua Grazia, la Duchessa di Chichester», disse infine, con la voce così bassa che Henry riusciva a malapena a distinguere le sue parole.

«Lady Charlotte?» disse, con il viso illuminato. Poi, quando considerò i modi esitanti di Hannah, si preoccupò. «Sta bene?»

Annuendo, Hannah allentò la presa dal suo collo, ma lasciò le sue mani saldamente sulle sue spalle. «Molto. Lei e Sua Grazia hanno in programma di fare un viaggio primaverile a Londra in modo che possa fare ammenda con suo padre. E poi lei e il duca vorrebbero davvero fare una visita qui prima che la Piccola Stagione cominci in autunno. Questo se il mio signore è d'accordo con l'accordo.»

Henry si accigliò alla sua improvvisa formalità. «Un momento fa tu eri Lady Godiva e io ero il tuo *cavallo*, se ben ricordo. Devi chiamarmi "Henry". Soprattutto quando siamo soli. Anche quando sono un cavallo», aggiunse con finto divertimento. Ma vide lo sguardo incerto sul viso di sua moglie trasformarsi in qualcosa che si avvicinava alla paura. «Naturalmente lei e il duca sono i benvenuti. Io, infatti, li ho *invitati* a farlo. Ogni volta che lo desiderano. Ellsworth Park...»

Fece una pausa, chiedendosi se Hannah fosse a conoscenza dei dettagli del suo breve fidanzamento con Charlotte Bingham. Aveva parlato di lei quando aveva corteggiato Hannah per la prima volta, ma aveva evitato di dirle che avrebbe potuto sposare Lady Charlotte. Se avesse forzato la questione, Henry era abbastanza sicuro che Charlotte avrebbe accettato il sindacato. Ma anche allora, Charlotte sapeva che ci sarebbe sempre stata una spaccatura tra loro sulle circostanze del fidanzamento. La donna avrebbe avuto una cicatrice per il resto della sua vita a causa di quel dannato fidanzamento. Ora che Charlotte era sposata con un uomo che aveva il proprio volto segnato, Henry si chiese se il duca sapesse come era arrivata la sua cicatrice. Se lo sapeva, era stato costretto ad accettare la sua duchessa tutt'altro che perfetta per un senso di colpa? O si era semplicemente innamorato della signora e nonostante ciò l'aveva sposata?

Quest'ultimo, decise, rendendosi conto che doveva dire a sua moglie perché deteneva il titolo a Ellsworth Park. Era l'amica di Charlotte. Avrebbe capito cosa era successo.

Stava per continuare il suo commento quando Hannah gli mise una mano lungo il lato del viso. «Ellsworth Park faceva parte della sua dote», disse Hannah a bassa voce. «Mi ha scritto di quello che è successo».

Imbarazzato quando si rese conto che Hannah sapeva più di quanto pensasse, Henry annuì. Charlotte era la sua migliore amica. Naturalmente, la duchessa avrebbe scritto ad Hannah. Avrebbe spiegato cosa accadde quel giorno in cui Henry si presentò alla tenuta di Wainwright con l'intenzione di chiedere la mano di Charlotte in matrimonio. «L'atto era già stato ceduto a me. Quando abbiamo deciso che non dovevamo sposarci, ha insistito perché tenessi Ellsworth Park. Per tenerlo nascosto a suo cugino».

Hannah annuì. «Lo so. E io... sono in debito con lei», balbettò, scrutando con gli occhi quelli di Henry. Alla sua espressione interrogativa, aggiunse: «Se non fosse stato per Charlotte, pensi... mi avresti mai... cercato? Essere tua moglie, voglio dire?» Le ultime parole uscirono in un semplice sussurro, le labbra di Hannah tremavano.

Henry la fissò per diversi secondi. Avrebbe inseguito Lady Hannah, la figlia di un marchese, se Lady Charlotte non gli avesse ordinato di farlo? Sarebbe stato così audace da presentarsi a Devonville House e chiedere udienza al marchese per chiedere all'uomo il permesso di corteggiare sua figlia quando non aveva nemmeno incontrato la ragazza? E, altrimenti, alla fine avrebbe incontrato Hannah? Sarebbe stato costretto a partecipare a una Stagione a Londra in cerca di lei. Qualcuno sicuramente li avrebbe presentati a un concerto o a una serata. Ma la possibilità di *non* incontrare mai Hannah... scoprì di non poter immaginare uno scenario del genere.

«Avrei dovuto *farlo*», rispose piano. «Non riesco a immaginare la mia vita senza di te», aggiunse in un sussurro roco, il suo viso mostrava un'espressione scioccata.

Il cuore di Hannah si strinse alle sue semplici parole. «Né il mio senza di te», sussurrò di rimando.

Le braccia di Henry erano come fasce d'acciaio attorno al suo corpo, che la tiravano a sé così forte che non riusciva a respirare. «Rimandi parola al duca e alla duchessa. Dì loro che *devono* visitare. Insisto che lo facciano. Forse fine agosto, quando i fagiani invadono i campi di grano. Joshua ed io possiamo cacciare mentre tu e Charlotte...» Le labbra di Hannah si coprirono all'improvviso, interrompendo le sue parole con un bacio urgente.

Soffocando l'impulso di ridere del suo entusiasmo, Henry ricambiò il bacio in egual misura. Ad un certo punto, sentì la sua mano allungarsi per afferrare una delle sue mani per tirarla tra di loro. Lo mise contro il proprio addome, coprendolo con il suo mentre lo faceva.

Henry staccò il suo viso dal suo, un'espressione sorpresa sul suo volto.

«Mentre io e Charlotte condividiamo storie di maternità imminente», ha concluso Hannah per lui.

Fissandola per diversi secondi, senza che la sua espressione di sorpresa cambiasse, Henry sorrise lentamente. «Sei sicuro? È sicura?» chiese, il suo viso si illuminò ancora di più al suo cenno di risposta. «Oh, Hannah», sussurrò, avvolgendola con le braccia intorno a lei e tenendola molto più gentilmente di quanto non avesse fatto il momento prima.

Premette il viso sul suo seno, inalò il profumo di caprifoglio e muschio e provò una profonda felicità che non provava dalla nascita di suo figlio. Così fu sorpreso quando un singhiozzo travolse il corpo morbido che teneva. La sua testa si sollevò di scatto e trovò Hannah che piangeva piano. «Oh, Hannah», ripeté con un tono di voce completamente diverso. «Cos'è ora?» chiese mentre si allungava per accarezzarle il viso. *Perché le donne che hanno un bambino devono piangere così tanto?*

Lottando per respirare, Hannah singhiozzò e piagnucolò prima di dire: «Noi... avevamo un accordo... che mi avresti preso in giro... ogni notte finché non fossi... con un bambino», riuscì a malapena ad uscire.

«Sì», rispose Henry con esitazione, chiedendosi la tristezza in quel poco della sua voce che riusciva a distinguere.

«Significa... ttu-non condividerai più il mio l-lletto?» Hannah inspirò profondamente, come per prepararsi alla sua risposta.

Henry la fissò incredulo. Ricordava il giorno come allenatore in cui avevano preso l'accordo. Pensava che ce l'avessero fatta pensando a Sarah. E poi, una settimana dopo, promise ad Hannah che l'avrebbe letto ogni notte per tre settimane per rimediare ad aver maledetto il suo cane. Non aveva fatto quella promessa pensando a Sarah.

Forse Hannah aveva in mente *lei*, però.

Forse Hannah aveva deciso di non volere che Henry e Sarah continuassero la loro relazione come amanti. La madre di suo figlio aveva chiarito perfettamente che le sue visite coniugali non erano più gradite la notte in cui gli aveva parlato del suo imminente matrimonio con Tad McDonald. E Henry aveva cominciato a chiedersi se lo fossero mai stati.

Con Sarah fuori dalla sua vita, almeno come amante, Hannah pensava davvero che avrebbe smesso di passare le notti con lei? Ora che lo aveva così infatuato che riusciva a malapena a pensare in modo chiaro? Così stregato che veniva davvero dai campi ogni giorno a pranzo solo per poterla vedere? Così confuso che avrebbe giocato a cavallo con la sua Lady Godiva nel suo studio? Nel tardo pomeriggio, nientemeno?

«Veramente», disse infine Henry, «significa che non andrò più a *letto* con te, amore mio», disse piuttosto severo. Il suono del singhiozzo di Hannah poteva probabilmente essere udito in tutta la casa, e il suo cuore si strinse forte per quanto le sue parole dovessero suonare crudeli proprio in quel momento. «Tuttavia, ho intenzione di fare *l'amore* con te il più spesso possibile. Il tuo letto, il mio letto, questa sedia», disse stancamente, rendendosi conto che era ancora sepolto nel profondo di lei. «Suggerirei il grande tavolo in cucina, ma la signora Chambers può essere piuttosto spinosa, e non mi piacerebbe essere nuda da nessuna parte vicino alla sua mannaia».

Il corpo di Hannah si fermò così all'improvviso che Henry dovette distogliere il viso dal seno morbido che gli cullava la guancia. Aveva ascoltato il battito del suo cuore, il tatuaggio un ritmo dolce sotto il suo orecchio fino a quell'ultimo giro di lacrime. Il ritmo era diventato più simile al battito del suo cuore dopo che lui l'aveva compiaciuta, dopo che era stata portata all'estasi e si era aggrappata a lui come se la sua stessa vita dipendesse da questo.

«Stai... prendendo in giro?» sussurrò, tirando su col naso.

Henry inclinò la testa sullo schienale della sedia, osservando il viso macchiato dalle lacrime di Hannah, il suo sorriso incerto, le morbide spalle bianche, la cresta delle clavicole e i seni rotondi con la punta rosa che adorava così tanto. «Vi assicuro, mia signora, sarò a vostra completa disposizione e vi chiamerò ogni volta che vorrete fare l'amore».

Singhiozzando, Hannah abbassò la testa sulla sua spalla. «Oh,

Henry», sussurrò, mordicchiando con le labbra il suo lobo e baciando lo spazio tra il suo collo e la sua spalla. Nel giro di un momento, sentì le sue mani scivolare sui suoi fianchi e la sua virilità indurirsi dentro di lei, il suo respiro accelerare e il battito sotto i suoi seni raddoppiare. Anche prima che le sue mani potessero sollevarla e abbassarla, le dita dei piedi iniziarono a spingerla su e ad abbassarla attorno al suo cazzo teso. «Non credo che Lady Godiva abbia avuto l'idea giusta», riuscì a dire poco prima che Henry appoggiasse il pollice sullo spazio gonfio in cui i loro corpi si incontravano e si fondevano.

«Idea giusta, cavallo sbagliato», ribatté Henry, appena prima che il ringhio del suo corpo teso gli erompesse dalla gola. Se fossero stati ovunque tranne che nello studio, avrebbe potuto lasciare che l'intero suono del suo piacere sfuggisse. Invece, si limitò a gemere e coprì la bocca di Hannah con la propria mentre l'estasi li prendeva.

Henry indossava solo i pantaloni mentre aiutava Hannah a vestirsi. Dati i suoi pochi indumenti, non ci volle molto per renderla abbastanza presentabile da salire le scale e cambiarsi in camera da letto per la cena. Le ricordò la lettera che era ancora sulla scrivania.

Hannah osservò il sigillo di cera sul retro. «È di mio padre», disse aprendolo. Leggendo in silenzio per alcuni minuti, alzò la testa per trovare lo sguardo di Henry su di lei.

«Va tutto bene a Devonville House?» chiese con attenzione.

Hannah alla fine annuì. «Lady Winslow è ora la marchesa di Devonville», ha detto quando è apparso un sorriso brillante. «Si sono sposati con una licenza speciale l'altro ieri».

Sorridendo, Henry la prese tra le sue braccia. «Quindi, ora *hai* una matrigna», ha detto prima di baciarla sul naso.

«Ma non è malvagia, per niente», disse Hannah, sorpresa dal suo commento.

«Nemmeno tu», ribatté lui. Le porse la scatola di cartone con le monete. «E solo per dimostrarlo a mio figlio, penso *che* dovresti essere tu a restituirgli il suo tesoro».

Hannah gli rivolse uno sguardo curioso. «Finché posso dare credito dove è dovuto il credito», ha affermato, immaginando come lei e Harold sarebbero andati alla ricerca di Nathan per presentargli il suo bottino da pirata.

«Se intendi Harold, allora, ovviamente», concordò. «Andiamo, Lady Godiva. Dobbiamo vestirci per cena», le ricordò, schiaffeggiandole leggermente il sedere con il palmo della mano.

«Oh!» lei scese in risposta, il suo sguardo passò sul suo torso nudo. «Pensi onestamente che ce la farai ad arrivare al piano di sopra senza essere visto seminudo?» la prese in giro, prendendo le calze dalla scrivania e facendo scivolare i piedi nelle pantofole.

Un brontolio di risate esplose da Henry. «Vedi cosa mi hai fatto, cretino?» accusò, afferrandogli la maglietta e tirandosela sopra la testa.

L'appuntamento pomeridiano era stato tanto emozionante quanto illuminante e soddisfacente. Forse era giusto che Lady Bostwick fosse stata così libera con i suoi consigli su come una coppia sposata potesse divertirsi. Si chiese quanto leali, o forse *sordi*, dovessero essere i domestici nella casa di Bostwick per far sì che il loro padrone e la loro padrona si comportassero così, eppure non sentì un accenno di scandalo sulle loro vite mentre era a Londra.

Henry rifletté su come si erano comportati i suoi stessi servitori ultimamente. Ricordò le parole del cuoco, suggerendo che la cena di stasera sarebbe stata speciale. «Hannah. A chi l'hai detto?» chiese. «Del bambino, voglio dire».

Hanna sbatté le palpebre. «Solo tu. Quando l'ho sospettato per la prima volta, quella notte in cui…» Lasciò che la frase si affievolisse, non volendo che si ricordasse di quanto si fosse sentito privato la notte in cui Sarah gli aveva detto della sua intenzione di sposare Tad McDonald.

Corrugando la fronte, Henry ripensò al commento del cuoco. «Signora Chambers non lo sa?» chiese, con un occhio alzato.

Hannah scosse la testa. «Non vedo come farebbe».

«E nemmeno la signora Batey?»

Hannah scosse di nuovo la testa. «Non parlerei di una cosa del genere con nessuno dei due», ha insistito. «Almeno non ancora. Perché?»

Henry la tenne stretta per un momento. «Penso che debbano sospettare, ecco tutto», riuscì a dire. «Vieni, vestiamoci per la cena. Sono particolarmente curioso del pasto di stasera», disse mentre la conduceva fuori dallo studio e su per le scale.

Sorpresa dal suo commento, Hannah scosse la testa. «Bistecca di manzo, patate, carote e budino dello Yorkshire», disse con un'alzata di spalle, come se non ci fosse niente di particolarmente speciale nel menu.

Henry rise, la sua mano che si strinse sulla sua mentre portava la sua mano alle sue labbra. «Il mio pasto preferito, ovviamente», disse, continuando a ridacchiare.

Il sopracciglio di Hannah si inarcò confuso. «Lo dici su ogni menu della cena», ribatté lei, facendosi delle domande per il suo commento.

Henry inarcò un sopracciglio. «Io faccio. Li fa indovinare», ha detto con tutti i guai che poteva gestire.

CAPITOLO 21
NIENTE PIÙ BOTTINO DEI PIRATI

*H*annah indossò un mantello e si fece strada lungo i ciottoli e attraverso il cancello principale di Gisborn Hall, la scatola di cartone sotto un braccio e Harold alle calcagna. Ha programmato la sua partenza in modo che corrispondesse a quando si aspettava che Nathan Forster tornasse a casa dalla casa del suo tutore. Era appena passata la casa della dote quando vide il ragazzo che tornava a casa dall'altra direzione. Le orecchie di Harold si ravvivarono e all'improvviso stava correndo verso Nathan, un latrato occasionale proveniente dal suo corpo in continua espansione.

«Ecco ragazzo», sentì dire Nathan mentre si calava sulla strada e aspettava che il cane gli saltasse addosso. L'impatto lo fece cadere all'indietro. Una serie di grida e risatine esplose dal figlio del conte mentre Harold continuava a leccare il ragazzo fino alla sottomissione. «Ferma! Qualcuno mi salvi», stava gridando Nathan tra le sue risatine.

«Harold!» gridò Hannah, reprimendo una sua risatina. Il cucciolo smise di agitare la coda e sollevò la testa dal viso di Nathan. «Sedersi!»

Harold obbedì immediatamente, infilandosi il sedere sotto di sé e comportandosi come se stesse facendo la guardia al proprio bottino dei pirati recentemente acquisito.

«Buon pomeriggio, Nathan», disse Hannah in segno di saluto mentre si avvicinava al ragazzo. Si alzò rapidamente da terra e si inchinò in modo abbastanza formale. Sebbene fosse impolverato e piuttosto arruffato dalle attenzioni di Harold, Nathan era ovviamente un bambino felice.

«E a te, Lady Gisborn», disse in risposta. Nonostante avessero delle rane in comune, il ragazzo sembrava ancora a disagio con la matrigna.

«Ieri Harold era fuori a giocare ai pirati nei campi orientali», ha detto per introdurre l'argomento della sua visita. «E ha fatto una bella scoperta». All'espressione interrogativa di Nathan, che ricordava così tanto ad Hannah suo marito quando stava lavorando per risolvere qualche problema, strinse le labbra.

«Oh?» ha chiesto Nathan. Sembrò ingoiare, come se pensasse di essere in qualche guaio.

Hannah annuì. «Ha scoperto il tesoro dei pirati!» Tirò fuori la scatola di cartone da sotto il braccio e la porse a Nathan. «Credo che potresti essere stato il pirata che l'ha seppellito?»

Gli occhi di Nathan si spalancarono increduli. Fece un passo indietro e guardò Hannah e poi di nuovo la scatola che lei gli porgeva. «I miei sovrani?» lui ha sussurrato.

Hannah scrollò le spalle. «Non lo so. Dovrai aprirlo, suppongo», disse, continuando a porgergli la scatola.

Scodinzolando, Harold si alzò e camminò in cerchio stretto prima di annusare la scatola e sedersi di nuovo. Nathan alla fine prese la scatola da Hannah e tolse il coperchio. I suoi occhi sbalordirono alla vista delle monete incrostate di terra. Un dito affondò nella scatola e spostò le monete. Alzò lo sguardo su di lei. «C'era un anello», ha detto, i suoi occhi pieni di delusione.

«Oh, anche Harold ha scoperto questo. L'ha già data a tuo padre», si affrettò ad assicurargli Hannah.

Alla fine è apparso un sorriso. Si voltò verso il cane e con la mano libera grattò Harold dietro l'orecchio. «Buon cane», disse.

Alzando lo sguardo di nuovo, la sua fronte si corrugò più o meno come faceva Henry quando era preoccupato per qualcosa. «Ha *davvero* trovato il tesoro?» lui ha sussurrato.

Hannah annuì. «Lo ha fatto davvero. Ci è voluto un po' per convincere tuo padre di aver trovato il tesoro, però», aggiunse alzando gli occhi al cielo.

Nathan si alzò, tenendo la scatola con entrambe le mani. «Grazie, mia signora», disse con un cenno del capo.

Sorridendo, Hannah annuì. «Puoi chiamarmi "madre" se lo desideri. Soprattutto perché il tuo fratellino o la tua sorellina mi chiameranno così», disse con attento incoraggiamento.

Gli occhi di Nathan si spalancarono di nuovo. «Diventerò un fratello maggiore?» chiese, il suo viso assunse un'espressione a metà tra la gioia e lo spavento.

Ridendo, Hannah annuì. «Forse quando torni a casa da scuola a Natale», ha riconosciuto. «Oh!» riuscì a uscire quando Nathan lasciò cadere la scatola delle monete, e le sue braccia avvolte intorno alla sua vita, e la sua testa premette contro il suo ombelico.

Non sapendo cosa fare, Hannah avvolse le braccia intorno alle spalle di Nathan e lo tenne stretto per un momento. Harold balzò in piedi, decidendo apparentemente che anche lui aveva bisogno di un po' di attenzione. E in un attimo Nathan stava ridendo e raccogliendo il suo tesoro e salutando con la mano e dirigendosi verso la casa della dote come se non fosse successo nulla di insolito.

Dopo essere scomparso dietro la porta, Hannah guardò Harold. «Vieni piccola bestia, è ora di cena», disse, con le lacrime agli occhi. Si voltò, con Harold alle calcagna, e vide Henry che la osservava da dove si era appoggiato al cancello di Gisborn Hall. Con le braccia incrociate e un piede calzato incrociato sull'altro, sembrava in tutto e per tutto il nobile.

Tenendo i suoi passi misurati, si mosse per incontrarlo. Lei alzò gli occhi e gli rivolse un sorriso. «Ciao, mio signore», disse, una lacrima che le rigava la guancia. Henry l'aveva tra le braccia prima che lei sapesse cosa stava succedendo. *Come padre, come figlio*, pensò proprio in quel momento, godendosi la sensazione della presa del padre su di lei mentre affondava la testa nello spazio tra il collo e la spalla di lei. Avvolgendogli le braccia attorno al collo, allargando le dita tra i suoi capelli, appoggiò un lato del viso contro il suo petto. «Spero che tutti gli altri nostri figli siano proprio come lui», mormorò nella sua maglietta.

Henry le baciò la testa. «Solo i ragazzi, dovrei pensare», mormorò, togliendo un braccio e girandosi in modo da tenerle un braccio intorno alle spalle. Fece scivolare un braccio intorno alla sua vita. «Spero piuttosto che le ragazze siano più simili a te, o siamo condannati», ha detto mentre si facevano strada sui ciottoli fino a Gisborn Hall, Harold che si affrettava ad andare avanti e fare il giro della casa fino al punto in cui la sua cena sarebbe stata fuori dalla porta sul retro.

La risata melodica di Hannah riempì l'aria intorno a loro. «Saranno le figlie di un contadino», disse con una voce che suggeriva che lo stesse avvertendo che potevano essere dei cavalli.

Sbuffando al commento, Henry le baciò la tempia. «Ti dispiace così tanto essere sposato con un contadino?» le chiese dopo, guidandola su per i gradini d'ingresso.

«Niente affatto», rispose lei felice. «Se tu fossi un uomo di svago, sarei propenso a credere che berresti, giocheresti e passeresti le tue notti puttana... non nel mio letto», ribatté lei con un sopracciglio alzato. «Mi dispiacerebbe».

Un lento sorriso si allargò sul viso di Henry. «Significa che posso passare ogni notte nel tuo letto per il resto della nostra vita?» lo prese in giro, un sorriso che si allargò lentamente sul suo viso. La porta d'ingresso si aprì e Parkerhouse si fece da parte mentre varcavano la soglia.

«Ogni notte», rispose Hannah con un profondo sospiro.

«Oh, bene» disse Henry con finto sollievo. «Allora, cosa c'è per cena?»

Hannah gli lanciò un'occhiata con la coda dell'occhio. «Non ne ho assolutamente idea», ha risposto con una voce canzonatoria.

«Il mio preferito!»

CAPITOLO 22
I WAINWRIGHT FANNO UNA VISITA

*L*a prima serra, con le sue lastre di vetro installate sul tetto esposto a sud e tela cerata attorno alle restanti superfici, è stata un alveare di attività nei giorni successivi al suo completamento. Sono state piantate file di semi di mais per occupare metà dell'edificio mentre una varietà di altre verdure è stata piantata nello spazio rimanente. Piccoli aranci e limoni sono stati piantati lungo il lato meridionale nella speranza che la posizione più calda e soleggiata li aiutasse a prosperare. La piantumazione in quell'edificio non era stata nemmeno completata quando la seconda serra era pronta per i suoi filari di cetrioli, meloni, fragole e altri ortaggi assortiti. Nel frattempo, nei campi solcati, si piantavano con le seminatrici i semi per il grano, i fagioli e l'orzo.

Nel corso delle settimane successive, sono stati installati rinforzi lungo le pareti delle trincee per prevenire l'erosione, una preoccupazione espressa da Murphy con il suo padrone pochi giorni prima dell'installazione dei cancelli di irrigazione. Ha dato credito ad Hannah per averlo menzionato durante una delle sue consegne di biscotti, e Henry si è assicurato di ringraziarla per la sua esperienza di aver giocato in acqua da bambina. Era ancora preoccupato per il fatto che l'avesse fatto, specialmente con le rane.

Il primo cancello da installare, sulla roggia centrale, si è rivelato di difficile manovrabilità e ancoraggio al suolo. Una volta che fu, però, la diga di terra rimanente fu scavata e il cancello fu lasciato in posizione per un altro giorno prima che la porta fosse sollevata. L'equipaggio di operai esplose in applausi calorosi mentre Henry tirava la fune che era infilata su una puleggia e osservava mentre il cancello si sollevava. L'acqua sgorgava nella trincea e cominciava lentamente a riempire i solchi dei campi.

Le gambe di supporto più lunghe sono state saldate sugli altri due telai del cancello come ancoraggi nella speranza che si dimostrassero più robusti con la loro installazione. Con l'aiuto di una squadra di cavalli da tiro e di un'ossatura e di una carrucola, la settimana successiva furono installati i cancelli per i fossati est e ovest. Sebbene tutto funzionasse come aveva sperato Henry, durante l'ultima settimana di maggio pioveva ogni giorno. I cancelli furono chiusi e furono aperti i cappucci dei grandi tubi di argilla alle estremità delle trincee per consentire all'acqua in eccesso di defluire dai campi e dalle rogge.

Come aveva previsto Aldenwood, il resto dell'estate si rivelò più fresca e piovosa del solito. I fossati della fattoria Gisborn finirono per essere utilizzati per il drenaggio piuttosto che per l'irrigazione. Da maggio a settembre, i cieli grigi e le piogge prolungate hanno reso i raccolti più lenti. Nonostante una nevicata tardiva a giugno, nessuno dei raccolti di Gisborn è fallito completamente. Il conte e gli inquilini che coltivavano i suoi campi hanno lottato per mantenere i campi drenati, dirigendo parte dell'acqua nelle serre e il resto nei fossati. Nel frattempo, nonostante la mancanza di luce solare regolare, le piante nelle serre sembravano prosperare.

Mancavano ancora sette settimane alla raccolta, la pioggia smise per diversi giorni e la terra iniziò ad asciugarsi. Fu durante questa tregua dal clima più freddo che i Wainwright vennero a chiamare i Forster.

«Portare un bambino diventa te», disse la contessa di Gisborn a bassa voce, collegando il suo braccio a quello della duchessa di Chichester mentre i due si avviavano lungo la riva del fiume. Il fiume Iside, o Alto Tamigi come alcuni lo chiamavano, scorreva dolcemente sotto il cielo di fine estate. Il pomeriggio, non così caldo come al solito, era il momento perfetto per passeggiare nei giardini di Ellsworth Park e Gisborn Hall mentre i loro mariti cacciavano i fagiani in un campo vicino.

«E anche tu», rispose Charlotte con un sorriso malizioso, non assolutamente sicura che Hannah avesse un bambino, ma abbastanza sicura da fare il commento.

Hannah si fermò a metà strada. «Come... come lo sapevi?» chiese sorpresa, il suo stesso sorriso illuminava un viso già radioso.

Charlotte strinse il braccio di Hannah, muovendosi per affrontare la sua amica. «Brilla come se avessi una dozzina di candele dentro di te. Non ti ho mai visto così sbalordito», disse mentre inclinava la testa.

Dal momento in cui lei e Joshua Wainwright, il duca di Chichester, erano arrivati a Gisborn Hall, Charlotte era sicura che la sua migliore amica fosse incinta. «Anche al tuo ballo di uscita, non eri così glorioso». Charlotte osservò la sua amica per un momento di più, felice per lei perché Hannah aveva sposato un uomo che aveva bisogno di un erede mentre lei non aveva bisogno di altro che di un figlio da amare.

«All'inizio di gennaio, credo», dichiarò Hannah prima che Charlotte potesse chiedere quando avrebbe potuto partorire.

«Così presto?» rispose Charlotte, un sopracciglio inarcato in modo canzonatorio. «Oh, Henry deve essere elettrizzato». Nonostante avesse ereditato una contea da suo zio, il conte di Gisborn sarebbe sempre stato semplicemente Henry Forster per lei. Appena una settimana dopo che lui l'aveva lasciata nel giardino di Wisborough Oaks, aveva ricevuto la sua lettera in cui la ringraziava per il suggerimento di considerare Lady Hannah Slater come una moglie e sperando che, nonostante quello che era successo quel giorno nel giardino del duca, potrebbero rimanere amici. Il giorno seguente ricevette il breve biglietto di Hannah in cui diceva di aver accettato la proposta di matrimonio del conte.

«Henry è fuori di sé, anche se, dopo aver letto la lettera di

George la scorsa settimana, potrebbe sentirsi un po' spaventato», disse Hannah scuotendo la testa.

George Bennett-Jones, visconte Bostwick, aveva inviato la nota a Henry dopo la sua "guarigione" dall'aver partorito personalmente il suo bambino. Sua moglie è rimasta piuttosto scioccata quando le sue acque si sono rotte poco dopo avere avuto un rapporto sessuale. Il pover'uomo era stato colto alla sprovvista: il lavoro di Elizabeth era stato così rapido, non c'era stato il tempo di chiamare la levatrice e l'unico domestico in casa in quel momento era stato il cuoco, che almeno sapeva abbastanza per far bollire l'acqua e rifornire un coltello adatto per tagliare il cordone ombelicale.

Alla fine, David Morgan Bennett-Jones è nato nelle mani nervose ma capaci di suo padre. L'unico commento aggiuntivo di George nella sua lettera era che, sebbene avesse continuato a condividere il letto matrimoniale con Elizabeth e il loro neonato, era piuttosto sollevato di avere qualche settimana di pausa dai rapporti sessuali poiché, scrisse, *sono esausto. Chi sapeva che una donna incinta potesse essere così matura e pronta per l'intimità a qualsiasi ora del giorno e della notte?*

Hannah poteva solo chiedersi come fosse andata Elizabeth durante il parto.

Charlotte ridacchiò. «Aspetta di avere notizie da Elizabeth», ribatté lei, avvicinandosi la mano alla bocca. La sua faccia era arrossata. «Non so come lo diranno a David quando sarà abbastanza grande per ascoltare la storia, ma sono sicuro che George penserà a qualcosa».

Inspirando bruscamente, Hannah si voltò per guardare la sua amica. «E cosa *ha* scritto a riguardo?» Hannah ha chiesto di sapere. Poteva solo immaginare come si sarebbe comportata Elizabeth durante il parto. *Probabilmente con un bel po' di lamentele, urla, minacce...*

«Era... umiliata, credo», replicò Charlotte, con la testa leggermente abbassata. «George le aveva appena dato delle palline di diamanti e smeraldi e lei ha insistito perché...» Abbassò la voce a un sussurro, come se qualcuno potesse sentirle. «Avere rapporti sessuali, che a quanto pare avevano già fatto un paio di volte quel giorno perché le faceva male la schiena e George non sapeva cos'altro fare per lei per alleviare il dolore. La prossima cosa che sapevano, stava infilando i cuscini dietro di lei e le diceva che doveva tenersi qualcosa di diverso dalla sua mano perché ne aveva bisogno per partorire loro figlio!» Charlotte ignorò gli occhi spalancati di Hannah e aggiunse: «Ha detto che George era così calmo e fermo con lei – le ha detto cosa fare – poi il loro figlio è stato improvvisamente tra le sue braccia e stava piangendo in modo incontrollabile. Elizabeth ha detto che ha pianto peggio del bambino.» Quest'ultimo è stato consegnato con un sopracciglio elegantemente arcuato. «Sta allattando lei stessa la bambina, dal momento che rimarranno in campagna fino a dopo Natale».

Hannah si portò entrambe le mani alla bocca, chiedendosi come avrebbe potuto convincere Henry ad andare a letto solo poche ore prima della nascita del loro bambino. E come avrebbe fatto a sapere quando era successo? «Pensate che il rapporto sia stato la chiave per avere un parto più facile?» chiese, facendo apparire la sua fossetta.

Scrollando le spalle, Charlotte si concesse un sorriso. «Ho ragione di credere che Joshua la penserà così», suggerì, il viso che diventava di un rosa acceso nonostante il cappellino. Camminarono per un po', condividendo un silenzio amichevole mentre Harold correva per unirsi a loro, seguendo Hannah. Consapevole che Charlotte volesse dire qualcosa, Hannah la guardò con uno sguardo di traverso.

«Che cos'è?» chiese, avvolgendo il braccio destro nel sinistro di Charlotte.

«Mi chiedevo come ha reagito Henry quando gli hai detto che eri incinta», mormorò Charlotte, gli occhi lucidi. «Mi sarebbe piaciuto vedere la sua reazione».

Hannah sorrise, abbassando la testa. «Oh, Lottie, avresti dovuto vedere la sua faccia. Gli ho detto a un certo punto che pensavo di poterlo essere, ma non gli ho detto che ero assolutamente sicura fino al giorno dopo aver ricevuto la tua notizia che tu e Sua Grazia saresti venuto a trovarti», spiegò, una mano che si spostò per riposare contro il suo addome. Quando sentì l'improvvisa inspirazione di Charlotte, si voltò a guardare la sua amica.

«Pensavi che si sarebbe opposto alla nostra visita?» chiese Charlotte, aggrottando le sopracciglia per la preoccupazione, pensando che la contessa avesse usato la buona notizia della sua gravidanza per contrastare la cattiva notizia dell'imminente arrivo dei Wainwright.

«Oh, cielo, no!» riuscì a dire Hannah, sapendo che non era proprio la verità. Era stata preoccupata quel giorno prima del loro appuntamento pomeridiano nello studio, ma Henry aveva chiarito che sperava che i Wainwright avrebbero accettato la sua offerta di ospitalità. «Si sente molto in debito con te, Lottie, e non solo per il dono di Ellsworth Park. Anch'io, in realtà», disse felicemente Hannah, il suo sorriso brillante che mostrava denti bianchi tra le labbra color bacca.

Charlotte sorrise mentre osservava la sua amica, ricordando il benvenuto che Henry le aveva riservato quando lei e Joshua erano arrivati il giorno prima. Le aveva baciato il dorso della mano e poi si era scusato con Joshua prima di chinarsi per baciarle l'angolo della bocca e sussurrarle «Mia dolce Charlotte» all'orecchio. Lo scambio non fu affatto imbarazzante, né Joshua sembrava preoccuparsi della libertà che il loro ospite si era preso.

«Quindi, allora voi due vi adattate l'un l'altro?»

L'ex Lady Hannah Slater arrossì e continuò a passeggiare lungo la riva del fiume. «Sì, davvero. Trovo che la vita matrimoniale sia piuttosto piacevole, in realtà. Per niente come mi aspettavo. Ma so che è tutto merito di Henry. Non assomiglia per niente agli insipidi gentiluomini che ho incontrato ai balli durante la scorsa stagione», ha spiegato mentre continuavano la loro passeggiata. «Da quando è venuto a Devonville House per incontrare mio padre per corteggiarmi, è stato tutto ciò che potevo desiderare in un marito». Alla rapida inspirazione di Charlotte, Hannah guardò la sua amica. «Non preoccuparti, perché non mi aspetto che mi dica mai di *amarmi*», aggiunse rapidamente, pensando che Charlotte potesse essere preoccupata per il suo cuore. «Ma mi adora come se lo facesse, Lottie. Mi porta mazzi di fiori. Mi dà i gioielli più squisiti. È abbastanza attento al nostro tempo insieme. In realtà mi chiede durante la cena se potrebbe essere accettabile che venga a trovarmi più tardi.» Disse quest'ultima parte a bassa voce, come se pensasse che qualcuno avrebbe sentito. «Come se dovessi concedergli il permesso di andare a letto con me!» Non aggiunse che Henry passava tutte le notti dormendo accanto a lei.

«Come dovrebbe!» ribatté Charlotte, segretamente contenta di sapere che l'uomo che avrebbe potuto sposare trattava la sua migliore amica con tanta cortesia.

Hannah sorrise e poi arrossì di un rosso acceso prima di dire: «Non l'ho mai negato, ovviamente. E una volta sono andato nella *sua camera da* letto, molto tardi la notte!» Quello era stato il momento in cui Henry era tornato a casa da Sarah, dopo aver appreso che aveva accettato la proposta di matrimonio di Tad McDonald.

«Hannah!» esclamò Charlotte, coprendosi la bocca con finto orrore per l'ammissione della sua amica. Non aveva intenzione di ammettere che si svegliava accanto a Joshua ogni mattina, a volte così eccitata che usava semplicemente le sue nuove abilità per sedurlo dal suo sonno. Non sembrava che gli dispiacesse svegliarsi ai suoi baci e ai suoi tocchi gentili, sebbene l'avesse accusata di essere sfrenata in diverse occasioni.

Non le è mai stata lasciata l'impressione che trovasse quel tratto *discutibile.*

«Henry è un uomo straordinario», ha continuato Hannah con orgoglio. «Trascorre almeno un'ora ogni giorno nella casa della dote con Sarah e il loro figlio. Ho cercato di insistere affinché quei due si trasferissero nella casa principale, ma Sarah ha rifiutato. Era piuttosto determinata a mantenere la sua posizione nella vita e voleva che suo figlio crescesse comprendendo che, sebbene sarà un gentiluomo istruito, non sarà mai un membro del *ton*».

Charlotte considerò le notizie su Sarah e il figlio bastardo che

Henry non avrebbe mai potuto dichiarare un erede. «È davvero un peccato che le nostre strane leggi non consentano al suo primo figlio di ereditare» mormorò, sperando che Hannah non si offendesse. Dopotutto, il figlio primogenito di Hannah avrebbe ereditato la contea di Gisborn alla sua morte.

Sospirando sonoramente, Hannah annuì. «Come ho detto, Henry non è come gli altri a Londra. Trovo che mi piaccia il fatto che sia un gran lavoratore e che si prenda cura del benessere di tutti i suoi inquilini e dei suoi dipendenti. Una vita di ozio non gli si addice, quindi penso che il *ton* non penserebbe gentilmente di lui se vivessimo in Città», ha spiegato con un'alzata di spalle, alludendo ai membri della nobiltà che evitavano coloro che svolgevano qualsiasi tipo di lavoro, anche se dovevano farlo per guadagnarsi da vivere. «E mi ha informato molto presto che non ha intenzione di prendere un'amante», ha aggiunto, aggrottando le sopracciglia, come se la notizia l'avesse in qualche modo infastidita.

Trovando strano il commento, Charlotte rivolse ad Hannah un'occhiata di sbieco. «Mi ha detto che ama Sarah», disse a bassa voce. «Mi aspetto che desideri rimanere fedele a lei».

Hannah scosse la testa. «Un tempo sì. Ma Sarah ha deciso di andare avanti con la sua vita», ha detto con un sospiro. «Subito dopo aver preso accordi affinché il loro figlio frequentasse la Abingdon School il mese prossimo, Sarah disse a Henry di aver accettato una proposta di matrimonio da un locandiere di Bampton. Penso che il conte fosse molto *ferito*, ma le diede la sua benedizione. Avrebbe potuto rifiutarsi di acconsentire al matrimonio, ovviamente, dal momento che le ha fornito protezione».

Hannah ricordò come Henry fosse sembrato così distrutto dopo che Sarah gli aveva parlato della proposta dell'albergatore, come se tutto il suo mondo fosse crollato intorno a lui. Stava singhiozzando quando lei era andata nella sua stanza e si era offerta a lui. Il sesso che avevano condiviso quella notte era stato frenetico, un po' ruvido e in qualche modo eccitante, ma Henry aveva detto che non avrebbe mai voluto che fosse così di nuovo. «Sono l'unica donna con cui va a letto».

Charlotte si fermò sul sentiero e fissò la sua amica incredula. «Infatti?» ha risposto, la sua bocca rimanendo aperta in un modo molto sconveniente. «Oh, questo è... questo è davvero inaspettato», mormorò prima che la sua attenzione tornasse su Hannah, ricordando la dichiarazione d'amore di Henry per la sua dolce metà d'infanzia e la madre di suo figlio.

La sua amica annuì. «È stato anche per me, per quella sera stessa, quando non è venuto da me nella mia stanza, sono andato da lui e ho passato quella notte nella sua camera da letto. Si è aggrappato a me come se la sua stessa vita dipendesse da questo, Lottie. Provavo pietà per lui», disse piano, la mano guantata che si stringeva le gonne. «Ed è allora che gli ho detto che pensavo di portare in grembo suo figlio. Non ero ancora... beh, non ero ancora *certa* di esserlo, ma ne ero abbastanza sicura, e lui aveva bisogno... aveva bisogno di un'ancora di salvezza, credo», disse con un sospiro. «Non mi dispiace dirti che mi sono ritrovato abbastanza innamorato di lui proprio in quel momento». Una lacrima apparve con la coda dell'occhio e le sfuggì lungo la guancia. L'asciugò rapidamente e tenne la testa più alta.

«Oh, Hannah», ansimò Charlotte, avvolgendo le braccia attorno alla sua amica, provando un tale mix di emozioni. «Penso che debba amarti», sussurrò, sperando che fosse davvero così, soprattutto se l'affetto di Sarah era altrove.

Hannah annuì di nuovo, ma sembrava incerta. «Da quella notte mi porta fiori e regali e mi *bacia* nei posti più inappropriati!» Disse le ultime parole in un sussurro roco, come se essere baciata dal marito fosse in qualche modo scandaloso.

Nonostante l'ovvia confusione di Hannah sui suoi sentimenti per il conte di Gisborn, Charlotte ridacchiò, mordendosi il labbro quando Hannah le rivolse uno sguardo di mortificazione. «Ti sta corteggiando, stupida oca», disse Charlotte con un enorme sorriso.

Hannah sussultò, la sua mano ancora una volta andò alla sua pancia. «Ma siamo già sposati!» Erano giunti al poggio che separava il campo dal fiume, il poggio su cui Hannah aveva trovato Harold subito dopo la sua morte. Il cane ora riposava nel cimitero all'estremità orientale delle terre di Gisborn, la sua trama contrassegnata da una semplice lapide che diceva: «Harold MacDuff. Amico per tutta la vita». Il più piccolo Harold stava alla base della collinetta e annusava, alzando di tanto in tanto la testa per dare un'occhiata ad Hannah mentre lo faceva. Hannah gli rivolse un debole sorriso e scosse la testa.

Alzando le spalle, Charlotte prese il braccio di Hannah e li avviò lungo il sentiero di ritorno verso Gisborn Hall. «E così sarete sposati e innamorati l'uno dell'altra. È davvero un modo piuttosto piacevole di trascorrere la vita, lo sto scoprendo», disse allegramente.

Esitando un momento, Hannah abbassò di nuovo la voce. «Allora, tu e Wainwright state trovando il matrimonio piacevole?» chiese, la sua domanda piuttosto esitante. «So che hai affermato di *volerlo* per tuo marito, ma Elizabeth era piuttosto preoccupata che tu sposassi il duca».

«A causa delle sue cicatrici?» indovinò Charlotte, ricordando la reazione della sua amica quando insisté che aveva ancora intenzione di diventare la duchessa di Chichester nonostante il viso rovinato della sua promessa sposa.

«Suppongo», concordò Hannah con cautela, non volendo ammettere di condividere le preoccupazioni della loro comune amica. «Sembra che non ti dispiaccia la sua deturpazione, ma *vero?*»

Charlotte fece un respiro profondo, rendendosi conto che avrebbe risposto a una domanda del genere per il resto della sua vita, anche se nessuno tranne Hannah o Elizabeth avrebbe osato chiederglielo direttamente. «Abbiamo tutti delle cicatrici, Hannah. Alcuni semplicemente non sono così visibili», rispose con calma. «Almeno con "Sua Grazia con mezza faccia", so dove sono tutti. E alcuni fanno il solletico», ha detto con voce canzonatoria.

Hannah sussultò alla frase familiare. «Lotti!» lei l'ammonì. «Non posso credere che tu l'abbia detto davvero!»

Concedendo un ampio sorriso, Charlotte guardò la sua più cara amica. «Lo amo, Hannah. Non riesco a immaginare la mia vita senza di lui», dichiarò felice. «Il matrimonio ha cambiato la mia vita». Si fermò un momento mentre rifletteva su come dire quello che stava pensando. «C'è qualcosa negli uomini quando stanno per nascere», si fermò, incerta su come dirlo. «C'è qualcosa in…» Lottò per trovare la parola giusta.

«Paternità imminente?» una voce maschile la interruppe con voce canzonatoria.

Le donne si voltarono per trovare il duca di Chichester e il conte di Gisborn, a caccia di moschetti in mano, sul sentiero proprio dietro di loro. I due indossavano lunghi frac color ruggine e marrone scuro, calzoni di pelle di daino e cappelli a cilindro con piccole tese. I loro stivali da caccia erano consumati per essere stati trascinati attraverso l'erba alta. Un servitore, vestito in modo simile, li seguì portando una serie di diversi fagiani attaccati a un palo mentre uno spaniel bianco e nero si fece strada a serpentina lungo il sentiero. I tre uomini si inchinarono alle signore, inclinando i loro cappelli mentre lo facevano.

Charlotte sussultò, chiedendosi quanto della loro conversazione i due uomini avessero sentito. *Non molto*, si rese conto quando si accorse che sarebbero dovuti uscire dagli alberi lungo il fiume subito dopo che lei e Hannah si erano girate per tornare alla casa. Si inchinò, così come Hannah. «Vostra grazia, mio signore», parlarono a bassa voce, le guance arrossirono per essere stati sorpresi a spettegolare.

«Stavi dicendo, Vostra Grazia?» suggerì Henry mentre tendeva il braccio per Hannah, sporgendosi per baciarle la tempia mentre lo faceva. Hannah inarcò un sopracciglio in direzione di Charlotte, sperando che la duchessa avesse notato che suo marito la baciava come aveva affermato che aveva fatto così tanto negli ultimi tempi.

«Sì, dillo», Joshua incoraggiò Charlotte mentre le tendeva il braccio.

Charlotte scosse la testa mentre posava la mano sul suo braccio. «Forse *puoi* spiegarlo, Vostra Grazia», ribatté lei. «Che cos'è la paternità imminente che rende gli uomini così amorevoli?» chiese con voce canzonatoria. Poteva sentire il sussulto di gioia di Hannah e si chiese cosa pensasse il conte della sua domanda.

«Non intendi amabile?» Joshua rispose, provando gioia nel prenderla in giro.

«Mi piace piuttosto il fatto di poter essere considerato adorabile», dichiarò Henry, osando guardare Hannah mentre faceva il commento. Tenne gli occhi fissi e si costrinse a non guardare suo marito, temendo che se lo avesse fatto, avrebbe dovuto concordare sul fatto che fosse adorabile e poi dirlo davanti ai loro ospiti. «Wainwright, questo significa che stai vivendo una paternità imminente?» chiese Gisborn con leggerezza.

«Infatti», rispose Joshua con orgoglio. «A dicembre, se devo credere alla matematica coinvolta. Quindi sono più amabile. E apparentemente più *affettuoso*», aggiunse, lanciando un'occhiata a Charlotte e godendosi il suo disagio per il cambiamento nella conversazione.

«Forse *attento* è un termine migliore», si offrì Charlotte, pensando che la parola "amorevole" potesse essere troppo da ammettere per il conte.

Henry scosse la testa. «Non è una parola abbastanza forte per descrivere un uomo quando sa che sua moglie sta per dargli un erede», dichiarò con fermezza, alzando il braccio in modo che la mano di Hannah fosse abbastanza vicina da potersi chinare e baciargli il dorso. Sorpresa, alzò lo sguardo, catturando il suo sguardo mentre lui le faceva l'occhiolino e un sorriso.

«Spero di essere attento», intervenne Joshua, aggrottando le sopracciglia. «Ci provo», ha detto a sua difesa.

«E stai facendo un lavoro piuttosto splendido», concordò Charlotte, sporgendosi verso di lui mentre camminavano in modo che i loro corpi urtassero l'uno contro l'altro. Joshua ribatté sporgendosi verso Charlotte in modo che urtassero di nuovo con il passo successivo, facendola sorridere alle sue buffonate.

«Allora, Gisborn, devo capire che anche tu stai vivendo una paternità imminente?» chiese Joshua, in tono colloquiale.

«In effetti, anche se "imminente" implica molto presto, e non sarò padre fino al prossimo gennaio», ha affermato con orgoglio.

Giosuè annuì. «Allora le congratulazioni sono d'obbligo! E se "attento" non è una parola abbastanza forte per descriverti, quale parola useresti per descriverti, Gisborn?» azzardò, facendo inspirare leggermente Charlotte e sollevandole la testa per scuoterla in modo che solo Joshua potesse vedere il suo allarme.

Il conte rallentò i suoi passi, la sua attenzione ancora una volta sulla moglie. «Avrei bisogno di più di una parola, Vostra Grazia», rispose dolcemente. «Perché mi ritrovo amato e innamorato».

Charlotte trattenne il respiro mentre guardava Hannah guardare il conte, un'espressione stupita sul viso della sua amica.

«Il che è una sorpresa per me», ha continuato Henry, «perché pensavo che un uomo potesse amare solo una donna durante la sua vita. Ma scopro che ne amo tre».

Un ritornello di "Tre?" ha risposto all'unisono a questa straordinaria notizia.

«Ora, devi davvero spiegarti, Gisborn», ammonì Joshua il conte, chiedendosi se l'uomo si rendesse conto di ciò che aveva ammesso.

«Volentieri», dichiarò Gisborn, con un leggero sorriso stampato in faccia. «In primo luogo, c'è Sarah, la prima donna che ho amato, con cui sono cresciuto e che mi ha dato un figlio, nonostante sapesse, insistendo, piuttosto, che non sarebbe mai stata mia moglie», ha spiegato pazientemente. «E poi c'è tua moglie».

Joshua si fermò sui suoi passi, una fitta di gelosia suscitò in lui così all'improvviso che non ebbe parole mentre le sopracciglia di Charlotte si inarcavano per la sorpresa, la sua espressione scioccata incontrava lo sguardo stupito di Joshua prima di passare all'espressione altrettanto stordita sul viso di Hannah.

«Chi mi amava abbastanza come *amica* da ritenere opportuno raccomandare la sua migliore amica come mia moglie. L'amerò per questo fino al giorno della mia morte, te lo farò sapere», disse con una buona dose di enfasi.

Charlotte e Joshua si scambiarono sguardi imbarazzati, entrambi finalmente sorridendo mentre il conte continuava la sua spiegazione.

«E poi c'è mia moglie, di cui mi sono innamorato profondamente nel corso degli ultimi mesi, anche se fossi pressato, dovrei ammettere che probabilmente ero innamorato di lei la prima volta che abbiamo cavalcato insieme in Hyde Park, quando mi ha detto che non voleva altro nella vita che essere madre».

Hannah fissò Henry, la sua bocca formò una "o" e il respiro trattenuto mentre lo fissava. «Oh, Henry», sussurrò, appoggiando la testa contro il suo cappotto e il palmo della mano contro la sua guancia. Henry le spostò il braccio libero intorno alle spalle e la tenne per un momento prima di chinarsi per baciarla in cima al suo cappellino.

«Posso solo rivendicare l'unico amore», dichiarò Joshua con enfasi, picchiettando uno stivale mentre tirava Charlotte contro il suo corpo e le baciava il cappellino.

«E uno è abbastanza per te», rispose Charlotte con fermezza. «Non ti condivido con nessuno», ha aggiunto per buona misura, sorpresa di poter fare una simile affermazione in compagnia di altri.

Joshua inspirò lentamente ed espirò, sopprimendo il sorriso che provò quando notò il sopracciglio alzato di Henry nella sua direzione. «Certo, Vostra Grazia», concordò con un cenno del capo. «Mio, ma sei una donna ostinata», disse sottovoce, con l'intenzione che tutti loro ascoltassero il suo commento.

Charlotte piegò la testa da un lato e rivolse al suo duca un sorriso risoluto. «Non lo faresti in nessun altro modo».

Joshua sorrise in risposta. *No, non lo farei.*

«Allora, mia amorevole e amabile moglie, cosa mangeremo a cena questa sera?» chiese Henry mentre si dirigevano verso Gisborn Hall.

Hannah sorrise e rivolse a Charlotte un'occhiata di sbieco. «Sto pensando ai fagiani sotto vetro, purè di patate, fagioli e pane», disse ad alta voce. E poi, sottovoce, sussurrò: «E ti sto mangiando per dessert».

Gli occhi di Henry si spalancarono mentre quasi inciampava nelle sue tracce. «Oh, ora, questo *è davvero* il mio pasto preferito!» annunciò felicemente.

razie per aver dedicato del tempo a leggere La seduzione di un conte. *Se ti è piaciuto, considera di dirlo ai tuoi amici o di pubblicare una breve recensione. Il passaparola è il migliore amico di un autore.*

Grazie,

Linda Rae Sande

CIRCA L'AUTORE

Autodefinita nerd e amante della scienza, Linda Rae ha trascorso molti anni come scrittrice tecnica specializzata in workstation grafiche 3D, software e animazione 3D (i suoi crediti cinematografici includono SHREK e SHREK 2). L'interesse per la genealogia ha portato ad anni di ricerca sull'era Regency e al desiderio di scrivere narrativa basata su quel periodo.

Appassionata di film d'azione e avventura, la si trova spesso al cinema locale. Sebbene non abbia più pesci tropicali, segue gli squali di San Jose. Fa la sua casa a Cody, nel Wyoming.

Per maggiori informazioni:
www.lindaraesande.com